DUISTERE GENESIS

EERSTE DEEL IN DE BLOEDSTOLLENDE
CHIMERA-URBAN-FANTASYTRILOGIE!

CARYSSA COLE

SHENANIGANS PRESS

INHOUDSOPGAVE

Hoofdstuk Één

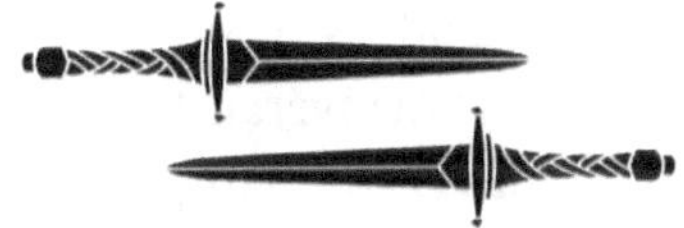

De muffe lucht in mijn krappe studio is verstikkend, en stinkt naar oude afhaalbakjes en de misselijkmakende bloemengeur van goedkope cosmetica. Ik ben alleen, zoals gewoonlijk, en geniet van een glas goedkope whisky terwijl ik de nieuwste vacatures op mijn versleutelde laptop bekijk. Voor iemand als ik, een eenzame jager op bovennatuurlijke wezens die je kunt inhuren, is er zelden een saai moment.

'Artemis Blackwell,' kraakt er onverwacht een onbekende stem in mijn oortje als ik op 'REAGEREN' tik bij een intrigerende nieuwe vacature. 'Ik heb een goedbetaalde klus voor u.'

Ik trek een wenkbrauw op, neem nog een langzame slok whisky en geniet van het branderige gevoel in mijn keel. 'Wel, wel, een anonieme cliënt,' kaats ik sarcastisch terug. 'U denkt zeker dat ik een of andere tweederangs freelancer ben die een klus aanneemt zonder de achtergrond van de werkgever te controleren.'

Er valt een stilte, dan gaat de stem verder, en klinkt nu al ongeduldig. 'Goed. U mag me voorlopig meneer Smith noemen. Ik kan meer details verstrekken zodra u de opdracht hebt aanvaard. Bent u nu geïnteresseerd of niet?'

Ik leun achterover in mijn krakende bureaustoel en laat de spanning tussen ons in de lucht hangen. De vacature zinspeelde op een aanzienlijke beloning, dus ondanks mijn bedenkingen ben ik nog steeds geïntrigeerd. 'Dat hangt af van de precieze details... en het geld, natuurlijk, meneer Smith.'

'Uw doelwit is een zeldzaam bovennatuurlijk wezen. Om precies te zijn, een vormveranderaar met het unieke vermogen om schaduwen te manipuleren. Hierdoor is het bijna ondetecteerbaar, zelfs voor ervaren jagers zoals u.'

'Geweldig, een schimmige vormveranderaar,' mompel ik, terwijl ik met mijn ogen rol. 'Want de jacht op een ongrijpbare vormveranderaar klinkt op zichzelf al niet onmogelijk genoeg.'

Meneer Smith negeert mijn sarcasme. 'De betaling is vijftigduizend dollar na succesvolle vangst en levering van het wezen. Levend en ongedeerd, indien mogelijk.'

Ik fluit zachtjes. Zo'n bedrag is moeilijk te negeren, hoe dubieus de klus ook is. 'Oké, u hebt mijn aandacht. Welke aanwijzingen heb ik om dit ding op te sporen?'

'Ten eerste wijst onze informatie erop dat het wezen zich het liefst op zeer afgelegen locaties ophoudt, ver van elke menselijke populatie of nieuwsgierige blikken. Ten tweede staat het erom bekend een duidelijk spoor van duistere, bovennatuurlijke energie achter te laten. U zult al uw zintuigen op scherp moeten zetten om het op te pikken.'

Ik zucht en bereid me mentaal al voor op de lange, slopende jacht die voor me ligt. 'Afgelegen wildernisgebieden en sporen van duistere energie. Begrepen. Nog iets dat ik moet weten voordat ik aan deze heilloze onderneming begin?'

'Tijd is van essentieel belang, mevrouw Blackwell,' antwoordt meneer Smith kortaf. 'Ik verwacht snelle resultaten.'

Voordat ik kan terugslaan, wordt de verbinding verbroken. Charmante vent. Langzaam sta ik op van mijn bureau, en krimp ineen als mijn gekneusde spieren pijnlijk protesteren. Een eerdere klus, waarbij ik een nest vampieren had uitgeroeid, had me gehavend en uitgeput achtergelaten. Maar de aanzienlijke beloning die deze nieuwe klus belooft, is te verleidelijk om te laten schieten. Toch voelt er iets aan deze hele situatie niet goed. Er schuilt absoluut meer achter deze cryptische opdracht dan alleen het vangen van een zeldzame vormveranderaar. En één ding is zeker: ik vertrouw die meneer Smith voor geen meter.

Maar goed, vijftigduizend dollar is vijftigduizend dollar. En ik heb wel voor hetere vuren gestaan.

Ik ga de uitdaging aan. Ik leef voor de opwinding van de jacht. En als ik dit ongrijpbare wezen te pakken kan krijgen, is de beloning de moeite meer dan waard.

Laat de jacht beginnen.

Op het moment dat ik het gesprek beëindig, ontwaken mijn jagersinstincten als een laaiend vuur. Ik kan het knagende gevoel niet van me afschudden dat er veel meer achter deze mysterieuze klus schuilt dan op het eerste gezicht lijkt. Maar vijftigduizend dollar heeft de neiging om zelfs het meest verdachte aanbod vreselijk verleidelijk te laten klinken.

'Nou, tijd om mijn uitrusting te pakken,' mompel ik, terwijl ik naar het verborgen wapenarsenaal loop dat achter een valse muur in mijn appartement schuilgaat. Ik druk mijn handpalm tegen een onopvallend deel van de lambrisering en kijk hoe het open schuift en een indrukwekkende verzameling op maat gemaakte wapens onthult, speciaal ontworpen om bovennatuurlijke bedreigingen uit te schakelen.

Mijn ogen dwalen over de zorgvuldig georganiseerde planken en rekken, terwijl ik mentaal mijn opties inventariseer. 'Eens zien, zilveren kogels voor weerwolven... gewijde ijzeren patronen voor demonen... flesjes wijwater voor vampieren...' prevel ik, terwijl ik zorgvuldig diverse wapens in een zware plunjezak laad.

Mijn vingers strijken langs een paar sierlijke zilveren dolken, waarvan de lemmeten zijn geëtst met oude engelrunen. Ik schuif ze in de holsters die aan mijn dijen zijn vastgemaakt. 'Jullie twee mag ik niet vergeten.' Deze dolken hebben vaker mijn hachje gered dan ik kan tellen. Ik voel me naakt als ik op jacht ga zonder hun vertrouwde gewicht op mijn heupen.

'Afgelegen wildernis en sporen van duistere energie,' mijmer ik hardop, terwijl ik de uitpuilende tas dichtrits. 'Klinkt als een hels feestje.' Ik slinger de tas over mijn schouder en pak mijn kenmerkende bloedrode leren jas van de haak en trek hem aan. De gladde binnenvoering verbergt een pistool in de holte van mijn rug. Tussen mijn dolken, pistolen en tas vol trucs voel ik me tot de tanden bewapend voor alle gevaren die in het verschiet liggen.

Ik begeef me naar de garage waar mijn trots en vreugde wacht: een op maat gemaakte, gitzwarte motorfiets, gebouwd voor snelheid en stealth. De krachtige motor brult onder me tot leven als ik wegscheur en de drukke straten van de stad inrijd.

'Oké meneer Smith,' mompel ik binnensmonds, terwijl ik door het verkeer zigzag. 'Eens kijken in wat voor puinhoop u me nu weer stort.' Terwijl de bruisende stad plaatsmaakt voor afgelegen landwegen, kan ik de mix van spanning en argwaan die in me kolkt niet negeren. Er gaat niets boven de opwinding van de jacht, maar het knagende gevoel dat er een spelletje met me wordt gespeeld, bederft de gebruikelijke opwinding voor de klus.

Hoe verder ik rijd, hoe ruiger en geïsoleerder het landschap wordt. Wolkenkrabbers veranderen in dichte bossen en al snel zijn de enige geluiden het gebrul van mijn motor en de wind die langs me heen raast.

'Nou, dit kwalificeert zeker als een afgelegen locatie,' mompel ik in mezelf en vertraag tot ik stop bij de monding van een overwoekerde zandweg die bijna door de vegetatie wordt opgeslokt. Volgens de informatie van de cliënt zou hier ergens een verborgen pad dieper de wildernis in moeten leiden. Na aandachtig te hebben geluisterd naar enig teken van leven, zet ik de ronkende motor af.

De stilte die neerdaalt is zwaar, alleen doorbroken door het fluisteren van de wind door de bomen. Ik sluit mijn ogen, span mijn zintuigen, en zoek naar sporen van bovennatuurlijke energie. Daar, net aan de rand van mijn waarneming, een vaag gezoem in de lucht. Het onmiskenbare visitekaartje van duistere kracht. En het komt uit het bos voor me.

'Gevonden,' fluister ik, niet in staat een roofdierlijke glimlach te onderdrukken. Ik zet mijn motor op slot en controleer mijn wapens een laatste keer. De plunjezak rust zwaar op mijn schouder terwijl ik het spoor van duisternis volg dat het bos in slingert, op weg naar wat er aan het einde wacht.

Tussen de bomen zie ik mijn bestemming: een oud, verlaten landhuis, dat er bijna spookachtig uitziet tegen het levendige groene bos. Zelfs bij daglicht straalt het bouwvallige pand een tastbare sfeer van somberheid uit. Een waarschuwende rilling loopt over mijn rug, maar ik dwing mezelf door te gaan.

'Charmante plek,' mompel ik sarcastisch, terwijl ik het afbrokkelende metselwerk, de gebarsten ramen en de afbladderende verf in me opneem. Het hele gebouw lijkt door te zakken onder het gewicht van de tijd, alsof het bij de minste windvlaag zal instorten. Desondanks heeft de jacht me hier duidelijk naartoe geleid.

Ik nader de imposante hoofdingang, en het verbaast me niet dat de verweerde eikenhouten deuren op slot zitten. 'Geen warm welkom? Ik ben gekwetst.' Behendig haal ik mijn lockpickset tevoorschijn, mijn vingers onderzoeken vakkundig de ingewikkelde slotpennen totdat de bevredigende klik van overgave door het stille bos echoot. De zware deur kraakt open en onthult alleen wervelend stof en spinnenwebben achter de drempel.

'Eerste uitdaging overwonnen,' kondig ik aan niemand in het bijzonder aan, terwijl ik de muffe foyer binnenstap. Het interieur van het landhuis past bij de vervallen buitenkant. Lagen vuil en viezigheid bedekken elk oppervlak, en spinnenwebben omhullen de kroonluchters als ingewikkeld kant. Het is moeilijk voor te stellen dat hier iets, natuurlijk of bovennatuurlijk, zijn intrek heeft genomen.

'Hallo?' roep ik aarzelend, mijn stem kaatst tegen de muren voordat hij wordt opgeslokt door de bedompte lucht. Geen reactie, niet dat ik die verwachtte. Met een bemoedigende ademteug herinner ik mezelf waarom ik hier ben. 'Tijd om serieus te worden, Artemis.'

Ik trek een pistool in de ene hand en een dolk in de andere, vertrouwend op het bekende gewicht van mijn wapens. Ze voelen als verlengstukken van mezelf, die moed en een doel geven. 'Laat je zien,' fluister ik tegen het stille landhuis. 'Ik ben er klaar voor.'

Ik waag me dieper naar binnen en doorzoek elke met stof gevulde kamer methodisch, met hyperalerte zintuigen voor elke rimpeling van beweging of energie. Lichtstralen schieten door kieren in de dichtgetimmerde ramen en doorbreken de duisternis. Hoe dieper ik onderzoek, hoe sterker de duistere energie in de lucht hangt, waardoor de fijne haartjes op mijn nek overeind gaan staan. Ik ben nu dichtbij.

Ik sla een hoek om en zie een wenteltrap die naar een schaduwrijke duisternis leidt. Het gezoem van kracht lijkt me naar die trap toe te trekken, me uitdagend om naar boven te gaan. Ik weet dat het zelfmoord zou zijn om het onbekende in zulke krappe ruimtes te confronteren. Maar ik ben te ver gekomen om nu terug te keren. Ik controleer mijn wapens een laatste keer en versterk mijn vastberadenheid. Boven aan die trap wacht mijn doelwit.

'Wie niet weg is, is gezien,' kondig ik dapper aan, en zet de eerste krakende stap. De trap kreunt onder mijn gewicht, maar houdt het. Met mijn hart bonkend tegen mijn ribben, klim ik langzaam, methodisch, klaar voor alles. De duisternis slokt me volledig op, maar ik aarzel niet. Ik ben een jager op het spoor en mijn prooi is nabij.

Bovenaan strekt een lange gang zich uit in de duisternis. De droge houten vloerplanken protesteren bij elke voetstap en verraden mijn aanwezigheid. De deurknoppen die ik passeer zijn bedekt met dikke lagen vuil, wat erop wijst dat de inhoud van de kamers al lang niet meer is verstoord.

Het prikkende gevoel bekeken te worden, wil maar niet weggaan. Kippenvel rimpelt over mijn huid terwijl de fijne haartjes in mijn nek stijf overeind staan. Zeker, dit bouwvallige landhuis ademt een griezelige sfeer. Maar deze onrust die aan mijn onderbuik knaagt, komt voort uit meer dan alleen de sfeer. Iets onzichtbaars sluipt door deze schaduwen en houdt elke beweging van me in de gaten.

'Vermant je, Artemis,' mompel ik binnensmonds, en dwing mijn razende pols tot bedaren. Maar de verstikkende stilte die me als een lijkwade omhult, versterkt alleen maar de loerende angst.

'Wie is daar?' Mijn scherpe vraag echoot onbeantwoord door de verlaten gangen. De starende aanwezigheid lijkt dichterbij te komen op mijn uitdaging, hongerig en beklemmend. Dit is geen paranoia; mijn aangescherpte instincten schreeuwen dat er gevaar loert, net buiten het zicht.

'Laat je zien!' blaf ik, terwijl mijn vingers zich om het gevest van een verborgen zilveren dolk sluiten. Het lemmet sist zachtjes als ik het tevoorschijn haal, het vertrouwde, dodelijke gewicht geeft me moed. 'Ik speel geen spelletjes.'

'Spelletjes? O nee, liefje. Dit is geen spelletje.' De raspende stem, druipend van boosaardigheid, stuurt een rilling over mijn rug. Ik draai me om naar het geluid terwijl verwrongen, schimmige figuren uit de duisternis smelten. Hun verschrompelde ledematen eindigen in knoestige klauwen, en holle ogen gloeien van roofzuchtige honger. Mindere wezens, vervangbare verkenners.

'Wauw, jullie zijn echt lelijk,' spot ik, mijn bravoure verbergt mijn onbehagen. 'Oké, freaks, wie heeft jullie gestuurd?'

'Ons gestuurd? Niemand. Wij... kijken alleen maar.' De lippen van het ding trekken zich terug en onthullen naaldachtige tanden in een gruwelijke imitatie van een glimlach.

'O, gluurders, hè?' Ik rol dramatisch met mijn ogen, om tijd te winnen om de dreiging in te schatten. 'Ik haat het om het jullie te moeten vertellen, engerds, maar jullie hebben de verkeerde jager uitgekozen om te besluipen.'

Met bliksemsnelle snelheid duik ik naar voren, mijn zilveren lemmet stort zich in de borst van de spreker. Hij lost op in flarden walgelijke rook en verdwijnt in het niets. Tot zover het plan om er een levend te vangen. Deze dingen zijn duidelijk niet gebouwd om lang mee te gaan.

'Is dat echt alles wat jullie hebben?' tart ik de overgebleven monsters en wenk ze dichterbij. Ze snauwen in koor, gele ogen verlicht door roofdierlijke opwinding terwijl ze samenkomen. Maar hun onhandige aanvallen zijn kinderspel voor iemand met mijn vaardigheden. Ik dans en draai, mijn messen kerven dodelijke bogen door de duisternis. Binnen enkele ogenblikken liggen de wezens in smeulende hopen aan mijn voeten.

HOOFDSTUK TWEE

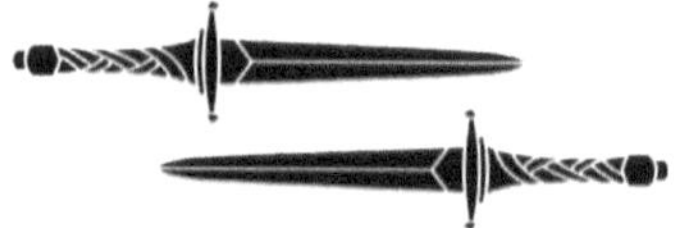

'ZIELIG,' SMAAL IK, TERWIJL ik spectrale as van mijn zwaarden veeg en de nu lege kamer overzie. Het prikkelende gevoel van onzichtbare toeschouwers is weggeëbd, maar een aanhoudend onbehagen snoert zich samen in mijn buik. Dit vervallen landhuis is veel meer dan het op het eerste gezicht lijkt. En de motieven van mijn mysterieuze cliënt lijken steeds verdachter.

Ik haal adem om mijn razende gedachten tot rust te brengen. 'Blijf geconcentreerd, Artemis,' mompel ik in mezelf. 'Je hebt hier een klus te klaren. En je gaat niet weg voordat die geklaard is.'

Ik sluip dieper het sombere landhuis in, mijn voetstappen gedempt door de met stof bedekte vloeren, en doorzoek elke kamer methodisch op overgebleven dreigingen. De muffe lucht hangt zwaar van de geur van lang begraven geheimen en langzame aftakeling. Ik onderdruk een rilling als ik een kamer binnenstap vol meubels die zijn afgedekt met vergeelde lakens, als spoken die in de tijd bevroren zijn.

'Ugh, helemaal niet eng,' zucht ik, en rol ik dramatisch met mijn ogen naar niemand in het bijzonder. Een plotselinge windvlaag doet de gebarsten ruiten rammelen, waardoor ik onwillekeurig ineenkrimp. 'Herpak je, Blackwell,' spreek ik mezelf bestraffend toe. Ik kan het me niet veroorloven om bang te worden van schimmen als er misschien iets veel gevaarlijkers op de loer ligt.

Terwijl ik zoek naar een aanwijzing over de verblijfplaats van mijn doelwit, zie ik een vers spoor van voetafdrukken door het grijze stof. Ze leiden de kamer uit en verder een donkere gang in, het gebroken glas op de vloer een bewijs van een verwoed vertrek.

Ik sta mezelf een lichte glimlach toe en versnel mijn pas om het spoor te volgen. 'Kijk eens aan. Wat hebben we hier?' Geen mens heeft deze afdrukken gemaakt, met hun klauwsporen die in de oude vloerplanken krassen. Maar ook geen schaduwwezen. Hier is iets anders aan de hand.

Het spoor eindigt abrupt bij een zijdeur die uitkomt op het sombere woud rondom het landgoed. Voorbij de afbrokkelende drempel dringen de bomen zich op als een schimmige muur, hun takken als grijpende vingers reikend onder de afnemende maan. Als mijn prooi daarheen is gevlucht, zal het aanzienlijk moeilijker worden om zijn spoor weer op te pikken in die donkere bossen.

Innerlijk vloekend draai ik me weer om naar het interieur van het landhuis. Er moeten hier aanwijzingen zijn over de ware aard van dit ongebruikelijke doelwit dat ik opjaag. De identiteit van het doelwit, de redenen om zich hier te verbergen, alle nuttige details om de achtervolging te helpen. Dit vervallen oude landgoed is een schatkist vol geheimen die wachten om opgegraven te worden.

Ik doorzoek methodisch elke kamer, op zoek naar iets ongewoons, een verborgen ruimte die antwoorden verbergt. Pas als ik de bibliotheek bereik, vind ik het: een verborgen ingang, naadloos vermomd als onderdeel van de boekenkast. Adrenaline giert door mijn aderen. 'Jackpot,' fluister ik.

Daarachter bevindt zich een kleine studeerkamer, enkel verlicht door een sputterende olielamp. Een bureau, hoog opgestapeld met vreemde parafernalia, houdt de wacht over een ingewikkelde cirkel die in de vloerplanken is gekerfd. En daar, half verborgen onder een stapel esoterische boeken, ligt waar ik naar op zoek was: een in leer gebonden dagboek.

Terwijl ik door de vergeelde pagina's blader, worden mijn ogen groot als de gevolgen duidelijk beginnen te worden, veel verknipter dan ik had verwacht. Dit koortsachtige gekrabbel beschrijft bizarre experimenten met bovennatuurlijke wezens, gestoorde mystieke rituelen, de jager die langzaam bezwijkt onder een duistere obsessie.

'Wat is hier in hemelsnaam aan de hand?' mompel ik, terwijl een koude knoop zich in mijn maag vormt. Ik wil geen deel uitmaken van deze waanzin, en toch... is het onmogelijk om niet geïntrigeerd te zijn. Het dagboek zinspeelt op iets veel sinisters dan een simpel wezen dat gevangen moet worden.

Namen, data, locaties suggereren dat mijn doelwit niet de eerste is die ten prooi valt aan de verborgen machinaties die zich hier in het geheim ontvouwen. Dit landgoed maakt deel uit van iets veel groters, en donkerders.

Zachtjes vloekend stop ik het dagboek diep in mijn rugzak. Als er ook maar enige kans bestaat dat mijn cliënt iets te maken heeft met deze verdorven experimenten, moet ik de waarheid achterhalen. Maar het wezen blijft voor nu mijn prioriteit. Ik kan de rest van deze waanzin ontrafelen zodra mijn doelwit veilig is gesteld.

Ik vermant me, sluip terug naar buiten naar het in duisternis gehulde woud, mijn zintuigen gespitst op elke rimpeling van beweging in de schaduwen. 'Oké, jij verknipte freak,' roep ik moedig naar de starende bomen. 'Laat maar eens zien wat je echt voor me verbergt.'

De bossen wijken schoorvoetend als ik dieper doordring en het weinige spoor dat over is, volg. Afgebroken takken en sporen van omgewoelde aarde leiden mijn pad naar een rotsachtige uitloper, verborgen in het struikgewas. Duisternis verzamelt zich tussen de stenen, perfect om iets... of iemand... te verbergen.

Het woud sluit zich om me heen, levend met de geluiden van onzichtbare nachtdieren. Ik kan het bekruipende gevoel dat ik word bekeken niet van me afschudden, van onvriendelijke ogen die elke beweging van mij volgen. Het vage spoor slingert verder tussen bomen die naar binnen lijken te leunen, hun takken grijpend als knoestige handen. De weeïge duisternis draagt een verontrustend gevoel van onheil met zich mee dat de fijne haartjes in mijn nek overeind doet staan.

'Herpak je, Artemis,' fluister ik, zowel om mijn eigen zenuwen te kalmeren als om eventuele verborgen luisteraars niet te waarschuwen. 'Je hebt wel erger overleefd dan dit.' Maar mijn zwakke bravoure slaat dood, opgeslokt door de broeierige bossen.

Terwijl ik verder de neerdrukkende duisternis in sluip, weigert het paranoïde gevoel van loerend gevaar te verdwijnen. Het is alsof het woud zelf tegen me samenspant en onnoemelijke verschrikkingen verbergt, net buiten mijn gezichtsveld. Wachtend. Toekijkend.

Ik dwing mezelf tot een strakke grijns, ondanks de ijzige stroom van angst die langs mijn ruggengraat loopt. 'Leuke poging, maar er is meer nodig dan een paar enge bomen om mij weg te jagen.' De valse bravoure klinkt zelfs in mijn eigen oren belachelijk.

Een plotseling geknak van twijgen en keelge grom doorbreken de zware stilte, wat bevestigt dat ik hier buiten niet alleen ben. Ik draai me om naar het geluid. Twee zilveren dolken lijken in mijn handen te materialiseren, instinctief getrokken uit hun verborgen schedes in mijn mouwen.

'Laat je zien!' Mijn scherpe eis lijkt het woud zelf te wekken. Kolossale, wolfachtige beesten komen tevoorschijn uit het struikgewas, hun ogen gloeien met een onnatuurlijk, giftig groen in de duisternis. Ze sluipen in een wijde cirkel en omsingelen me met ontblote tanden in hongerig gesnauw.

Ik adem langzaam uit en neem een evenwichtige houding aan met mijn zwaarden paraat. 'Oké, Fikkie, laten we dansen.'

Ze vallen tegelijk aan in een stormvloed van vacht en furie. Met bliksemsnelle reflexen, aangescherpt door jarenlange training, duik en draai ik weg van happende kaken, terwijl ik in vloeiende bogen uithaal met mijn zwaarden. Ik vecht meer op instinct dan op bewuste gedachte en verlies mezelf in de dodelijke dans, een wervelwind van zilver die de roedel terugdringt.

Maar een beest heeft geluk en grijpt mijn arm van achteren in een verpletterende beet. Ik klem mijn tanden op elkaar tegen de brandende pijn en weiger te schreeuwen als zijn hoektanden met ziekmakend gemak door leer en vlees scheuren. Een dierlijke muskusgeur hangt aan zijn vervilte vacht, niets lijkend op de stank van een echte lycantroop. Geen weerwolven dus, maar iets ergers.

Ik negeer de gladde warmte die langs mijn arm stroomt, mijn zicht wordt vlijmscherp door adrenaline en pijn. 'Is dat echt alles wat je in huis hebt?' Mijn sneer komt door geklemde tanden.

Na eindeloze minuten vol spanning stort het laatste wezen in het struikgewas, mij hijgend en doordrenkt met bloed en zweet achterlatend, omringd door de lichamen van mijn onnatuurlijke aanvallers. Ik sta mezelf een paar ademteugen toe om mijn razende pols te kalmeren voordat ik mijn aandacht richt op de vrij bloedende snijwond langs mijn arm.

'Fantastisch. Net wat ik nodig had,' mor ik met valse luchthartigheid, terwijl ik een reep stof van mijn verscheurde mouw scheur om een geïmproviseerd verband te maken. Ik trek het linnen strak met mijn tanden en onderdruk een sissend geluid.

Terwijl ik mijn verwondingen en resterende wapens inventariseer, komen er zorgwekkende vragen naar boven. Waarom hadden deze beesten me met zo'n felheid aangevallen? Onuitgelokte aanvallen door een wilde roedel wolven zijn nou niet bepaald normaal. En het waren duidelijk geen weerwolven, aangezien de verraderlijke kenmerken ontbraken. Hier speelt iets veel sinisters.

'Hier klopt helemaal niks van,' mompel ik, terwijl ik de omringende bossen afspeur op nieuwe dreigingen. Mijn gedachten gaan weer naar het belastende dagboek, weggestopt in mijn tas. 'En als die zieke experimenten een aanwijzing zijn, is dit slechts het topje van de ijsberg.'

Vastbesloten om de waarheid achter deze verknipte gebeurtenissen bloot te leggen, en de mogelijke betrokkenheid van mijn cliënt, dring ik dieper het grijpende woud in. Welke andere verdorven gruwelen er ook in deze bossen wachten, ik moet doorzetten. Levens hangen ervan af dat deze onbekende schurken eindelijk voor het gerecht worden gebracht.

Een huiveringwekkende gedachte kristalliseert zich, wat een humorloze lach uit mijn gespannen keel ontlokt. 'Wat voor cliënt stuurt me achter een doelwit aan zonder enige nuttige informatie, tenzij diegene wilde dat ik blindelings in deze waanzin belandde?' Ik schud boos mijn hoofd om mijn eigen naïviteit. 'De grap is ten koste van mezelf omdat ik het niet eerder doorhad.'

Terwijl ik door de dicht op elkaar staande bomen sluip, kan ik me niet onttrekken aan het verstikkende gevoel van onzichtbare ogen die me van alle kanten volgen. Maar ik weiger nu terug te keren. Als ik de waarheid niet aan het licht breng, wie dan wel?

'Vertrouw niemand, Artemis,' herinner ik mezelf grimmig, mijn vingers verkrampen om de met leer omwikkelde gevesten van mijn overgebleven zwaarden. 'Vooral geen mysterieuze cliënten met verdacht diepe zakken.'

De schaduwen klampen zich steeds dichter vast, toch dwing ik mezelf om de ene voet voor de andere te zetten. Wie dit verknipte spel ook regisseert, denkt duidelijk dat ik slechts een pion ben, te dwaas om het hele bord te overzien. Maar ze zullen ontdekken dat ik niet zo gemakkelijk geïntimideerd of misleid word.

Ik zal de geheimen die in deze duisternis woekeren, ontrafelen. Ik zal ervoor zorgen dat iedereen die erbij betrokken is, een passende prijs betaalt voor zijn weerzinwekkende daden. En ik zal niet rusten tot de balans is hersteld, ongeacht de met bloed doordrenkte prijs.

Laat ze hun verschrikkingen maar sturen. Ik ben er klaar voor.

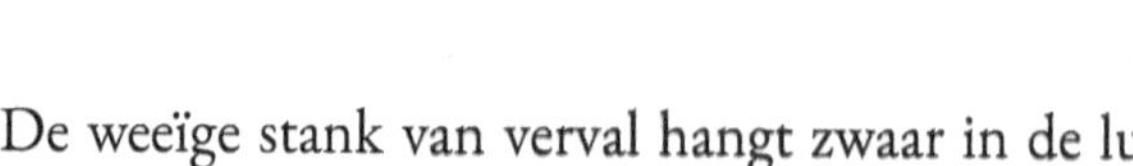

De weeïge stank van verval hangt zwaar in de lucht, een beklemmende herinnering aan leven dat is verdraaid tot iets verknipters en grotesks. Ik sluip voorzichtig door het grijpende woud, het vage spoor volgend dat mijn ongrijpbare prooi heeft achtergelaten. De schaduwen lijken net buiten gehoorsafstand te fluisteren, zinspelend op sinistere geheimen die ik niet hoor te ontdekken. De tekenen dat hier iets vreselijk mis is gegaan zijn onmogelijk te negeren.

'Je hebt je dit keer diep in de nesten gewerkt, Artemis,' mompel ik in mezelf en speur de met bladeren bezaaide grond af naar recente sporen van passage of strijd. Het spoor blijft frustrerend onduidelijk.

'Duidelijk,' komt het ironische antwoord van diep vanbinnen. 'Maar het is niet alsof je nu zomaar kunt weglopen.'

Ik zucht en duw de laaghangende takken die mijn pad blokkeren opzij. 'Bedankt voor de inspirerende peptalk.'

'Daar ben ik voor,' antwoordt mijn innerlijke stem sardonisch. 'Om ons toegewijd te houden aan vreselijke levenskeuzes.'

Ik word gered van een antwoord op mijn eigen sarcasme door een flits van beweging verderop. Ik duik omlaag, mijn lichaam gespannen en klaar voor een confrontatie. Maar het is slechts een eekhoorn die nerveus over de bosgrond schiet voordat hij een boom in verdwijnt. Ik laat een bibberige adem ontsnappen en dwing mijn aarzelende voeten weer voorwaarts.

'Er klopt iets serieus niet aan deze hele situatie,' denk ik hardop, in een poging de beklemmende stilte om me heen te overstemmen. 'Onethische experimenten, geheime laboratoria... waar ben ik in hemelsnaam in verzeild geraakt?'

'Niks goeds, dat is verdomd zeker,' kaats ik grimmig terug. 'Maar ik laat degene die achter deze waanzin zit niet ongestraft wegkomen. Niet onder mijn toezicht.'

Alsof ze door mijn gedachten zijn opgeroepen, struikel ik een kleine open plek op die bezaaid is met afgedankt medisch afval: injectienaalden, glazen flesjes, chirurgische instrumenten die wreed glinsteren in het vale licht. De weeïge metaalgeur van bloed clasht hevig met de aardse geur van vochtige bladeren en leem.

'Jezus,' fluister ik, terwijl ik een vlaag van misselijkheid onderdruk. 'Wat deden ze hier buiten? Het lijkt wel de speeltuin van een verdorven gestoorde wetenschapper.' Ik huiver bij de gedachte aan welke nieuwe gruwelen deze instrumenten hebben toegebracht. 'Alleen is dit geen goedkope slasherfilm. Dit is echt.'

Ik pak een bebloed scalpel op. Gal stijgt op in mijn keel als ik het in mijn gehandschoende vingers omdraai. 'Dit is gevaarlijk. En ik heb het vreselijke gevoel dat de tijd dringt om het te stoppen.'

'Je klinkt als een clichématige detectiveroman,' spreek ik mezelf bestraffend toe en gooi het bevuilde mes weg. 'Stop met het commentaar en concentreer je op aanwijzingen die terugleiden naar de psychopaat achter deze experimenten.'

'Prima, prima,' mompel ik, terwijl ik argwanend om me heen kijk op de stille open plek, ontdaan van alle sporen behalve deze belastende overblijfselen die achteloos zijn achtergelaten. Een ijzige rilling van onheil kruipt langs mijn ruggengraat. 'Maar alles in mij schreeuwt dat deze situatie snel uit de hand loopt. En niet alleen omdat ik CSI speel in 's werelds engste geïmproviseerde operatiekamer.'

'Vertrouw dan op dat instinct,' herinner ik mezelf ferm, terwijl ik langs het belastende medische afval sluip. 'Het heeft je zo lang in leven gehouden.'

'Ja, rechtstreeks dit nachtmerriecircus in,' wijs ik spottend, mijn pols bonst terwijl ik de geïmproviseerde operatiekamer achter me laat. 'En nu ben ik gereduceerd tot praten tegen mezelf midden in het bos, als een stereotype uit een slasherfilm.'

Mijn innerlijke stem smalt. 'Hé, je levenskeuzes in twijfel trekken is deel van de pret van regelmatig bijna doodgaan. Omarm de waanzin.'

Ik dwing mezelf tot een strakke grijns ondanks de angst die in mijn maag kolkt. 'Met zulke peptalks is het geen wonder dat ik me zo zelfverzekerd voel.'

Een gespannen stilte valt terwijl ik het gebied afzoek naar een indicatie van waar ik heen moet. De bomen dringen dichterbij, de schaduwen worden dieper en verbergen onnoemelijke gevaren. Ik zou moeten omkeren, deze roekeloze missie afbreken voordat het te laat is.

Maar ik kan nu niet stoppen. Iets kwaadaardigs woekert op deze plek, achter de sluier van normaliteit. En als ik vlucht, zal het zich alleen maar ongehinderd verspreiden, onvindbaar tot het te laat is. Ik moet dit spoor blijven volgen, waar het ook heen leidt of welke gruwelen ik ook ontdek.

Ik leg mijn hand op het geruststellende gewicht van mijn pistool en vind troost in het ritueel. Geen weg terug nu. De antwoorden liggen ergens verderop in de duisternis. En linksom of rechtsom, ik ga die lelijke waarheid aan het licht slepen.

'Daar gaan we weer,' mompel ik, terwijl ik de schaduwen induik. 'Gewoon weer een dag op kantoor.'

HOOFDSTUK DRIE

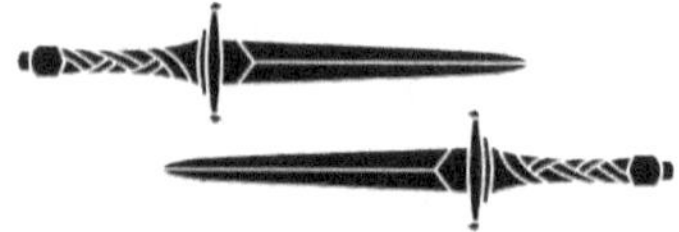

'Het spoor is terug', murmel ik, terwijl ik een vage zwavelgeur opvang in de kille nachtlucht. Ik sloop door het dichte woud, waar het maanlicht naar beneden filterde en de bemoste aarde onder mijn laarzen spikkelde. Deze ongrijpbare schoft heeft me urenlang op sleeptouw genomen, me steeds een stap voor.

Maar ik ben Artemis Blackwell en ik geef nooit op tijdens een jacht. Nooit.

Mijn doelwit weet duidelijk het een en ander over hoe je gevangenneming ontloopt. Geen verrassing dat het spoor op sommige plekken doodloopt. Maar ik heb zelf ook een paar trucjes achter de hand. En ik gebruik elke vaardigheid die ik bezit om zijn spoor scherp in de gaten te houden.

'Oké, aan de slag', fluister ik en stem al mijn zintuigen af op de omgeving. Ik voel de trillingen in de aarde, de wervelingen in de wind, de geheimen die tussen de ritselende bladeren worden gefluisterd. Ik sluit me af voor alle afleiding en concentreer me volledig op de prooi.

Ik ben nu diep in de wildernis, de geruststellende lichten van de stad ver achter me. Een ijzige bries snijdt door de bomen en ik duik dieper in mijn leren jack tegen de kou. Mijn ogen scannen onophoudelijk de dreigende schaduwen op elke rimpeling van beweging.

De bijtende zwavelgeur vervaagt en wordt vervangen door vochtig, aards verval. 'Verdomme', vloek ik binnensmonds, gefrustreerd maar niet afgeschrikt. Mijn doelwit is goed, zonder twijfel. Maar ik kan hem dit keer absoluut niet laten ontglippen.

Terwijl ik dieper de verstikkende duisternis in sluip, daalt er een griezelige stilte neer, die rillingen over mijn ruggengraat stuurt. Ik voel me bekeken, opgejaagd, hoewel ik weet dat ik hier het roofdier ben.

'Herpak je, Artemis', mompel ik, terwijl ik over het litteken op mijn wang wrijf, een herinnering aan mislukkingen uit het verleden die ik weiger te herhalen. Ik dwing mezelf het knagende ongemak van me af te schudden en me opnieuw te concentreren.

Het vergt elke gram van mijn vaardigheid om het spoor terug te vinden, maar uiteindelijk vang ik het op: de kleinste hint van zwavel, bijna verzwolgen door de weelderige geuren van het bos. 'Nu heb ik je', grijns ik fel, mijn bloed sneller stromend van de opwinding van de jacht. Ik storm voorwaarts, elk zintuig gespitst op mijn ongrijpbare prooi.

Een plotselinge, buitenaardse kreet verscheurt de stilte en laat me ter plekke verstijven. Het ijzingwekkende geluid snijdt door merg en been, anders dan alles wat ik ooit heb gehoord. Prooidierinstincten schieten omhoog en schreeuwen om te vluchten voor deze onzichtbare dreiging.

Ik forceer een onregelmatige ademhaling en span me in om voorbij mijn bonzende polsslag te horen. 'Hou je kop erbij, Blackwell', grom ik door opeengeklemde tanden, vechtend tegen de overweldigende drang om te rennen. Ik laat me echt niet afschrikken door een of ander schrikeffect.

'Laat je zien!' schreeuw ik roekeloos de schaduwen in, mijn hand zwevend boven mijn pistool in zijn holster.

Mijn roekeloze bravoure valt in het niets en echoot spottend door de bomen voordat het opnieuw wordt verzwolgen door de verstikkende stilte.

'Dan niet', snauw ik, terwijl ik mijn loden voeten voorwaarts dwing, tegen elk zelfbehoudinstinct in. Als iets me vanuit de duisternis wil bekijken, laat het dan maar. Ik geef deze jacht nu niet op.

Verderop zie ik een groot stuk verwoest bos, waar bomen met geweld zijn ontworteld en versplinterd. Het lijkt alsof een tornado door dit gebied heeft geraasd en alleen maar vernietiging heeft achtergelaten.

Ik fluit zachtjes, de omvang van de berekende ravage in me opnemend. 'Nou, nou. Je hebt dus wel wat in je mars.' Dit moet het werk van mijn doelwit zijn. Het eerste concrete spoor dat ik heb gevonden en ik ga het nu niet kwijtraken.

'Knappe actie daarnet, chef', roep ik sardonisch, met een kleine glimlach. Maar er is nu geen tijd voor luchthartigheid. Ik ben dichtbij, ik voel het. Tijd om dit af te maken.

Terwijl ik door het puin loop, weigert het kruipende gevoel dat onzichtbare ogen elke beweging van me volgen, te verdwijnen. Ik span al mijn zintuigen tegen de stille bomen, voorbereid op een hinderlaag. Maar er beweegt niets.

'Ik schrik niet snel, vriend', roep ik luid de toekijkende duisternis in. 'En ik loop nooit weg voor een gevecht.'

Mijn dappere woorden verdwijnen in het niets. Geen beweging, geen reactie. Alleen de schelle symfonie van mijn eigen razende hart houdt de maat.

'Laatste kans om het jezelf makkelijk te maken', waarschuw ik, mijn handpalmen glad van het zweet tegen mijn wapens. 'Zorg niet dat ik je als een bang konijn uit je hol moet jagen. Kom gewoon tevoorschijn.'

De stilte duurt ononderbroken voort. Goed dan. Dan doen we het op de moeilijke manier. Ik verlaat dit bos niet zonder mijn doelwit in hechtenis te hebben. En niets hier beangstigt me nog.

Ik sluit mijn ogen en stem mezelf volledig af op mijn omgeving: de geur van omgewoelde aarde, de panische hartslag die door de bomen pulseert, het zachte geknetter van energie die in de lucht hangt. Alles wijst op een snel naderende confrontatie.

Een deel van me fluistert dat ik moet rennen, deze waanzin achter me moet laten. Maar de jager in mijn ziel weet het: er is geen weg meer terug. Ik zal dit tot het bittere einde doorzetten. En mijn prooi kan me niet voor altijd ontlopen.

'Klaar of niet, hier kom ik', snauw ik als belofte en stort me zonder aarzeling in de strijd. De ware jacht begint vannacht.

*

Ik doorzoek het schimmige bos aandachtig, op zoek naar de geringste beweging in de stilte. Mijn hart hamert van angst, uit vrees dat ik misschien te laat ben. Als mijn ongrijpbare doelwit is ontsnapt terwijl ik was afgeleid en niets dan deze slachting heeft achtergelaten...

'Verdomme', vloek ik binnensmonds en schop uit frustratie tegen een gebroken tak.

'Wat een taalgebruik', merkt een tergend bekende stem afkeurend op. 'En kijk uit waar je loopt, schat.'

Ik draai me om, terwijl er een mes in mijn handpalm verschijnt. 'Declan? Wat doe jij hier in godsnaam?'

Declan Reed, mijn onuitstaanbaar arrogante rivaal, leunt nonchalant tegen een boom en ziet er veel te veel op zijn gemak uit. 'Dat zou ik jou ook kunnen vragen. Maar ik durf te wedden dat we allebei op jacht zijn naar hetzelfde, uniek gevaarlijke doelwit.'

Ik dwing mezelf mijn verkrampte greep op het mes te ontspannen en verberg snel mijn verbazing. 'Wat maakt je daar zo zeker van?'

Declan duwt zich van de boom af en komt met zijn kenmerkende schelmengrijns dichterbij. 'Kom nou, we cirkelen al lang genoeg om elkaar heen, zodat ik kan herkennen wanneer je een vers spoor volgt.'

Ik frons, weigerend me te laten afleiden door zijn plotselinge nabijheid. 'Of misschien ben je me gewoon aan het stalken, engerd.'

Zijn grijns wordt alleen maar breder door mijn scherpe toon. 'Geloof wat je wilt. Maar we verspillen kostbare tijd, mijn lief.'

Ik haal langzaam adem en bal mijn vuisten. Hoezeer ik het ook haat om het toe te geven, hij heeft een punt. 'Goed. Laten we zeggen dat we allebei achter hetzelfde doelwit aanzitten. Wat nu?'

Hij haalt achteloos zijn schouders op, maar zijn ogen volgen elke beweging die ik maak. 'Simpel. We zullen zien wie er bekwaam genoeg is om het als eerste te vangen.'

'Pff, alles is voor jou gewoon een spelletje.' Ik rol met mijn ogen in afkeer. 'Doe me een plezier en blijf verdomme uit mijn buurt.'

'Wat is daar nu voor lol aan?' lacht hij spottend. 'Maar kom niet smeken om mijn hulp als je achteropraakt.'

Ik negeer hem opzichtig en richt mijn aandacht weer op het verwoeste bos, op zoek naar aanwijzingen. Ik moet het spoor weer oppikken voordat Declan dat doet. Dit doelwit als eerste vangen is meer dan alleen trots; ik heb antwoorden nodig die alleen het doelwit kan geven.

Terwijl ik door het puin zoek, voel ik de tergende blik van Declan elke beweging volgen. Maar ik weiger zijn uitdagende aanwezigheid mijn concentratie te laten breken. Ik sluit me af voor alles behalve de achtervolging.

'Klaar of niet, hier kom ik', mompel ik, mijn vastberadenheid bevestigend. Ik zal deze opdracht voor Declan voltooien, wat er ook voor nodig is. Falen is geen optie.

Ik beweeg zo stil als een geest door de vernieling, op zoek naar een indicatie van de richting van mijn doelwit. Declan volgt me op een afstand, kijkend en wachtend tot ik de volgende aanwijzing ontdek. Ik zal hem die voldoening niet geven.

Ik kniel neer en onderzoek een ongebruikelijke afdruk in de vochtige grond: drie lange groeven met een onmenselijke spanwijdte. Klauwsporen. Mijn hartslag versnelt, maar ik dwing mezelf uiterlijk onbewogen te blijven. De eerste concrete aanwijzing sinds het spoor doodliep. Ik prent het patroon in mijn geheugen voordat ik opsta en verder ga zonder een blik achterom naar Declan te werpen. Laat hem het zelf maar uitzoeken.

Ik versnel mijn tempo, vol energie door het vooruitzicht de achtervolging te hervatten. De bomen lijken dichterbij te buigen, de schaduwen worden dieper. Een prikkelend bewustzijn vertelt me dat Declan in de buurt is, maar ik sluit me af voor zijn aanwezigheid. Alleen de jacht is nu van belang.

Voor me vertoont een knoestige eik tekenen van schade; de bovenste takken zijn versnipperd alsof er iets groots in een razernij doorheen is gescheurd. Ik sta mezelf een strakke glimlach toe. Het spoor is vers, uit de gebroken uiteinden druipt nog steeds sap. Ik ben nu dichtbij.

Ik trek mijn pistool en sluip voorwaarts, hyperalert op elke rimpeling van beweging, elk ongewoon geluid. Het omringende bos is doodstil geworden, alsof het collectief de adem inhoudt. De spanning wordt met elke stap strakker aangespannen... totdat ik eindelijk, verderop, een glimp opvang van iets onnatuurlijks dat tussen de bomen beweegt.

Ik bevries, mijn pistool geheven en stabiel. Daar, tussen de skeletachtige takken. Een logge, misvormde schaduw, die in en uit beeld flikkert. Onbekend en toch vaag mensachtig.

'Declan', sis ik binnensmonds. Hij verschijnt aan mijn zijde, zijn blik op hetzelfde punt gericht. Voor nu zijn we verenigd in onze focus.

'Is dat ons doelwit?' fluistert hij, nauwelijks hoorbaar. Zijn hand zweeft bij zijn eigen verborgen wapen.

Ik knik kort, elke spier strakgespannen. 'Zonder twijfel.'

'Goed dan. Laat de spelen beginnen.' Een roekeloze opwinding flitst in Declans ogen. We jagen op dezelfde prijs, zij aan zij in plaats van tegenover elkaar. Maar ik weet dat het slechts tijdelijk is.

Ik trek mijn tweede pistool, schuif dichter naar de bewegende figuur, genadeloos en gefocust. De spanning van de naderende confrontatie giert door mijn aderen. Tijd om deze jacht te beëindigen. Op de een of andere manier.

Een bijtende wind giert door de kale bomen en doet me tot op het bot verkleumen. Ik huiver en kijk Declan boos aan, geïrriteerd door zijn veelbetekenende grijns.

'Sinds wanneer nemen we opdrachten aan van concurrerende partijen?' snauw ik, terwijl onbehagen als ijzige ranken over mijn ruggengraat prikt.

'Sinds we duidelijk tegengestelde belangen hebben', antwoordt Declan, terwijl zijn hazelnootbruine ogen vernauwen. 'Hoewel ik verrast ben door jouw eigenaardige keuze van werkgever.'

'Het gaat je niets aan voor wie ik werk', spuug ik, mijn vingers jeukend naar mijn messen. 'Denk je dat je een exclusief recht hebt op dit doelwit, alleen omdat jij als eerste werd ingehuurd?'

'Reken maar van wel.' Hij kruist arrogant zijn armen. 'En ik ga de identiteit van mijn cliënt ook niet delen, dus vraag er maar niet naar.'

'Zou er niet aan denken', mompel ik door opeengeklemde tanden, mijn gedachten razend. Kan ik mijn eigen werkgever vertrouwen? Weten ze dat Declan erbij betrokken is? Worden we opzettelijk tegen elkaar opgezet? Wat is hier in godsnaam aan de hand?

De veelbetekenende grijns van Declan werkt me op de zenuwen. 'Je zou je meer zorgen moeten maken over wat er gebeurt als ik ons doelwit als eerste bereik.'

'Blijf dromen, Reed', snauw ik, terwijl ik het gebied afspeur naar een spoor van onze prooi. 'Dat zal niet gebeuren.'

Zijn lage gegrinnik doet de haren in mijn nek overeind staan. 'Dat zullen we nog wel zien, Blackwell.'

Terwijl we behoedzaam door het bos blijven speuren, knaagt de paranoia aan me. Als Declan en ik allebei zijn ingehuurd om hetzelfde doelwit te vinden, wie trekt er dan werkelijk aan de touwtjes? En zorgwekkender nog, wie is de echte vijand in dit verwrongen spel?

Ik dwing de speculatie opzij om me op de taak te concentreren. Wie deze puinhoop ook heeft georkestreerd, ik weiger me door Declan te laten verslaan. En als het op een gevecht aankomt, ben ik er klaar voor.

'Pas op jezelf, Reed', fluister ik als de verstikkende bomen zich om ons heen sluiten. 'Jij bent niet de enige met een reputatie op het spel.'

Zijn blik boort zich in me, vernauwd en gevaarlijk, alsof hij mijn gedachten probeert te lezen. 'Denk je echt dat je me kunt overtreffen naar de prijs, Artemis?' Hij sneert mijn naam als een vloek. 'Je bent goed, schat, maar niet zó goed.'

'Alsjeblieft', schamper ik minachtend. 'Ik was onze glibberige vriend al lang op het spoor voordat jij er lucht van kreeg. Ik zal degene zijn die deze jacht tot een einde brengt.'

'Grote praatjes voor iemand die het spoor kwijt was', antwoordt hij, zijn ogen flitsend naar waar het verdween.

Het bloed stijgt me naar de wangen, maar ik verberg de opwelling van woede die zijn spot opwekt. 'Ik weet wat ik doe, Reed. Ik was niets kwijt.'

'O ja?' Hij trekt een arrogante wenkbrauw op. 'Want vanaf hier lijkt het alsof we allebei op lucht jagen.'

'Genoeg!' snauw ik door opeengeklemde tanden, mijn vuisten gebald tegen de drang om mijn wapens te trekken. 'Alleen omdat we op een dood spoor zitten, betekent niet dat ik de geur niet weer kan oppikken.'

Declan leunt naar voren, zijn warme adem beroert mijn haar. 'Of misschien moeten we onze vaardigheden bundelen, alleen totdat het spoor is teruggevonden.' Zijn toon is verrassend oprecht. 'Twee spoorzoekers zijn beter dan één tegen een listige prooi.'

Ik deins vol afschuw achteruit. 'Sinds wanneer vertrouw ik jou ooit, Reed? We zijn rivalen, geen bondgenoten.'

'Hoe het ook zij, we delen een doelwit', merkt hij redelijk op. 'Het is in ons beider belang om samen te werken. Voor nu.'

Ik haat zijn logica, maar we zitten vast. 'Goed', bijt ik hem toe. 'Maar zodra het spoor is gevonden, eindigt deze tijdelijke wapenstilstand.'

'Ik zou het niet anders willen.' Declans glimlach zinspeelt op toekomstig verraad. Voorlopig werken we echter met tegenzin samen.

Het gaat tegen elk instinct in om op hem te vertrouwen. Maar wanhopige tijden vragen om onorthodoxe allianties. Ik herinner mezelf eraan waakzaam te blijven. Zodra ons doelwit is gevonden, wordt Declan weer de vijand.

Voor nu zijn we echter ongemakkelijke bondgenoten, verenigd door een gemeenschappelijk doel. De gedachte laat een bittere smaak in mijn mond achter. Maar hier falen is geen optie. Ik moet deze opdracht voor Declan voltooien.

Wat het ook kost.

HOOFDSTUK VIER

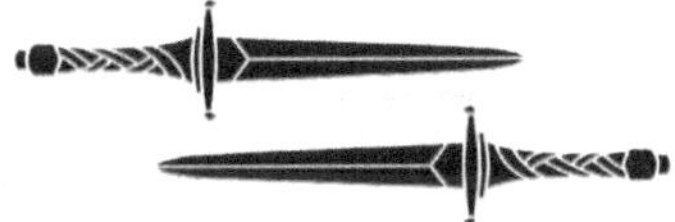

DE BIJTENDE STANK VAN verschroeide aarde en verbrand hout overvalt mijn zintuigen als we het gebied van de verwoesting naderen. Het eens zo groene woud is gereduceerd tot een smeulende woestenij, en ik kan niet anders dan me afvragen welke goddeloze kracht zo'n totale vernietiging heeft kunnen aanrichten.

'Moet je deze puinhoop zien,' mompelt Declan, terwijl hij met een onder de indruk klinkend fluitje de zwartgeblakerde overblijfselen inspecteert. 'Denk je dat onze gladde vriend hierlangs is gekomen?'

'Lijkt me wel,' antwoord ik, terwijl ik door mijn hurken ga om een verdraaid stuk metaal te onderzoeken dat nauwelijks herkenbaar is als deel van een hek of poort. 'Hier is duidelijk iets groots gebeurd.'

'Gebeurd, de lucht in gegaan, aan diggelen geblazen,' grijnst Declan, terwijl hij naar de verkoolde en versplinterde boomtoppen gebaart.

Ik onderdruk de neiging om met mijn ogen te rollen om zijn luchthartigheid. 'Zeer scherpzinnige observatie. Maak je nu maar nuttig en zoek naar een spoor of aanwijzingen terwijl ik de perimeter beveilig.'

Ik laat hem het gebied uitkammen en maak een voorzichtige ronde net binnen de boomgrens, op zoek naar tekenen van leven of sluimerende bedreigingen. Maar alles blijft stil en rustig, de roetige aarde verstoken van bruikbare sporen of tekens. Wat deze gelokaliseerde apocalyps ook heeft veroorzaakt, het is allang verdwenen.

Declans scherpe fluitje trekt me naar de plek waar hij knielt bij een half begraven voorwerp in de as. 'Welnu, wat hebben we hier?'

Ik ga naast hem op mijn hurken zitten en kijk argwanend naar de metalen cilinder. Ingewikkelde runen zijn langs het oppervlak geëtst en gloeien nog zwak na met restenergie. Absoluut van bovennatuurlijke oorsprong.

Declan grijnst. 'Lijkt op een van die magische dingetjes waar jullie mysteriejagers altijd mee rotzooien.'

'Wat een technische uitleg,' kaats ik terug, terwijl ik het uit zijn greep pluk. Een rilling trekt door me heen bij de aanraking. 'Maar ja, onze prooi zou hierin zeer geïnteresseerd zijn.'

'Geen Bureau dus?' vraagt Declan geïnteresseerd, terwijl hij zijn handen afstoft.

Een golf van woede welt op in mijn buik bij de beschuldiging. 'Ik ben niet een van die black ops-huurmoordenaars.' Het Bureau voor Paranormale Zaken betaalt goed voor mijn diensten, maar het zijn corrupte verraders. Ik weiger een van hen te zijn.

Declan voelt mijn irritatie en houdt zijn handen op in schijnbare overgave. 'Mijn fout. Het kan me sowieso niet schelen voor wie je werkt. Dus, welke kant is onze "vriend" waarschijnlijk opgegaan na dit?'

'Laat me mijn paranormale hulplijn even bellen,' grap ik sarcastisch, terwijl ik het kale landschap afspeur. Er is geen duidelijk spoor te zien te midden van de aanhoudende verwoesting. Ik knik naar de gehavende resten van een pick-uptruck. 'Help me de laadbak schoonvegen.'

Samen vegen we de as van de laadbak van de truck, zodat ik ruimte heb om een kaart van de omliggende regio uit te rollen. Declan buigt zich voorover, zijn hazelnootkleurige ogen gefocust. 'Oké, aangenomen dat onze prooi het gebied is ontvlucht, wat zijn dan de dichtstbijzijnde opties?'

Ik volg peinzend een lijn met mijn vinger op de kaart. 'Nou, als je deze weg volgt, leidt die rechtstreeks naar de dichtstbijzijnde stad. Niet bepaald onopvallend.'

Declan maakt een instemmend geluid. 'Dus als het doel is om aandacht te vermijden, wat blijft er dan over?'

Mijn blik valt op een bergkam die de stad in het noorden flankeert. Dicht woud, onderbroken door netwerken van afgelegen grotten en nissen. 'De uitlopers van de bergen,' verklaar ik beslist. 'Een makkelijke plek om te verdwijnen.'

Declan knikt. 'En weinig nieuwsgierige ogen. Ik durf te wedden dat dat onze beste kans is om de achtervolging in te zetten.'

Ik voel een vlaag van onbehagen over hoe gemakkelijk we in deze tijdelijke samenwerking zijn gegleden. Maar het spoor volgt zichzelf niet. 'Laten we dan gaan. We verliezen daglicht.'

We vertrekken richting de bergen, terwijl de schim van onze gedeelde prooi boven ons hangt. De ijzige wind bijt in mijn gezicht en benadrukt het inherente gevaar van dit tijdelijke bondgenootschap. Uiterlijk lijkt Declan onverstoord, maar ik voel een overeenkomstige argwaan jegens mij smeulen achter zijn nonchalante bravoure. Geen van ons beiden vertrouwt de motieven van de ander volledig.

Mijn longen branden bij elke ijskoude ademteug terwijl we hoger klimmen, de rotsachtige hellingen bestoven met sneeuw. De bijtende kou dringt door tot op mijn botten, hoewel ik weiger zwakte te tonen. Zeker niet aan Declan Reed. Ik merk dat hij moeiteloos mijn tempo bijhoudt, verdomde competitieve klootzak. Hij kan me niet eens een voorsprong gunnen op het gebied van uithoudingsvermogen.

'Ik had niet verwacht dat jij iemand was die van wandelingen in de natuur geniet,' merk ik snibbig op, terwijl mijn adem voor me uit dampt.

Declan grijnst. 'Insgelijks, Blackwell. Maar ik veronderstel dat we allebei verborgen diepten hebben.'

Ik verzet me tegen de neiging om op de provocatie in te gaan. 'Laten we ons gewoon op de missie concentreren, Reed.'

We trekken verder, de stilte slechts doorbroken door het treurige gehuil van de wind door de dennentakken. Het stekelige gevoel van blootstelling, van onzichtbare ogen die ons volgen, weigert te verdwijnen. Ik scan onophoudelijk onze omgeving op tekenen van een hinderlaag. Maar er beweegt niets. Alleen de geesten van het verleden spoken op deze hellingen.

Totdat er eindelijk, verderop, een bouwwerk opdoemt uit het ruige terrein. Een imposant betonnen complex, genesteld tegen de oprijzende rotsen, met donkere en levenloze ramen. Maar het doel ervan is onmiskenbaar.

'Welnu, wat hebben we hier?' mijmer ik hardop. 'Een afgelegen onderzoekslab?'

'Daar lijkt het wel op,' beaamt Declan. 'Je vraagt je af wat onze prooi helemaal hier te zoeken had.' Zijn hand glijdt naar zijn geholsterde pistool.

Ik neem niet de moeite om te speculeren. 'Er is maar één manier om daarachter te komen. Laten we naar binnen gaan en zien welke geheimen er nog te ontdekken zijn.'

We naderen het gebouw voorzichtig, onze zintuigen gespitst op het kleinste teken van beweging in de vele schimmige ramen die als lege oogkassen gapen. Een massieve stalen deur verspert de toegang, maar het elektronische slot is geen partij voor Declans vaardigheden.

Met een gedempte piep schieten de grendels los en de deur zwaait met een onheilspellend gekraak open. Declan maakte een spottende buiging. 'Dames gaan voor.'

Ik negeer hem, knip mijn zaklamp aan en stap de muffe duisternis in. Onder zijn adem mompelend volgt Declan, zijn lichtbundel voegt zich bij de mijne om de duisternis terug te dringen. Weer zij aan zij, ongemakkelijke bondgenoten die alleen verenigd zijn door een gemeenschappelijk doel. Wat we hier ook ontdekken, één ding is zeker: de spanning tussen Declan en mij zal spoedig tot een hoogtepunt komen. En slechts een van ons kan slagen.

Voor nu richten we ons echter op het ontrafelen van de geheimen van onze prooi. De antwoorden zijn nabij. Ik voel het in de zware stilte die de faciliteit doordringt, tot in de stenen zelf. De jacht heeft ons hier met een reden naartoe geleid. En, klaar of niet, onze prooi wacht ergens in de diepten.

—◆○◆—

De bijtende wind snijdt als een ijzig mes door me heen terwijl ik de buitenkant van de verlaten onderzoeksfaciliteit inspecteer. Een onnatuurlijke stilte hangt over het complex, zwaar en beklemmend. De hele plek lijkt haastig verlaten: deuren staan op een kier, sporen van vluchtende voertuigen zijn opgeslokt door de steeds dieper wordende sneeuw.

'Iets voelt hier niet pluis,' mompelt Declan, zijn adem vormt een wolkje in de ijskoude lucht. 'Denk je dat ze getipt waren dat we eraan kwamen?'

'Laten we hopen van niet,' antwoord ik somber, terwijl een misselijkmakend gevoel in mijn maag draait. 'Maar blijf desondanks scherp.'

We benaderen wat een kantoorgebouw lijkt, de ramen ingeslagen door geweld uit het verleden. Ik trap de versplinterde deur open en we stappen voorzichtig naar binnen. Het interieur is overhoop gehaald: papieren en meubels liggen verspreid over de vloer, archiefkasten zijn leeggehaald en omvergeworpen.

'Lijkt erop dat iemand echt niet wilde dat hier iets gevonden werd,' merk ik gefrustreerd op, terwijl ik zoek naar aanwijzingen die aan de vernietiging zijn ontsnapt.

'Of ze hebben gewoon een grote passie voor herinrichten,' grapt Declan met een gemakkelijke grijns.

Ik geef hem een kille blik. 'Focus, Reed. Dit is serieus.'

Gekastijd wordt Declan serieuzer en volgt me dieper het gebouw in. Maar het is meer van hetzelfde: elke kamer is leeggehaald, alle sporen zijn uitgewist. Elke doodlopende weg schroeft mijn frustratie verder op. We zijn te laat, het spoor is allang koud.

Totdat Declan scherp roept: 'Artemis, hierheen.' Ik vind hem in wat ooit een medische post was, de ijzig stalen tafels glinsteren nog onder flikkerende lichten. Hij wijst woordeloos naar een donkere vlek op de smoezelige tegels. Bloed. Vers.

'Verdomme,' sis ik, mijn hartslag schiet omhoog. 'Onze prooi is hier misschien nog ergens.'

Declan trekt een grimas. 'Of we lopen recht in een hinderlaag.'

Ik controleer mijn wapens en kalmeer mijn zenuwen. 'Hoe dan ook, we vertrekken niet zonder antwoorden. Laten we verdergaan.'

Samen duiken we dieper, onze zintuigen gespitst op het minste geluid of beweging in de muffe lucht. Mijn vingers strelen de geruststellende grip van mijn pistool, klaar om te trekken bij het eerste teken van leven. Of dood.

In wat een lab lijkt te zijn, brandt de scherpe chemische stank in mijn neusgaten. Op de aanrechten staat nog een scala aan wetenschappelijke apparatuur en halfvolle flesjes, met onbekende inhoud. In een hoek doemt een immense glazen tank op, buizen slingeren vanuit de schimmige diepten als metalen ranken. Sinistere vormen lijken net buiten het zicht te kronkelen achter het ondoorzichtige glas.

Declan fluit zachtjes. 'Moet je deze freakshow eens zien.' Hij pakt een verfomfaaid document op, zijn voorhoofd fronst. 'Het is een onderzoeksrapport. Kijk eens.'

Ik scan de pagina's haastig, mijn ogen worden groter. Ze voerden experimenten uit op bovennatuurlijke exemplaren, waarbij ze hun vaardigheden tot onnatuurlijke grenzen oprekten. Inclusief onze prooi.

'Die zieke klootzakken,' spuug ik uit, terwijl woede zich strak in mijn borstkas oprolt. 'Ze gebruikten hem als een verdomd proefkonijn.'

Declans uitdrukking wordt hard. 'Dit is veel groter dan een van ons beiden besefte. Wie ons ook heeft ingehuurd, wilde niet alleen dat het wezen gevonden werd.' Zijn ogen boren zich indringend in de mijne. 'Ze wilden dat we dit allemaal vonden.'

De implicaties beginnen duidelijk te worden, en ik voel me misselijk. 'Je hebt gelijk. Onze prooi was slechts lokaas om ons naar hun echte prijs te leiden.' Ik kijk Declan aan. 'Dus wat nu? We waren slechts pionnen voor deze mensen. Gaan we door met de klus of kappen we ermee?'

Declan trekt een gezicht vol afkeer. 'Maak je een grapje? We kunnen deze freaks hier niet mee weg laten komen. We vinden wie er verantwoordelijk is voor deze experimenten en laten ze boeten.'

Ondanks onze verschillen voel ik een golf van waardering voor zijn overtuiging. 'Daar ben ik het helemaal mee eens. Onze problemen kunnen wachten; op dit moment delen we een gemeenschappelijke vijand.'

Declan knikt. 'Zodra we deze nachtmerrie hebben gestopt, kunnen we weer rivalen zijn.' Een ondeugende grijns trekt aan zijn mondhoek. 'Het wordt net als vanouds.'

'Ik kijk ernaar uit,' kaats ik bijtend terug, en weiger me te laten charmeren. 'Laten we voor nu deze gestoorde operatie ontrafelen.'

We doorzoeken het complex grondig en vinden talloze half afgemaakte experimenten en verspreide onderzoeksnotities. Elke stap brengt ons dieper in een wereld van wreedheid en uitbuiting, waar opgeofferde levens zijn gereduceerd tot louter datapunten. En elke onthulling versterkt alleen maar mijn vastberadenheid om de verantwoordelijken te vernietigen.

In een kantoor met uitzicht op de laboratoria ontdekken we personeelsdossiers en vrachtbrieven die wijzen op een enorme organisatie achter deze brute ondernemingen. Deze ene faciliteit is slechts het topje van de ijsberg.

'Deze operatie is gigantisch, Declan,' mompel ik, terwijl mijn gedachten op volle toeren draaien om de omvang van de onthullingen te verwerken. 'En we zijn recht in het wespennest gelopen.'

Declan grijnst scherp, zijn ogen lichten op van doelgerichtheid. 'Klinkt alsof het interessant gaat worden. We kunnen ons maar beter schrap zetten, het wordt een helse rit.'

Ondanks ons ongemakkelijke bondgenootschap zijn we op dit moment verenigd door rechtvaardige woede tegen een gemeenschappelijke vijand. Het pad voorwaarts blijft onduidelijk, maar ik weet één ding zonder enige twijfel: de heerschappij van deze monsters eindigt vandaag. Door mijn handen, als door geen andere.

Ik ontmoet Declans felle blik en zie mijn eigen meedogenloze vastberadenheid weerspiegeld. Samen kunnen we reuzen omverwerpen, of sterven terwijl we het proberen.

Maar falen is geen optie. Er zijn al te veel onschuldige levens opgeofferd.

Het is tijd voor langverwachte gerechtigheid. En moge God genade hebben met degenen die me in de weg staan... want ik zal die niet hebben.

HOOFDSTUK VIJF

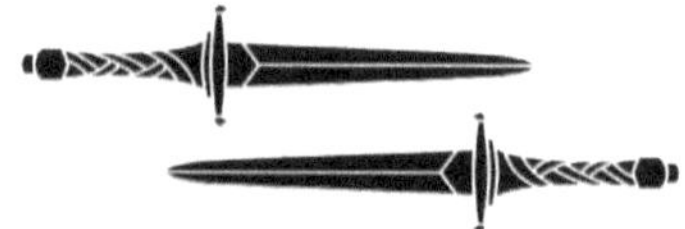

DE GEUR VAN ONTSMETTINGSMIDDEL en het griezelige gezoem van tl-verlichting omringen me terwijl ik Declan volg door de verlaten onderzoeksfaciliteit, op zoek naar aanwijzingen. Waarom zou ons doelwit hier terugkomen?

'Dit is belachelijk. We gaan niets vinden,' mompel ik knorrig.

'Hou op met klagen,' zegt hij, en hij duwt een deur open met daarop 'Autorisatie Vereist.' Dat was dat.

We banen ons een weg door lege gangen en laboratoria, en de stilte drukt zwaar op me. Kippenvel trekt over mijn huid onder mijn leren jack, en niet alleen door de koude lucht. Ik raak het gevoel niet kwijt dat we in de gaten worden gehouden.

'Het voelt alsof we publiek hebben, nietwaar?' zeg ik ten slotte, en ik probeer nonchalant te klinken.

'Blijf geconcentreerd, Artemis,' snauwt Declan. 'We moeten iets vinden wat ons een spoor geeft.'

'Juist, want het blindelings opvolgen van mysterieuze tips pakt altijd goed voor ons uit.' Maar ondanks mijn sarcasme weet ik dat we niet veel keus hebben.

'Heb jij een beter idee?' Hij stopt en draait zich naar me om, met zijn armen over elkaar.

'Goed,' geef ik toe, en ik rol met mijn groene ogen. 'Maar als we worden aangevallen door een of ander losgeslagen paranormaal wezen, geef ik jou de schuld.'

'Afgesproken,' zegt hij, en hij trekt een lichte grijns terwijl hij nog een deur openduwt.

Ik voel de haren in mijn nek overeind gaan staan terwijl we dieper de faciliteit in gaan. De kamers staan vol met achtergelaten apparatuur, reageerbuizen en vreemde machines. Deze plek stinkt naar geheimen en verboden kennis. Mijn hartslag versnelt terwijl we naar antwoorden zoeken – of in ieder geval iets wat ons helpt te begrijpen wat hier echt is gebeurd.

'Declan, hier,' roep ik, mijn stem amper een fluistering. Terwijl ik een kantoor doorzoek dat er haastig verlaten uitziet, heb ik een stapel mappen gevonden met het label 'Geclassificeerd.' De stempels van het Bureau erop vertellen ons eindelijk precies van wie deze faciliteit was – maar waarom zou het Bureau het hebben verlaten?

Is hier iets ontsnapt, iets wat ze gemaakt hebben en niet meer onder controle konden houden?

'Mooie vondst,' zegt hij, komt naast me staan en bladert door de documenten. 'Eens kijken wat ze verborgen hielden.'

'Of wie,' voeg ik eraan toe, denkend aan de mens-paranormale hybriden waarvan we vermoeden dat ze in deze zelfde faciliteit zijn gecreëerd.

'Hoe dan ook, we zijn iets groots op het spoor.' Hij kijkt op van de papieren, zijn bruine haar valt in zijn ogen. 'En gevaarlijks.'

'Het verhaal van ons leven,' zucht ik, terwijl mijn vingers het litteken op mijn linkerwang volgen, een herinnering aan gevechten uit het verleden – en die nog moeten komen.

Ik trek een map van de stapel, mijn vingers glijden over het stoffige oppervlak. Het label op de kaft leest PROJECT CHIMERA in dikke, rode letters. Dat bevalt me niks. Mijn maag draait zich om als ik de eerste pagina omsla en door pagina's vol technisch jargon en wetenschappelijke diagrammen blader.

'Luister hiernaar,' zeg ik, en ik trek Declans aandacht. 'Hier staat dat ze experimenten uitvoerden op paranormale entiteiten – en hun krachten gebruikten voor God weet wat.'

'Tegen de regels van het Bureau?' vraagt Declan, en zijn hazelnootkleurige ogen vernauwen zich.

'Zwaar tegen de regels,' antwoord ik, en ik voel de woede in me opborrelen. 'Ze horen mensen tegen deze wezens te beschermen, niet ze uit te buiten.'

'Wie had gedacht dat de mensen voor wie we werken zo... corrupt zouden zijn?' Hij laat een bittere lach horen, maar er zit geen humor in. Alleen de walging over onze eigen naïviteit.

'Is dat niet altijd zo?' mompel ik, terwijl ik een ander document bekijk. 'Wat erger is, sommige van deze entiteiten zijn gemarkeerd als "niet te classificeren." Ze kunnen van alles zijn.'

'Geweldig,' moppert hij, en hij haalt een hand door zijn warrige haar. 'Dus we hebben losgeslagen Bureau-wetenschappers die met vuur spelen, en wij zitten er middenin.'

'Daar lijkt het wel op,' geef ik toe, terwijl ik mijn gewicht van de ene laars op de andere verplaats en probeer het ongemak dat in me opkruipt te onderdrukken. 'We moeten meer bewijs vinden en het naar mijn cliënt brengen – het enige wat ik zeker weet, is dat hij niet van het Bureau is. Ze verbergen hun identiteit niet als ze me inhuren. Misschien kan hij ons helpen uitzoeken wie hierachter zit.'

'Ervan uitgaande dat hij niet tot over zijn oren in iets ergers zit,' voegt Declan duister toe, en ik kan een rilling bij die gedachte niet onderdrukken.

'Declan,' begin ik, terwijl ik diep ademhaal, 'we moeten iemand vertrouwen.'

'Vertrouwen is een luxe die we ons nu niet kunnen veroorloven, Artemis,' werpt hij tegen, zijn stem gespannen. 'We moeten voorzichtig zijn wie we hierbij betrekken.'

'Prima,' snauw ik, gefrustreerd door zijn paranoia. 'Maar we kunnen dit niet alleen. We hebben hulp nodig – of we ze nu vertrouwen of niet.'

'Ik denk dat je gelijk hebt,' geeft hij toe, en hij zucht zwaar. 'Laten we maar hopen dat onze zogenaamde bondgenoten ons geen mes in de rug steken voordat we deze experimenten kunnen onthullen.'

'Hoop op het beste, bereid je voor op het ergste,' herinner ik hem, en samen graven we verder in het belastende bewijsmateriaal, onze harten zwaar van het verraad.

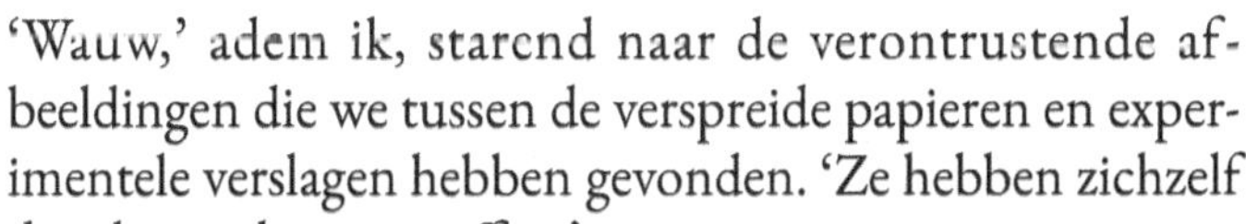

'Wauw,' adem ik, starend naar de verontrustende afbeeldingen die we tussen de verspreide papieren en experimentele verslagen hebben gevonden. 'Ze hebben zichzelf deze keer echt overtroffen.'

'Artemis, kijk hier eens naar,' roept Declan vanuit de andere kant van de schemerige kamer, zijn stem een mix van walging en vrees. Ik slenter naar hem toe, mijn laarzen echoën door het verlaten laboratorium, en tuur naar het scherm waar hij naar wijst.

'Zijn dat...?' Mijn ogen worden groot als het vreselijke besef tot me doordringt. De losgeslagen wetenschappers hadden met menselijk DNA geknoeid, het vermengd met verschillende paranormale soorten – en zo wangedrochten gecreëerd die niet zouden moeten bestaan.

'Het lijkt erop dat ze een paar levensechte nachtmerries hebben gebrouwen,' zegt Declan met een grimas, terwijl hij door meer groteske afbeeldingen van de mismaakte wezens scrolt. 'Dit is meer dan gestoord.'

'Vertel mij wat,' huiver ik, en ik probeer de aanhoudende rilling die over mijn ruggengraat loopt van me af te schudden. 'Wie had ooit gedacht dat iemand gek genoeg zou zijn om dit te proberen? En het Bureau? Zij horen paranormale wezens te beschermen en te behouden als bedreigde diersoorten, niet... wat deze gruwel ook is!'

Declan zucht en haalt een hand door zijn rommelige haar. 'De vraag is: waarom? Wat is het einddoel hier?'

'Macht, controle, sadistische nieuwsgierigheid... kies maar,' antwoord ik bitter, terwijl mijn gedachten op hol slaan om chocola te maken van de chaos waar we in zijn beland. 'Wat hun redenen ook zijn, we moeten hier een einde aan maken. Deze hybriden zijn tikkende tijdbommen die op het punt staan te ontploffen.'

'Eens,' knikt Declan, zijn hazelnootkleurige ogen gevuld met vastberadenheid. 'We hebben wel versterking nodig. Je weet maar nooit wat voor vuurkracht deze gedrochten hebben.'

'Of dat ze überhaupt te beheersen zijn,' voeg ik toe, mijn maag keert om bij de gedachte een van de monsterlijke creaties recht in de ogen te moeten kijken. De geur van chemicaliën en verval versterkt mijn gevoel van onbehagen alleen maar.

'Oké, laten we zoveel mogelijk informatie verzamelen en hier wegwezen,' zegt Declan, zijn stem stevig en vastberaden.

'Klinkt als een plan,' stem ik in, en ik druk mijn opkomende angsten weg. Samen doorzoeken we het laboratorium en ontdekken met elke minuut die verstrijkt meer duistere geheimen.

Terwijl we in gespannen stilte werken, kan ik het niet helpen me af te vragen welke andere gruwelen ons te wachten staan – en of we ze zullen overleven. Het is duidelijk dat er nu geen weg meer terug is. De waarheid moet aan het licht komen, en het is aan ons om ervoor te zorgen dat dat gebeurt.

Ik pak een stapel papieren op, de inkt is uitgelopen en nauwelijks leesbaar. Mijn ogen scannen de pagina's, op zoek naar iets dat nuttig zou kunnen zijn. Dan zie ik het – een memo, ondertekend door niemand minder dan Directeur Hawthorne zelf. Mijn hart staat stil.

'Declan,' sis ik, mijn stem laag en dringend, 'kijk hiernaar.'

Hij stapt naar me toe en grist het papier uit mijn trillende vingers, zijn hazelnootkleurige ogen worden groter terwijl hij leest. 'Shit,' vloekt hij binnensmonds. 'Dit gaat rechtstreeks naar de top?'

'Daar lijkt het wel op,' zeg ik, terwijl gal opstijgt in mijn keel. Ik heb het niet zo op het Bureau, maar de gedachte dat ze betrokken zijn bij zulke gruweldaden maakt me misselijk.

'Artemis,' begint Declan voorzichtig, zijn gezichtsuitdrukking pijnlijk. 'Er is iets wat ik je moet vertellen.'

'Oké, kom maar op,' antwoord ik, en ik zet me schrap voor de bom die hij op het punt staat te laten vallen.

'Agente Diana Foxberry,' begint hij, en hij slikt moeilijk. 'Ze chanteert me. Ze dreigt... fouten die ik in het verleden heb gemaakt openbaar te maken als ik haar niet help met... iets.'

'Je helpen met wat?' eis ik, mijn hartslag versnelt. 'Declan, je moet me alles vertellen.'

'Geloof me, dat zou ik doen als ik het wist,' houdt hij vol, zijn hazelnootkleurige ogen smeken me aan. 'Maar ze houdt haar kaarten tegen de borst. Het enige wat ik weet, is dat ze me zei je in de gaten te houden, als ik je hier zou ontmoeten. Ze denkt dat je te dicht bij iets komt.'

'Te dicht bij wat? Dit?' Ik zwaai met de belastende memo voor zijn gezicht, mijn woede groeit. 'Ze is van het Bureau! Probeert ze deze klootzakken te beschermen?'

'Of ze te vernietigen,' suggereert Declan, zijn stem doorspekt met twijfel. 'Misschien gebruikt ze ons gewoon om het voor elkaar te krijgen.'

'Hoe dan ook, ze is een vijand,' snauw ik, mijn borstkas trekt samen. 'En we kunnen haar niet vertrouwen. We moeten een manier vinden om haar neer te halen zonder jou in gevaar te brengen.'

'Eens,' knikt Declan, zijn kaak gespannen van vastberadenheid. 'Maar laten we ons eerst richten op deze shitstorm die we hebben ontdekt. Diana kan wachten – deze hybriden niet.'

'Juist,' mompel ik, en ik zet gedachten aan vergelding voor nu opzij. Daar zal later genoeg tijd voor zijn. Voor nu hebben we grotere vissen – of beter gezegd, paranormale freakshows – te vangen.

'Laten we hier wegwezen,' zeg ik terwijl we het bewijsmateriaal in onze zakken stoppen. 'We zijn hier schietschijven, en iets zegt me dat onze ontvangst niet langer gewenst is.'

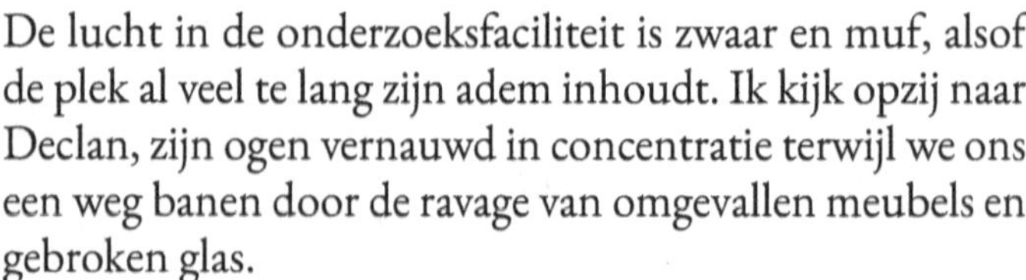

De lucht in de onderzoeksfaciliteit is zwaar en muf, alsof de plek al veel te lang zijn adem inhoudt. Ik kijk opzij naar Declan, zijn ogen vernauwd in concentratie terwijl we ons een weg banen door de ravage van omgevallen meubels en gebroken glas.

'Maar serieus,' zeg ik tussen samengeklemde tanden, 'hoeveel gestoorder kan dit nog worden? Losgeslagen Bureau-wetenschappers, illegale experimenten, paranormale hybriden – en nu Diana die poppenspeler met jou speelt.'

'Geloof me, ik geniet er niet meer van dan jij,' mompelt hij, terwijl hij schuin naar een halfopen deur kijkt die naar een donkere kamer leidt. 'Maar ze heeft me bij de ballen. Ze chanteert me al sinds ze achter mijn... zonden uit het verleden kwam.'

'Die waren...?'

'Niks voor jou,' snauwt hij, zijn kaak spant zich aan. 'Het punt is, ze gebruikt me om haar eigen agenda te bevorderen. En nu we weten wat deze klootzakken hier hebben gedaan, begrijp ik waarom.'

'Juist,' ik haal mijn vingers door mijn lange, zilveren haar, en voel het gewicht van de situatie op ons drukken. 'Als deze hybriden openbaar worden, zal dat chaos veroorzaken. Het Bureau zal worden ontmaskerd voor hun rol in dit alles, en Diana zal erbij zijn, roerend in de pot.'

'Precies,' knikt Declan, zijn gezicht somber. 'Ze wil alles platbranden, en het kan haar niet schelen wie er in het kruisvuur terechtkomt.'

'Klassiek Diana,' proest ik, terwijl ik de verlaten gang voor ons afspeur. 'Altijd aan twee kanten meespelen en als winnaar uit de bus komen.'

'Dan moeten we er deze keer maar voor zorgen dat dat niet gebeurt,' antwoordt hij, een staalachtige schittering in zijn hazelnootkleurige ogen.

'Eens,' zeg ik, en ik voel een plotselinge golf van vastberadenheid. 'Niemand gebruikt ons als pionnen en komt daarmee weg.'

'Verdomd juist,' gromt Declan, zijn hand gaat instinctief naar het wapen aan zijn zijde.

'Oké, het belangrijkste eerst,' zeg ik, en ik probeer onze volgende stap te overdenken. 'We moeten ervoor zorgen dat deze experimenten niet verdergaan. We hebben het bewijs, maar we moeten de faciliteit ook vernietigen.'

'Klinkt als een plan,' knikt Declan, zijn blik gefocust en onwankelbaar.

'Laten we dit doen,' zeg ik, mijn hart bonst in mijn borst terwijl we verdergaan door de griezelige stilte van de verlaten onderzoeksfaciliteit, klaar om een einde te maken aan de monsterlijke creaties die binnen de muren op de loer liggen. En als alles achter de rug is, kan Agente Diana Foxberry maar beter op haar tellen passen – want daarna komen we voor haar.

HOOFDSTUK ZES

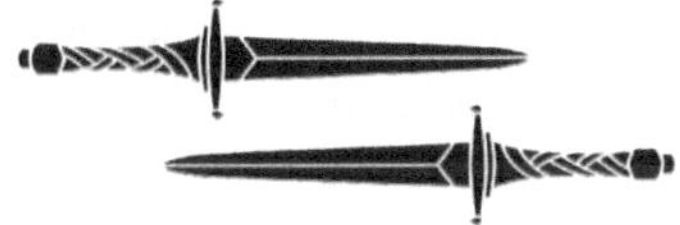

EEN RILLING LOOPT OVER mijn rug terwijl we door de verlaten onderzoeksfaciliteit lopen. De lucht is zwaar van een voelbare dreiging en ik kan het gevoel dat we in de gaten worden gehouden niet van me afschudden.

'Weet je zeker dat Diana's informatie betrouwbaar is?' vraag ik Declan, mijn stem nauwelijks luider dan een fluistering. Hij kijkt me aan, zijn ogen tot spleetjes geknepen.

'Betrouwbaar is niet bepaald een woord dat ik zou gebruiken om haar te omschrijven,' antwoordt hij, terwijl hij een hand door zijn warrige, bruine haar haalt. 'Maar ze heeft me over deze plek verteld – niet dat ze me de exacte locatie heeft gegeven – en ik denk niet dat ze dat gedaan zou hebben als hier niet iets te vinden was wat de moeite waard is.'

'Tenzij,' werp ik tegen, terwijl mijn hart in mijn borstkas bonkt, 'ze ons gebruikt om haar eigen agenda door te drukken. Je weet hoe ze te werk gaat: een vuurtje stoken en dan achteroverleunen om te zien hoe de chaos zich ontvouwt.'

Merk je dat ik een verleden heb met agente Diana Fox?

Declan zucht en zijn hazelnootkleurige ogen haken zich in de mijne. 'Ik weet het, Artemis. Maar welke keus hebben we? We moeten deze experimenten stoppen voor ze verder gaan.'

'Best,' mompel ik, niet overtuigd. 'Maar laten we niet vergeten met wie we te maken hebben. Ze zou zomaar kunnen proberen een wig tussen ons te drijven, ons tegen elkaar op te zetten.'

'Het zou niet de eerste keer zijn,' geeft Declan toe, terwijl zijn mondhoeken in een bittere uitdrukking naar beneden trekken. 'Ze is er altijd goed in geweest om mensen tegen elkaar uit te spelen.'

'Precies,' zeg ik. 'Dus laten we scherp blijven. We moeten op onze hoede zijn. We kunnen het ons niet veroorloven dat ze weer tussen onze oren kruipt.'

'Eens,' knikt Declan, zijn blik gefocust en onwankelbaar. 'We blijven bij elkaar, wat er ook gebeurt. We laten ons niet meer door haar manipuleren.'

'Absoluut. We hebben een klus te klaren en die gaan we samen klaren.'

Terwijl we verder door de lege gangen dwalen, kan ik een gevoel van onbehagen niet onderdrukken. Diana is altijd een meester in misleiding geweest en ik maak me zorgen dat haar ware bedoelingen nog steeds voor ons verborgen zijn. Maar voor nu hebben Declan en ik geen andere keus dan elkaar te vertrouwen en te hopen dat we haar niet precies in de kaart spelen.

Het verre geluid van metaal dat over metaal schraapt, echoot door de faciliteit, waardoor mijn hart een slag overslaat. Ik wissel een paniekerige blik uit met Declan, die zich al schrap zet.

'Hoorde je dat?' vraag ik, mijn stem nauwelijks luider dan een fluistering.

'Er klopt iets niet,' antwoordt hij, terwijl zijn ogen met groeiende bezorgdheid onze omgeving afspeuren. 'Ik heb hier een slecht gevoel over.'

'Geweldig,' mompel ik sarcastisch, terwijl ik het wapen aan mijn zijde nog steviger vastklem. 'Net wat we nodig hadden: nog meer verrassingen.'

Alsof het een teken is, barst er een reeks keelge grom en gesnauw los vanachter een tot dan toe onopgemerkte deur aan onze linkerkant. De geluiden zijn zenuwslopend, buitenaards en bezorgen me een rilling over mijn rug.

'Lijkt erop dat we de proefkonijnen gevonden hebben,' zegt Declan somber, terwijl hij zijn eigen wapen trekt. 'Klaar voor?'

'Laten we het maar achter de rug brengen,' antwoord ik, me schrap zettend voor wat voor paranormale wezens er ook achter de deur schuilen.

Met een bijna gesynchroniseerde beweging trappen we de deur open, onze wapens getrokken en klaar voor actie. Het tafereel dat ons begroet, komt rechtstreeks uit mijn nachtmerries. De kamer staat vol met kooien, die elk een verwrongen kruising van mens en bovennatuurlijk wezen huisvesten, hun ogen gloeien van een dierlijke honger. De helft van de kooideuren is al opengebroken en de wezens zwerven vrij rond.

'Serieus?!' roep ik uit, terwijl ik mijn angst probeer te verbergen met een flinke dosis sarcasme. 'Dit wordt echt belachelijk.'

'Concentreer je, Artemis,' snauwt Declan, die al in gevecht is met een van de wezens dat uit zijn kooi heeft weten te breken. 'We hebben geen tijd voor grapjes.'

'Goed, goed,' mopper ik, haal diep adem en stort me in de strijd. Mijn wapen snijdt door de lucht en raakt de dikke huid van het eerste wezen dat ik tegenkom. Het snauwt van pijn en woede, maar ik kan het me niet veroorloven om te verslappen. Deze dingen zijn dodelijk en ik ben niet van plan hun volgende maaltijd te worden.

Terwijl we vechten, valt het me op hoe goed Declan en ik samenwerken – ondanks onze verschillen en het aanhoudende wantrouwen. We bewegen als één, een naadloze eenheid, anticiperend op elkaars acties en de broodnodige ondersteuning biedend. Het is bijna alsof we hiervoor gemaakt zijn, voorbestemd om zij aan zij te staan in het aangezicht van gevaar.

'Artemis, links van je!' schreeuwt Declan, me net op tijd uit mijn gedachten rukkend om een aanval van een van de wezens te ontwijken.

'Bedankt,' geef ik schoorvoetend toe, terwijl ik naar het wezen uithaal en het op de grond laat tuimelen. 'Je bent zelf ook niet zo slecht.'

'Laten we de complimenten voor later bewaren, zullen we?' antwoordt hij, met een vleugje van een glimlach op zijn lippen. 'We hebben hier nog wat werk te doen.'

'Juist,' stem ik in, mijn twijfels opzijschuivend en me concentrerend op de taak die voor ons ligt. 'Laten we deze puinhoop opruimen – samen.'

Mijn hart racet terwijl ik door de huid van weer een grotesk wezen snijd en de bevredigende weerstand onder mijn mes voel meegeven. Het stort op de grond en voor een fractie van een seconde sta ik mezelf een steek van voldoening toe.

'Artemis!' schreeuwt Declan, zijn stem snijdt door de chaos. Ik kijk op, net op tijd om hem te zien worstelen met een van de monsterlijkheden. 'Kun je even helpen?'

'Zucht, vooruit dan maar,' mompel ik, ren naar hem toe en stoot mijn wapen in de rug van het beest. Het jankt van pijn voordat het levenloos op de grond zakt.

'Bedankt,' gromt hij, terwijl hij het zweet van zijn voorhoofd veegt. Dat vleugje dankbaarheid irriteert me, maar ik slik het in. Dit is niet het moment voor kleingeestige ruzies, niet nu onze levens op het spel staan.

'Wat je wilt,' snauw ik terug, terwijl ik de omgeving afspeur naar meer dreigingen. Hoezeer ik het ook haat om het toe te geven, we worden een geducht team, onze individuele krachten vullen elkaar perfect aan.

'Achter je!' blaft Declan en ik duik instinctief, waardoor ik een venijnige uithaal van een wezen dat me van achteren was beslopen, ternauwernood ontwijk. Ik rol opzij en spring op, mijn mes door zijn borstkas drijvend.

'Mooi gered,' zeg ik met tegenzin, terwijl ik mijn wapen uit het karkas trek.

'Insgelijks,' antwoordt hij, knikkend naar degene die ik even daarvoor had uitgeschakeld. We wisselen een gespannen blik, ons wederzijdse wantrouwen zinderend onder de oppervlakte. Maar voor nu schuiven we het opzij – we hebben grotere problemen om ons mee bezig te houden.

'Laten we verdergaan,' stel ik voor, gebarend naar de zwak verlichte gang. 'Misschien liggen er nog meer op de loer.'

'Eens,' knikt Declan en hij gaat naast me lopen. Onze voetstappen echoën griezelig door de verlaten faciliteit, de stilte slechts onderbroken door onze hijgende ademhaling en de verre kreten van de wezens waar we op jagen.

'Wie had dat gedacht,' peins ik somber, 'dat jij en ik uiteindelijk zij aan zij zouden vechten?'

'Het leven is soms raar,' antwoordt hij, zijn stem doorspekt met bitterheid. 'Maar laten we niet sentimenteel worden. We zijn geen vrienden, Artemis. Gewoon.. . bondgenoten. Voor nu.'

'Vind ik prima,' snauw ik, mijn humeur ontvlamt bij zijn botte afwijzing. Maar ondanks mijn boosheid kan ik niet anders dan erkennen dat hij gelijk heeft – voorlopig hebben we elkaar nodig. En samen maken we misschien een kans tegen de verschrikkingen die ons te wachten staan in deze verlaten plek.

'Laten we dit doen,' zeg ik, me schrap zettend voor de gevechten die nog komen gaan. Zij aan zij stormen Declan en ik de duisternis in, ons ongemakkelijke bondgenootschap gesmeed in bloed en noodzaak.

De haren in mijn nek gaan overeind staan van een plotselinge kou als we een hoek om komen en oog in oog komen te staan met onze grootste nachtmerrie: een enorm, grotesk beest dat eruitziet alsof het uit de donkerste diepten van de hel is gekropen. Zijn meerdere ogen glinsteren met kwaadaardige honger in het zwakke licht, terwijl zijn verwrongen ledematen eindigen in vlijmscherpe klauwen. Het is het spul waar nachtmerries van gemaakt zijn en ik kan het gevoel niet onderdrukken dat het ons uitlacht, ons uitdaagt om het ook maar te proberen het uit te schakelen.

'Shit,' mompelt Declan binnensmonds, mijn eigen gedachten echoënd. 'Wat stel je voor dat we met deze doen?'

'Eh, niet doodgaan?' kaats ik sarcastisch terug, hoewel ik weet dat we een beter plan nodig hebben dan dat. Ik kijk rond in de smalle gang, op zoek naar enig voordeel dat we zouden kunnen uitbuiten. 'Denk je dat je het lang genoeg kunt afleiden zodat ik er omheen kan cirkelen?'

'Klinkt als een zelfmoordmissie,' snuift hij. 'Maar zeker, waarom ook niet? Ik waag een poging.'

'Probeer in leven te blijven,' zeg ik tegen hem, mijn stem strak van een bezorgdheid die ik niet wil toegeven. 'Ik zou het vreselijk vinden om jouw dood aan het Bureau te moeten uitleggen.'

'Insgelijks,' zegt hij met een grimmige glimlach. Dan, zonder een ander woord, stormt hij naar voren, schreeuwend en zwaaiend met zijn wapen om de aandacht van het monster te trekken.

Terwijl de dodelijke blik van het wezen zich op Declan richt, sprint ik een aangrenzende gang in, biddend dat ik de andere kant kan bereiken voordat hij verandert in een bloederige vlek op de vloer. Mijn hart bonkt in mijn borstkas, adrenaline giert door me heen terwijl ik mezelf dwing sneller te gaan. De geluiden van de strijd echoën achter me, een kakofonie van gebrul, gegrom en het gekletter van metaal tegen bot.

Eindelijk storm ik de hoofdgang weer in, net op tijd om te zien hoe Declan ternauwernood een uithaal van het beest ontwijkt die zijn hoofd er glad af zou hebben geslagen. Ik aarzel niet, werp me op zijn ontblote rug en drijf mijn wapen diep in zijn vlees.

'Artemis!' schreeuwt Declan, die de kans grijpt om naar een van de poten van het monster uit te halen, waardoor het kreupel wordt. Even lijkt het alsof we de overhand hebben – totdat het wezen brult van woede, uithaalt met zijn overgebleven ledematen en ons beiden bijna neerhaalt.

'Verdomme,' vloek ik, terwijl ik nog een venijnige aanval ontwijk. 'We moeten dit ding afmaken voor het ons doodt!'

'Daar was ik al mee bezig,' gromt Declan, zijn tanden op elkaar klemmend terwijl hij nog een klap afweert. 'Op drie?'

'Op drie,' beaam ik, wetend dat we hier maar één kans voor krijgen. We kijken elkaar een korte seconde aan, ons wederzijdse wantrouwen tijdelijk vergeten in het aangezicht van onze gezamenlijke vijand.

Samen stormen we naar voren, onze wapens geheven. Met perfecte synchronisatie slaan we toe op de kwetsbare punten van het beest, onze gecombineerde kracht eindelijk genoeg om het op de grond te doen storten. Terwijl zijn levenloze lichaam op de vloer zakt, wordt de lucht stil, de stilte is bijna oorverdovend na de strijd.

'Ik denk dat we toch een behoorlijk goed team zijn,' zegt Declan, zwaar hijgend terwijl hij tegen de muur leunt voor ondersteuning. Er is nu een schoorvoetend respect in zijn ogen en ik kan niet anders dan hetzelfde over hem voelen.

'Misschien,' geef ik voorzichtig toe, onwillig om mijn waakzaamheid volledig te laten varen. Maar terwijl ik toekijk hoe hij het zweet van zijn voorhoofd veegt, met een kleine glimlach die aan zijn mondhoeken trekt, kan ik niet ontkennen dat er iets tussen ons is veranderd. Het ijs dat ooit ons partnerschap omhulde, smelt weg en laat een fragiel vertrouwen achter dat het misschien wel waard is om voor te vechten.

'Kom op,' zeg ik ten slotte, en ik bied hem een hand aan om hem weer op de been te helpen. 'We hebben nog werk te doen.'

'Vlak achter je,' antwoordt hij, en voor het eerst sinds we met deze missie begonnen zijn, klinkt het niet als een bedreiging.

HOOFDSTUK ZEVEN

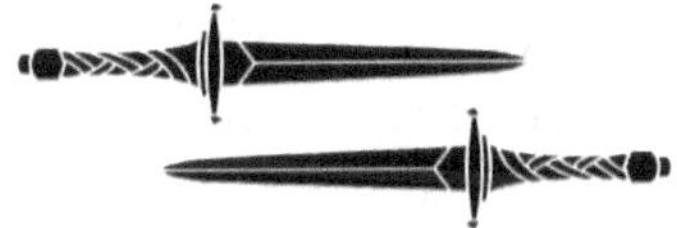

DE BIJTENDE STANK VAN verbrand vlees en zwavel doordringt de lucht terwijl we op de drempel staan van het verborgen laboratorium, diep in het verlaten complex. Declan, die naast me staat te hijgen, lijkt de indringende stank niet op te merken. Zijn hazelnootkleurige ogen blijven op de gesloten deur gericht, alsof hij die alleen al met pure wilskracht kan vernietigen.

'Ben je er klaar voor?' vraagt hij gespannen, terwijl hij zijn schouders recht. Ons gevecht met die schimmige wezens heeft meer van ons gevergd dan we willen toegeven.

'Ach, ik ben er klaar voor geboren,' snuif ik, terwijl ik de greep op het pistool in mijn ene hand en de zilveren dolk in de andere verstevig.

Declan trapt de deur in en we stappen naar binnen, gewapend met ons verstand en een gezonde dosis scepsis. Gedimde tl-lampen flikkeren onregelmatig over smerige tegels en werpen ongelijkmatige schaduwen over het ruime lab, die met een onnatuurlijk leven lijken te kronkelen. Het hele tafereel lijkt rechtstreeks uit de filmset van een goedkope horrorfilm te komen. Maar dit is geen film; het gevaar dat in de schaduwen schuilt, is maar al te echt.

'Hé, kijk hier eens naar.' Declan grist een map van een bureau in de buurt en bladert er snel doorheen. 'Nog meer leuke hybridisatie-experimenten. Charmante lectuur voor het slapengaan.'

Ik pak de map aan en scan de inhoud met tegenzin. 'Ah ja, lopende menselijk-paranormale recombinanten. Wat staat er hierna op het programma, in het lab gekweekte eenhoorns?'

'Dit is geen grap, Artemis,' bijt Declan me toe en hij grist de papieren fel terug. 'Dit onderzoek is meer dan gestoord.' Zijn kaken spannen zich aan terwijl hij verder leest.

Ik dwing mezelf tot een serieuze uitdrukking. 'Je hebt gelijk, dit is echt heel ziekelijk. We moeten al het belastende materiaal meenemen en hier wegwezen voordat meer van die freaks op zoek gaan naar wraak.'

Declan knikt kortaf en stopt de documenten weg. 'Laten we hopen dat we niets ergers vinden dan deze wangedrochten.' Maar zijn grimmige toon suggereert dat hij weet dat die bede tevergeefs is.

Samen doorzoeken we het lab, onze ogen alert op het kleinste detail dat niet klopt. De weeïge, chemische geuren kleven aan alles en dreigen mijn maag te doen omkeren. En dan zie ik het: een immense glazen kamer die het midden van het lab domineert. Erin bevindt zich een grotesk figuur, rechtstreeks uit mijn meest helse nachtmerries. Het ding erin is deels mens, deels... iets totaal anders.

'Declan,' sis ik scherp. 'Hier moet je naar kijken.'

Hij komt naast me staan en zijn hazelnootkleurige ogen worden groot als hij het onmogelijke tafereel in zich opneemt. 'Wat is dat in hemelsnaam voor een ding?' Walging en morbide fascinatie strijden in zijn stem.

Ik kan alleen woordeloos mijn hoofd schudden, niet in staat om mijn ogen af te wenden van de onmogelijke hybride die slechts een paar meter van ons verwijderd is. 'Niets natuurlijks, dat is verdomd zeker.'

Declans gezicht vertrekt in een masker van afkeer. 'Het lijkt erop dat onze gekke wetenschappers zich hebben bemoeid met krachten die ze niet aankunnen, en zonder toestemming menselijk-paranormale hybriden hebben gecreëerd.'

'Duidelijk heeft niemand ze verteld dat het gevaarlijk is om voor God te spelen,' zeg ik met donkere humor, in een mislukte poging wat galgenhumor in deze nachtmerrie te injecteren. Maar niets aan de wezens die hier gevangen zitten is om te lachen.

Declan kijkt me aan, zijn hazelnootkleurige ogen brandend van koude vastberadenheid. 'We moeten degenen vinden die verantwoordelijk zijn voor deze gruweldaden en ze laten boeten.'

Ik knik scherp instemmend, mijn hand gaat naar het litteken op mijn wang, een herinnering aan mijn eed om de kwetsbaren te beschermen. 'Het wordt tijd dat we een einde maken aan de verdorven spelletjes van deze schoften, voor eens en voor altijd.'

We banen ons een weg dieper het lab in, onze voetstappen echoën onheilspellend in de onnatuurlijke stilte. De dreiging van ongeziene gevaren groeit met elke stap, waardoor mijn tanden op elkaar klemmen. Hier beneden zijn we afgedaald in het hart van de duisternis zelf, en het is maar de vraag of een van ons er levend uit zal komen.

'Kijk eens naar deze.' Ik wijs naar een andere glazen behuizing, waar een menselijk-lupiene hybride in zit, die zichtbaar gestrest op en neer loopt en snauwt. Buitenaardse ogen glinsteren van dierlijke honger en pijn, gefixeerd op onze nadering.

'Jezus,' fluistert Declan. 'Het is niet zomaar het samenvoegen van twee soorten. Ze vermengen eigenschappen tot onvoorstelbare nieuwe verschrikkingen.' Zijn stem trilt bijna onmerkbaar.

Ik bestudeer het gekwelde wezen klinisch en dwing mijn versnelde polsslag tot rust. 'Het is niet te zeggen hoeveel variaties ze hier hebben gecreëerd. Of welke vermogens ze bezitten.'

Declan slikt zwaar en scant aandachtig de kamer. 'Sommige zijn duidelijk geen stabiele exemplaren. Dit is een kruitvat dat op het punt staat te ontploffen, Artemis.'

Ik kijk ongemakkelijk toe hoe een logge reptielachtige hybride tegen het glas van zijn behuizing beukt. 'Klopt, maar sommigen lijken levensvatbare creaties, anders was het onderzoek wel gestopt. We staan hier voor het onbekende, dat is wat het zo gevaarlijk maakt.'

'Levensvatbaar of niet, het zijn allemaal bedreigingen,' snauwt Declan hard. 'We kunnen niet riskeren dat ook maar één van hen deze plek ontsnapt.'

Ik aarzel, geschokt door de maar al te menselijke wanhoop in de ogen van de wezens, die stilzwijgend smeken om bevrijding of genade. 'Ze hebben niet om deze marteling gevraagd. Misschien kunnen sommigen geholpen worden, in plaats van afgemaakt.'

Declan snuift bitter. 'We zijn hier niet om de redder uit te hangen, Blackwell. Het is onze taak om de gekken die hiervoor verantwoordelijk zijn te stoppen.' Zijn uitdrukking duldt geen tegenspraak.

Ik onderdruk de opkomende woede en klamp me vast aan mijn geduld. 'Vergeet alleen niet dat het levende wezens zijn, niet zomaar freaks die afgemaakt moeten worden.'

'Wat jij wilt.' Minachting straalt in ijzige golven van hem af. We lopen verder in een gespannen stilte.

Het gewicht van onze taak voelt nu verstikkend, terwijl ik in de gezichten staar van de onschuldigen die voor deze waanzin zijn opgeofferd. De schimmige, malafide wetenschappers en hun werk bestrijden is één ding. Vechten tegen het onbekende, tegenover wezens die sommigen als monsters zien... die morele grens vervaagt tot grijstinten. En die gedachte beangstigt me meer dan welke fysieke vijand ook.

In het hart van het complex ontdekken we genoeg bewijs om de volledige omvang van de verdorven operatie bloot te leggen. Deze ene faciliteit is slechts het topje van de ijsberg van een enorm ondergronds netwerk waar dergelijke afschuwelijke en ongecontroleerde experimenten worden uitgevoerd.

Angst en woede kolken in mijn buik bij de schaal van de uitbuiting en het leed dat wordt onthuld. En erger nog, een nieuwe openbaring krijgt vorm: wie ons ook heeft ingehuurd, is zeker verwikkeld in deze samenzwering. We zijn behendig gemanipuleerd om de architecten van deze nachtmerrie te dienen.

Ik kijk in Declans tegenstrijdige ogen en zie mijn eigen ontluikende begrip daarin weerspiegeld. 'Dit gaat zoveel dieper dan we beseften,' fluister ik. 'We zijn slechts marionetten aan verwarde touwtjes.'

Met aangespannen kaken grijpt Declan mijn arm bijna pijnlijk vast. 'Het maakt niet uit. We knippen die touwtjes hier en nu door. En we laten elk van deze monsters boeten.'

Zijn onverzettelijke overtuiging geeft me houvast. De weg voor ons is nog in nevelen gehuld, maar één waarheid is glashelder: onze ware vijand doet zich voor als een bondgenoot. En die zal mijn toorn voelen voor het misleiden en uitbuiten van ons. Voor nu is het echter prioriteit om de onmiddellijke dreigingen uit te schakelen. Er is later tijd genoeg om de rest van dit stinkende web te ontrafelen.

We vermannen ons en gaan systematisch verder met het doorzoeken van het complex, waarbij we gedrochten uitroeien en bewijs verzamelen. Welke nieuwe verschrikkingen er ook uit de duisternis opdoemen, ik klamp me vast aan de missie. Er zijn hier al te veel onschuldige levens verwoest. Het stopt nu.

En mogen de goden genade hebben met iedereen die me in de weg staat... want ik zal die niet hebben.

⬥◦⬥

Ik staar naar het groteske figuur voor ons, mijn maag draait om van een mix van walging en medelijden. Het is onmogelijk om te onderscheiden wat voor soort wezen dit ellendige hybride schepsel voorheen was geweest. Nu is het simpelweg een verwrongen monsterlijkheid, met niet bij elkaar passende ledematen en onnatuurlijk scherpe ogen die getuigen van een schending van de natuur die nooit had mogen plaatsvinden.

'Kun je je voorstellen om zo te leven?' mompel ik, niet in staat om mijn blik af te wenden van de gruwel waarin dit eens menselijke wezen is veranderd.

'Leven?' Declan snuift minachtend. 'Denk je dat deze wangedrochten het verdienen om te blijven ademen?'

Ik geef hem een scherpe blik. 'Ze hebben hier niet voor gekozen, Declan. Deze marteling is hun opgedrongen.'

'Maakt niet uit.' Hij fronst met walgelijke minachting. 'Kijk naar ze, Blackwell. Het zijn nu monsters. Er is geen redden aan, geen controle over te krijgen.'

Ik sluit kort mijn ogen tegen de zwaarte van het verdriet. 'Misschien niet. Maar we kunnen ze niet zomaar als verloren zaken veroordelen zonder het zelfs maar te proberen.'

'Proberen?' Declan laat een scherpe lach horen. 'Denk je echt dat er nog iets menselijks te redden valt in deze dingen?'

'Misschien wel, als we ons best doen,' zeg ik zacht, me vastklampend aan een breekbare hoop. 'Een splinter van wie ze waren, zou er nog kunnen zijn.'

Declans lip krult zich op in een grijns. 'Je bent waanzinnig. Deze freaks zijn mislukte experimenten, niets meer. We moeten ze afmaken voordat ze iemand pijn doen.'

Woede borrelt in mijn borst op bij zijn gevoelloosheid. 'We zijn hier geen beulen, Declan. Onze taak is het beschermen van de kwetsbaren, weet je nog?' Ik maak een scherp gebaar naar de hybriden. 'En ze zijn nog steeds deels menselijk, wat er ook met ze is gedaan.'

'Wat jij wilt.' Declan knarst met zijn tanden, zijn hazelnootkleurige ogen donker van walging. 'Maar kom niet huilend naar me toe als een van deze monsters iemand doodt om wie je geeft.'

Ik wend me af en weiger zijn venijnige opmerking met een antwoord te vereren. We lopen verder in een gespannen stilte door het doolhof van glazen behuizingen. Zijn wrede woorden vreten aan me en zaaien twijfels die ik het liefst zou negeren.

Wat als hij gelijk heeft? Wat als alleen de dood op deze gemartelde wezens wacht, hoe hard ik ook probeer ze te redden?

Maar als er ook maar een kans is... is het dan niet de moeite waard om ervoor te vechten? Ik kan niet werkeloos toekijken, niet als er misschien nog een flikkering van menselijkheid in hen schuilt. Hoe diep begraven of zwak die vlam ook brandt.

Ik loop langs elke hybride, kijk ze in de ogen en geef een stille belofte. Ik zal jullie niet vergeten. Ik zal degenen vinden die dit hebben gedaan. En ik zal ze laten boeten.

Eén wezen, meer lupine dan mensachtig, kijkt me met een onverwachte helderheid aan en drukt een geklauwde hand tegen het glas. In die vonk van verbinding, voor één vluchtig moment, voel ik de persoon die binnenin gevangen zit. Verloren en bang, maar nog niet helemaal weg. Nog niet.

Vastberadenheid verhardt zich in mij, een koude diamant in mijn kern. Zolang er ook maar een snipper over is van wie ze ooit waren, zal ik vechten voor hun recht om te leven en om weer heel gemaakt te worden.

Wat het ook kost.

HOOFDSTUK ACHT

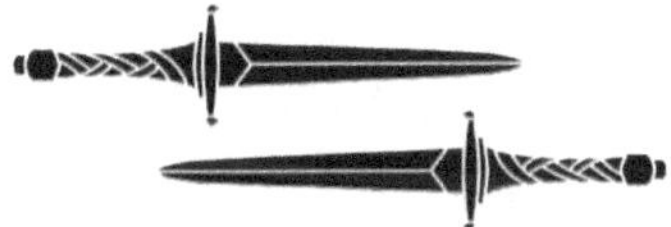

DE WEEÏGE, METALIGE BLOEDGEUR doordringt de lucht als we het hart van het verborgen laboratorium binnenstappen. De ruimte is een en al chaos: gebroken glas, omvergeworpen meubels, klauwsporen diep in de muren gekerfd. Duidelijk bewijs dat ten minste een paar van de arme hybride wezens uit hun gevangenschap zijn ontsnapt en hun pijn hebben geuit op de enige manier die hun nog restte. Mijn hartslag blijft jagen en de aanhoudende adrenaline benadrukt het gevaar dat we willens en wetens zijn binnengestapt.

Declan grijpt ruw mijn arm vast en gebaart vol walging naar de documenten en losse pagina's die over de vloer verspreid liggen. 'Zeg me dat je niet echt overweegt om deze wangedrochten te redden, Blackwell.'

Ik ruk mijn arm los en werp hem een vernietigende blik toe. Maar vanbinnen kan ik de strijd die in me woedt niet ontkennen. 'Ze hebben er niet voor gekozen om zo geschapen te worden, Declan. Ze zijn hierin net zo goed slachtoffers als ieder ander.'

Hij stoot een harde lach uit. 'O ja, het is duidelijk dat we medelijden moeten hebben met die woeste beesten. Word wakker en ruik het bloed.'

Ik klem mijn kaken op elkaar tot mijn tanden zeer doen. 'Alleen al het feit dat je ze "beesten" noemt, bewijst dat je ze al als onverbeterlijk hebt bestempeld. Maar zo eenvoudig is het niet.'

Declan schopt het vernielde bureau opzij, waardoor het gebroken lijk van een van de mensachtige hybride proefpersonen eronder tevoorschijn komt. 'Je hebt gelijk. Dit ding is duidelijk gewoon onbegrepen.' Zijn spottende toon snijdt diep.

Ik onderdruk de gal die in mijn keel opkomt. 'Je weet niet waartoe ze werkelijk in staat zijn, Declan. Er is misschien nog hoop.'

'Hoop?' Hij draait zich naar me om, zijn hazelnootkleurige ogen vlammend. 'Artemis, kijk om je heen! Deze freaks moeten worden afgemaakt, niet gered.'

'Noem ze niet zo!' sis ik door op elkaar geklemde tanden. 'Ze kunnen net zo goed slachtoffers zijn. We kunnen ze niet allemaal zomaar veroordelen.'

Declan gooit zijn handen in de lucht van pure frustratie. 'We hebben geen idee welke bedreiging ze vormen. En jij wilt levens in gevaar brengen voor een of andere naïeve kruistocht?' Zijn stem druipt van de walging. 'Het zijn monsters, geschapen door monsters.'

Dat woord steekt diep en wakkert mijn eigen smeulende woede aan. 'Zijn wij dan ook monsters, Declan? Hoe verschillen wij in de ogen van de wereld van hen?'

Hij snuift minachtend. 'Is dat echt je beste argument? Zielig, Blackwell.'

Ik open mijn mond om iets terug te zeggen, maar aarzel. Omringd door het bloed en de vernieling sluipen er twijfels in mijn vastberadenheid. Kan er werkelijk iets goeds voortkomen uit dit verdorven kwaad?

Declans gezicht vertrekt in een wrede grijns als hij mijn aarzeling voelt. 'Kijk om je heen. Zie je echt iets dat het waard is om te redden in dit hellegat?'

Ik dwing mezelf om mijn stem vastberaden te laten klinken. 'Misschien. Met hulp is verlossing voor hen misschien niet onmogelijk.'

Zijn lip krult zich op bij mijn optimisme. 'Je begint te klinken als een van die gekke wetenschappers. Ongelooflijk.' Hij draait zich om, maar ik vang een glimp op van de angst die zijn ogen verduistert – angst voor het onbekende dat deze arme wezens vertegenwoordigen. En ik kan niet ontkennen dat diezelfde angst aan mijn eigen hart knaagt.

Is medeleven hier slechts een uitnodiging voor een nog grotere ramp? Ik weet het niet meer. En die onzekerheid beangstigt me.

Ik loop verder het lab in en bekijk de rijen computers waarop massa's gegevens en verontrustende experimentele beelden worden weergegeven. Het constante gezoem van de machines werkt op mijn toch al gespannen zenuwen. Declan hangt boven mijn schouder, de spanning straalt in voelbare golven van hem af.

'We moeten al deze data wissen, Artemis,' dringt hij somber aan. 'Niemand anders mag toegang krijgen tot dit kwaad.'

Ik draai me woedend naar hem om. 'En wat als er geheimen in staan die kunnen helpen om ongedaan te maken wat er is gebeurd?' Ik gebaar scherp naar de schermen. 'Dan zouden we hun enige kans vernietigen!'

Hij grijpt ruw mijn schouders. 'Wees niet naïef! Deze informatie is te gevaarlijk om te laten verspreiden.' Zijn uitdrukking duldt geen compromis.

Ik ruk me los en draai me met hernieuwde urgentie weer naar de computers. 'Laat me gewoon proberen een paar kritieke bestanden te kopiëren voordat we het systeem saboteren.' Mijn vingers vliegen over de toetsen.

Declan blijft in stille veroordeling toekijken terwijl ik verwoed werk en probeer de beveiligingsmaatregelen te omzeilen. Maar ondanks mijn beste inspanningen is alles vlekkeloos versleuteld of beschadigd. Deze kostbare data zal voor altijd opgesloten blijven, haar geheimen sterven met deze vervloekte plek. Die wetenschap laat me hol en beroofd achter.

'Genoeg, Artemis,' snauwt Declan, de woorden echoën met een gevoel van finaliteit in het lege lab. 'We hebben bijna geen tijd meer. We moeten dit afmaken.'

Ik zak onderuit, de zware last van de nederlaag drukt op me. Hij heeft gelijk: de enige kans van de hybriden is nu verkeken. Dit lab vernietigen is de enige optie die overblijft, hoe het ook de knoop in mijn borst strakker trekt.

Declan wil de zelfvernietigingsprotocollen activeren, maar ik steek een hand op om hem tegen te houden. 'Wacht. Alsjeblieft.' Mijn stem breekt, zwaar van verdriet en spijt.

Hij staat stil en kijkt me argwanend aan.

Ik sluit mijn ogen tegen de pijn. 'Ik weet wat hier op het spel staat. Echt. Maar we kunnen niet alles uitwissen zonder volledig te beseffen wat we opofferen.'

'Hebben we al niet genoeg opgeofferd?' vraagt Declan vermoeid. Op dat moment ziet hij er net zo gebroken uit als ik me voel. Maar zijn vastberadenheid blijft ongebroken.

Ik knik zwijgend, niet in staat om nog woorden te vinden door het verdriet dat me de adem beneemt.

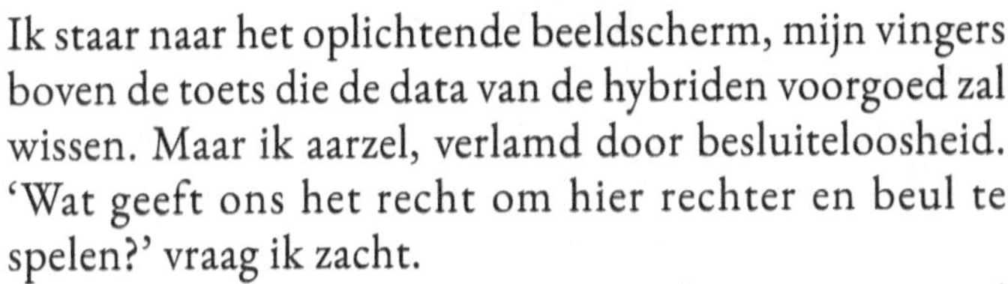

Ik staar naar het oplichtende beeldscherm, mijn vingers boven de toets die de data van de hybriden voorgoed zal wissen. Maar ik aarzel, verlamd door besluiteloosheid. 'Wat geeft ons het recht om hier rechter en beul te spelen?' vraag ik zacht.

Declan onderbreekt zijn eigen taak om me verward aan te fronsen. 'Waar heb je het over?'

'Wie zijn wij om te beslissen of ze leven of sterven, alleen omdat ze anders zijn?' Mijn hart doet pijn voor de gemartelde hybriden, gevangen tussen twee werelden. 'Ze hebben hier niet om gevraagd.'

'We hebben geen tijd voor filosofische debatten, Artemis,' snauwt Declan ongeduldig. 'Je hebt de bestanden gezien. Deze dingen zijn een bedreiging.'

Ik recht mijn rug, woede ontbrandt in mijn borst. 'Is dat echt onze plicht? Alles uitroeien wat als gevaarlijk wordt beschouwd?' Ik stap dichterbij en kijk hem onverzettelijk aan. 'Of zou onze rol moeten zijn om de onschuldigen te beschermen, ongeacht hun vorm?'

Declan gooit zijn handen in de lucht van pure frustratie. 'Wees verdomme niet zo naïef! We kunnen ons hier geen genade veroorloven.'

'Genoeg!' Mijn scherpe weerwoord snoert zijn protesten de mond. 'We kunnen de hele dag over moraliteit discussiëren. Maar op dit moment moeten we...'

Een huiveringwekkende snauw onderbreekt me midden in mijn zin. Ik draai me om naar de ingang van het lab, waar misvormde wezens uit de schaduwen tevoorschijn komen, hun gezichten vertrokken in een woeste waarschuwing. De hybride bewakers. Ze moeten ons hebben geobserveerd, wachtend op het juiste moment om toe te slaan.

Ik trek vliegensvlug mijn pistool, al mijn zintuigen op scherp. 'Declan. Hou je klaar.' Mijn stem is dodelijk kalm.

Hij knikt kortaf, zijn wapen glinstert in zijn greep. 'Dit wordt lelijk, Blackwell.'

Ik pas mijn richters aan en kalmeer mijn razende hart. 'Lelijk? Je hebt nog niks gezien.'

De wezens sluipen dichterbij, hun vormen golven misselijkmakend in het schemerige licht. Ik kan de woede en pijn die in bijtende golven van hen afkomen bijna proeven. Deze confrontatie broeide al sinds we deze vervloekte muren binnendrongen.

Nu barst de storm los.

'Nog slimme ideeën?' vraag ik Declan gespannen terwijl we ons schrap zetten voor de botsing.

Zijn grijns flitst, scherp en roekeloos. 'Dood ze allemaal, zoek het later maar uit.' Altijd zo simpel voor hem.

'Inspirerend leiderschap.' Ik rol met mijn ogen en haal de trekker over naar de dichtstbijzijnde verwrongen gedaante. Het lost op in een stinkende rookwolk met een orensplijtende gil. Een minder.

De overgebleven hybriden komen samen en huilen met woeste bloeddorst. Declan schreeuwt een waarschuwing als klauwen en tanden naar mijn onbeschermde zijde flitsen. Ik ontwijk de venijnige aanval ternauwernood, duik onder het wezen door terwijl Declan het doodt met een gracieuze uitval en uithaal. Niet elegant genoeg natuurlijk – hij zal volhouden dat zijn genadeklap een waar kunstwerk was.

De aanval houdt aan terwijl we rug aan rug vechten, vertrouwend op ons ingeslepen teamwork om de vlijmscherpe klauwen en happende tanden voor te blijven. Maar we zijn gevaarlijk in de minderheid en stellen alleen het onvermijdelijke uit.

Dan zie ik het: de noodstopschakelaar bedoeld om gevaarlijke proefpersonen in toom te houden. Onze enige wanhopige kans.

'De noodschakelaar, daar!' schreeuw ik naar Declan, terwijl ik dringend wijs. Begrip flikkert op zijn gezicht.

'Ik koop je tijd. Ga!' Hij baant zich een weg door de snauwende hybriden, waardoor ik ruimte krijg om een verwoede sprint naar het controlepaneel te maken. Ik ram op de knipperende override-knop en bid in stilte tot welke godheid dan ook die luistert dat het systeem nog functioneert.

Alarmen loeien terwijl de faciliteit onheilspellend om ons heen trilt. De hybriden aarzelen, verwarring breekt door de waas van bloeddorst heen.

Declan grijpt mijn pols, zijn eigen bloed laat hete vegen achter op mijn huid. 'Tijd om te gaan, tenzij je levend begraven wilt worden.'

We rennen door trillende gangen, achtervolgd door het gekreun van de falende infrastructuur en onmenselijk gehuil. Dat laatste begint gelukkig achter ons te vervagen naarmate we de onstabiele wezens voorblijven. Mijn longen branden en mijn spieren schreeuwen het uit, maar ik dwing mijn loden benen sneller te gaan. Nu overleven, later instorten.

HOOFDSTUK NEGEN

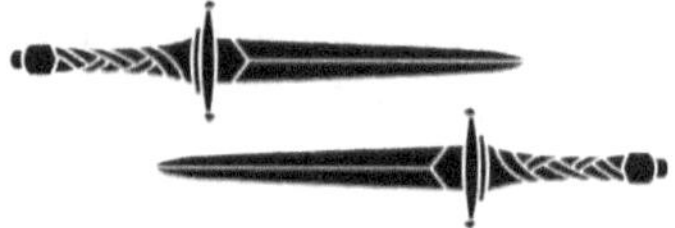

DE MUREN VAN HET complex schudden hevig om ons heen terwijl we door de chaos en de puinhopen sprinten.

'Deze hele tent staat op instorten!' schreeuwt Declan boven het oorverdovende gekreun van beton en verwrongen metaal uit.

'Dat meen je niet!' kaats ik sarcastisch terug, terwijl ik maar net mijn oerangst niet in mijn stem laat doorklinken. We ontwijken neerstortend puin en springen over kapotte machines heen terwijl het complex instort. Elke stap drijft onze lichamen vol adrenaline tot het uiterste.

'Pas op!' Declan grijpt mijn arm en trekt me opzij als een enorm stuk machine van boven naar beneden stort en me maar net mist. Mijn hart hamert tegen mijn ribben, die plotseling zo breekbaar aanvoelen. Als het aan mij ligt, ga ik vandaag niet dood.

Ik hervind mijn evenwicht en ren verder. 'Nog andere briljante observaties, professor?'

Declan blaft een gespannen lach. 'Eigenlijk wel. Ik ben er vrij zeker van dat ik daar voor ons een uitgang zie.'

'Laten we hopen dat die niet doodloopt,' mompel ik terug. Onze onregelmatige ademhalingen vermengen zich met de apocalyptische vernietiging die om ons heen woedt. De deuropening komt dichterbij en belooft een ontsnapping als we er maar op tijd kunnen komen.

We stormen door de opening naar buiten, een verblindend wit licht in, net op het moment dat een oorverdovende explosie ons op de hielen zit. De kracht van de explosie smijt ons in een steile sneeuwbank. Een moment lang voel ik alleen maar verblindende pijn en een piep in mijn oren.

Declans bezorgde gezicht verschijnt boven me. 'Artemis! Gaat het?'

Ik dwing mijn bevroren ledematen om te bewegen en onderdruk een kreun. 'Wat versta je onder "oké"?'

Hij biedt me een hand aan en helpt me overeind. Mijn lichaam schreeuwt het uit van protest, maar ik zet mijn knieën op slot en blijf uit pure koppigheid staan. Geen tijd voor zwakte, we zijn nog steeds in gevaar.

'We moeten verder, voordat de beveiliging ons vindt,' maan ik Declan. Ik speur de ruige berghelling ongerust af naar tekenen van achtervolgers. We zijn de dans ontsprongen, maar onze jagers kunnen niet ver achter ons zijn.

Verwarring vertroebelt Declans gehavende gezicht. 'Wacht, voor wie zijn we nu precies op de vlucht?'

'Dezelfde klootzakken die ons daarbinnen levend probeerden te begraven.' Mijn stem druipt van de minachting. Natuurlijk zouden de waakhonden van het bedrijf worden losgelaten op het moment dat we ons tegen onze meesters keerden.

Declan blaast gefrustreerd zijn adem uit en trekt zijn gescheurde kleding recht tegen de ijzige wind. 'Inderdaad. Ik had moeten weten dat ze ons niet zomaar vrijuit zouden laten gaan.'

We versnellen ons tempo de steile helling op. 'Dus, wat is het plan om ons dreigende beveiligingsprobleem aan te pakken?' vraagt Declan.

Ik werp hem een felle grijns toe. 'Simpel. We proberen ze niet voor te blijven.'

Zijn pas hapert even. 'Wat zeg je?'

'We vechten ons er desnoods een weg doorheen.' Mijn handen klemmen zich om mijn wapens, mijn bloed zingt van verwachting. 'Geen enkele ingehuurde bruut gaat ons nu nog tegenhouden.'

Een roekeloos lichtje verschijnt in Declans ogen. 'Absoluut. We zullen die schoothondjes van het bedrijf een voorproefje geven van wat we echt kunnen.'

Onze laarzen kraken door het bevroren landschap terwijl we hoger klimmen, scherp lettend op geluiden van achtervolging boven de bijtende wind uit. Ik weet dat de volgende confrontatie snel zal komen en dat we er klaar voor moeten zijn.

Daar, in de verte, het kenmerkende geluid van helikopterbladen. Daar gaan we.

'Dekking!' schreeuwt Declan. We duiken achter een grillige rotsformatie, net als er geweervuur om ons heen losbarst. Afgeketste kogels schreeuwen langs de rotsen in een hagelbui van steensplinters en sneeuw.

Ik waag een blik op onze achtervolgers: zwaarbewapend, uitgerust met militair materieel. Maar hun ordelijke formatie verraadt dat ze gewend zijn aan bedrijfsbeveiliging en geen echte gevechtservaring hebben. We kunnen ze aan.

Ik kijk naar Declan en zie mijn eigen meedogenloze vastberadenheid weerspiegeld. In stilzwijgende overeenstemming maken we fragmentatiegranaten los van onze riemen en trekken we tegelijkertijd de pinnen eruit. De helikopters komen dichterbij, hun wapens zwenken in de richting van onze positie.

Drie... twee... één...

We springen tegelijk op en werpen de explosieven, dodelijk accuraat. Donderende explosies verzwelgen de toestellen als ze te laat proberen weg te zwenken. Vuur bloeit op en ze tollen stuurloos rond, botsen tegen elkaar in een uitbarsting van vlammen en zwarte rook.

Ik wissel een felle grijns uit met Declan. 'Laten we verdergaan. Er komen er nog meer.'

We trekken hoger de berg op, onze adem vormt wolkjes terwijl de ijzige lucht onze longen schroeit. Mijn oren spannen zich in om het kenmerkende gebrom van naderende motoren boven de rouwklagende wind uit te horen.

Als het komt, is het zonder waarschuwing. Kogels doorzeven de grond en dwingen ons dekking te zoeken. Ik waag een blik op onze aanvallers: soldaten die abseilen uit een flankerende helikopter en zich uitspreiden om ons te omsingelen. Deze keer is er geen ontkomen aan.

Het zij zo. We hakken ons een weg door hen heen, mes voor mes.

Een gekwelde schreeuw doorboort mijn concentratie. Declan zakt in elkaar, bloed verspreidt zich snel over zijn jas. Nee! Niet nu we zo dichtbij zijn.

Ik grijp zijn arm en trek hem omhoog met een kracht waarvan ik niet wist dat ik die bezat. 'Blijf bij me, Declan! We komen hier levend uit.'

Met zijn kaken op elkaar geklemd tegen de pijn, knikt hij wankel. Samen strompelen en wankelen we de helling op, vastbesloten om te ontsnappen. Het geweervuur houdt nooit op, maar woede en wanhoop houden ons op de been.

Eindelijk ligt de top voor ons, een haarbreedte verwijderd van de perimeter van onze vijanden. Zo dichtbij dat we het kunnen proeven. Declan heft zijn pijnvertroebelde ogen op en kijkt me aan. Zonder woorden spreken we het plan af: op mijn teken rennen we dwars door hun linie, al vurend.

Ik verstevig mijn greep op Declan en hij knijpt in mijn schouder als teken dat hij er klaar voor is. Op dit laatste moment zijn we perfect op elkaar afgestemd, verenigd in onze weigering om ons over te geven. Bij mijn korte knikje schieten we roekeloos uit onze dekking, recht op de overgebleven soldaten af.

Overrompeld door onze plotselinge, suïcidale aanval reageren ze te langzaam. We denderen door hun gelederen in een wervelwind van staal voordat ze een adequate verdediging kunnen opzetten. En zo zijn we erdoorheen en strompelen we de laatste cruciale stappen naar een tijdelijk toevluchtsoord buiten hun perimeter.

We zijn misschien gehavend en gekneusd, maar we staan nog overeind. En dat is meer dan van iedereen die ons pad kruist gezegd kan worden.

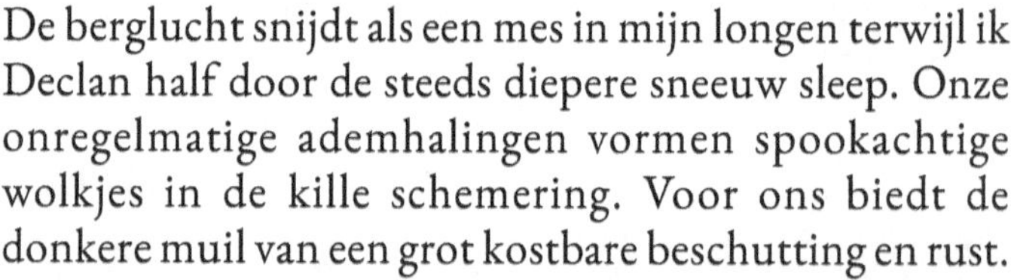

De berglucht snijdt als een mes in mijn longen terwijl ik Declan half door de steeds diepere sneeuw sleep. Onze onregelmatige ademhalingen vormen spookachtige wolkjes in de kille schemering. Voor ons biedt de donkere muil van een grot kostbare beschutting en rust.

'We zijn er bijna,' pers ik eruit door klapperende tanden, het zweet plakt mijn haar aan mijn voorhoofd ondanks de kou. Declan kreunt alleen als antwoord, zijn lichaam alarmerend slap tegen het mijne.

We storten net binnen de rotspartij neer, even beschut tegen de bijtende wind. Ik laat Declan voorzichtig op de ijskoude steen zakken, mijn keel knijpt zich samen bij het zien van het bloed dat de ongerepte witte sneeuw om ons heen snel rood kleurt.

'Artemis... je moet het bloeden stelpen,' raspt Declan, zich ternauwernood aan zijn bewustzijn vastklampend.

'Ik weet het, ik los het wel op.' Ik graaf met trillende handen in mijn rugzak op zoek naar de magere EHBO-kit. Nauwelijks een volledig uitgeruste ziekenboeg, maar het moet maar volstaan.

Declans ogen volgen me terwijl ik zijn verscheurde hemd wegsnij om bij de kogelwond te komen. 'Sinds wanneer ben jij een arts?' Zijn geforceerde poging tot humor.

'Sinds ik voor deze waanzin heb getekend.' Ik leg gaaskompressen over het rafelige gat en oefen druk uit. 'Zwijg nu maar en laat me mijn werk doen.'

Ik voel de zwaarte van zijn blik, maar negeer het en richt al mijn aandacht op het stelpen van de karmozijnrode stroom. Geen tijd voor echte hechtingen nu, deze geïmproviseerde verbanden moeten volstaan. Mijn gedachten racen en botsen, maar ik dwing mezelf tot ijzige kalmte over de paniek. Angst tonen helpt niemand.

Ik maak het verband vast en ga achterover zitten, terwijl ik het bloed van mijn handen schrob met sneeuw. 'Zo. Dat zou je een tijdje bij elkaar moeten houden.'

Declan slaagt erin een bleke grijns te produceren. 'Is dat het beste wat je kan?'

Ik rol met mijn ogen, maar mijn toon wordt zachter. 'Hé, wees blij dat ik niet per ongeluk iets vitaals heb geamputeerd.'

Zijn zwakke gegrinnik wordt afgekapt door een pijnlijk gesis. 'Altijd even charmant, Blackwell.'

'Rust nu maar uit.' Ik knijp lichtjes in zijn schouder voordat ik naar de smalle grotopening ga om te zoeken naar tekenen van achtervolgers. En ik zie verschillende onheilspellende figuren die heimelijk door de bomen naderen. Verdomme. Ze hebben ons gevonden.

Ik duik weer neer, mijn hartslag schiet in de hoogste versnelling. 'Declan, we krijgen bezoek. Een stuk of zes, zo te zien.'

Hij trekt een grimas en probeert al overeind te komen. 'Dan houden we hier maar stand, denk ik.'

'Blijf liggen,' beveel ik kortaf, terwijl ik het magazijn van mijn pistool controleer. 'Jij bent niet in staat om te vechten. Ik handel dit wel af.'

Bezorgdheid flikkert in Declans ogen, maar hij weet beter dan tegen te stribbelen. 'Wees... wees voorzichtig.'

Ik dwing vertrouwen in mijn stem. 'Wanneer ben ik dat niet?' De valse bravoure smaakt bitter op mijn tong. Maar dit is een last die ik alleen moet dragen.

Ik breng mijn ademhaling tot rust en luister naar het gefluister van de tactische laarzen in de sneeuw die onverbiddelijk dichterbij komen. Declan beweegt rusteloos achter me, zijn eigen moeizame ademhaling zo luid als geweerschoten in de bevroren lucht. Niet meer rennen. Tijd om stand te houden, slagen of falen.

Wanneer de eerste in het zwart geklede soldaat in beeld komt, put ik uit elk greintje moed en schreeuw een uitdaging in de stilte. 'Eindstation, jongens. Ik ben hier.'

Het beveiligingsteam draait zich om naar mijn uitdagende schreeuw, verrassing flitst over hun gezichten. Maar ze reageren onmiddellijk en heffen hun wapens met dodelijke intentie. Dwazen.

'Artemis, bukken!' schreeuwt Declan schor. Voordat ik kan reageren, schiet hij overeind en tackelt de dichtstbijzijnde schutter met volle kracht. Ze botsen tegen elkaar en verdwijnen uit het zicht, Declans gekwelde gegrom is hoorbaar boven hun worsteling.

Geen tijd om me nu zorgen om hem te maken. Ik vuur een schot af op de tweede bewaker en raak hem hoog in de schouder. Hij wankelt, maar weet een wild schot terug te vuren, waardoor ik moet wegdraaien. De kogel suist voorbij, dichtbij genoeg om mijn haar in beweging te brengen. Veel te dichtbij.

'Concentreer je, Blackwell,' mompel ik, terwijl ik over mijn dekking spring en op de gevallen bewaker af sprint voordat hij zijn wapen weer kan richten. Mijn hartslag hamert van woede en adrenaline. Declan en ik zijn misschien niet echt een team, maar op dit moment hebben we alleen elkaar.

Aan het geluid van hun handgemeen te horen, is Declan man tegen man aan het vechten, duidelijk in het nadeel in zijn verzwakte toestand. Tijd om de kansen gelijk te trekken.

'Een beetje hulp hier, schatje?' roept Declan gespannen.

'Je weet dat ik bijnamen haat,' grom ik, terwijl ik mijn laars venijnig in de onbeschermde ribben van de bewaker trap. Hij zakt in elkaar met een verstikte ademteug en is eindelijk stil.

Ik scan onze omgeving argwanend, maar het gebied lijkt voorlopig veilig. 'Waren dat ze allemaal?'

'Lijkt er wel op.' Declan duwt zichzelf langzaam omhoog en veegt bloed en zweet van zijn voorhoofd met een grimas. 'Laten we nu maken dat we hier wegkomen voordat er meer opdagen.'

Ik trek een wenkbrauw op en kijk veelbetekenend naar de ononderbroken sneeuw die ons aan alle kanten omringt. 'Nog slimme ideeën hoe we dat doen, genie?'

Als antwoord gebaart Declan naar een klein bijgebouw dat bijna verborgen is tegen de boomgrens. 'Sterker nog, ik geloof dat dat sneeuwscooters zijn.' Een vleugje van zijn gebruikelijke arrogante grijns trekt ondanks alles aan zijn mond.

Ik laat een korte, verraste lach horen. 'Oké, ik ben onder de indruk. Misschien ben je toch ergens goed voor.'

Samen schuifelen we door de steeds diepere sneeuw naar het schuurtje. Mijn verwondingen doen hevig pijn in de bijtende wind, maar ik dwing mezelf ze uit mijn gedachten te bannen. Geen tijd voor zwakte nu als we uit deze bevroren hel willen ontsnappen.

Declan trekt de schuurdeur open met een gekraak van bevroren scharnieren, waardoor twee gestroomlijnde sneeuwscooters binnenin zichtbaar worden. 'Zullen we deze gestolen waar eens een ritje geven, schatje?'

Ik rol met mijn ogen om zijn bravoure, maar kan een grijns niet onderdrukken. 'Vergeet niet wie hier de betere chauffeur is, blaaskaak. Probeer ons niet allebei dood te rijden.'

'Je vertrouwen in mij is echt inspirerend,' mompelt hij. Maar zijn ogen sprankelen met hernieuwde hoop en energie.

De motoren brullen tot leven en verbrijzelen de kristalheldere stilte. Declan gaat ervandoor terwijl ik hem op de voet volg, mezelf schrap zettend tegen de schokken en sprongen van het ruige terrein. We racen gevaarlijke hellingen op die nog verraderlijker zijn gemaakt door de wervelende sneeuw en ijsplaten. Maar vertragen is geen optie.

Ik klamp me vast aan het ijskoude stuur en vecht om de bokkende machine op koers te houden. Naast me schreeuwt Declan iets wat ik niet goed kan verstaan boven de gillende wind. Hij wijst dringend, net op het moment dat ik de gladde plek voor ons opmerk.

Ik maak een abrupte uitwijkmanoeuvre en voorkom maar net een dodelijke valpartij. Mijn hart zit in mijn keel als ik de controle terugkrijg. 'Bedankt voor de waarschuwing!'

Declan grijnst gespannen en geeft een schijngroet voordat hij weer voor zich uit kijkt. We zijn nog lang niet veilig, maar zo synchroon samenwerken... het voelt op de een of andere manier gewoon goed. Samen maken we misschien wel een kans om uit deze bevroren dodenval te ontsnappen.

De hoogtes worden duizelingwekkend naarmate we steeds hoger komen, in een poging ons verleden te ontlopen en dit hele vervloekte avontuur achter ons te laten. Mijn lichaam doet pijn, mijn handen zijn gevoelloos onder gescheurde handschoenen, maar ik heb erger meegemaakt. We kunnen het halen.

En met Declan onverwacht aan mijn zijde, lijkt de toekomst niet meer zo somber. Wie weet kijken we hier ooit op terug en lachen we om de waanzin.

Maar eerst moeten we overleven. Dus klem ik mijn tanden op elkaar tegen de ijskoude wind, negeer de protesten van mijn gehavende lichaam en rijd vooruit. Op naar wat de toekomst ook brengt.

HOOFDSTUK TIEN

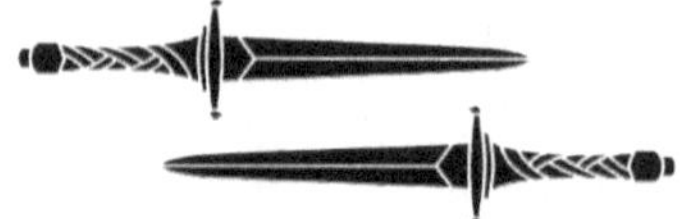

DONKERE WOLKEN PAKKEN ZICH boven ons samen en werpen een onheilspellende schaduw over het toch al verraderlijke bergterrein. De wind steekt op, huilend als een roedel wolven die hun prooi insluiten.

'Het lijkt erop dat we slecht weer krijgen,' schreeuwt Declan boven het gebrul van onze motoren uit, terwijl hij met zijn ogen knijpt tegen een vlaag sneeuwvlokken. 'We kunnen maar beter doorrijden voor we in deze storm vast komen te zitten!'

'Fantastisch, want het navigeren op deze hellingen was al niet moeilijk genoeg,' grom ik binnensmonds. Maar hij heeft gelijk. Als we niet snel serieus opschieten, worden we levend begraven door de sneeuwstorm.

De sneeuwval wordt heviger en de wind zwiept het op tot een razende dans die ons het zicht ontneemt. Mijn greep om het stuur wordt vaster terwijl ik me inspanning om door de whiteout heen te kijken, en mijn ogen tranen van de bijtende kou.

'Kun je überhaupt zien waar we naartoe gaan?' schreeuw ik naar Declan, terwijl ik moeite heb om zijn antwoord boven de huilende storm uit te horen.

'Nauwelijks! Maar ik kan op dit moment geen betere opties bedenken, jij wel?' brult hij terug, nauwelijks hoorbaar. Typisch Declan om het van de zonnige kant te bekijken als je vastzit in een doodskist op wielen.

Terwijl we doorrijden, verslechteren de omstandigheden snel. Ik zie amper een paar meter voor me uit en mijn vingers worden gevoelloos van de kou, ondanks mijn handschoenen. Dit is wachten op een ramp, en als ik eerlijk ben, weet ik niet zeker of we hieruit zullen komen.

'Declan, rustiger aan!' schreeuw ik als ik merk dat hij gevaarlijk dicht bij de rand van een steile afgrond komt. Maar het is te laat. De sneeuw onder zijn voertuig begeeft het, waardoor hij zijwaarts over het spekgladde oppervlak glijdt. Ik trap vol op de rem en probeer wanhopig te voorkomen dat mijn eigen voertuig tegen het zijne knalt.

'Artemis!' Zijn stem is een rauwe, paniekerige schreeuw terwijl hij vecht om de controle terug te krijgen. Maar het lot heeft andere plannen. Onze voertuigen botsen met een schokkende klap op elkaar en ik word weggeslingerd. Ik land met een plof in een sneeuwbank die de lucht uit mijn longen slaat.

'Declan!' hijg ik, terwijl ik overeind krabbel. Mijn hele lichaam doet pijn van de botsing. Mijn zicht zwemt als ik hem probeer te vinden door de meedogenloze sneeuwstorm, en mijn borstkas trekt samen van angst. 'Waar ben je?!'

'Hier!' roept hij terug. Zijn stem is zwak en gespannen. Ik volg het geluid en struikel door de sneeuw tot ik hem op de grond vind, kermend van de pijn. 'Ik denk dat ik iets gebroken heb.'

'Geweldig, dat hadden we net nodig,' mompel ik, terwijl ik de neiging onderdruk om met mijn ogen te rollen. Maar zelfs mijn sarcasme kan de zorg die aan me knaagt niet verbergen. We zitten vast in een brute sneeuwstorm zonder ontsnappingsmogelijkheid, en als we niet snel onderdak vinden, zijn we allebei dood voordat de storm voorbij is.

'Kom op, we moeten onderdak zoeken,' zeg ik met samengeklemde kaken, terwijl ik Declans arm vastgrijp en we door de sneeuwstorm strompelen. De sneeuw is meedogenloos, een eindeloze aanval van ijzige dolken die in onze blootgestelde huid steken.

'Daar!' schreeuwt Declan, wijzend naar een kleine spleet in de berghelling. Het is niet veel, maar het moet maar. Alles om uit deze verdomde storm te komen. We wankelen erheen, half bevroren en volkomen uitgeput.

De spleet is nauwelijks groot genoeg voor ons tweeën, maar we persen ons naar binnen en kruipen dicht tegen elkaar aan voor de warmte. Normaal gesproken zou ik me ongemakkelijk voelen zo dicht bij iemand, vooral bij hem, maar op dit moment gaat overleven boven persoonlijke ruimte.

'Oké, laat me je verwonding zien,' dring ik aan, mijn stem gespannen en kortaf. Ik weet dat hij niet wil dat ik me met hem bemoei, maar als zijn wond geïnfecteerd raakt, zijn we de pineut.

'Artemis, het gaat goed met me,' protesteert hij zwakjes, terwijl hij mijn bezorgdheid probeert weg te wuiven. Maar zijn gezicht is bleek, zijn ademhaling oppervlakkig, en ik kan de pijn in zijn ogen zien.

'Hou op met koppig te zijn, Reed,' snauw ik, en mijn frustratie kookt over. 'Ik laat je niet doodbloeden terwijl ik erbij ben.'

'Goed,' geeft hij toe, en hij krimpt ineen als hij zijn shirt optilt om de gruwelijke kogelwond in zijn zij te onthullen. Mijn maag draait zich om bij het zien ervan, maar ik dwing mezelf om gefocust te blijven. Dit is niet de eerste keer dat ik te maken heb met verwondingen in het veld, en het zal niet de laatste zijn.

'Oké, dit gaat pijn doen,' waarschuw ik hem terwijl ik met trillende vingers de wond begin schoon te maken. Ik doe mijn best om de manier waarop onze nabijheid mijn hart doet racen te negeren. 'Maar het is beter dan koudvuur, geloof me.'

'Bedankt voor de waarschuwing,' perst hij eruit met opeengeklemde tanden. Zijn lichaam spant zich aan van de pijn terwijl ik werk. 'Je weet me altijd op te beuren.'

'Hou je mond en laat me concentreren,' kaats ik terug. Mijn wangen worden warm door de onbedoelde intimiteit van de situatie. Maar hoezeer ik hem ook van me af wil duwen, hem op een armlengte afstand wil houden zoals ik met iedereen in mijn leven heb gedaan, het lukt me niet. Er is iets aan Declan dat het onmogelijk maakt om mijn gebruikelijke verdedigingsmechanismen overeind te houden.

'Oké, helemaal klaar,' zeg ik uiteindelijk, terwijl ik het geïmproviseerde verband vastknoop en probeer niet stil te staan bij het gevoel van zijn warme huid onder mijn vingertoppen. 'Het is niet fraai, maar het houdt het wel tot we echte medische voorraden kunnen vinden.'

'Bedankt, Artemis,' mompelt hij, zijn hazelnootkleurige ogen bestuderen mijn gezicht met een intensiteit die me doet kronkelen. 'Ik weet niet wat ik zonder jou zou moeten doen.'

'Waarschijnlijk doodbloeden,' antwoord ik luchthartig, terwijl ik een grijns op mijn lippen forceer, ook al bonkt mijn hart in mijn borstkas. 'Probeer nu wat te rusten. We zullen onze kracht nodig hebben als we deze storm willen overleven.'

De sneeuw hoopt zich om ons heen op en sluit de ingang van onze kleine spleet af. De wind huilt buiten, overstemt elk ander geluid en laat ons achter in duisternis. Gevangen als ratten.

'Ik kan niet geloven dat we hier vastzitten,' mompelt Declan, duidelijk in een poging de stilte die tussen ons is neergedaald te doorbreken. 'De storm geeft ons tenminste een pauze van die verdomde bewakers.'

'Een schrale troost,' kaats ik terug, zonder het sarcasme uit mijn stem te kunnen houden. Ik zit met mijn rug tegen de koude, onvergeeflijke rots, met mijn knieën opgetrokken naar mijn borst. Mijn vingers tekenen gedachteloze patronen op de met rijp bedekte steen terwijl ik probeer niet te denken aan hoe dichtbij we zijn, samengeperst in deze krappe ruimte.

'Hé.' Zijn stem is nu zachter, bijna teder. 'We leven nog, toch? Dat telt ook mee.'

'Levend en gestrand in een sneeuwstorm,' herinner ik hem er zuur aan.

'Beter dan dood en begraven onder een ontploft lab,' pareert hij, zijn adem warm tegen mijn wang.

'Waar,' geef ik morrend toe. De stilte valt weer, maar is nu minder gespannen, meer kameraadschappelijk. Het duurt echter niet lang. Niets duurt ooit lang.

'Artemis?'

'Wat?' snauw ik, geïrriteerd dat ik uit mijn gedachten word gerukt.

'Heb je... ooit ergens spijt van gehad?' Zijn stem is aarzelend, bijna kwetsbaar. Ik hou er niet van.

'Iedereen heeft spijt, Declan,' zeg ik afwijzend, omdat ik niet te diep in mijn eigen verleden wil graven. 'Dat hoort bij het mens-zijn.'

'Juist.' Hij aarzelt weer voordat hij doorgaat. 'Ik heb er eentje waar ik je over moet vertellen.'

'Verlicht me,' daag ik hem uit, terwijl ik een wenkbrauw optrek, ook al kan hij het in het donker niet zien.

'Agente Diana Fox.' Alleen al de naam bezorgt me een rilling over mijn rug die niets met de kou te maken heeft.

'Ze chanteert me, Artemis. Ze dwingt me om klussen aan te nemen en aan haar te rapporteren.'

'Wat zou ze in hemelsnaam tegen je kunnen hebben?' Dat is wat ik niet begrijp.

'Weet je nog dat ik zei dat ik vroeger een dief was?' vraagt hij zachtjes. 'Nou, er was zo'n ene klus... Het ging mis. Echt mis. Er vielen doden, Artemis. Onschuldige mensen.'

'Jezus, Declan,' fluister ik, misselijk tot in mijn maag. 'En Diana weet ervan?'

'Weet ervan? Ze heeft die hele verdomde boel georkestreerd,' spuugt hij, zijn stem trillend van woede. 'Ze heeft me erin geluisd, en nu houdt ze het boven mijn hoofd als een gestoorde poppenspeler.'

'Verdomme.' Het woord glipt eruit voordat ik het kan tegenhouden, maar het kan me niet schelen. We zitten samen vast, hij en ik, gebonden door geheimen en leugens en de bittere stank van verraad. In deze bevroren hel is er geen ontsnappen aan.

'Artemis,' fluistert Declan in het donker, zijn stem zwaar van spijt. 'Het spijt me.'

'Bespaar het je,' zeg ik hem, mijn hart doet pijn in mijn borst. 'We hebben nu grotere problemen om ons mee bezig te houden.'

'Zoals de nacht overleven?' stelt hij wrang voor.

'Precies.' Ik forceer een glimlach op mijn lippen, ook al voelt het meer als een grimas. 'Neem nu wat rust. We zullen het nodig hebben.'

'Oké.' Hij zwijgt, en even denk ik dat hij slaapt. Maar dan spreekt hij weer, zijn stem nauwelijks hoorbaar boven de huilende wind.

'Bedankt voor het luisteren, Artemis. Het... betekent veel.'

'Wat dan ook,' mompel ik, terwijl ik me van hem afwend en de benauwdheid in mijn borst probeer te negeren. 'Ga gewoon slapen.'

'Oké.' Zijn adem is warm in mijn nek, een kleine troost in de ijskoude duisternis. 'Welterusten, Artemis.'

'Welterusten, Declan,' fluister ik, en voor het eerst voelt het alsof we dit misschien wel levend doorkomen.

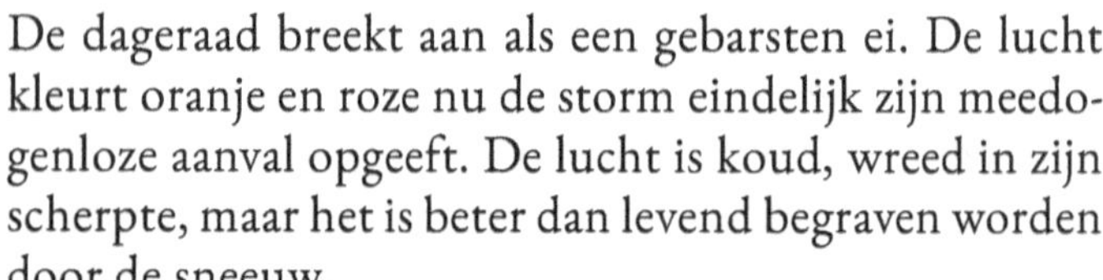

De dageraad breekt aan als een gebarsten ei. De lucht kleurt oranje en roze nu de storm eindelijk zijn meedogenloze aanval opgeeft. De lucht is koud, wreed in zijn scherpte, maar het is beter dan levend begraven worden door de sneeuw.

'Het lijkt erop dat we het gered hebben,' murmelt Declan, zijn stem schor van de urenlange stilte. Ik kan het niet laten om naar hem te kijken en merk op hoe bleek hij eruitziet tegen de achtergrond van een gekneusde lucht.

'Laten we verdergaan,' zeg ik, terwijl ik de knagende bezorgdheid die zijn lelijke kop dreigt op te steken, wegduw. We hebben nu grotere problemen, zoals van deze berg afkomen voordat het Bureau ons vindt.

We verlaten de spleet met moeite. Onze lichamen zijn stijf en protesteren tegen de koude, krappe omstandigheden. De diepe sneeuw is verraderlijk en klampt zich vast aan onze benen als ijzige ranken die ons naar beneden proberen te sleuren. Het is bijna mooi, op een dodelijke manier.

'Shit,' kreunt Declan, en hij struikelt als zijn been onder hem bezwijkt. Zijn verwonding vertraagt ons, waardoor elke stap een worsteling wordt.

'Leun op mij,' bied ik met tegenzin aan, en ik sta hem toe een arm om mijn schouder te slaan. 'Maar maak het jezelf niet te gemakkelijk.'

'Zou er niet aan denken,' antwoordt hij, en hij geeft me een vermoeide grijns die zijn ogen niet helemaal bereikt.

'Goed,' mompel ik, en ik concentreer me op het zetten van de ene voet voor de andere. De sneeuw kraakt onder onze laarzen, elke stap een inspanning terwijl we door de witte woestenij ploeteren.

'Artemis,' hijgt Declan, zijn adem vormt wolkjes in de kille lucht. 'Het spijt me van... je weet wel.'

'Spaar je adem,' snauw ik, omdat ik geen zin heb om ons vorige gesprek opnieuw te voeren. 'Die heb je nodig om te klimmen.'

'Oké,' geeft hij toe, zijn greep wordt net iets vaster. 'Bedankt voor... je weet wel.'

'Nogmaals, spaar je adem,' herhaal ik, maar er is een warmte in mijn borst die niets te maken heeft met de opkomende zon. We ploegen in stilte door de sneeuw, onze adem mengt zich in de ijskoude lucht terwijl we doorzetten, wanhopig om deze bevroren hel achter ons te laten.

De berg doemt boven ons op, de grillige toppen reiken naar een hemel die zich niets lijkt aan te trekken van de chaos die zich beneden afspeelt. Het is een wrede ironie, de schoonheid van de wereld die onverschillig is voor de strijd die erin plaatsvindt.

'Artemis...' Declans stem is gespannen, zijn lichaam trilt van de inspanning bij elke stap. 'Ik weet niet hoever ik nog kan...'

'Blijf doorlopen,' kap ik hem af, en ik dwing mezelf niet stil te staan bij de angst die zich in mijn maag nestelt. 'We halen het wel.'

'Ja,' weet hij eruit te brengen, zijn ogen gericht op de grond terwijl we de strijd tegen het verraderlijke terrein voortzetten. 'Samen.'

'Reken maar,' stem ik in, en voor het eerst merk ik dat ik het geloof.

De top doemt voor ons op, een wrede schildwacht die ons uitdaagt om zijn hoogten te bedwingen. Ik klem mijn tanden op elkaar en hijs Declan nog een stap omhoog, de wind huilt in onze oren als het geklaag van een banshee.

'Bijna daar,' hijg ik, en ik kijk opzij naar Declan. Zijn gezicht is bleek, bezweet en toch op de een of andere manier nog steeds vastberaden. 'Nog een klein stukje.'

'Bedankt voor de peptalk,' moppert hij, zijn stem nauwelijks hoorbaar boven de razende storm. 'Ik heb er niet om gevraagd, maar wat dan ook.'

'Hé, jij bent niet de enige die hier lijdt,' kaats ik terug, en ik zet nog een stap voorwaarts. 'Dus vermannen, mietje.'

'Prima,' mompelt hij, zijn adem vormt wolkjes als we eindelijk de top van de berg bereiken. We pauzeren, de wind zwiept om ons heen en snijdt door onze kleren als ijzige dolken. En dan, uit het niets, begint in de verte een zwak, stampend geluid te echoën.

'Is dat...?' Declan knijpt zijn ogen tot spleetjes in de wervelende sneeuw, zijn ogen wijd van ongeloof.

'Een helikopter,' bevestig ik, starend naar het kleine stipje dat groter wordt naarmate het ons nadert. 'Het lijkt erop dat iemand toch heeft besloten om versterking te sturen.'

'Of ze willen ons gewoon afmaken,' mompelt hij somber, de pijn van zijn wond maakt hem paranoïde. 'Hoe dan ook, laten we voorbereid zijn.'

'Mee eens.' Ik versterk mijn greep op mijn pistool, terwijl ik kijk hoe de helikopter dichterbij komt. De rotors veroorzaken een eigen kleine storm, de sneeuw wervelt om ons heen in een verblindende razernij.

'Artemis! Declan!' Een figuur gehuld in een Bureau-uniform springt uit de helikopter en landt gracieus in de kniediepe sneeuw. Diana Foxberry staat voor ons, haar rode haar wappert in de turbulentie van de turbine om haar gezicht, haar groene ogen verlicht met iets wat triomf zou kunnen zijn. 'Jullie zien eruit als een wrak.'

'Fijn u ook te zien, Diana,' snauw ik, zonder mijn waakzaamheid te laten varen. Declans achterdocht is besmettelijk, en er is iets vreemds aan haar komst.

'Echt? Want het lijkt alsof u opgetogen bent,' grijnst ze, terwijl ze naar de helikopter gebaart. 'Ik ben hier om u te evacueren. Tenzij u langer dan nodig op deze godvergeten berg wilt blijven, stel ik voor dat we gaan.'

'Sinds wanneer speelt u de held?' vraagt Declan, zijn stem doorspekt met argwaan. 'U leek me niet het type.'

'Kan een meisje niet van gedachten veranderen?' Diana doet alsof ze gekwetst is, maar haar ogen zijn onleesbaar. 'Kom nou. We hebben niet veel tijd.'

Terwijl we de helikopter naderen, schreeuwen mijn instincten gevaar. Maar gestrand op deze bevroren piek hebben we weinig keus. Met elke stap dichterbij zet ik me schrap voor wat voor verraad dan ook wacht.

HOOFDSTUK ELF

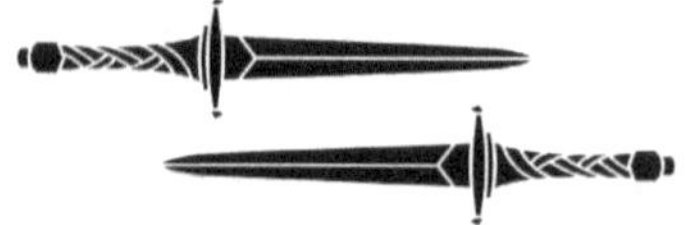

DE KILLE NACHTLUCHT BIJT in mijn gezicht terwijl ik beurtelings Diana en Declan bestudeer en mijn hartslag tekeergaat. Ik kan niet zeggen dat ik haar volledig vertrouw, maar iets in de vastberadenheid in de groene ogen van agente Diana Fox vertelt me dat ze geen spelletjes speelt.

'Luister, Artemis,' dringt Diana aan en ze zet een stap in onze richting. 'We moeten weg voordat er meer agenten komen. We staan hier te veel in de kijker.'

Ik bijt bezorgd op mijn lip. Ze heeft een punt, maar t och... 'Hoe kunnen we er zeker van zijn dat we je kunnen vertrouwen? Je bent zomaar uit het niets opgedoken.'

Voordat Diana kan antwoorden, valt Declan ongeduldig in. 'Ze biedt ons een uitweg, Artemis. We zouden wel gek zijn als we die niet aannemen.'

Ik draai me woedend naar hem om, mijn ogen vlammen. 'Jij hebt makkelijk praten! Maar ik ga niet blindelings achter een of andere vreemde aan zonder meer details.' Ik wend me weer tot Diana en sla mijn armen over elkaar. 'Begin maar te praten, agente. En het kan maar beter een verdomd goed verhaal zijn.'

Diana houdt mijn blik standvastig vast. 'Ik begrijp je aarzeling. Maar geloof me, ik wil jullie allebei helpen in veiligheid te komen. Ik zal onderweg alles uitleggen wat ik kan, maar tijd is nu van cruciaal belang.'

Ik frons, niet overtuigd. 'Alles wat je kunt, of alles wat we moeten weten?'

'Alles wat ik mag delen,' verduidelijkt Diana na een korte pauze, haar lippen tot een dunne lijn samengeperst. Niet bepaald geruststellend.

Ik slaak een geïrriteerde zucht terwijl ik onze beperkte opties afweeg. Hoewel ik een hekel heb aan onbekende factoren, is blijven waar we zijn duidelijk gevaarlijker. 'Goed. We doen het op jouw manier, voor nu. Maar geen streken, begrepen?'

Opluchting flitst over Diana's gezicht. 'Begrepen. Er staat een auto op ons te wachten als we landen. Laten we gaan.'

Declan wil haar volgen, maar ik grijp zijn arm ruw vast. 'Als dit misgaat, schakelen we haar uit. Zonder aarzelen.' Mijn stem laat geen ruimte voor discussie.

Hij kijkt me in de ogen en knikt. 'Je weet dat ik achter je sta. We doen dit samen.'

Binnen een uur zijn we terug in de stad, waar Diana de helikopter landt op een parkeerplaats achter een ogenschijnlijk verlaten pakhuis. We volgen Diana door een doolhof van steegjes, waarbij mijn hart met elke stap harder bonst. Mijn onderbuikgevoel zegt me dat haar vertrouwen een risico is, maar misschien is het de moeite waard. Het is in ieder geval een kans om meer te ontdekken over de duistere wereld waar we in zijn meegesleurd. En hoe dan ook, we zullen onze weg naar buiten vinden, zelfs als dat betekent dat we een spoor van vernieling achterlaten.

De gestroomlijnde, zwarte SUV waar Diana ons naartoe leidt, lijkt zo uit een handboek voor geheime overheidsoperaties te komen. Logisch. Ik glijd behoedzaam op de achterbank en kijk met verholen argwaan hoe ze achter het stuur plaatsneemt.

'Hier,' zegt Diana kordaat en geeft een tablet aan mij door. 'Dit moeten jullie allebei zien.'

Ik neem hem voorzichtig van haar aan, mijn huid prikkelt bij de koude aanraking. De gegevens op het scherm doen het bloed in mijn aderen bevriezen. Kaarten, namenlijsten, afbeeldingen van faciliteiten, allemaal onheilspellend gelabeld als 'Hybride Onderzoekscentra'.

'Nog meer van deze gestoorde laboratoria?' vraagt Declan scherp, terwijl hij over mijn schouder leunt. 'Hoeveel bestaan er wel niet?'

Diana's uitdrukking in de achteruitkijkspiegel is ernstig. 'Te veel. Ze opereren allemaal in het geheim en experimenteren op zowel mensen als paranormale wezens.' Haar handen knijpen zich vaster om het stuur. 'Maar als we ze kunnen ontmaskeren, kunnen we deze verdorven operatie voorgoed stopzetten.'

Ik forceer een nonchalante toon om mijn onbehagen te verbergen. 'Nogal een nobele kruistocht die je voorstelt.'

Haar doordringende groene ogen houden de mijne vast. 'Dit is een kans om onschuldige levens te beschermen en de corruptie binnen het Bureau uit te roeien.' Passie brandt onder haar kalme façade. 'Om echt een verschil te maken.'

Ik kijk weg, mijn gedachten malen. Wil ik die verantwoordelijkheid wel, na zo lang te hebben gedaan alsof het kwaad in deze stad me niet aanging?

Declan voelt mijn aarzeling en zegt streng: 'Laten we duidelijk zijn: we doen dit voor de slachtoffers, niet voor jouw dierbare Bureau.'

'Inderdaad,' stem ik snel in. 'We zijn jou of je louche vriendjes geen enkel plezier verschuldigd.'

Diana's gezicht verstrak. 'Ik begrijp jullie onwil om mij te vertrouwen. Maar er staan levens op het spel. Kunnen we deze discussie even laten rusten, lang genoeg om deze gruweldaden te stoppen?'

Ik word kribbig van haar neerbuigendheid, maar Declan legt een kalmerende hand op mijn arm voordat ik kan antwoorden. 'We helpen voor nu,' zegt hij gelijkmatig. 'Maar begrijp goed dat onze alliantie niet verder reikt dan het sluiten van deze laboratoria.' Zijn ogen verharden. 'Val je ons af, dan zijn we weg.'

Diana knikt alleen maar. 'Laten we ons dan richten op de missie die voor ons ligt.' Ze rijdt de verlaten weg weer op, op weg naar het onbekende.

Onrust borrelt in mijn maag als de stadslichten achter ons vervagen. Ik heb ons in iets veel duisterders verwikkeld dan een simpel mysterie, zonder duidelijke uitweg. Wat begon als een uitdaging, is volledig uit de hand gelopen.

Declan lijkt mijn gedachten te lezen. 'Hé,' mompelt hij, 'we komen hier doorheen, oké?' Maar onder zijn achteloze toon suddert de spanning. We voelen allebei hoe het net zich langzaam om ons heen sluit.

Ik slaag erin zwakjes te glimlachen. 'Natuurlijk, fluitje van een cent.' Mijn valse luchtigheid klinkt zelfs in mijn eigen oren hol.

We geven de tablet aan elkaar door en bestuderen de belastende bestanden in gespannen stilte. Elk nieuw stukje informatie onthult gruwelijkere waarheden over de afschuwelijke experimenten die op hulpeloze wezens worden uitgevoerd. Ik bestudeer de groteske beelden van de hybride proefpersonen, terwijl gal in mijn keel brandt. De schending ervan beneemt me de adem.

'Dit is absoluut ziek,' mompel ik, terwijl ik de misselijkheid onderdruk. 'Voor God spelen met onschuldige levens.'

'Eens. We moeten elke van deze verdorven idioten voorgoed uitschakelen.' Woede smeult in Declans ogen.

Ik bijt op mijn lip, mijn gedachten malen. 'Hoe verleidelijk wraak ook klinkt, als we met getrokken wapens binnenvallen, riskeren we net zo monsterlijk te worden als zij.' Ik kijk Declan indringend aan. 'We moeten beter zijn, anders verliezen we onszelf ook aan de duisternis.'

Hij wrijft met een hand over zijn gezicht en ziet er plotseling uitgeput uit. 'Ik wil gewoon dat er een einde komt aan deze gruweldaden, op welke manier dan ook. De slachtoffers verdienen gerechtigheid.'

'Je hebt gelijk,' geef ik zachtjes toe. Hoe graag ik ook wil geloven dat we onbezoedeld kunnen blijven, de omvang van het lijden maakt blinde wraak zo verleidelijk. 'Ik hoop alleen dat het verkrijgen van gerechtigheid ons niet verandert in een afspiegeling van het kwaad dat we bestrijden.'

Declans gezicht verzacht met begrip. 'Wat er ook gebeurt, we houden elkaar met beide benen op de grond. We herinneren elkaar aan het doel van de missie als het er het donkerst uitziet. Afgesproken?'

Ik duw de storm van twijfels en bedenkingen weg. Als we ons nu terugtrekken, lopen te veel onschuldige levens gevaar. Welke bedenkingen ik ook voel, het is te laat voor tweede gedachten. De teerling is geworpen en de stukken staan op hun plaats. Het enige wat overblijft is het spel uitspelen.

Declan en ik wisselen een laatste, vastberaden blik uit. Wat ons ook te wachten staat, we zullen het samen het hoofd bieden. En de goden staan iedereen bij die ons in de weg probeert te staan.

De echte strijd begint nu.

Ik staar naar Diana, mijn ogen glinsteren van wanhoop en sluwheid terwijl ze door het schemerige onderduikadres ijsbeert. 'Ik heb jullie allebei hiervoor nodig,' houdt ze vol. 'Jullie hebben de gruwelijke waarheid over de hybride-experimenten met eigen ogen gezien.'

Declan schampert, met zijn armen over zijn borst gekruist. 'En welke "waarheid" is dat precies?'

Diana stopt en haar groene blik schiet indringend tussen ons heen en weer. 'Dat de leiding van het Bureau medeplichtig is. Ze experimenteren illegaal op mensen en paranormale wezens.'

Ik gooi mijn handen gefrustreerd in de lucht. 'Goh, meen je dat nou!' schreeuw ik. 'We hebben de handtekening van dr. Victor Graves zelf op sommige van die documenten gevonden! Het hoofd van het Bureau zelf!'

'Daarom moeten we ze samen ontmaskeren,' dringt Diana aan. 'Ik kan deze operatie niet alleen ontmantelen. Met jullie kennis van binnenuit zouden we die hele verdorven agenda kunnen laten instorten.'

Declans gezicht verstrak van wantrouwen. 'Of misschien eet je van twee walletjes. Waarom zouden we je vertrouwen?'

Diana recht haar schouders en houdt zijn blik onwankelbaar vast. 'Omdat de gruweldaden anders ongestraft doorgaan. Er zullen meer slachtoffers vallen en de waarheid zal verborgen blijven.'

Ik stap boos naar voren, trillingen van woede gaan door me heen. 'Dus we moeten gewoon ons leven riskeren voor jouw agenda?' eis ik. 'Voor een vrouw die vanaf het begin heeft gelogen?'

'Artemis, alsjeblieft-' begint Diana smekend.

'Genoeg!' Ik maak een snijdend gebaar door de lucht, bijna trillend van woede. De kamer voelt verstikt door de spanning, benauwend als rook. 'We helpen om dit zieke project neer te halen. Maar niet uit loyaliteit aan jou of het Bureau.'

Diana bekijkt me aandachtig, haar hoofd bedachtzaam schuin. 'Waarom dan wel?'

Ik kijk haar vlak en vastberaden aan. 'Omdat het het juiste is om te doen. En niemand anders het zal doen.'

Er lijkt iets bijna onmerkbaar te verschuiven in Diana's uitdrukking. 'Ik begrijp het. Maar ga er niet van uit dat jullie de enigen zijn die door principes gebonden zijn.' Haar stem klinkt overtuigd. 'Ik wil net zo graag als jullie een einde aan deze nachtmerrie.'

Declan snuift bitter. 'Nou, wat zijn we toch allemaal heiligen. En, heb je nog slimme ideeën hoe we dat precies gaan doen?'

Een geheimzinnige glimlach krult Diana's lippen als ze een dossier tevoorschijn haalt. 'Ik heb misschien nog een paar trucjes achter de hand. Plus een wonder of twee, als we geluk hebben.'

Ik rol gefrustreerd met mijn ogen naar de hemel. 'O, geweldig, nog meer geheimzinnig gedoe. Laten we maar hopen dat we deze waanzin allemaal overleven.'

Diana's speelse houding verdwijnt. 'De risico's zijn reëel, dat zal ik niet ontkennen,' erkent ze somber. 'Maar we hebben een kans om het kwaad te ontmaskeren dat zich voordoet als gerechtigheid. Om onschuldigen te redden die ten onrechte zijn veroordeeld.' Haar ogen stralen van vurigheid. 'Betekent dat niet iets voor jullie beiden?'

Ik schuifel ongemakkelijk onder haar fanatieke blik. 'Natuurlijk zijn de slachtoffers belangrijk,' mompel ik. 'Ik geef alleen de voorkeur aan gevechten die ik begrijp, tegen vijanden die ik kan zien.'

Declan schraapt zijn keel, evenzeer ongemakkelijk door haar kruisvaardersretoriek. 'Levens redden klinkt in theorie de moeite waard. Maar samenzweringen ontmantelen is niet onze specialiteit.'

'En dat is precies waarom ik jullie nodig heb,' smeekt Diana. 'Met jullie vaardigheden en mijn informatie kunnen we deze corruptie met wortel en tak uitroeien.' Ze steekt een hand uit tussen ons in. 'Staan jullie aan mijn zijde om voorgoed een einde te maken aan deze gruwelen?'

Declan en ik wisselen een onzekere blik uit, geen van beiden volledig overtuigd. Maar het idee dat er nog meer onschuldigen deze gruweldaden moeten ondergaan, ligt als een steen op mijn maag. Op dit moment zijn wij misschien hun enige hoop.

Aarzelend pak ik Diana's aangeboden hand. 'We doen met je mee, voor nu. Maar dit vertrouwen reikt maar tot zover.'

Diana pakt mijn hand vast, opluchting flitst over haar gezicht. 'Dat is alles wat ik vraag. Samen zullen we de schuldigen voor het gerecht brengen.' Haar greep om de mijne wordt steviger. 'En een einde maken aan deze nachtmerrie.'

Declan legt zijn hand over de onze, waarmee hij onze prccaire alliantie bezegelt. 'In theorie rechtvaardig genoeg, denk ik. Laten we nu maar hopen dat we allemaal lang genoeg leven om die hypothese te testen.'

Diana glimlacht dunnetjes. 'O, dat zullen we. Falen is geen optie meer.'

Haar ongebreidelde ijver stuurt een rilling over mijn rug. Ik kan alleen maar bidden dat haar kruistocht ons niet allemaal verteert voor het einde. Maar de teerling is geworpen, in voor- of tegenspoed.

Nu zullen we zien of we helden of dwazen zijn.

HOOFDSTUK TWAALF

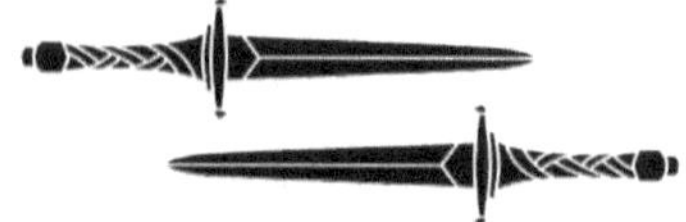

HET GEWICHT VAN DE beslissing rust zwaar op mijn borst. Ik kan de geesten uit mijn verleden bijna waarschuwingen horen fluisteren, die me eraan herinneren wat er gebeurt als je roekeloos vertrouwen schenkt. Maar welke echte keuze hebben we nu? Ik kan de gruweldaden die ik heb gezien, de angst op de gezichten van de hybriden, niet negeren.

Ik kijk naar Declan. Zijn kaak is stijf gespannen, zijn blik afwezig. Hij voelt de zwaarte hiervan net zozeer als ik.

'Oké,' zeg ik eindelijk, de tegenzin bitter op mijn tong. 'We zoeken eerst meer bewijs. We moeten het zeker weten voordat we de boel platbranden.'

Diana glimlacht strak, alsof ze een of ander pervers spelletje heeft gewonnen. 'Een verstandige beslissing,' zegt ze gladjes, terwijl ze twee dossiers uit haar tas haalt en op de tafel laat vallen. 'Profielen van twee andere verdachte faciliteiten. Een in de woestenij, de andere op een afgelegen locatie in de woestijn.'

Ik blader door de pagina's met foto's en cryptische noties, terwijl de rillingen over mijn huid lopen. Natuurlijk zouden deze monsters het niet makkelijk maken om hen te ontmaskeren. 'Het lijkt erop dat dit zieke project nog groter is dan we dachten...'

'Welke locatie onderzoeken we eerst?' vraagt Declan, zijn stem laag en gevaarlijk.

'We splitsen ons op. Artemis en ik nemen het lab in de woestenij, Declan de woestijn.' Diana's berekenende blik schiet tussen ons heen en weer. 'We kunnen afzonderlijk meer terrein bestrijken.'

Ik sla het dossier kwaad neer. 'Opsplitsen? Bent u gek geworden? We vertrouwen u nu al nauwelijks. Geen sprake van.'

Declan slaat zijn armen over elkaar. 'Ze heeft gelijk. We blijven altijd bij elkaar. Het is de enige manier om elkaars rug te dekken.'

Diana's mond wordt een dun streepje van ongenoegen, maar ze knikt instemmend. 'Goed. We beginnen samen bij de faciliteit in de woestijn. Maar vergeet niet dat de tijd beperkt is voordat het Bureau lucht krijgt van onze acties.'

Ik rol met mijn ogen terwijl ik de documenten bij elkaar pak. 'We snappen het. Snel erin, bewijs pakken, eruit. We zijn hier niet bepaald amateurs.'

Diana's ogen flitsen vol bitterheid. 'Natuurlijk. Ik zou er niet van dromen u beiden te onderschatten.' Haar honingzoete toon druipt van het gif.

Ik evenaar haar sarcastische toon. 'Zorg maar dat u dat niet doet. Het zou de laatste fout zijn die u ooit maakt.'

'Genoeg,' snauwt Declan, een ader die in zijn slaap klopt. 'Concentreer je op de missie, niet op kleingeestige wrok.' Hij werpt een strenge blik op Diana en mij. 'We moeten onopgemerkt infiltreren. Bewaar het geruzie voor later.'

Ik bijt een scherpe repliek in, mijn schouders stijf van wrok. Hoezeer ik Diana ook veracht, Declan heeft een punt. We moeten samenwerken, voor nu. Maar dat betekent niet dat ik haar verder vertrouw dan ik haar kan gooien.

Diana strijkt haar jasje glad en staat abrupt op. 'Laten we dan maar gaan. Hoe eerder we deze verdorvenheid onthullen, hoe beter.'

'Voor één keer zijn we het eens.' Declan werpt me een bezorgde blik toe terwijl we haar naar buiten volgen. Ik geef hem een subtiel knikje terug. We zullen op elkaars rug letten.

Buiten bij de voertuigen aarzel ik, de schaduwen voelen plotseling levend aan met verborgen dreigingen. Een koude rilling van voorgevoel schiet langs mijn ruggengraat. Of misschien zijn het gewoon de geesten van verraad uit het verleden, die me weer achtervolgen.

Ik druk het onbehagen de kop in en glijd naast Declan op de achterbank. Er is nu geen ruimte voor twijfel. Ik blader door de dossiermappen en prent de details in mijn geheugen, terwijl Diana de invallende duisternis in rijdt.

◆○◆

De woestijnwind huilt als een vraatzuchtig beest als we uit het vliegtuig stappen, het zand schuurt over onze blote huid. Tot zover glamoureuze geheime missies. Ik tuur door de bijtende storm naar de faciliteit voor ons, het logge silhouet lijkt ons uit te dagen.

'Welkom in onze eigen privéhel,' merkt Diana op met een grijns, terwijl ze achteloos haar zonnebril rechtzet alsof ze verdomme op vakantie is.

'Charmant,' mompel ik, terwijl ik mijn jas strakker om me heen trek tegen de schurende elementen.

'Blijf dichtbij,' zegt Declan kortaf, terwijl hij onze troosteloze omgeving afspeurt. 'Je weet maar nooit welke veiligheidsmaatregelen er wachten.'

Terwijl we naar het onheilspellende complex lopen, komt Diana naast Declan lopen en fluistert iets wat ik net niet kan verstaan. Ik negeer doelbewust de opwelling van irritatie. Ze vergelijken vast gewoon aantekeningen of zo, houd ik mezelf voor. Niets om me druk over te maken.

Maar de manier waarop ze met die sluwe glimlach naar me blijft kijken, maakt me er zeker van dat ze me op de kast probeert te jagen. En verdomme, het werkt.

Ik versnel mijn pas om naast hen te lopen. 'Iets wat u met de rest van de klas wilt delen?' vraag ik luchtig, maar ik kan de achterdocht in mijn stem niet helemaal onderdrukken.

'Niets belangrijks,' antwoordt ze luchthartig. 'Gewoon een beetje advies. U weet wel, van de ene ervaren agent aan de andere.'

'Echt waar?' Ik trek een wenkbrauw op, mijn sarcasme zo dik als stroop. 'En wat zou dat dan mogen zijn?'

'Misschien dat als u zich op de taak zou concentreren in plaats van ons gesprek af te luisteren, we nu al klaar zouden zijn,' antwoordt Diana, een zelfvoldane glimlach die op haar lippen speelt.

Ik klem mijn tanden op elkaar en onderdruk de opkomende woede. Als ik mijn kalmte verlies, helpt dat niets. Ik moet me gewoon concentreren op de missiedoelen, niet op Diana's kleingeestige psychologische spelletjes.

Makkelijker gezegd dan gedaan. Ik voel dat er iets niet klopt, en het bezorgt me de kriebels. Maar hoe meer ik probeer het uit te zoeken, hoe meer het als zand door mijn vingers glipt.

'Artemis, focus,' Declan's stem rukt me terug naar de realiteit. 'We moeten binnenkomen zonder ontdekt te worden.'

Ik knik kortaf en richt mijn aandacht op het zoeken naar het beste infiltratiepunt. Maar mijn gedachten blijven afdwalen naar de nieuwe spanning die tussen Declan en mij broeit, met dank aan Diana's giftige woorden.

In onze wereld is vertrouwen zoiets breekbaars. En Diana lijkt vastbesloten om het ongemakkelijke geloof dat Declan en ik tussen ons hebben weten op te bouwen, aan diggelen te slaan. Die gedachte maakt me ongemakkelijk op een manier die ik niet goed onder woorden kan brengen.

Als er één ding is dat ik in deze bovennatuurlijke wereld heb geleerd, is het dat vertrouwen iets wispelturigs is. En op dit moment weet ik niet zeker wie ik het minst kan vertrouwen: Diana of Declan.

'Stoort het u niet?' vraagt Diana hardop, haar stem druipend van onschuld. 'Hoe Artemis zo... rigide kan zijn?'

'Rigide? Dat is één woord ervoor,' kaats ik terug, mijn irritatie die opflakkert.

'Hé, rustig.' Declan steekt een hand op, duidelijk worstelend om neutraal te blijven. 'Dit is niet de tijd of de plaats.'

'Precies,' spint Diana. 'Je zou denken dat iemand die zo geobsedeerd is door regels dat zou begrijpen.'

'Dat is de pot die de ketel verwijt, mevrouw de Bureau-agent! Bent u nu klaar?' snauw ik, terwijl ik haar aanstaar.

'Hé, rustig...' Declan houdt een hand omhoog, zichtbaar moeite doend om neutraal te blijven. 'Laten we het gekibbel voor later bewaren, oké?'

Diana negeert hem en richt zich op mij. 'De meesten zouden inmiddels hebben geleerd dat aanpassingsvermogen de sleutel is, schat. Maar ik veronderstel dat sommigen liever vasthouden aan oude gewoonten.'

'Genoeg,' snauwt Declan, de laatste gerafelde draadjes van zijn geduld die het begeven. 'We doen dit samen of helemaal niet. Duidelijk?' 'Natuurlijk, lieverd,' antwoordt ze, zonder een tel te missen. 'Gewoon een praatje maken.'

Maar haar sluwe uitdrukking belooft alleen maar meer problemen. Ik staar strak voor me uit en weiger haar de voldoening van een reactie te geven. De spanning tussen ons knettert als statische elektriciteit, maar ik dwing mezelf om me op de missie te concentreren. We moeten deze plek ontmaskeren en de monsters die het runnen uitschakelen – niet elkaar de tent uit vechten.

Al snel doemt de faciliteit voor ons op, die antwoorden belooft als we de schaduwen binnenin kunnen overleven. De nacht valt snel en hult de woestijn in een inktzwarte sluier. De wind fluistert geheimen terwijl we naar een onopvallende zijingang sluipen. Ik voel het in mijn botten – er klopt iets niet aan deze plek, het is gevaarlijk. Al mijn zintuigen schreeuwen dat ik voorzichtig moet zijn, dat we onvoorbereid het hol van de leeuw betreden. Maar het is nu veel te laat voor bedenkingen.

'Bijna daar,' mompelt Declan, terwijl hij naar de donkere faciliteit knikt. 'Denk eraan: geen fouten. We krijgen maar één kans.'

'Begrepen,' zeg ik met opeengeklemde tanden, vastberadenheid die zich in mijn borst verhardt.

'Spreek voor uzelf,' zegt Diana slepend, terwijl ze een schuinse blik op mij werpt. 'Sommigen van ons hebben de gewoonte om de regels te buigen wanneer het ons uitkomt.'

'Genoeg!' snauwt Declan, zijn geduld duidelijk op. 'We moeten samenwerken als we dit voor elkaar willen krijgen.'

'Natuurlijk, Declan,' antwoordt Diana zoetjes, hoewel haar ogen een ander verhaal vertellen. 'Op mij kunt u altijd rekenen.'

Terwijl we de faciliteit naderen, kan ik niet anders dan me zorgen maken over wat ons te wachten staat – niet alleen de gruwelen die we zullen ontdekken, maar ook de breuken die tussen ons ontstaan. Vertrouwen is tegenwoordig een kostbaar goed, en terwijl we op de rand van de chaos staan, vraag ik me af of het al te laat is voor ons om te redden wat er nog van over is.

De nacht valt als een zwarte lijkwade over de woestijn en slokt de laatste restjes licht op. De lucht is zwaar van de bijtende geur van verschroeide aarde, en de wind fluistert geheimen in mijn oren terwijl we ons een weg banen naar de hybridefaciliteit. Ik voel het in mijn botten – er klopt iets niet aan deze plek.

'Het lijkt erop dat ze vertrokken zijn,' merkt Declan op, zijn stem nauwelijks luider dan een fluistering. 'Wat hier ook gebeurde, ik denk dat ze zijn verdergetrokken.'

Ik scan de donkere, stille buitenkant ongemakkelijk. 'Of ze houden zich gewoon gedeisd, in de hoop dat we voorbijgaan.' Het gebrek aan duidelijke beveiliging maakt me nog zenuwachtiger. Het is griezelig stil, het enige geluid zijn onze voetstappen die op het grind knarsen.

'Hoe dan ook, we moeten erachter komen wat ze hier deden,' mengt Diana zich in het gesprek, haar toon druipend van minachting. 'En misschien zelfs wie hen getipt heeft.'

'Insinueert u iets?' snauw ik, mijn geduld is op. Alleen omdat ze met ons samenwerkt, betekent niet dat ik haar aardig hoef te vinden.

'Relax,' grijnst ze. 'Ik stel alleen het voor de hand liggende vast. We staan aan dezelfde kant, weet u nog?'

'Juist,' mompel ik, niet overtuigd. Maar dit is niet het moment voor ruzies. We hebben een klus te klaren, en ik laat me verdomme niet door persoonlijke gevoelens in de weg staan.

We sluipen door de schaduwen en ontwijken de weinige beveiligingscamera's die nog operationeel lijken te zijn. Meer vertrouwend op ons instinct dan op een kaart, bevinden we ons buiten het hoofdbeveiligingsgebouw, het hart van de faciliteit.

'Dit is onze kans,' mompelt Declan, gebarend naar de deur. 'Laten we hopen dat hun beveiliging net zo verlaten is als de rest van de plek.'

Ik kniel bij het toetsenbord, mijn gereedschap in de aanslag. 'Er is maar één manier om daarachter te komen.' Even later springt het slot met een zachte klik open. Ik gun mezelf een dunne glimlach van voldoening als de deur openzwaait. 'Na u.'

Diana loopt zonder commentaar langs me heen. Ik vang Declans blik en we wisselen een blik van stille bezorgdheid uit voordat we haar naar binnen volgen.

Het interieur is schemerig en muf, alle apparatuur bedekt met een fijn laagje woestijnstof. 'Wees stil,' mompelt Declan. 'We weten niet wie of wat hier nog rondsluipt.'

'Of wat ze hebben achtergelaten,' voeg ik eraan toe, terwijl ik naar de stoffige computers en verlaten apparatuur kijk. Het is alsof ze haastig zijn verdwenen en alleen geesten hebben achtergelaten om door deze hallen te spoken.

'Laten we zoeken waarvoor we gekomen zijn en hier weggaan,' zegt Diana, haar ongeduld duidelijk. 'Hoe eerder we deze plek ontmaskeren, hoe beter.'

'Daar ben ik het helemaal mee eens,' antwoord ik, terwijl ik me afvraag hoelang we dit ongemakkelijke bondgenootschap nog kunnen volhouden. In een wereld vol leugens en verraad is het moeilijk te weten wie je kunt vertrouwen – zelfs als ze recht naast je staan.

Maar voor nu gaan we door, verenigd in onze missie om de waarheid aan het licht te brengen. Tegen de achtergrond van de duisternis glijden we als geesten door de schaduwen, vastbesloten om de geheimen te onthullen die veel te lang verborgen zijn gebleven.

Hoofdstuk Dertien

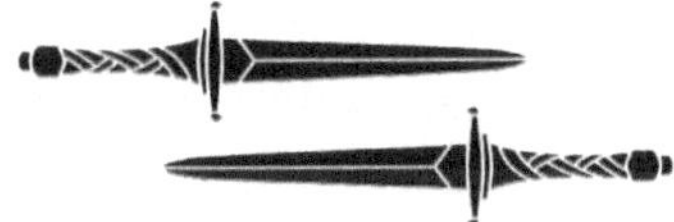

Een lampje flikkert boven ons, dat schaduwen werpt die over de gebarsten betonnen vloer dansen. Artemis Blackwell – uw dienares – Declan Reed en Agent Verrader – ik bedoel, Diana Fox – sluipen door de geheime faciliteit van het Bureau. Ik kan het gevaar dat in de duisternis op de loer ligt bijna proeven.

'Denk aan het plan,' sist Diana, haar groene ogen tot spleetjes geknepen. 'We gaan naar binnen, bemachtigen de data en gaan er weer vandoor. Geen helden-gedoe.'

'Juist,' antwoord ik, terwijl ik met mijn ogen rol. 'Omdat ik op een normale dag nou eenmaal zo heldhaftig ben.'

'Laten we ons gewoon concentreren,' onderbreekt Declan me zachtjes, terwijl zijn hazelnootkleurige ogen onze omgeving afspeuren. Hij is er altijd goed in geweest om me met beide benen op de grond te houden – ik denk dat we hem daarom zo lang in de buurt hebben gehouden.

'Oké, oké.' Onze gedempte voetstappen echoën griezelig door de lege gang. Alles aan deze geheime missie bezorgt me de kriebels, maar het zou ook gewoon de muffe lucht kunnen zijn die een spelletje met me speelt.

'Hier is het,' fluistert Diana als we een onopvallende deur naderen. Geduldig herhaal ik mijn trucje om sloten te openen en worden we begroet door het gezoem van computers en een zwakke blauwe gloed. Het is alsof we een techno-grot binnenlopen – een verontrustend schone, gezien de stoffige, verlaten staat van de rest van de faciliteit.

'Oké, eens zien wat we kunnen opgraven,' mompel ik, terwijl ik mijn knokkels kraak voordat ik voor een terminal ga zitten. Mijn vingers vliegen over het toetsenbord en snijden met gemak door firewalls en versleuteling heen. De kick van de jacht zingt door mijn aderen terwijl ik dieper graaf, afgeschermde data blootleg en de controle over het systeem overneem. Dit is waar ik voor leef: lelijke waarheden aan het licht brengen.

Achter me houdt Declan de wacht, een stille schaduw bij de deur. Hij komt naast me staan, de spanning hoorbaar in zijn gedempte stem als hij zich vooroverbuigt om in mijn oor te fluisteren. 'Artemis, iets hieraan voelt niet goed. Ik vertrouw Diana niet.' Hij werpt een snelle blik haar kant op, waar ze aan de andere kant van de kamer bezig is. 'Ze verbergt iets.'

'Echt? Denk je?' antwoord ik sarcastisch, zonder mijn ogen van het scherm te halen. 'We verbergen allemaal wel iets, Declan. Maar op dit moment hebben we deze informatie nodig. We rekenen later wel met haar af.'

'Prima... wees gewoon voorzichtig.' Declan klopt me op mijn schouder, zijn grip net iets te stevig, voordat hij weer op zijn post gaat staan.

'Ben ik altijd,' lieg ik, zonder de moeite te nemen hem aan te kijken. Want laten we eerlijk zijn: ik ben niet altijd voorzichtig. Maar dat is wat het leven interessant maakt, toch?

De spanning in de kamer is om te snijden. Maar ondanks het ongemakkelijke gevoel voel ik een golf van opwinding door me heen gaan terwijl ik dieper in het systeem graaf en laag na laag van geheimen en leugens ontrafel. Dit is waarvoor ik geboren ben: de waarheid blootleggen, hoe lelijk die ook mag zijn.

En iets zegt me dat we op het punt staan iets werkelijk monsterlijks te ontdekken.

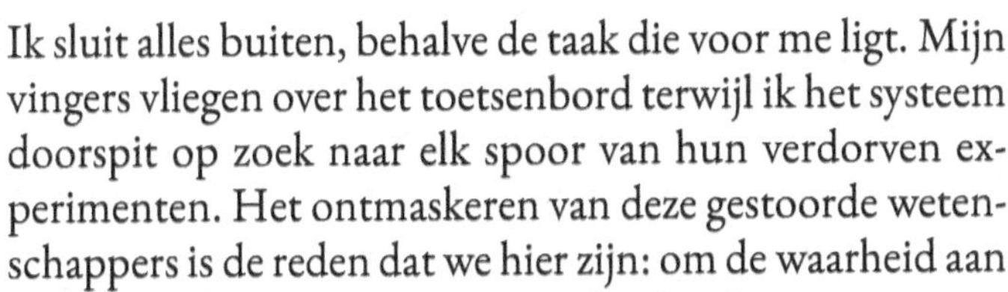

Ik sluit alles buiten, behalve de taak die voor me ligt. Mijn vingers vliegen over het toetsenbord terwijl ik het systeem doorspit op zoek naar elk spoor van hun verdorven experimenten. Het ontmaskeren van deze gestoorde wetenschappers is de reden dat we hier zijn: om de waarheid aan het licht te brengen en voor gerechtigheid te zorgen.

'Hier is iets,' mompel ik als er een bestand met het label 'Experiment 13B' verschijnt. 'Declan, kijk hier eens naar.'

Hij buigt zich over mijn schouder, zijn warme adem kietelt mijn nek. Hij ruikt lekker, naar warm leer en specerijen, en ik betrap mezelf erop dat ik inhaleer om meer van zijn geur op te nemen. Concentreren, spreek ik mezelf streng toe. Dit is absoluut niet het moment.

'Een soort van hybridisatieproject,' vat ik samen terwijl ik snel het document doorneem. 'Ze gebruiken menselijke proefpersonen – gevangenen, geen vrijwilligers – en kruisen ze met paranormale wezens.' Walging draait mijn maag om. 'Dit is zó ongelofelijk gestoord.'

Declan vloekt binnensmonds. 'We moeten dit hellegat tot de grond toe afbranden.'

'Mee eens. Maar eerst moeten we iedereen identificeren die hierachter zit.' Ik geef hem een veelbetekenende blik. 'Kun jij de personeelsdossiers te pakken krijgen? Die hebben we later nodig om deze psychopaten op te sporen.'

Hij is al druk aan het tikken op de terminal naast me. 'Daar ben ik al mee bezig. Ik download alles wat ik kan vinden.'

'Goed. En houd Diana in de gaten,' voeg ik er met een lage, gespannen stem aan toe. 'Ik vertrouw haar voor geen meter.'

Zijn mond verstrakt tot een grimmige lijn als hij haar kant op kijkt. 'Geloof me, ik ook niet. Concentreer jij je maar op het verzamelen van bewijs. We rekenen wel met haar af als de tijd rijp is.'

Ik knik en richt me weer op het doorzoeken van de bestanden. De omvang van de verdorvenheid die hier is gedocumenteerd, beneemt me de adem. Hoe kan iemand tot zulke onmenselijke diepten zinken? Maar ik dwing mezelf om door te graven – de slachtoffers verdienen gerechtigheid.

'Kom op, geef me iets concreets om deze freaks mee aan de schandpaal te nagelen,' mompel ik, terwijl ik door talloze verontrustende bestanden klik. Mijn hartslag bonst met urgentie. We hebben maar geleende tijd voordat de beveiliging ons ontdekt.

'Blijf zoeken,' dringt Diana gespannen aan, haar blik schiet heen en weer tussen haar scherm en de deur. 'We hebben zoveel mogelijk bewijs nodig.'

'Altijd de toegewijde dienaar van het volk,' antwoord ik sarcastisch, zonder de moeite te nemen op te kijken. Haar bedrog hangt als bijtende rook in de lucht.

'Ik heb er nog een.' Declans gedempte stem brengt me weer bij de les. 'Een kind dit keer, een vampier-menshybride.' Hij balt zijn vuisten, zijn knokkels worden wit. 'Hoe kunnen ze zo diep zinken?'

Ik trek een grimas, gal schroeit in mijn keel. 'Laten we ons voor nu bij de taak houden. Blijf gewoon alles naar de drive kopiëren.'

Hij haalt trillend adem, zijn kaak is gespannen. 'Je hebt gelijk. Concentreren op de missie.'

Ik waag een blik op Diana. Ze blijft doortikken, schijnbaar onbewogen door de zich opstapelende gruwelen. Mijn wantrouwen piekt nog een tandje hoger. Iets aan haar gebrek aan reactie voelt... verkeerd. Maar ik kan me geen afleiding permitteren. Eerst antwoorden, dan pas achterdocht.

Met tegenzin keer ik terug naar mijn eigen zoektocht, mijn maag draait zich om. Wat voor verdorven geesten bedenken zulke sadistische experimenten op levende wezens?

'Nog een subsectie,' meld ik met doffe afschuw, terwijl ik de map open. 'Ze zijn hier al jaren mee bezig. Zoveel slachtoffers...'

Declan wrijft met een hand over zijn gezicht, hij ziet er ziek uit. 'We moeten ze hiervoor laten boeten. Allemaal.'

'Geen bezwaar.' Ik maak een bladwijzer van een bijzonder belastend bestand. 'Maar eerst moeten we met het bewijs uit deze slangenkuil ontsnappen.'

'Juist.' Hij kopieert nog een reeks documenten, zijn vingers tikken met spoed.

Ik pauzeer mijn eigen werk en versterk mijn vastberadenheid. Binnenkort hebben deze monsters geen plek meer om zich te verstoppen. Hun slachtoffers zullen gerechtigheid krijgen, hoe lang het ook duurt of hoe bloederig het pad ook wordt.

Daarover is elke vezel in mijn lijf het eens. De tijd van chirurgische aanvallen in het donker is voorbij. Het enige wat nu nog rest, is het wegrukken van de beleefde façades die zulk kwaad beschermen tegen de gevolgen.

Wie me ook probeert te stoppen, waar het spoor ook heen leidt, ik zal het meedogenloos volgen tot aan de bron en alles tot as verbranden. Mijn handen raken misschien onherstelbaar bevlekt, maar dat is een kleine prijs voor de waarheid.

Declan en ik wisselen een grimmige, woordeloze blik van verstandhouding uit. De teerling is geworpen. Het enige wat overblijft is om zonder aarzeling de komende vuurstorm in te lopen.

En bidden dat we genoeg zijn om de balans naar het licht te doen doorslaan, voordat de oprukkende duisternis ons allemaal opslokt.

⸺◦⸺

Terwijl ik door nog een nachtmerrieachtig bestand klik, trekt een beweging mijn aandacht. Diana typt snel, met een subtiele grijns op haar lippen. Een rilling loopt over mijn ruggengraat als het besef doordringt: ze verzamelt niet alleen bewijs. Ze stuurt data door via een achterdeurtje voor haar eigen agenda.

'Declan, er klopt iets niet met Diana,' mompel ik dringend, binnensmonds. 'Ze is niet te vertrouwen.'

Zijn uitdrukking verhardt grimmig. 'Begrepen.' Hij stopt zijn drive in zijn zak, klaar om te vertrekken.

'Wacht.' Ik zie een verborgen map met de titel 'Project Herlocatie' en duik erop. 'Ik denk dat we hier iets over het hoofd hebben gezien.'

Ik blader er snel doorheen terwijl Declan over mijn schouder meekijkt. Het beschrijft de verplaatsing van belangrijke experimenten naar een externe locatie, in afwachting van ontdekking.

'Ze moeten verwacht hebben dat hun gruweldaden uiteindelijk ontdekt zouden worden,' zegt Declan somber.

'Maar waar hebben ze ze naartoe verplaatst?' Ik tik dringend op de toetsen, het digitale spoor volgend. Een verwijzing naar het hoofdkwartier van het Bureau springt eruit, ijzige vingers knijpen mijn hart samen. Juist de organisatie die deze gruweldaden zou moeten reguleren, maakt ze mogelijk. Het zou me niet moeten choqueren, maar de implicatie raakt me diep.

Declan vloekt venijnig binnensmonds. 'We moeten erachter komen wie hierachter zit en ze voorgoed uitschakelen.'

Ik knik grimmig, mijn gedachten racen. De inzet is in enkele seconden exponentieel verhoogd. Wat begon als een eenvoudige data-inval, heeft weer een nieuwe laag van corruptie blootgelegd.

We buigen ons over de belastende bestanden, op zoek naar aanwijzingen over wie de horrorshow orkestreert. De klinische beschrijvingen en beelden van misvormde experimenten doen mijn maag omdraaien. Naast me straalt Declan nauwelijks ingehouden woede uit.

'We moeten deze systemen volledig wissen,' mengt Diana zich erin, haar stem is ijzig. 'Deze kennis is te gevaarlijk in de verkeerde handen. Het is het beste om alles nu te vernietigen.'

Ik werp haar een scherpe blik toe. 'Absoluut niet. We moeten eerst iedereen die hierachter zit opsporen. Ze zullen gewoon wegkruipen als we ze niet ontmaskeren.'

Diana's ogen flitsen van irritatie. 'Je kunt niet iedereen redden, Artemis. Soms is de enige oplossing om de rotzooi volledig uit te branden.'

'Mooie beeldspraak,' repliceer ik bijtend. 'Maar ik laat deze psychopaten hun straf niet ontlopen. Geen schijn van kans.'

Mijn hart bonst terwijl woede en frustratie zich strak in mijn borst samentrekken. Diana speelt een spelletje dat ik niet kan doorgronden, maar ik laat haar deze missie niet verpesten.

Declan voelt het broeiende conflict en stapt tussenbeide. 'Misschien is er een compromis mogelijk...'

Ik draai me vol ongeloof naar hem om. 'We hebben het over onschuldige levens! Er is geen ruimte voor compromissen.'

Hij houdt sussend zijn handen omhoog. 'Ik bedoel alleen dat we slim moeten zijn. We kunnen niet alles op het spel zetten door geruchten na te jagen.'

Ik kook van woede maar bijt een bijtende opmerking terug. 'Prima. We zullen de data wissen. Maar op mijn voorwaarden, begrepen?'

Diana glimlacht koeltjes. 'Wat jij het beste vindt, natuurlijk.' Haar uitdrukking doet mijn nekharen nog meer overeind staan.

Terwijl we verder zoeken, brouwt er een storm in mij. Deze missie is veranderd in een verward web van leugens en wantrouwen, met mij in het middelpunt en geen duidelijke tegenstanders. Mijn litteken klopt op het ritme van mijn bonzende hart, oude paranoia steekt de kop op. In deze wereld verbergen zelfs zogenaamde bondgenoten messen achter hun rug, wachtend om toe te slaan.

De schaduwen om ons heen lijken dieper te worden, reagerend op de gevaarlijke positie waarin we ons bevinden. Blind vertrouwen zou alles waarvoor we hebben gebloed kunnen verdoemen. Maar weigeren om wie dan ook te geloven, riskeert ons geïsoleerd en kwetsbaar achter te laten. Elk pad voorwaarts lijkt bezaaid met verborgen doornen.

Ik kijk Declan kort in de ogen. Zijn ongemak weerspiegelt het mijne. We balanceren hier op het scherpst van de snede zonder duidelijke vijand om tegen te vechten. Alleen schaduwen die onzichtbare vijanden verbergen.

Frustratie kookt uiteindelijk over als ik me weer tot Diana wend. 'Iets hieraan stinkt. Weet je absoluut zeker dat je aan onze kant staat?'

Ze sperde haar ogen wijd open en doet alsof ze beledigd is. 'Je kwetst me. Natuurlijk willen we hier hetzelfde resultaat.' Maar haar sluwe glimlach logenstraft haar woorden.

'Ja, ja. Neem nu maar gewoon een beslissing!' snauwt Declan kortaf, terwijl hij boos tussen ons heen en weer kijkt.

'Prima!' Ik sla met mijn vuist op tafel, mijn geduld raakt op. 'Vernietig de data. Maar als dit een valstrik is, zul je ervoor boeten. Dat is een verdomde belofte.'

Diana's ogen glinsteren. 'Die gedachte alleen al. Je kunt me volledig vertrouwen.'

Op de een of andere manier vind ik dat niet bepaald geruststellend. Met een geïrriteerde zucht start ik de wisprocedure, terwijl twijfels aan me knagen.

'Wacht!' schreeuwt Declan plotseling. 'Ik heb iets cruciaals gevonden–'

Zijn woorden gaan verloren in een kakofonie van alarmen en knipperende noodverlichting, terwijl gepantserde deuren dichtslaan en ons opsluiten. Een plotselinge lockdown van het systeem. Natuurlijk.

Ik vloek venijnig en sla op het bureau. 'Wat heb je in hemelsnaam gedaan, Diana?'

Ze knippert met haar ogen, wijd opengesperd in overduidelijk gespeelde verwarring. 'Ik? Ik heb niets verkeerds gedaan.'

'Ja, vast, dit is vast zomaar gebeurd.' Ik stap woedend op haar af, maar word door Declan tegengehouden.

'Concentreer je! We moeten ontsnappen voordat dit een graf wordt.' Hij kijkt wild om zich heen alsof hij een aanval verwacht.

Ik haal diep adem en knik. 'Je hebt gelijk, laten we snel een uitweg zoeken.' Ik geef Diana een ijzige blik. 'Maar we zijn hier nog lang niet klaar.'

Haar grijns als antwoord straalt nonchalance uit. 'Ik kijk ernaar uit om ons gesprek voort te zetten.'

Terwijl we wanhopig proberen de lockdown te omzeilen, lijkt de tijd voorbij te kruipen. Elke mislukte poging voert de spanning op. De bittere smaak van verraad bedekt mijn tong. Ik heb me opnieuw door sentiment laten verblinden voor de harde waarheid.

'Gelukt!' roept Declan uit als het systeem onverwacht wordt uitgeschakeld. De deuren sissen open en we stormen zonder aarzeling weg, de vraag hoe hij dat voor elkaar heeft gekregen, blijft in onze haast onuitgesproken.

Hoofdstuk Veertien

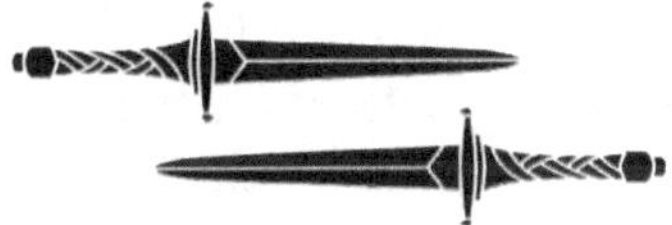

De metaalachtige smaak van angst hangt zwaar in de lucht, onderstreept door het elektrische gezoem van machines. We haasten ons om uit deze verwrongen faciliteit te ontsnappen voordat het onheil ons opnieuw treft. Of iets sinisters ons de pas afsnijdt.

Plotseling weerklinkt het snelle geklik-klak van robotpoten door de gang, waardoor alle haren op mijn lichaam overeind gaan staan. Ik verstevig mijn greep op mijn wapen, mijn knokkels worden wit.

‚Ze komen eraan!' schreeuwt Declan. Een zwerm insectachtige robots komt tevoorschijn uit verborgen panelen, hun rode ogen gloeien met een roofzuchtige intentie. In een oogwenk omsingelen ze ons, waardoor elke ontsnapping onmogelijk wordt. ‚Het lijkt erop dat we hier nog niet klaar zijn.'

Ik zucht diep, terwijl de adrenaline door mijn lijf giert. ‚Natuurlijk niet. Waarom zou het ook makkelijk gaan?'

Diana trekt alleen maar een tergende grijns, en een zweem van nonchalance walmt als een giftig parfum van haar af. Haar vertrouwen voelt als rook proberen te vangen: onmogelijk en gevaarlijk dom.

‚Genoeg stilgestaan. Laten we deze metalen klootzakken uit elkaar halen.' Ik zak in een gevechtshouding, mijn zintuigen op scherp.

De robots komen als een golf van klikkende ledematen en glimmend staal op ons af. Ik duik onder de zwaai van een klingvormig aanhangsel door en voel het langs mijn oor suizen. Die dingen zijn snel, maar ik ben sneller.

‚Let op je rug, Artemis!' Declan tackelt een robot net voordat die me vanuit mijn blinde hoek kan aanvallen. Ze storten in een kluwen van ledematen neer, waarbij Declan uiteindelijk door pure brute kracht overwint.

‚Bedankt voor de hulp!' roep ik terug, terwijl ik me omdraai om mijn potentiële moordenaar te onthoofden. Zijn hoofd landt met een holle klank op de vloer. Eén uitgeschakeld, nog talloze te gaan.

We vechten onophoudelijk tegen de zwerm, onze spieren branden, onze reacties worden tot het uiterste gedreven. Maar voor elke uitgeschakelde schildwacht komen er twee voor in de plaats. We worden bijeengedreven, uitgeput. Een makkelijke prooi voor wat er ook dieper in deze kwaadaardige plek schuilt.

Mijn gedachten schieten alle kanten op, zelfs terwijl mijn lichaam op de automatische piloot vecht. Wie – of wat – zou hier de ware dreiging kunnen zijn? Dit riekt naar iets sinisters dan de gebruikelijke onethische experimenten van het Bureau. Iemand anders trekt vanuit de schaduwen aan de touwtjes.

‚Trek je terug naar de uitgang!' schreeuw ik boven het strijdgewoel uit. ‚We moeten hier weg zien te komen nu het nog kan!'

Declan baant zich een weg door de zee van robots. ‚Helemaal mee eens! Dit hele zaakje voelt niet pluis.'

We bereiken de gang die naar buiten leidt, onze lichamen gekneusd en vermoeid. Maar de faciliteit zelf lijkt ons niet zo makkelijk te willen laten gaan. Verderop sissen gepantserde deuren dicht, waardoor onze enige ontsnappingsroute wordt afgesloten.

‚Verdomme!’ sla ik gefrustreerd met mijn vuist tegen het onverzettelijke staal. We zijn recht in iemands slinkse val gelopen. Maar waarom?

De overgebleven robots drijven ons weg van de uitgangen, hun rode ogen gloeien triomfantelijk. Hun aantal lijkt zich te vermenigvuldigen, een eindeloos mechanisch getij.

Ik druk mijn rug tegen die van Declan, zwaar ademhalend. ‚Blijf scherp. We zijn nog niet uitgestreden.’

Hij knikt somber, zijn knokkels wit om de greep van zijn wapen. ‚Zeker weten. Ik ga niet zonder een hels gevecht ten onder.’

Vastberadenheid wordt sterker in mij, waardoor de koude vingers van de angst verdwijnen. ‚We komen uit deze verwrongen plek, hoeveel metalen lijken het ook kost.’

Stap voor stap snijden we door de robots en vechten we ons een weg terug naar de verzegelde deur. Wie ook denkt ons in de val te hebben gelokt, onderschat hoe venijnig we ons een weg naar buiten zullen klauwen.

Eindelijk scheurt Declan de laatste robot open en de onderdelen verspreiden zich over de met bloed besmeurde vloer. Ik staar naar zijn flikkerende blik terwijl die dooft. ‚Oké, jij gezichtsloze klootzak. Open nu deze deuren zodat we weg kunnen.’

Geen reactie, behalve het pulseren van waarschuwingsalarmen. Ik kijk achterom naar mijn metgezellen, even uitgeput maar nog niet verslagen. We hebben nog één optie: ons een weg naar buiten banen.

Ik hef mijn wapen en benader de barrière die onze vrijheid in de weg staat. ‚Maak je klaar om te rennen voor je leven. We gaan hier niet dood.’

Onze voetstappen echoën onheilspellend door het verlaten gebouw. Ik kan het bekruipende gevoel dat we recht in een nieuwe val lopen niet van me afschudden.

Declan heft argwanend zijn wapen en tuurt de schaduwen in. ‚Dus wat is het plan hier precies?'

‚We schakelen de hoofdserver uit,' antwoord ik zwaar. ‚Hun controle over de robots afsnijden.'

Diana grijnst, de zelfvoldaanheid straalt van haar af. ‚Laten we hopen dat je kleine driftbui daarnet onze locatie niet al heeft verraden.'

Ik werp haar een bijtende blik toe. ‚Jij bent degene die ons in dit fiasco heeft meegesleurd.'

‚Genoeg gekibbeld!' snauwt Declan, zijn geduld raakt op. ‚We hebben gezelschap.'

Een nieuwe zwerm insectachtige robots duikt op uit de duisternis voor ons. Hun klauwen klikken en zoemen terwijl ze dichterbij komen.

‚Geweldig, dit hadden we net nodig.' Ik verstevig mijn greep op mijn wapen en zet me mentaal schrap voor het gevecht.

‚Concentreer je, Artemis,' zegt Diana kortaf. ‚We kunnen dit aan.'

Ik werp haar een vernietigende blik toe. ‚O ja, want jou vertrouwen is tot nu toe zo'n geweldig succes gebleken.' Maar ik neem desalniettemin een gevechtshouding aan.

De robots dalen neer in een waas van metalen ledematen. We gaan de confrontatie met ze aan, onze wapens scheuren in een dodelijke dans door hun gelederen. Ondanks ons ongemak met elkaar, vormen we een wreed effectief team tegen deze automaten.

Vonken vliegen in het rond en metaal krijst terwijl we ze een voor een neermaaien. De zwerm blijft komen, maar we zijn niet te stoppen, gedreven door wanhoop.

‚Het kantoor van de beveiliging is hier voor!' schreeuw ik boven het lawaai uit, terwijl ik met mijn kling naar een deur aan het einde van de gang wijs. ,Laten we dit afmaken!'

Declan gromt instemmend en schiet de laatste robot neer die ons pad blokkeert. ,Werd verdomme tijd. Ik heb genoeg van deze plek.'

We sprinten het laatste stuk naar ons doel en beuken met vereende krachten de gesloten deur open. De servers staan van vloer tot plafond langs de achterwand, pulserend met een verwoede energie. Relais klikken en zoemen terwijl ze de geautomatiseerde verdediging van het complex coördineren tegen de indringers – ons.

Zonder een woord te wisselen gaan we aan het werk, trekken verbindingen los en schieten op de actieve kernen. De machines jammeren uit protest, maar kunnen niets doen om ons te hinderen. Binnen enkele minuten valt de kamer doodstil, gehuld in vonkend puin.

Ik zak tegen de muur, zwaar ademend van de inspanning en de adrenalinecrash. We hebben het gedaan. De kop van dit sinistere beest afgesneden.

Declan klopt vermoeid op mijn schouder. ,Goed werk. Laten we hier verdomme weggaan voordat er iets ergers opduikt.'

Ik roep de energie op om me af te zetten en naar de uitgang te gaan. Diana blijft hangen en kijkt met een ondoorgrondelijke uitdrukking om zich heen. Opnieuw bekruipt me het gevoel dat ze hier iets meer wilde, een of ander doel dat ik niet kan doorgronden.

Maar die vragen zullen moeten wachten. ,Kom op,' roep ik scherp. ,We gaan, met of zonder jou.'

Dat doorbreekt haar vreemde gepeins. Met een dunne glimlach voegt ze zich bij ons bij de verbrijzelde deuropening waarachter de vrijheid lonkt. Hopelijk is welke val ze ook had gelegd, nu door onze acties onschadelijk gemaakt. Maar waar het Diana betreft, neem ik niets voor lief.

Uiterst waakzaam blijven in haar buurt is misschien vermoeiend, maar het is altijd nog beter dan van achteren opengereten te worden. Ik speel haar misleidende spelletje alleen mee zolang het overeenkomt met mijn eigen doelen.

En ik blijf klaar om de banden te verbreken op het moment dat onze doelstellingen uiteenlopen.

⸻

De beveiligingskamer is een rampgebied van vernielde apparatuur en gebroken glas. Iemand anders was ons voor, uit op chaos. In het midden van de kamer zoemt een rij servers onheilspellend, de statuslampjes pulseren in een griezelige eenstemmigheid.

Diana wijst er dringend naar. ‚Dat zijn de hoofdservers. Als we die uitschakelen, verlammen we hun controle over de verdediging van de faciliteit.'

Ik hef mijn wapen, vastberadenheid brandt door mijn aderen. ‚Laten we deze techno-horrorshow dan maar tot schroot verwerken.'

We verspreiden ons rond de machines, met geheven wapens voor een gelijktijdige aanval. Aftellen is niet nodig. Als één man openen we het vuur en kogels scheuren door de delicate serverkernen in een kakofonie van vonken en granaatscherven.

Declan slaakt een tevreden kreet als de laatste server schokt en het begeeft, waardoor we in duisternis worden gedompeld. ‚Neem dat, klootzakken!'

In de nagloed geniet ik van een vluchtig, zij het hol, gevoel van overwinning. We hebben deze strijd misschien gewonnen, maar de bittere smaak van Diana's verraad bedekt nog steeds mijn tong. De oorlog is nog lang niet voorbij.

De bijtende geur van verschroeid metaal en doorgebrande bedrading vult de benauwende lucht. Ik speur de zich verspreidende stilte af naar tekenen van een nieuwe aanval. Maar alleen stilte en ons harde ademhalen bereiken mijn gespannen oren.

Diana schuifelt angstig naast me. ,We moeten gaan. Er kan elk moment meer beveiliging komen.' Haar toon klinkt te dringend en werkt op mijn zenuwen.

Ik kijk haar met een smeulende blik aan. ,Wat staat ons echt te wachten hier verderop?'

,Alleen maar meer dreigingen als we nu niet gaan,' snauwt ze. Maar haar ogen ontwijken de mijne schuldbewust. Ze verbergt nog steeds iets, daar ben ik zeker van.

Ik open mijn mond om naar de waarheid te vragen als Declan er gespannen tussenkomt. ,Kom op, laten we gewoon uit deze plek zien te komen.' Ook hij wil me niet aankijken, gefocust op de vernielde uitgang van de kamer.

Ik bijt gefrustreerd op mijn lip, maar gebaar bruusk dat Diana voorop moet gaan. Dit is niet het moment voor een ondervraging. Niet totdat we veilig weg zijn van welke andere sadistische vallen ons ook te wachten staan in dit doolhof.

We banen ons voorzichtig een weg over de puinhopen van machines die de kamer vullen. Een verkeerde stap laat puin onheilspellend om ons heen kletteren. Het hele plafond kreunt onder een onbekende spanning.

,Pas op!' Declans schreeuw gaat verloren in een lawine van afbrokkelend metselwerk en staal. Ik werp me opzij en kom pijnlijk tot stilstand terwijl de lucht zich vult met stof en lawaai.

Als de instorting eindigt, dwing ik mezelf overeind, mijn oren suizen. Waar zijn de anderen? ,Declan! Diana!'

Een pijnlijk gekreun trekt mijn aandacht. Declan knielt met een gehavende arm, bloed stroomt tussen zijn gebalde vingers. Ik haast me naar hem toe, met mijn hart in mijn keel. ‚Hoe erg is het?'

Hij trekt een grimas, zijn gezicht bleek. ‚Ik overleef het wel. Maar we moeten verder. Ga, ik houd ze wel bezig.'

Ik aarzel, met tegenzin om hem zo kwetsbaar achter te laten. Maar meer gekletter echoot door de gang. Onze tijd is om.

Declan duwt me ruw weg. ‚Ga nou, verdomme!'

Hulpeloos vloekend draai ik me om en ren. Lafaardig, maar ik kan hem beter helpen als de volgende golf is afgehandeld. Ik moet alleen eerst vinden waar Diana is verdwenen.

Ik sprint door de scheefgezakte hallen, woede en angst sporen me aan. Die verdomde vrouw weet meer dan ze zegt over wat er aan de hand is. Tijd om wat antwoorden uit haar los te schudden, of ze dat nu leuk vindt of niet.

Ik glijd een hoek om en zie Diana bij een half ingestorte muur staan, de wind zwiept door haar haar terwijl ze door een grillige scheur naar buiten begint te klimmen.

‚Ging je ergens heen?' vraag ik koeltjes.

Ze draait zich om, met grote ogen. ‚Artemis! Ik weet dat je boos bent, maar probeer het te begrijpen...'

‚Begrijpen dat je ons bijna hebt laten doden?' Ik loop op haar af, mijn handen trillen van adrenaline en verontwaardiging. ‚Verlicht me, alsjeblieft!'

Haar uitdrukking wordt hard. ‚Ik deed wat nodig was! Meer dan jij kunt zeggen, constant verlamd door aarzeling en twijfel.'

De beschuldiging komt aan als een fysieke klap. Maar voordat ik kan terugslaan, explodeert de muur naast Diana naar binnen onder de kracht van een enorme metalen klauw. Ze springt door de opening zonder om te kijken.

Ik zak tegen de tegenoverliggende muur terwijl het gekraak door de gang echoot en snel in stilte verdwijnt. Tot zover mijn kans op antwoorden. Met een walgende zucht sleep ik me terug naar de positie van Declan, me schrap zettend voor nog een gevecht.

Tegen de tijd dat ik hem bereik, zijn alle aanvallende robots tot schroot gereduceerd. Declan zakt in elkaar te midden van de wrakstukken, zijn gezicht getekend en bleek, maar zijn ogen vastberaden.

Ik bied hem een hand aan om op te staan. ,Diana is weg. Het lijkt erop dat wij het alleen moeten opnemen tegen wat deze plek nog meer op ons afvuurt.'

Hij knikt vermoeid en leunt op me terwijl we onze weg naar buiten banen. ,Net als vanouds dus.' Ondanks alles tovert zijn ruwe humor een glimlach op mijn gezicht.

Ik weet niet welke andere vallen ons te wachten staan, of waar Diana echt op uit is. Maar Declan dekt mijn rug. Samen hebben we al ergere situaties overleefd.

En deze keer, wanneer we die verraderlijke vrouw weer confronteren, zal ik niet aarzelen om haar uit te schakelen. Ze wil mijn ware potentieel zien? Oh, dan zal ik haar een voorproefje geven. Vlak voordat ik haar plannetjes voorgoed een halt toeroep.

HOOFDSTUK VIJFTIEN

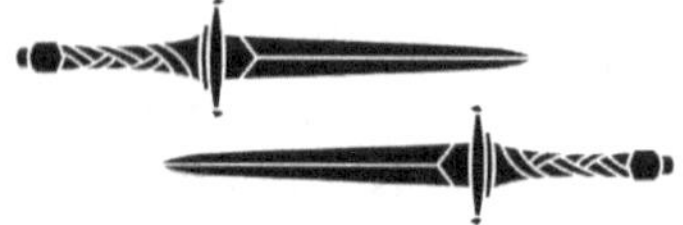

MIJN HARTSLAG BONKT TERWIJL ik met witgeknepen knokkels het stuur van het gestolen Bureau-voertuig vastklem. De banden gieren in scherpe bochten. Op de passagiersstoel krimpt Declan ineen bij elke schok, met een arm beschermend om zijn buik geslagen.

'Verdomme, Diana,' sis ik met opeengeklemde kaken. De woede over haar verraad zindert door mijn aderen. Die slinkse slang heeft ons perfect bespeeld en nu zijn we weer op de vlucht. De hybridefaciliteit brandt in de achteruitkijkspiegel, onze doelstellingen zijn vervaagd. Maar er is geen tijd voor bezinning; ontsnappen heeft nu prioriteit.

'Artemis, kijk uit!' Declans schreeuw rukt me net op tijd uit mijn gepieker om een verlaten auto op de eenzame woestijnweg te ontwijken.

'Bedankt,' mompel ik kortaf, terwijl mijn hartslag op hol slaat en ik het slingerende voertuig weer recht trek. Declans doordringende, hazelnootkleurige ogen haken zich even gespannen in de mijne voordat hij wegkijkt. Nieuwe zorgen tekenen zijn knappe, maar smerige gezicht.

'Alles goed met je?' Zijn schorre stem verraadt zijn eigen pijn.

Ik werp hem een ongelovige blik toe. 'Laat mij maar zitten. Jij bent nog niet zo lang geleden neergeschoten en nu ben je weer gewond. Ik zou jou dat moeten vragen.' Schuldgevoel wringt in mijn binnenste bij het zien van zijn pijn.

Declan pakt mijn arm stevig vast. 'Hé, we weten allebei dat Diana ons meesterlijk heeft bespeeld. Je had haar verraad niet kunnen voorspellen.'

Mijn handen klemmen zich om het stuur terwijl de bitterheid in me opwelt. 'Kon ik dat niet? Ik had beter moeten weten dan die valse slang ooit te vertrouwen.' Achteraf is haar bedrog pijnlijk duidelijk.

Declans vingers graven zich bijna pijnlijk in mijn arm. 'Maak jezelf niet kapot met spijt. We moeten ons nu volledig op de ontsnapping richten.'

Ik dwing mezelf diep adem te halen en knik. 'Je hebt helemaal gelijk. We zijn gehavend, maar we leven nog. Ik weiger ons te laten breken door Diana's verraad.'

Declan beweegt ongemakkelijk en trekt een pijnlijk gezicht. 'Dus waar gaan we eigenlijk naartoe?'

'Naar een veilige plek waar we kunnen onderduiken en op krachten kunnen komen.' Er klinkt staal in mijn stem. 'Want zodra we zijn hersteld, schakelen we Diana en haar hele zieke operatie voorgoed uit.'

Declan slaagt erin een pijnlijke halve grijns te produceren. 'Kijk, dat is een plan waar ik zeker achter sta.'

Ik dwing mijn lippen tot een grijns, terwijl ik zijn vermogen bewonder om zelfs nu nog een lichtpuntje te vinden. 'Absoluut.'

De lege weg strekt zich voor ons uit in de onbekende duisternis. We zijn misschien gewond en meer dan uitgeput, maar we zijn verre van verslagen. Diana onderschat de kracht van onze gezamenlijke vastberadenheid ernstig.

Declans eeltige hand bedekt de mijne op het stuur even, een stille belofte dat we hierin verenigd zijn. Wat er ook gebeurt, vanaf nu zullen we elke hindernis samen het hoofd bieden. Zij aan zij, zoals het vanaf het begin had moeten zijn.

En als de tijd rijp is, zullen we ervoor zorgen dat Diana en haar onmenselijke hybride gedrochten met bloed betalen voor alles wat ze hebben gedaan. Die gewelddadige gerechtigheid zal de onze zijn. Die gedachte helpt mijn rafelende kalmte te bewaren.

Tot die tijd hebben we elkaar. En Declans standvastige, onwrikbare aanwezigheid herinnert me eraan dat zelfs in ons donkerste uur de hoop blijft bestaan.

Samen zullen we ons een weg terug naar het licht klauwen, desnoods dag na dag. Diana probeerde ons te breken, maar ze heeft ons alleen maar sterker gemaakt.

Gesmeed door tegenspoed is onze band nu onwrikbaar. En we zullen onze wraak krijgen op degenen die ons probeerden te vernietigen. Voor Declan, voor mezelf en voor alle anderen die ze leed hebben berokkend.

Ik reik naar Declans hand en knijp erin, om die stille gelofte te bezegelen. Dan richt ik mijn ogen weer op de lange, lege weg voor ons. We zullen dit doorstaan. We moeten wel.

*

De motor van het gestolen voertuig geeft nog een laatste sputterende zucht voordat hij volledig stilvalt, terwijl we een gebarsten, met onkruid overwoekerde parkeerplaats oprijden. Maanlicht sijpelt griezelig tussen gebouwen die grillig naar de hemel reiken en diepe schaduwen werpen.

Ik kijk opzij naar Declan, die slap tegen het passagiersraam hangt. Zijn gezicht is kleurloos en bedekt met zweet; hij houdt het duidelijk nog maar nauwelijks vol.

'Blijf zitten, ik pak de medische spullen,' beveel ik kortaf, mijn laarzen knerpen op het grind als ik uitstap.

'Oké, baas,' is Declans zwakke poging tot humor. Maar ik hoor de gespannen ondertoon van de pijn die hij probeert te verbergen.

Ik graai dringend achterin tot mijn handen een EHBO-kist vinden. Terwijl ik me terughaast naar de passagierskant, borrelt de haat voor Diana opnieuw op. Die slinkse slang heeft ons perfect als marionetten voor haar verknipte doelen gebruikt.

Ik glijd weer achter het stuur en pers eruit: 'Laten we je oplappen.' Declans pijnlijke grimas wordt dieper als ik zijn doorweekte shirt wegpiel, waardoor de doordrenkte verbanden om zijn buik en een verse, sijpelende snee op zijn arm zichtbaar worden. Zijn huid is heet en klam onder mijn vingers.

De aanblik van zijn verwondingen laat woede door me heen branden. Ik beheers zorgvuldig mijn gezichtsuitdrukking, maar Declan leest de furie in mijn ogen. 'Dit was niet jouw schuld, Artemis,' raspt hij. 'We hadden geen andere keus dan haar te vertrouwen.'

'Kan zijn.' Ik druppel ontsmettingsmiddel op een verband, mijn kaken strak op elkaar. 'Dat betekent niet dat ze niet krijgt wat ze verdient.'

Terwijl ik voorzichtig Declans talloze snijwonden schoonmaak en hecht, malen de vragen onophoudelijk door mijn hoofd. Wat is Diana's uiteindelijke doel? Wie is er nog meer medeplichtig aan haar web van leugens? Er blijven te veel onbekende factoren over. Maar ik ben vastbesloten om de duistere waarheid te ontrafelen.

'Klaar,' kondig ik kortaf aan als ik de laatste hechting in zijn arm zet. 'We moeten hier vannacht rusten en jou laten genezen.'

'Bedankt,' mompelt Declan, zijn ogen vallen al dicht van uitputting.

Ik kijk een stil moment naar hem, mijn hart doet pijn van een verwarrende mix van zorgen om zijn toestand en iets veel tederders dat ik niet te nauwkeurig durf te onderzoeken.

In een opwelling geef ik een vederlichte kus op zijn klamme voorhoofd. 'Rust maar wat. We komen hier samen wel uit, dat beloof ik.'

Terwijl Declans ademhaling overgaat in een diepe slaap, blijf ik alleen achter met mijn rusteloze gedachten in het krappe, donkere voertuig. De schaduwen buiten lijken te leven, steeds dichterbij te kruipen, verstikkend. Toch laait er een vonk van uitdagende vastberadenheid in me op.

We zijn gehavend maar niet gebroken. En we zullen Diana weer vinden, haar verknipte hybride gedrochten ontmaskeren en voorgoed een einde maken aan deze nachtmerrie. Ze zal niet winnen, zweer ik fel. De gerechtigheid zal de onze zijn.

Ik pak Declans hand losjes vast en put troost uit de stevige warmte. Samen zijn we sterk genoeg om alles te overwinnen, zelfs dit verraad. Diana maakte een fout door ons in leven te laten. Die arrogantie zal haar ondergang worden.

Uitputting trekt dringend aan me, maar ik dwing mijn ogen open te blijven en houd de wacht gedurende de eenzame nacht. Declan moet rusten om te genezen.

En als de ochtend aanbreekt, zullen we klaar zijn om de jacht te hervatten met een vlammende, onverbiddelijke vastberadenheid. Diana en haar sinistere bondgenoten beseffen niet wie ze hebben uitgedaagd. Maar dat zullen ze snel genoeg begrijpen, wanneer we hun hele verknipte imperium met de kracht van onze gezamenlijke wil in vlammen laten opgaan.

*

De eerste dunne stralen van de dageraad filteren tussen de gebouwen door en werpen grillige schaduwen over het gehavende voertuig. Naast me beweegt Declan en krimpt pijnlijk ineen. Zijn hazelnootkleurige ogen ontmoeten de mijne even voordat hij beschaamd wegkijkt.

'Artemis, je had gelijk dat je Diana niet volledig vertrouwde,' raspt hij, zijn stem nog steeds schor van uitputting. 'Ik had naar je twijfels moeten luisteren.'

'En of je dat had moeten doen,' sneer ik bitter, de oude woede komt weer boven. 'Maar het is nu gebeurd. We moeten ons concentreren op onze volgende stap.'

Declan wrijft met een hand over zijn getekende gezicht. 'Het zal niet makkelijk zijn om de verknipte hybride-experimenten van het Bureau te onthullen. Zeker niet zonder het bewijs dat Diana beloofde.' Zijn gezicht wordt donkerder. 'Wat ze ook echt van plan is, het kan niet goed zijn.'

Ik trommel bedachtzaam met mijn vingers op het stuur. 'Misschien niet. Maar er moet nog steeds een andere manier zijn. We kunnen naar buiten treden, alles onthullen wat we weten. De experimenten, de leugens, alles.'

Declan kijkt sceptisch. 'Weet je zeker dat dat verstandig is? Het zou ons tot een groter doelwit kunnen maken, talloze anderen in gevaar kunnen brengen...'

'Beter dan ons als lafaards te verstoppen!' snauw ik, terwijl ik hem boos aankijk. 'We kunnen ze hier niet zomaar mee weg laten komen.'

'Makkelijk praten voor jou,' antwoordt Declan, woede suddert onder zijn woorden. 'Jij weet niet hoe het is om je hele leven opgejaagd te worden, nooit te weten wie je kunt vertrouwen.'

Gekwetst kaats ik terug: 'Jij ook niet! Niet echt. We zijn allebei gewoon pionnen voor ze geweest.'

Declan zucht zwaar en ziet er plotseling verslagen uit. 'Oké, wat is ons plan dan? Gewoon naar binnen marcheren en eisen dat ze stoppen?'

Ondanks alles voel ik mijn lippen omhoog krullen. 'Zoiets. We verzamelen bewijs, leggen de rotzooi bloot zodat de hele wereld het kan zien. Dwingen ze om hun misdaden toe te geven.'

'Als we al iets concreets kunnen vinden,' mompelt Declan twijfelachtig.

'Laat dat maar aan mij over,' zeg ik vastberaden. 'Concentreer jij je maar op het herwinnen van je kracht.'

Declans ogen vlammen van overtuiging ondanks zijn pijn. 'Het vernietigen van de hybridegegevens is de enige manier om dit echt te stoppen. Hun onderzoek verlammen.'

Ik aarzel, onzeker. 'Misschien wel. Maar hebben wij het recht om die beslissing te nemen? Om rechter en jury te spelen over wie leeft of sterft?'

'Dit is niet voor god spelen, Artemis,' betoogt hij fel. 'Die hybriden zijn onnatuurlijk, geboren uit verknipte experimenten. Het was nooit de bedoeling dat ze zouden bestaan.'

'Maar ze bestaan nu wel,' werp ik zachtjes tegen. 'Ze hebben hier niet om gevraagd. Wie zijn wij om over hun lot te beslissen?'

Declans frustratie borrelt. 'Als we niets doen, worden ze gewoon de volgende generatie wapens van het Bureau. Hoeveel onschuldige levens zullen er dan verloren gaan?'

Zijn woorden doen me aarzelen. Het is waar: hoe langer we discussiëren, hoe meer er kunnen lijden. Toch keert mijn maag om bij de gedachte een heel volk uit te wissen, monsterlijk of niet. Er moet een andere manier zijn... toch?

Ik schud hulpeloos mijn hoofd. 'Ik weet het gewoon niet meer. Misschien... misschien hebben we geen goede opties meer over. Alleen onmogelijke keuzes.'

'Luister,' zegt Declan, en hij dwingt zichzelf rechterop te gaan zitten met zichtbare inspanning ondanks zijn verwondingen. 'Ik weet dat het geen makkelijke beslissing is, maar we kunnen niet zomaar toekijken en de experimenten ongecontroleerd laten doorgaan.'

Ik bal mijn vuisten, de frustratie suddert. 'Prima. We vernietigen de data voor nu. Maar daarna wordt het onthullen van de volledige waarheid prioriteit nummer één. Mensen verdienen het om te weten wat er gebeurt.'

Declan knikt langzaam instemmend en krimpt ineen. 'Daar ben ik het mee eens. Maar eerst moeten we er verdomd zeker van zijn dat jij klaar bent voor dit gevecht dat voor ons ligt.'

'Geloof me, ik ben nog nooit ergens zo klaar voor geweest,' zeg ik vastberaden, met staal in mijn stem.

Declans doordringende, hazelnootkleurige ogen haken zich in de mijne, en een stilzwijgend begrip ontstaat tussen ons. We zijn het misschien nog niet helemaal eens over de methoden, maar ons doel is hetzelfde: vechten voor gerechtigheid en een betere toekomst, ongeacht de kosten.

In die overtuiging kunnen we volledig op elkaar vertrouwen. En op dit moment moet dat gedeelde vertrouwen genoeg zijn om ons door de komende chaos te loodsen.

Declan pakt mijn hand stevig vast, alsof hij mijn onuitgesproken twijfels voelt. 'Je staat hier niet alleen in, Artemis. Wat er ook gebeurt, we staan samen. Vergeet dat niet.'

Ik klamp me vast aan de solide geruststelling van zijn hand in de mijne als aan een reddingslijn, en laat het de schaduwen even verdrijven. Hij heeft gelijk: verenigd kunnen we elke storm die voor ons ligt doorstaan.

Ik kijk in Declans vastberaden blik en dwing mezelf tot een grijns. 'Waar wachten we in vredesnaam dan nog op? Laten we op jacht gaan.'

Een zweem van een glimlach verschijnt op zijn lippen. Hoe donker de weg ook is die voor ons ligt, we hoeven hem tenminste niet alleen te bewandelen. En er is niemand anders die ik liever aan mijn zijde heb in dit gevecht dan Declan.

Samen zullen we het verknipte kaartenhuis van het Bureau laten instorten en uit de as een gedurfde nieuwe toekomst smeden. Dit weet ik met onwrikbare zekerheid. Hun zonden zullen voor iedereen zichtbaar worden gemaakt.

En misschien, heel misschien, zal er dan recht worden gedaan aan alle levens die in de schaduw zijn gebroken. Het is een sprankje hoop, maar een waarvoor het waard is om tot onze laatste ademtocht te vechten.

Ik knijp even harder in Declans hand, om die stille gelofte te bezegelen, voordat ik hem loslaat om de koppige motor van het voertuig te starten.

De teerling is geworpen.

*

Mijn handen klemmen zich met witgeknepen knokkels om het stuur van het gestolen voertuig terwijl we een onzekere toekomst tegemoet razen. De wind zwiept mijn haar wild om mijn gezicht, een constante, chaotische herinnering aan de onrust die we achter ons hebben gelaten.

Declans schorre stem doorbreekt de gespannen stilte. 'Heb je die hybriden gezien, Artemis? De manier waarop ze bewogen, hun pure fysieke kracht? En hun ogen...' Hij huivert. 'Er was geen menselijkheid meer in hen over. Alleen woede en verwarring. Het zijn geen mensen meer, alleen gevaarlijke wapens.'

Ik kauw onzeker op mijn lip. 'Misschien wel. Maar verdienen ze het om te sterven vanwege de manier waarop ze zijn gemaakt? Wie zijn wij om dat te beslissen?' De gemartelde gezichten van die hybriden staan in mijn geheugen gegrift.

Declan leunt achterover met een pijnlijke grimas. 'Het gaat niet om wat ze verdienen. Het gaat erom onschuldige levens te beschermen tegen de dreiging die ze vormen.'

Mijn handen klemmen zich vaster om het stuur terwijl twijfel in me strijdt. 'Is het echt zo simpel? Wissen we hun bestaan, hun potentieel, uit, alleen maar om anderen veilig te houden?'

'Artemis, je weet dat het Bureau alleen maar meer wapens zal ontwikkelen als we dit nu niet stoppen,' betoogt Declan indringend. 'Kun jij met die prijs leven?'

'Natuurlijk niet!' Ik sla een handpalm tegen het dashboard uit frustratie. 'Maar hoe kunnen we weten dat we de juiste beslissing nemen? Wat geeft ons het recht om over hun lot te beslissen?'

Declans hazelnootkleurige ogen worden troebel. 'Onvolmaakt of niet, op dit moment zijn ze gewoon te gevaarlijk om vrij te bestaan.' Zijn kaken spannen zich. 'We moeten doen wat nodig is om deze dreiging in te dammen.'

Mijn volgende woorden zijn nauwelijks een fluistering. 'Zelfs als dat betekent dat we zelf monsters worden?'

Declan kijkt weg. 'Soms moeten we het duister in stappen om het licht te beschermen.'

Zijn woorden klinken hol in mijn oren. Heeft hij gelijk? Zijn we een grens overgestoken waar geen terugkeer meer mogelijk is? De gedachte beangstigt me.

Ik denk aan de hybriden die we brandend achterlieten. Misschien zijn we al monsters geworden, onder het mom van noodzaak. Hoe maak je zulke weerzinwekkende keuzes?

Declan lijkt mijn gekwelde gedachten te lezen. 'Er zijn geen makkelijke keuzes meer over, alleen mogelijke spijt. Maar wij dragen deze last zodat anderen dat niet hoeven. Vergeet dat niet.'

Als ik naar hem kijk, realiseer ik me dat mijn grip op de hoop is weggegleden zonder dat ik het doorhad. We staan aan een zelfgemaakte afgrond.

Ik reik naar zijn hand en knijp er stevig in, wanhopig op zoek naar iets om me aan vast te klampen. Misschien hebben we alleen elkaar nog over. Misschien moet dat genoeg zijn.

Terwijl de duisternis om ons heen valt, rijden we verder. Op zoek naar het licht, of misschien hebben we het al voorgoed verloren. Ik ben nergens meer zeker van.

*

Terwijl de lege weg zich eindeloos voor ons uitstrekt, worstel ik met het verpletterende gewicht van onze recente daden. Elke noodlottige beslissing voelt zwaarder dan de vorige. We zitten gevangen in een web vol leugens en verraad, gedwongen te kiezen waar onze loyaliteit echt ligt: bij de vertrouwde mensen die die hybriden hebben gecreëerd, of bij de levens die zij als vervangbaar en onvolmaakt beschouwden.

Declans hand bedekt de mijne zachtjes. 'Wat er ook gebeurt, ik weet dat je uiteindelijk de juiste keuze zult maken. Vertrouw op je instinct, Artemis. Dat zal je niet in de steek laten.'

Ik knik langzaam en haal diep en rustig adem. Ons pad voorwaarts mag dan gehuld zijn in schaduwen en onbekende dreigingen, maar één overtuiging kristalliseert zich in mij: ik zal nooit meer toestaan dat iemand anders me controleert. Niet het Bureau dat ons als vervangbare pionnen gebruikte. Niet de gemartelde hybriden die dansen naar het verknipte pijpen van hun scheppers. En al helemaal niet mijn eigen verlammende twijfels.

'Laten we dit afmaken,' verklaar ik, met een nieuwe, stalen vastberadenheid in mijn stem. 'Voor iedereen die al verloren is gegaan door de leugens van het Bureau.'

'Mee eens,' mompelt Declan. Zijn sterke greep om mijn hand wordt even steviger als woordeloze steun.

Samen rijden we het dreigende onbekende tegemoet, verenigd en klaar om elke nieuwe uitdaging die op ons wacht het hoofd te bieden. Wat er ook gebeurt, we zullen nu niet wankelen.

Regen begint tegen de ruiten van het voertuig te tikken en benadrukt onze isolatie. Maar het gezelschap van regendruppels heeft de voorkeur boven de disharmonische herinneringen die zich meedogenloos in mijn hoofd afspelen: de woedende ogen van de hybriden die rood werden, de faciliteit die werd verteerd door zuiverende vlammen.

Declan lijkt mijn innerlijke onrust te voelen. 'Je hebt de enige beslissing genomen die je kon nemen in een onmogelijke situatie. Laat spijt je geest niet vergiftigen.'

Ik klamp me vast aan zijn woorden als aan een reddingslijn en kanaliseer mijn twijfels in verharde vastberadenheid. Het verleden kan niet ongedaan worden gemaakt, maar de toekomst is nog ongevormd. En ik zal onze missie volbrengen, wat de prijs ook mag zijn.

Voor ons doemen de eerste gebouwen van een klein stadje op uit de somberheid. Ons volgende toevluchtsoord, of misschien onze laatste verdedigingslinie. Hoe dan ook, we zullen het samen tegemoet treden, onze moed groeit om elke nieuwe uitdaging aan te gaan.

Te lang zijn we pionnen geweest die reageerden op de verknipte plannen van anderen. Nu gaan we eindelijk in de aanval. En moge God genade hebben met iedereen die ons in de weg staat, want we zullen niet aarzelen om hen neer te maaien in de jacht op het grotere goed. De tijd voor twijfel en aarzeling is voorbij.

Vanaf nu bepalen we ons eigen lot. Niet langer dansen aan de touwtjes van het Bureau. We zullen vrij zijn, of sterven terwijl we het proberen.

HOOFDSTUK ZESTIEN

DE MOTOR VAN HET transportvoertuig bromt zachtjes en doorbreekt nauwelijks de verstikkende duisternis om ons heen. Alleen streepjes maanlicht dringen door het dichte woud en werpen griezelige schaduwen over Declans door pijn vertrokken gezicht. Hij ademt zwaar naast me, nog steeds herstellende van zijn brute verwondingen. Mijn borstkas trekt samen als ik hem zo zie, en onder mijn bezorgdheid sluimert woede.

Een bekende stem kraakt door de comms en verbreekt de ongemakkelijke stilte. 'Hé, kijk eens wie we daar hebben.' *Diana*. Ik zie haar zelfvoldane grijns voor me en klem het stuur vaster.

'Kap met die onzin, Fox,' bitste ik tussen samengeklemde tanden. 'Wat wilt u?'

'Altijd zo vijandig.' Ze tsk't. 'Ik ben gekwetst. Maar om uw vraag te beantwoorden, er is nog een laatste faciliteit waar ik hulp bij nodig heb. Die wordt zwaar bewaakt, nog zwaarder dan de andere.'

'Geef me één goede reden waarom we u zouden moeten vertrouwen na alles wat er is gebeurd,' spuwde ik, terwijl ik het stuur nog vaster klemde.

'Omdat ik iets heb wat u zult willen,' antwoordt ze, haar stem druipend van zelfgenoegzaamheid. 'Bewijs. Bewijs dat de kopstukken van het Bureau allemaal betrokken zijn bij deze hybrideagenda. Genoeg bewijs om ze ten val te brengen en voor eens en voor altijd een einde te maken aan hun gestoorde experimenten.'

Mijn hartslag versnelt bij het vooruitzicht, maar twijfel houdt me aan de grond genageld. Diana heeft ons al eens op een dwaalspoor gebracht, met pijnlijke gevolgen. Kan ik het risico lopen opnieuw bedrogen en verraden te worden?

'U liegt,' gromt Declan, terwijl zijn ogen vernauwen. 'We zijn al genoeg bespeeld, Diana.'

'Geloof wat u wilt,' werpt ze tegen. 'Maar dit is uw kans om de waarheid te onthullen en talloze levens te redden. Is dat niet wat jullie wilden?'

Mijn gedachten tollen door de mogelijkheden, de risico's en de beloningen van haar aanbod. Het is verleidelijk, zonder twijfel. Maar kan ik haar echt vertrouwen? Kan ik mezelf vertrouwen om de juiste keuze te maken als er zoveel op het spel staat?

'Denk erover na,' suggereert Diana, met een vleugje spot in haar stem. 'Maar doe er niet te lang over. De tijd dringt immers.'

De comms vallen stil, waardoor alleen het gebrom van de motor en het bonzen van mijn hart overblijven.

'Artemis...' fluistert Declan, zijn ogen de mijne zoekend naar antwoorden. 'Wat doen we?'

'Eerst dit,' zeg ik en slik moeizaam. 'We moeten die laatste faciliteit vinden. Als Diana de waarheid spreekt, dan moeten we handelen. En als ze liegt... tja, dan weten we tenminste zeker waar ze staat.'

'Oké,' stemt hij in, met pijn op zijn gezicht getekend. 'Maar wees voorzichtig. Onthoud met wie we te maken hebben.'

Ik knik, mijn knokkels wit om het stuur geklemd terwijl we steeds dieper de schimmige bossen in rijden. We balanceren op het slappe koord tussen gerechtigheid en ondergang. Eén misstap en we storten de duisternis in.

Declan krimpt ineen als we over een hobbel rijden. Vers bloed kleurt zijn verband. Schuld en woede vechten in mij om voorrang. Hij zou niet nog meer pijn moeten doorstaan. Niet voor mijn kruistocht.

Maar het is nu groter dan ik. Te veel levens verwoest terwijl het Bureau de andere kant op kijkt. Diana's informatie zou eindelijk verantwoording kunnen afdwingen, als haar motieven tenminste oprecht blijken te zijn...

Ik kijk naar Declan. Zijn ademhaling vertraagt terwijl uitputting de overhand krijgt. Ik knijp zachtjes in zijn hand, bang om los te laten. Bang om hem te verliezen aan de duisternis waar ik ons beiden in heb meegesleurd.

'Vertrouw me,' fluister ik vastberaden. 'Ik laat haar niet winnen.'

Hij schenkt me een pijnlijke glimlach voordat hij in een rusteloze slaap wegzakt. Ik benijd zijn rust terwijl slapeloosheid en paranoia mij in hun greep houden. Vragen malen onophoudelijk door mijn hoofd. Is het risico van Diana geloven het waard? Kan ik leven met nog meer bloed aan mijn handen als ik het mis heb?

De faciliteit komt in zicht, een onheilspellend silhouet tegen de nachtelijke hemel. Mijn keuzes komen hier samen. Maar vertrouwen op mijn instinct, ondanks fouten uit het verleden, is misschien mijn enige leidraad nu.

Ik haal diep adem en versterk mijn vastberadenheid. De faciliteit wacht, samen met gerechtigheid... of ondergang.

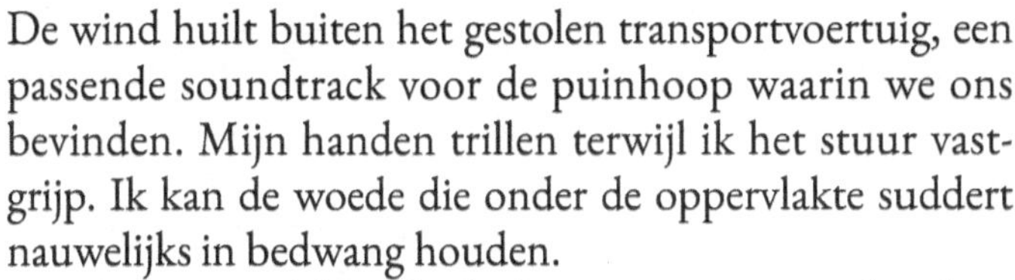

De wind huilt buiten het gestolen transportvoertuig, een passende soundtrack voor de puinhoop waarin we ons bevinden. Mijn handen trillen terwijl ik het stuur vastgrijp. Ik kan de woede die onder de oppervlakte suddert nauwelijks in bedwang houden.

'Oké, Diana,' bits ik als de comms weer verbinding maken, 'u wilt spelletjes spelen? Prima. Maar eerst wil ik antwoorden. Wie de hel steunt u hier allemaal in?'

Er valt een korte stilte aan de andere kant, en ik kan haar praktisch haar woorden horen afwegen voordat ze spreekt.

'Laten we zeggen dat er... facties zijn binnen het Bureau,' zegt Diana ontwijkend. 'Niet iedereen is het eens met de hybride-experimenten. Sommigen van ons geloven in een ander pad.'

'Goh, wat handig,' schamper ik, terwijl ik naar Declan kijk die ineenkrimpt van de pijn van zijn verwondingen. 'Dus nu speelt u de rol van verzetsstrijder? Bespaar me de moeite.'

'Geloof wat u wilt, Artemis,' antwoordt ze koeltjes. 'Maar het feit blijft dat de hybriden een bedreiging vormen en dat ze gestopt moeten worden. U heeft het met eigen ogen gezien.'

'Zeker, maar waarom zouden we u vertrouwen?' eis ik, terwijl mijn hart in mijn oren bonst. 'U heeft tegen ons gelogen, ons gemanipuleerd, ons verraden – en nu verwacht u dat we u blindelings het hol van de leeuw in volgen?'

'Artemis, ik vraag u niet om mij te vertrouwen,' zegt ze, haar stem gespannen en geforceerd. 'Ik vraag u om op uw instinct te vertrouwen. We hebben hier één kans voor – één kans om een einde te maken aan deze nachtmerrie en de waarheid over de gestoorde experimenten van het Bureau te onthullen. Wilt u dat echt weggooien vanwege uw persoonlijke gevoelens jegens mij?'

Ik moet bijna lachen om haar brutaliteit. Mijn 'instinct' is om haar met mijn blote handen te wurgen. 'Persoonlijke gevoelens' dekt niet eens de lading van de ziedende haat die ik voor deze vrouw voel. Maar ze heeft gelijk – er staat te veel op het spel om mijn emoties mijn oordeel te laten vertroebelen. Ik moet me richten op het grotere geheel.

'Prima,' pers ik eruit tussen samengeklemde tanden. 'We helpen u deze laatste faciliteit neer te halen en te onthullen wat het Bureau heeft gedaan. Maar daarna kunt u maar beter bidden dat onze paden elkaar nooit meer kruisen, want ik zweer het, Diana – als dat wel gebeurt, is er geen plek op aarde waar u zich voor mij kunt verstoppen.'

'Begrepen,' antwoordt ze ijskoud, voordat ze de verbinding verbreekt.

Terwijl de comms stilvallen, slaak ik een trillende zucht en probeer de storm van emoties die me dreigt te verzwelgen te onderdrukken. Declans ogen ontmoeten de mijne, gevuld met een mengeling van pijn en vastberadenheid.

'Gaan we dit echt doen?' vraagt hij zacht, zijn stem nauwelijks hoorbaar boven de wind buiten.

'Daar lijkt het wel op,' antwoord ik, mijn stem hard en onvermurwbaar. 'Maar onthoud, Declan – we doen dit niet voor haar. We doen het voor al die hybriden die nooit een kans hebben gehad, en voor iedereen die in het kruisvuur is beland.'

'Inderdaad,' mompelt hij en knikt plechtig. 'Voor hen – en voor ons.'

'Precies,' fluister ik. Het is tijd om af te maken waar we aan begonnen zijn, voor eens en voor altijd. En mogen de goden die toekijken genade hebben met onze zielen.

Ik zie hoe Declan op zijn onderlip bijt, een pijnlijke uitdrukking in zijn hazelnootkleurige ogen. Hij staat daar, verscheurd tussen ons verlangen naar wraak en de bittere smaak van opnieuw met Diana samenwerken.

'Artemis,' zegt hij, zijn stem gespannen. 'We kunnen haar niet laten winnen door dit ons uit elkaar te laten drijven. We zijn al te ver gekomen.'

Ik kan een schampere lach niet onderdrukken. 'En wat hebben we tot nu toe precies bereikt, Declan? Ontdekt dat we slechts pionnen zijn in het gestoorde spel van het Bureau?'

Hij klemt zijn tanden op elkaar en pakt mijn schouders vast. 'We hebben de waarheid over de hybriden ontdekt, en nu hebben we de macht om er een einde aan te maken. Om degenen te redden die er niet om gevraagd hebben om zo geschapen te worden.'

'Door ze te vernietigen?' bits ik, terwijl de woede opvlamt.

'Door degenen die hen gemaakt hebben te stoppen!' werpt hij tegen, zijn greep verstevigend. 'We weten dat hun bestaan gevaarlijk is, Artemis. We zijn het onszelf verplicht –' hij pauzeert, slikt moeizaam, '– en aan degenen die we onderweg verloren hebben, om deze missie af te maken.'

'Zelfs als dat betekent dat we met die achterbakse teef moeten samenwerken?' Mijn hartslag versnelt terwijl ik in zijn ogen staar, op zoek naar een verzekering die ik misschien niet zal vinden.

Declan aarzelt en zucht dan. 'Ja. We hoeven haar niet te vertrouwen, maar we kunnen haar informatie in ons voordeel gebruiken. De laatste faciliteit neerhalen, de betrokkenheid van het Bureau onthullen en ervoor zorgen dat dit nooit meer gebeurt.'

Zijn woorden zoemen als boze horzels om mijn hoofd en steken me met de waarheid die ik wanhopig wil ontkennen. Maar hij heeft gelijk; we kunnen nu niet terugkrabbelen. Niet nu we zo dicht bij het beëindigen van deze nachtmerrie zijn.

'Prima,' mompel ik en trek me los uit zijn aanraking. 'We doen het. Maar als ze iets probeert –'

'Dan laten we haar spijt krijgen dat ze ons ooit heeft gekruist,' maakt hij mijn zin af, met een felle vastberadenheid in zijn ogen die de mijne weerspiegelt.

'Verdomd juist,' zeg ik, terwijl ik het ongemakkelijke gevoel dat aan mijn maag knaagt probeer te negeren.

⬥○⬥

De zon zakt onder de horizon en kleurt de lucht in tinten van bloed en vuur. Perfect voor een nacht van verraad en vernietiging. Declan en ik staan buiten ons gestolen transportvoertuig en overzien het desolate landschap dat de laatste hybride-laboratoriumlocatie omringt.

'Oké,' zeg ik, terwijl ik probeer mijn onrust naar de donkerste hoeken van mijn geest te verbannen. 'Diana zegt dat hier ergens een ondergrondse ingang is.'

'Natuurlijk is het ondergronds,' moppert Declan, terwijl hij zijn handen in de zakken van zijn legerjas steekt. 'Wat voor hol van een gekke wetenschapper zou het zijn als het niet als een onheilige tombe onder de aarde begraven lag?'

'Misschien hebben we geluk en vinden we een geheime lift,' stel ik voor met een grijns, terwijl ik mijn rugzak vol met genoeg explosieven om zelfs de meest doorgewinterde pyromaan jaloers te maken op mijn schouder hijs.

Declan rolt met zijn ogen. 'Geweldig. Dan kunnen we in stijl sterven als alles naar de hel gaat.'

'Altijd een optimist, hè?' mompel ik, terwijl ik het gebied afspeur naar tekenen van de verborgen ingang. De wind wervelt stof en geheimen op terwijl hij over de kale woestenij huilt en rillingen over mijn ruggengraat jaagt, ondanks het zware leer van mijn trenchcoat.

'Hier,' roept Declan, terwijl hij bij een cluster rotsen hurkt. Ik ren erheen, mijn hart bonzend op het ritme van het vervagende licht. Hij schuift een paar stenen opzij en onthult een metalen luik, verroest en half begraven in de aarde.

'Klaar voor?' vraagt hij, opkijkend naar mij met die hazelnootkleurige ogen die dwars door mijn ziel lijken te boren.

'Zo klaar als ik ooit zal zijn,' antwoord ik, en haal diep adem om mezelf te kalmeren. 'Laten we de boel opblazen en het Bureau ontmaskeren als de monsters die ze zijn.'

'Klinkt als een plan,' stemt hij in, terwijl hij het luik met een schurend geluid van protesterend metaal opentrekt. De duisternis gaapt voor ons, een leegte die wacht om ons heel op te slokken.

'Onthoud,' zeg ik, terwijl ik Declans arm vastgrijp als we ons voorbereiden om in de afgrond af te dalen. 'We kunnen Diana niet vertrouwen. Ze heeft ons misschien de informatie gegeven, maar ze heeft haar eigen agenda.'

Declan knikt, zijn gezicht hard en vastberaden. 'Als ze iets probeert, zal ze ervoor boeten.'

'Goed,' zeg ik, met een grimmige voldoening bij die gedachte. 'Laten we dit doen.'

We laten ons in de duisternis zakken, het gewicht van onze missie drukt op ons als de aarde boven ons. Terwijl we door de schaduwen navigeren, kan ik niet anders dan me afvragen welke nieuwe gruwelen ons te wachten staan – en of we het zullen overleven om het na te vertellen.

HOOFDSTUK ZEVENTIEN

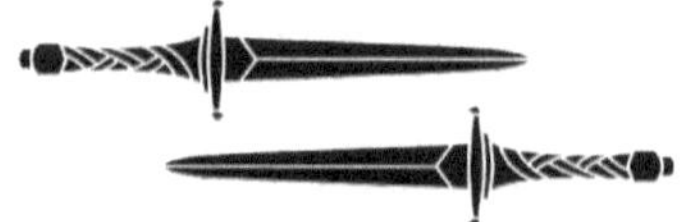

Ik weet niet wat ik had verwacht, maar haar niet. Agente Diana Fox, de insider, die daar stond alsof ze al die tijd op ons had gewacht. Ze heeft die onbetrouwbare blik in haar groene ogen, de blik die verraad en bitterheid schreeuwt. Geweldig.

'Artemis, Declan', begroet ze ons, met een zelfvoldane glimlach op haar gezicht. 'Fijn dat jullie er zijn.'

'Kap met die onzin, Diana', snauw ik. Declan werpt me een waarschuwende blik toe, maar het kan me niet schelen. Haar vertrouwen is te riskant; we hebben ons al eerder gebrand.

'Goed', zucht ze, terwijl ze met haar ogen rolt. 'Volg me maar.'

We volgen Diana en bewegen ons heimelijk door de lege gangen van de verborgen faciliteit. De lucht ruikt muf, als geheimen die liggen te rotten. Ik voel een rilling over mijn rug lopen als we langs gesloten deuren lopen zonder enige aanwijzing wat erachter schuilt. Mijn hand schuift dichter naar het pistool op mijn onderrug, voor het geval dat.

'Blijf kalm, Artemis', mompelt Declan, terwijl zijn hazelnootkleurige ogen de gang afspeuren naar enig teken van onraad. Hij is het voorzichtige type, altijd aan het plannen, altijd klaar voor het volgende gevecht. Daarom werken we zo goed samen.

'Geloof me, ik probeer het', mompel ik binnensmonds. Mijn hart racet ondanks mijn uiterste best om kalm te blijven. We zijn op gevaarlijk terrein en niets hieraan voelt goed.

'Hier', fluistert Diana als ze voor een grote metalen deur stopt. 'De controlekamer is hierachter.'

'Wauw, echt? Meen je dat?' Ik kan het sarcasme dat van mijn woorden druipt niet onderdrukken. 'Dat had ik nooit geraden.'

'Artemis', waarschuwt Declan opnieuw. Ik rol met mijn ogen, wetend dat hij gelijk heeft. Maar de spanning is om te snijden en ik kan er niets aan doen. Het is de enige manier waarop ik hiermee om kan gaan.

'Laten we dit gewoon achter de rug brengen', zucht ik, terwijl mijn vingers zich om het gevest van de dolk klemmen. Wat we daarbinnen ook vinden, ik kan alleen maar hopen dat het alle risico's waard is die we hebben genomen om hier te komen.

Als de metalen deur openzwaait, raakt een vlaag koude lucht ons, die rillingen over mijn ruggengraat stuurt. De ruimte erachter is pikdonker en ik weet zonder twijfel dat er binnen iets op ons wacht. Net als Diana toen we haar vonden.

'Artemis', fluistert Declan. Hij reikt naar voren en knijpt in mijn schouder, om me in het hier en nu te ankeren. 'Wat er ook gebeurt, we doen dit samen.'

'Bedankt', zeg ik, terwijl ik probeer de knagende stem in mijn hoofd te negeren die me vertelt niemand te vertrouwen. Zelfs hem niet.

'Kijk uit waar je loopt', waarschuwt Diana als ze voor ons de duisternis in glipt. Ik knijp mijn ogen samen en onderdruk de drang om haar bij de kraag te grijpen en antwoorden te eisen. In plaats daarvan volg ik haar, mijn dolk in de aanslag.

'Echt? Uitkijken waar we lopen? Is dat alles wat je hebt?' mompel ik, hopend dat mijn sarcasme het bonzen van mijn hart overstemt.

'Stil, Artemis', zegt Declan binnensmonds. 'Je verklapt onze positie nog.'

'Goed dan', snauw ik, en slik de opmerking in die op het puntje van mijn tong ligt. Het is duidelijk dat ze mijn gevoel voor humor niet waarderen, maar ik kan er niets aan doen. Het is de enige manier waarop ik kan omgaan met de spanning die zich in mijn borst heeft vastgezet.

We bewegen ons voorzichtig voorwaarts, terwijl de duisternis ons als een verstikkende deken omhult. Na wat een eeuwigheid lijkt, stopt Diana voor een strakke, hightech computerconsole, waarvan het scherm een griezelige gloed door de kamer werpt.

'Hier', murmelt ze, terwijl ze een paar toetsen aanraakt. 'Hier zullen we de informatie vinden die we zoeken.'

'Werd verdomme tijd', denk ik bij mezelf terwijl ik over haar schouder meekijk. Een scherpe ademstoot ontsnapt aan mijn lippen als ik naar de beelden op het scherm staar. Rijen kinderen met onnatuurlijk grote ogen en verlengde ledematen, vastgebonden aan bedden, met naalden die uit hun polsen steken. Sommigen hebben schubben, anderen veren of vacht. De een nog grotesker dan de ander. Deze arme kinderen... Het zijn niets meer dan proefkonijnen.

'Kun je deze shit geloven?' mompel ik, mijn stem nauwelijks een fluistering in de koude, steriele kamer. 'Ze maken wapens van kinderen.'

'Hybride kinderen', verbetert Diana me, haar gezicht lijkbleek. 'Half mens, half bovennatuurlijk. Gruwels die enkel voor de oorlog zijn geschapen.'

'Jezus Christus', ademt Declan, zijn gezicht bleek. 'We moeten ze tegenhouden.'

'Eens', zeg ik door samengeklemde tanden, terwijl mijn woede overkookt. 'Maar op dit moment moeten we uitvinden wie hierachter zit en hen ontmaskeren. En dat betekent dat we hier levend uit moeten zien te komen.'

'Laten we maar hopen dat Diana aan onze kant staat', voeg ik er in stilte aan toe, terwijl ik haar nauwlettend in de gaten houd wanneer ze de bestanden op een USB-stick downloadt. Want als dat niet zo is, is het slechts een kwestie van tijd voordat we recht in een nieuwe val lopen.

'Ik heb het', kondigt ze aan, terwijl ze de stick in een zak stopt. 'Laten we nu maken dat we hier wegkomen.'

'Daar ben ik het helemaal mee eens', zeg ik, terwijl de spanning in me nog een tandje wordt opgeschroefd. Ik klem mijn dolk steviger vast, klaar voor wat er ook komen gaat. 'Leid de weg.'

Terwijl we dieper de faciliteit ingaan, kan ik de afschuwelijke beelden niet uit mijn hoofd zetten. Mijn hart doet pijn als ik denk aan die onschuldige kinderen die in monsters zijn veranderd. 'Dit is meer dan gestoord', denk ik bij mezelf, terwijl ik steels naar Diana kijk. 'Hoe kan iemand zoiets doen?'

'Wacht', zegt Diana plotseling, waardoor we abrupt stoppen. 'Ik moet iets zeggen.'

'Spuug het dan uit', snauw ik, terwijl mijn geduld opraakt.

'Alles wat we hier hebben gezien, alle data en monsters... die moeten worden vernietigd', zegt ze dringend, haar groene ogen vol vastberadenheid. 'Er mag geen spoor achterblijven.'

'Ben je gek geworden?' vraag ik vol ongeloof. 'Dat is bewijs! We hebben het nodig om—'

'Geloof me', onderbreekt ze me, haar stem nauwelijks een fluistering. 'Als we niet alles vernietigen, zullen er meer kinderen lijden.'

'Heeft ze gelijk?' vraag ik me af, verscheurd tussen het bewaren van de waarheid en het stoppen van deze nachtmerrie. Maar hoeveel ik haar ook wil geloven, er klopt iets niet. Er staat te veel op het spel om blindelings iemand te vertrouwen die ons al eens heeft verraden.

'Goed', zeg ik eindelijk, met een koude stem. 'Maar als je hierin ongelijk hebt, Diana, dan zwaait er wat.'

De lucht in de controlekamer hangt zwaar van de spanning, alsof zelfs de steriele muren voelen dat er iets niet pluis is. Declan verrast me door de kant van Diana te kiezen. 'Je weet dat ik vernietiging van bewijs nooit zou goedkeuren, Artemis', zegt hij en kijkt me recht aan. 'Maar ik denk dat ze gelijk heeft. We moeten hier een einde aan maken.'

'Zijn jullie allebei gek geworden?' vraag ik, terwijl ik mijn vuisten bal. Mijn hart racet, verscheurd tussen woede en angst. 'Deze monsters hebben hybride kinderen geschapen! Wat als er meer van dit soort laboratoria zijn? Wat als...'

'Artemis!' sist Diana, haar stem breekt. 'Je begrijpt het niet. Deze... deze gruwels zijn gemaakt met mijn DNA.'

'Met je wat?' vraag ik, mijn sarcasme maakt plaats voor oprecht ongeloof.

'Luister', perst ze eruit, worstelend om haar kalmte te bewaren. 'Mijn vader maakte deel uit van de vroege experimenten. Hij gebruikte mijn DNA zonder mijn medeweten, en deze kinderen... zij zijn het resultaat. Daarom moet ik dit allemaal vernietigen voordat het erger wordt.'

Een misselijkmakend gevoel kolkt in mijn maag als de waarheid tot me doordringt. Diana, de vrouw die ik als verrader had bestempeld, is verbonden met het hart van deze gestoorde operatie. Maar dat verandert niets aan het feit dat ze ons vraagt waardevol bewijs te vernietigen en mogelijk de gruweldaden die hier zijn begaan in de doofpot te stoppen.

Het gewicht van Diana's onthulling hangt zwaar in de steriele controlekamer, als een donkere wolk die alle hoop die we nog hadden, verstikt. Ik ben nog steeds aan het bijkomen van het nieuws, en probeer te begrijpen hoe dit in godsnaam heeft kunnen gebeuren.

'Je vader', begin ik, mijn stem gespannen van ongeloof, 'heeft jouw DNA gebruikt om deze... hybriden te creëren?'

Diana knikt, haar gezicht een grimmig masker van vastberadenheid. 'Hij was op zoek naar een geneesmiddel voor mijn kanker toen ik een kind was. Het werkte, maar hij kon niet stoppen met voor God te spelen.'

'Christus.' Ik haal een hand door mijn haar, terwijl de realiteit als een goederentrein op me inslaat. De inzet is zojuist vertienvoudigd.

'Kijk, Artemis', zegt Diana, haar stem breekt van schuldgevoel. 'Ik weet dat dit moeilijk te begrijpen is, maar ik moet dit rechtzetten. Ik kan de verknipte nalatenschap van mijn vader niet laten voortbestaan.'

'Het rechtzetten?' snuif ik, terwijl mijn frustratie overkookt. 'Je wilt alles vernietigen, inclusief de kinderen? Zij zijn hier onschuldig in, Diana.'

'Zijn ze dat?' daagt ze uit, haar groene ogen flitsen van de pijn. 'Of zijn het gewoon tikkende tijdbommen die op het punt staan te ontploffen en iedereen in hun val meesleuren?'

'Jezus, Diana,' mompel ik hoofdschuddend. Deze discussie kan ik niet winnen. Ze heeft haar besluit genomen en ik betwijfel of iets haar nog op andere gedachten kan brengen. Maar verdomme als ik het niet probeer. 'Er is een betere manier. Je hoeft niet...'

'Genoeg!' snauwt Diana, haar stem weerkaatst tegen de koude metalen muren. 'Ik heb deze last lang genoeg gedragen. Ik laat niemand anders meer lijden door mij.'

'Prima,' spuug ik, terwijl ik mijn vuisten langs mijn zij bal. 'Doe wat je moet doen. Maar weet dat je niet de enige bent die met de gevolgen van dit besluit zal moeten leven.'

'Geloof me, Artemis,' smeekt Diana, haar stem nauwelijks luider dan een fluistering. 'Het is de enige manier.'

Mijn borstkas trekt samen als ik Diana in de ogen kijk, de vrouw die op het punt staat om in één klap een hele generatie hybride kinderen uit te roeien. Mijn vingers trillen langs mijn zij, ze jeuken om iets te doen, wat dan ook om te voorkomen dat ze hiermee doorgaat. Maar dan schiet er een gedachte als een bliksemschicht door me heen.

'Wacht,' zeg ik, mijn stem gespannen van wanhoop. 'Deze kinderen... het zijn ook slachtoffers, weet je.'

Diana's gezicht vertrekt in een mengeling van frustratie en woede. 'Natuurlijk weet ik dat, Artemis! Maar welke keuze hebben we? Ze zijn gevaarlijk, onstabiel...'

'Misschien hoeven ze dat niet te zijn!' roep ik, haar in de rede vallend. 'Je hebt ons zelf verteld dat je vader hiermee begon om jou te redden. Misschien is er nog hoop voor deze kinderen. We kunnen ze niet zomaar afschrijven!'

'Hoop?' schampert Diana, haar groene ogen vernauwen zich tot gevaarlijke spleetjes. 'Denk je dat er hoop voor hen is na alles wat we hier hebben gezien? Je bent waanzinnig.'

'Waanzinnig of niet, dat verandert niets aan het feit dat ze onschuldig zijn,' snauw ik terug, weigerend dit te laten gaan. 'Ze hebben hier niet om gevraagd. We kunnen ze niet zomaar tot de dood veroordelen zonder hun een kans te geven.'

'Genoeg!' sist Diana, haar gezicht vertrokken van woede. 'Ik heb geen tijd om met jou te ruziën, Artemis. Wil je ze redden? Prima. Maar ik doe er niet aan mee.'

Haar handen vliegen over het bedieningspaneel voor haar, en ik kijk vol afschuw toe hoe ze de zuiveringsprocedure activeert. De kamer vult zich met een kakofonie van alarmen en flitsende lichten, en mijn hart zakt als een baksteen in mijn maag.

'Nee!' Ik duik naar voren, probeer haar te stoppen, maar ze heeft het systeem al vergrendeld. 'Diana, alsjeblieft! Er moet een andere manier zijn!'

'Artemis,' zegt ze koel, terwijl ze een stap achteruit doet van het paneel, haar ogen vol tranen. 'Het spijt me. Maar het is te laat.'

'Houd haar tegen, Declan!' schreeuw ik, mijn stem breekt van wanhoop. We klauteren naar voren om de zuiveringsprocedure uit te schakelen, onze vingers vliegen als gekken over het bedieningspaneel. Maar Diana is onvermurwbaar en blokkeert elke poging die we doen.

'Genoeg!' snauwt Diana, haar gezicht een vertrokken masker van woede en pijn. 'Je begrijpt het niet. Ik moet dit doen.'

'Voor wie werk je?' eist Declan, zijn stem rauw van verraad. 'Waarom zou je deze onschuldige kinderen willen vermoorden?'

'Kinderen?' schampert Diana. 'Dit zijn geen kinderen! Het zijn gruwels, monsters gecreëerd door een man die voor god speelde!'

'Misschien,' geef ik toe door samengeklemde tanden. 'Maar ze hebben er niet voor gekozen om zo geboren te worden. Je bent geen haar beter dan hun scheppers als je hen gewoon vernietigt zonder hun een kans te geven.'

'Artemis, ik...' Haar stem breekt, en ze kijkt me met een gekwelde uitdrukking aan. 'Het Bureau wil de kracht in deze hybriden benutten en voor hun eigen doeleinden gebruiken. Ik kan ze niet laten leven, wetende wat ze zouden kunnen worden.'

'Zelfs als dat betekent dat je ze allemaal moet doden?' vraag ik, mijn stem trillend van een mengeling van woede en angst.

'Juist als dat betekent dat je ze allemaal moet doden,' antwoordt ze, haar ogen gevuld met tranen. 'Het is de enige manier om ervoor te zorgen dat ze niet als wapens kunnen worden gebruikt.'

'Hoor jezelf!' roep ik uit, terwijl ik mijn eigen ogen voel vollopen met tranen. 'Je praat over het afslachten van kinderen! Je kunt onmogelijk geloven dat dat het juiste is om te doen!'

'Geloof me, Artemis, ik wou dat er een andere manier was,' zegt Diana zacht. 'Maar ik heb gezien waartoe deze hybriden in staat zijn. Als we hen nu niet stoppen, zullen er nog talloze anderen lijden.'

'Laat ons je helpen,' pleit Declan. 'We kunnen deze organisatie samen ten val brengen. Maar we zullen dat niet doen door deze kinderen te vermoorden.'

'Declan heeft gelijk,' val ik hem bij. 'Er moet een andere manier zijn. We moeten die alleen nog vinden.'

Diana kijkt ons aan, haar blik wankelt, voordat ze zich afwendt. 'Het spijt me,' fluistert ze, haar stem dik van emotie. 'Maar ik kan het risico van hun voortbestaan niet nemen. De zuivering moet doorgaan.'

En daarmee verdwijnt ze in de chaos, ons achterlatend om de gevolgen van haar daden onder ogen te zien.

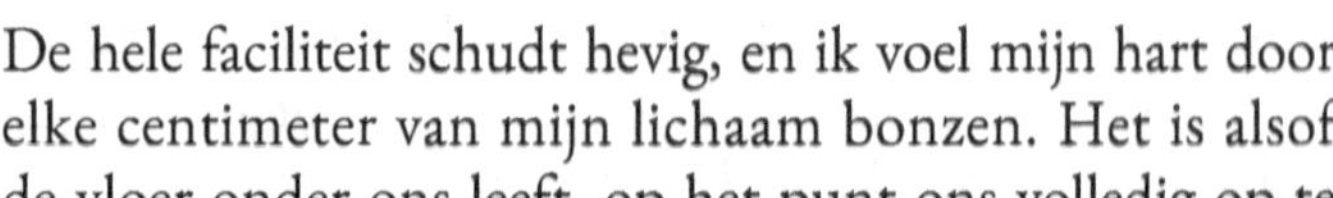

De hele faciliteit schudt hevig, en ik voel mijn hart door elke centimeter van mijn lichaam bonzen. Het is alsof de vloer onder ons leeft, op het punt ons volledig op te slokken. Het aftellen is begonnen, en Diana's verraad heeft ons geen andere keus gelaten.

'Tijd om te gaan,' schreeuwt Declan boven het oorverdovende geluid van de loeiende alarmen om ons heen. 'Nu!'

'Echt? Was me niet opgevallen!' snauw ik terug, mijn stem druipt van het sarcasme terwijl we door de gang sprinten. De boel stort om ons heen in, puin valt van het plafond. We ontwijken brokken beton en voorkomen ternauwernood dat we verpletterd worden.

'Links!' schreeuwt Declan, grijpt mijn arm en trekt me door een deuropening. We komen met slippende voeten tot stilstand voor een massieve metalen deur, de uitgang - onze enige hoop om levend uit dit hellegat te komen. Het enige probleem is dat hij potdicht zit.

'Nog lumineuze ideeën?' vraag ik, mijn adem komt in paniekerige happen. 'We hebben nog ongeveer twee minuten voordat deze tent de lucht in vliegt!'

'Laat mij iets proberen.' Declan loopt naar het bedieningspaneel naast de deur, zijn ogen scannen de cijfers en symbolen op het scherm. 'Misschien kan ik de vergrendeling omzeilen.'

'Ja hoor, hack gewoon even het beveiligingssysteem van een supergeheime overheidsfaciliteit. Geen probleem,' mompel ik, terwijl ik met mijn ogen rol. Maar stiekem bid ik dat het hem lukt. Hoezeer ik het ook haat om toe te geven, we hebben nu een wonder nodig.

'Hebbes!' roept Declan uit als de deur begint mee te geven. Er verschijnt een kleine kier, en we gooien allebei ons gewicht ertegenaan om hem open te duwen. De kamer erachter wordt overspoeld met rode noodverlichting, die griezelige schaduwen op de muren werpt.

'Schiet op, Blackwell!' schreeuwt Declan, terwijl hij me naar voren duwt. Zijn hand grijpt mijn arm zo stevig vast, dat het voelt alsof hij het leven uit me probeert te knijpen – of misschien is hij net zo doodsbang als ik.

'Vlak achter je!' antwoord ik, zijn urgentie evenarend.

We rennen door kamer na kamer, wanhopig op zoek naar een teken van een uitgang. De faciliteit is een doolhof, en het voelt alsof we ratten zijn die gevangen zitten in een vreselijk mislukt experiment. Met elke seconde die voorbijgaat, wordt het aftellen in mijn hoofd luider, en ik kan niet anders dan me afvragen of dit het is – of dit de manier is waarop we aan ons einde komen.

'Daar!' Declan wijst naar een trappenhuis, en we racen erheen, de treden twee tegelijk nemend. Terwijl we hoger klimmen, blijft de grond onder ons schudden, en ik weet dat we niet veel tijd meer hebben.

'Bijna daar,' zegt Declan, meer tegen zichzelf dan tegen mij. 'Nog een klein stukje.'

'Gaan we überhaupt wel de goede kant op?' vraag ik, mijn stem trilt van angst. 'Wat als we dieper de val in rennen?'

'Geloof me,' zegt Declan, en hij schenkt me een geforceerde glimlach. 'Ik heb dit.'

'Dat mag ik verdomme hopen,' kaats ik terug, terwijl ik me probeer vast te klampen aan het laatste restje verzet dat ik kan opbrengen.

Als we door de laatste deur naar buiten stormen, slaat de nachtlucht ons als een klap in het gezicht. We sprinten over het plaveisel, en durven niet om te kijken terwijl de faciliteit achter ons instort. En dan, met een oorverdovend gebrul, gaat alles in vlammen op.

'Blijf rennen!' schreeuwt Declan, en dat doe ik. Want in deze wereld vol gevaar, bedrog en bovennatuurlijke monsters die in de schaduwen op de loer liggen, blijft één ding waar: overleven is het enige dat telt.

Hoofdstuk Achttien

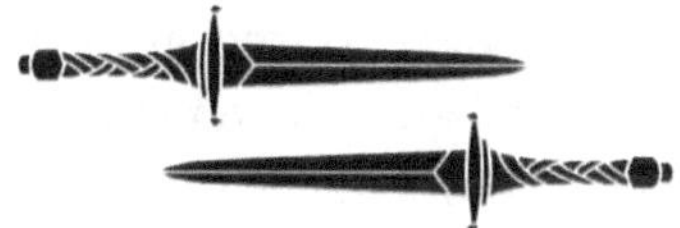

DE WERELD OM ME heen barst los in een pandemonium, en ik bevind me opnieuw in het oog van de storm. De lucht trilt met een rauwe, elektrische energie, een tastbaar bewijs van de kracht die wordt ontketend. De echoënde kreten van angstige hybridekinderen weerkaatsen door de chaos; hun noodkreten dringen door de kakofonie heen en boren zich in mijn schedel.

In de wervelwind van verwarring verschijnt een bekende gestalte in mijn blikveld. Declan. Zijn vuisten zijn gebald van frustratie; zijn hazelnootkleurige ogen, gewoonlijk zacht en warm, flitsen nu van een woedende vastberadenheid.

'Artemis!' Zijn stem, gespannen en wanhopig, weet op de een of andere manier door het oorverdovende geraas van energie-explosies te dringen die overal om ons heen in een dodelijke symfonie uitbarsten. 'We moeten aan deze waanzin ontsnappen!'

'Meen je dat?' snauw ik terug, terwijl ik achter een omgevallen tafel duik terwijl het puin om ons heen regent. 'Dat was me nog niet opgevallen.'

Voordat we er zelfs maar aan kunnen denken om een stap te verzetten, verschijnt er een groep figuren voor ons, gekleed in strakke zwarte uniformen. Hun leider is niemand minder dan agente Diana Fox, de vrouw die ons had overgehaald om in de eerste plaats in deze godverlaten faciliteit in te breken. Haar groene ogen zijn koud en berekenend als ze ons opnemen.

'Gingen jullie ergens heen?' grijnst ze, haar rossige haar dat van het zweet aan haar voorhoofd plakt.

'Verdomme, Diana!' grom ik, en voel de steek van verraad door me heen branden. 'Wat is hier in hemelsnaam aan de hand?'

'Pak ze,' beveelt ze haar team zonder haar ogen van ons af te wenden.

Ik voel de ruwe greep van handen op mijn armen, die ze achter mijn rug wringen. Een golf van paniek stroomt door mijn aderen als de koude beet van plastic handboeien zich om mijn polsen klemt. Naast me snauwt Declan, zijn lichaam spant zich tegen de agenten die hem in bedwang houden, maar zijn strijd is zinloos. We zitten in de val.

'Sorry voor dit alles,' zegt Diana, terwijl ze helemaal niet spijtvol klinkt. 'Maar ik had jullie nodig als dekmantel voor mijn toegang tot de faciliteiten. Jullie hebben nogal een reputatie, weet je.'

'Bedankt?' spuug ik, terwijl ik probeer me uit mijn boeien te wurmen. 'We zijn gevleid, echt. Maar vraag het de volgende keer gewoon?'

'Alsof jullie ja gezegd zouden hebben,' spot ze, haar ogen vernauwend. 'Jullie zijn al jaren een doorn in het oog van het Bureau. Het was slechts een kwestie van tijd voordat iemand besloot dat in zijn voordeel te gebruiken.'

'Door ons te laten vangen?' onderbreekt Declan, zijn stem druipend van het sarcasme. 'Ja, geweldig plan, Diana.'

'Jullie gevangenneming is slechts voor de show,' snauwt ze, haar vingers tikken ongeduldig op haar dij. 'Jullie zijn de terroristen die alle schade hebben aangericht, wisten jullie dat niet? En ik heb jullie moedig gevangengenomen, met mijn team. En nu, als jullie ons willen excuseren, we hebben werk te doen.'

Terwijl ze zich op haar hiel omdraait om te vertrekken, blijf ik achter in de greep van ongeloof en verwarring. Hoe zijn we hier beland – verraden, geboeid en omringd door een gekkenhuis? Het lijkt pas gisteren dat we kameraden waren, zij aan zij jagend op losgeslagen bovennatuurlijke wezens. Maar nu? Nu zijn we slechts pionnen in Diana's gemene plan, voorbestemd om de schuld voor haar wandaden op ons te nemen. En we kunnen er verdomme niets aan doen.

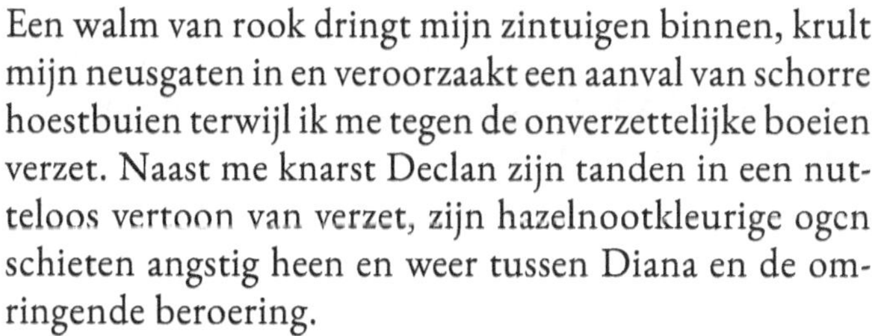

Een walm van rook dringt mijn zintuigen binnen, krult mijn neusgaten in en veroorzaakt een aanval van schorre hoestbuien terwijl ik me tegen de onverzettelijke boeien verzet. Naast me knarst Declan zijn tanden in een nutteloos vertoon van verzet, zijn hazelnootkleurige ogen schieten angstig heen en weer tussen Diana en de omringende beroering.

'Wie zijn die financiers?' eis ik, en span me in om door de rook en chaos heen te kijken. 'Waarom zijn ze er zo op gebrand de hybrideprogramma's van het Bureau te vernietigen?'

'Omdat het gruwelen zijn,' snauwt Diana, haar groene ogen koud van minachting. 'Het Bureau is te ver gegaan in hun experimenten op kinderen – door menselijk en bovennatuurlijk DNA te combineren voor hun eigen verwrongen doeleinden.'

'Oké, maar hoe zit het met de gevangen hybridekinderen?' komt Declan tussenbeide, zijn stem doordrenkt van woede. 'U kunt niet rechtvaardigen dat u hen samen met het programma uitroeit!'

'Hou je me voor de gek?' spot Diana en rolt met haar ogen. 'Die kinderen zijn illegaal en tegen hun wil geschapen. Er is geen plaats voor hen in onze wereld.'

'Behalve misschien in leven,' mompel ik zachtjes, misselijk wordend bij de gedachte dat honderden onschuldige levens in een oogwenk worden uitgedoofd.

'Genoeg!' blaft Diana, haar geduld raakt duidelijk op. 'Dit is geen debat. De hybriden zijn een bedreiging die geëlimineerd moet worden, en we hebben de raderen al in beweging gezet. Jullie zijn slechts collateral damage.'

'Daar krijg je echt een warm en wollig gevoel van, nietwaar?' zeg ik, mijn stem druipend van het sarcasme. 'Dus, wat nu? Laten jullie ons hier gewoon sterven met de rest van hen?'

'Zoiets, ja,' antwoordt ze, haar ogen vernauwend. 'Het is tijd dat jullie de consequenties onder ogen zien van het bemoeien met zaken die jullie verstand te boven gaan.'

'Wow,' zegt Declan en schudt vol ongeloof zijn hoofd. 'Ik wist altijd al dat je een secreet was, Diana, maar dit is van een heel ander niveau.'

'Spaar je adem,' snauwt ze en keert ons de rug toe. 'Die zul je nodig hebben.'

Rook vult mijn longen, en ik onderdruk een gewelddadige hoestbui. Diana's woorden echoën in mijn hoofd, waardoor het onmogelijk wordt om me op iets anders te concentreren. Hybridekinderen... massamoord. Het idee doet mijn maag omdraaien. Een monsterlijk gerommel galmt door het gebouw, en ik weet dat we bijna geen tijd meer hebben.

'Ga!' blaft Diana naar haar team, elk lid gekleed in zwarte tactische uitrusting, hun gezichten verborgen achter strakke maskers. Dat hoeft ze geen twee keer te zeggen; ze zijn sneller bij haar dan een roedel hellehonden en voeren haar mee naar god weet waar.

'Wacht!' roep ik, mijn stem krakend van wanhoop. Maar het is te laat. Ze is al verdwenen en laat niets anders achter dan de bijtende smaak van verraad die in de met rook gevulde lucht hangt.

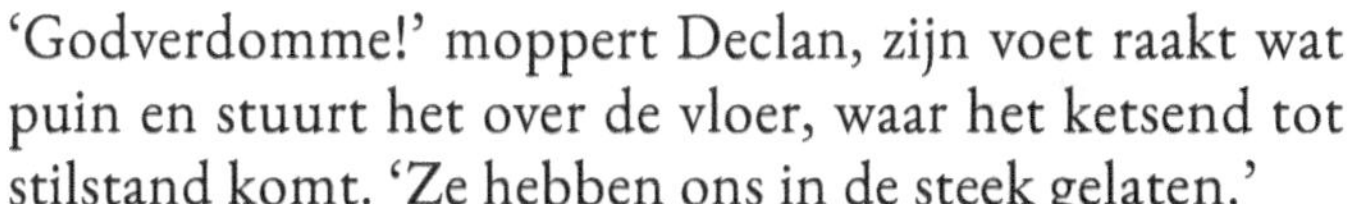

'Godverdomme!' moppert Declan, zijn voet raakt wat puin en stuurt het over de vloer, waar het ketsend tot stilstand komt. 'Ze hebben ons in de steek gelaten.'

'Inderdaad.' Mijn hart bonkt zo hevig tegen mijn ribbenkast dat het me verbaast dat hij het niet kan horen. Ik streef ernaar een vaste stem te behouden. 'Beter gezegd, ze hebben ons in de vuurlinie achtergelaten. We zijn de perfecte zondebokken.'

'Verdomme.' Een frons ontsiert Declans gezicht, zijn frustratie in elk van zijn trekken gegrift als een grimmig portret. 'Wat is onze volgende stap?'

'Eerst en vooral,' antwoord ik, mijn focus gericht op de plek waar Diana had gestaan. Mijn vingers, verborgen achter mijn rug, werken om de dunne scheermesdraad los te maken die in de manchet van mijn jas verborgen zit. Het snijdt door de plastic boeien als een heet mes door boter. 'moeten we dit instortende doodsvonnis van een gebouw evacueren voordat het ons levend begraaft.' Ik zwaai met het scheermesje, een triomfantelijke grijns verspreidt zich over mijn gezicht. Binnen enkele seconden is Declan vrij.

Hij knikt somber, en samen banen we ons een weg door het vervallen bouwwerk. Elke stap stuurt scherpe pijnscheuten door mijn benen, maar ik klem mijn tanden op elkaar en dwing mezelf door te gaan. We moeten ontsnappen, hergroeperen en een plan bedenken om onszelf vrij te pleiten.

'Artemis,' bereikt Declans stem mijn oren als een fluistering, terwijl we stuiten op wat ooit een ondergrondse parkeergarage was, nu een kerkhof van puin en verwrongen metaal. 'Als we dit niet overleven—'

'Houd je mond dicht,' snauw ik, mijn geduld raakt op. 'We komen hieruit, en we gaan een manier vinden om Diana en haar verknipte financiers ten val te brengen. Hoor je me?'

Hij staart me een seconde aan voordat hij knikt, een grimmige glimlach speelt om zijn lippen. 'Ja, ik hoor je.'

'Goed.' Ik kijk rond in het wrak, op zoek naar een uitgang – of iets dat ons een vechtkans kan geven. 'Laten we nu in beweging komen. We hebben een hoop werk voor de boeg.'

De stank van brandende chemicaliën en smeulend puin vult de lucht terwijl we ons een weg banen door de verkoolde overblijfselen van de faciliteit. Het enige geluid is het verre geloei van naderende sirenes, die zich voegen bij het koor van mijn razende hart.

'Artemis, daar.' Declans vinger wijst naar een gedeeltelijk ingestorte muur, die een smalle spleet onthult. 'Onze ontsnappingsroute.'

'Eindelijk een lichtpuntje,' mompel ik, en bestudeer de opening met een mengeling van opluchting en vrees. Het wordt krap, maar het is onze beste kans om onopgemerkt weg te glippen. Ik adem diep in en bereid me voor op de naderende worsteling. Onze gewaagde ontsnapping begint nu.

We wurmen ons door de opening en komen boven in een parkeergarage die in schaduwen is gehuld. De geluiden van Bureau-agenten worden luider, hun zoeklichten dansen over het puin als hemelse wezens op jacht naar overtreders.

'Dat voertuig.' Ik gebaar naar een oudere auto die in een hoek van de parkeerplaats is weggestopt. 'Die zou niet al te moeilijk te stelen moeten zijn.'

Drie minuten later rijden we weg, als een speer. We zien dat we wegkomen uit deze woestenij en terug de stad in, waar duizend plekken zijn om ons te verbergen en te hergroeperen, om te proberen een nieuw plan te bedenken om Diana, het Bureau en wie er ook achter de verschrikkingen zit die we vandaag hebben ontdekt, ten val te brengen.

Want we kunnen niet zomaar faciliteiten blijven binnendringen en ze de lucht in blazen. Volgens mijn telling zijn dit er vier in de laatste vierentwintig uur, en zelfs ik kan dit tempo niet voor onbepaalde tijd volhouden.

HOOFDSTUK NEGENTIEN

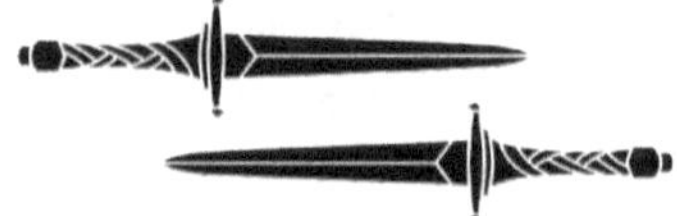

'DUS, NOG BRILJANTE IDEEËN over hoe we de waarheid moeten onthullen nu alle locaties en data vernietigd zijn?'

Declan haalt een hand door zijn haar, de frustratie en uitputting staan op zijn gezicht getekend. 'Nog niet. Maar er moet toch iets zijn wat we kunnen doen.'

'Wat dan?' vraag ik en ik sla mijn armen over elkaar. 'Het is niet alsof we zomaar het hoofdkwartier van het Bureau kunnen binnenwandelen met een ondertekende bekentenis van Diana. Zeker niet omdat zij het niet was die vandaag de meeste schade heeft aangericht.'

'Misschien niet,' geeft hij toe en wrijft peinzend over zijn kin. 'Maar er moet iemand zijn die meer weet over haar daden en agenda. Iemand die ons kan helpen de waarheid aan het licht te brengen.'

'Maar wie zou stom genoeg zijn om tegen het Bureau in te gaan?' vraag ik me hardop af en laat me op een krakkemikkige stoel zakken. 'Ze hebben overal ogen en oren.'

'Precies,' beaamt Declan met een lage, gevaarlijke stem. 'Daarom moeten we uitzoeken wie er echt aan de touwtjes trok achter Diana's operatie. Diegene moet serieuze macht hebben gehad als het ze is gelukt om iemand die zo sluw is als zij te manipuleren.'

'Geweldig, we zoeken dus een speld in een hooiberg,' grom ik en masseer mijn slapen. 'Het wordt steeds beter.'

'Kijk, ik weet dat het onmogelijk lijkt,' zegt hij en kijkt me aan, 'maar we hebben niet veel keus. We leven in geleende tijd en als we niet snel handelen, halen ze ons in.'

'Goed,' zucht ik en geef me gewonnen. 'Dus waar beginnen we? Hoe vinden we die mysterieuze poppenspeler?'

Declan haalt zijn schouders op en zijn ogen vernauwen zich terwijl hij onze opties overweegt. 'We zullen diep moeten graven, de onderwereld moeten aanboren die onder het oppervlak van de stad bloeit. Het zal niet makkelijk zijn, maar als er enige hoop is om antwoorden te vinden, dan is het daar.'

'Klinkt als een plan,' mompel ik, terwijl mijn maag zich omdraait van de zenuwen. 'Laten we hopen dat we niet te veel hooi op onze vork nemen.'

'Geloof me,' zegt Declan met een wolfachtige grijns, 'we hebben met erger te maken gehad.'

'Spreek voor jezelf,' kaats ik terug, maar ik kan de waarheid in zijn woorden niet ontkennen. Hoezeer ik het ook haat om toe te geven, we zitten hier nu samen in en onze enige overlevingskans is om de duisternis recht in de ogen te kijken.

'Klaar of niet,' fluister ik en schrap me voor de strijd die voor ons ligt, 'hier komen we.'

Ik kijk om me heen in het schemerig verlichte, verlaten pakhuis waar we de afgelopen uren hebben geschuild.

De geur van vochtig hout en verroest metaal vult mijn neusgaten. Ik kan het gevoel niet van me afschudden dat we in de gaten worden gehouden, ook al vertellen al mijn zintuigen me iets anders.

'Declan,' zeg ik met gedempte stem, 'we moeten een manier vinden om Diana'off-grid team op te sporen. Zij kunnen onze enige aanwijzing zijn om de zieke agenda die ze volgt te ontmaskeren.'

Hij wrijft over zijn stoppelige kin en overweegt mijn suggestie. De spanning in de kamer is voelbaar, als een stroomdraad die op knappen staat. 'Denk je dat ze ons naar degene zullen leiden die echt aan de touwtjes trekt?'

'Ik weet het niet,' geef ik toe en haal een hand door mijn haar, 'maar het is de beste kans die we hebben. We moeten iets doen.'

'Goed,' stemt Declan met tegenzin in. Zijn hazelnootkleurige ogen tonen het gewicht van de beslissing die we zojuist hebben genomen. 'We hebben geen andere keuze dan door te jagen. Het is dat of wachten tot het Bureau ons inhaalt.'

Ik knik, de grimmige realiteit van onze situatie begrijpend. Onze handen zijn gebonden en er is nu geen weg meer terug. Ik trek mijn rode leren jack strakker om me heen als er een rilling over mijn rug loopt.

'Laten we beginnen met haar voetsporen te volgen,' stel ik voor, in een poging een plan in elkaar te zetten. 'Er moet ergens een aanwijzing zijn. Een misstap... iets wat we kunnen gebruiken om ze op te sporen.'

Declan zucht. 'Je hebt gelijk. We moeten in beweging komen voordat de onderzoekers van het Bureau dichterbij komen.'

We verzamelen onze schaarse bezittingen, verlaten het pakhuis en omarmen de bijtende kilte van de nacht. De maan werpt spookachtige silhouetten op de vervallen gebouwen om ons heen, een passende omgeving voor onze onheilspellende zoektocht.

'Artemis,' zegt Declan terwijl we naast elkaar lopen, 'ik wil gewoon dat je weet dat wat er ook gebeurt, ik dek je.'

'Hetzelfde hier,' antwoord ik en geef hem een kort knikje. Vertrouwen is niet makkelijk voor mensen zoals wij. Maar op dit moment weet ik dat we allebei bereid zijn ons leven voor elkaar op het spel te zetten.

Als een verenigd front gaan we op in de duisternis, terwijl we hardnekkig Diana's ongrijpbare agenten achtervolgen. Met elke stap naderen we de onheilspellende afgrond die dreigt ons allemaal te verzwelgen. Maar we laten hem niet winnen. Men zegt dat wanhopige tijden om wanhopige maatregelen vragen en we zullen verdoemd zijn als we dit niet tot het bittere einde doorzetten.

De vochtige stadsatmosfeer kleeft als een tweede huid aan me. We navigeren door een ingewikkeld labyrint van smalle steegjes, hun nauwe grenzen overschaduwd door de opdoemende gebouwen boven ons. Boven ons flakkeren neonreclames als onregelmatige hartslagen en baden de gebarsten stoep onder ons in een reeks flikkerende kleuren.

'Weet je dit zeker?' vraagt Declan, zijn stem amper hoorbaar boven het verre gebrom van het verkeer.

'Zeker,' antwoord ik en houd mijn ogen open voor elk teken van gevaar. 'Onze oude contacten zijn misschien onze enige hoop.'

'Oké,' zegt hij, met een vleugje tegenzin in zijn toon. 'Laten we er dan voor gaan.'

We nemen contact op met verschillende dubieuze figuren uit ons verleden, die stuk voor stuk terughoudender blijken te zijn dan de vorige. Aanvankelijk bewaken ze hun geheimen als dierbare bezittingen, maar wanneer het besef doordringt dat we geen agenten van het Bureau zijn, laten ze hun verdediging zakken - al is het maar een heel klein beetje.

'Het gerucht gaat dat er een ondergrondse factie is die tegen het Bureau werkt,' mompelt een norse man met een ooglapje en hij leunt dicht naar ons toe zodat niemand anders het kan horen. 'Ik weet niet veel over ze, maar ze hebben connecties door de hele stad.'

'Geweldig,' mompel ik binnensmonds en onderdruk de neiging om met mijn ogen te rollen. 'Precies wat we nodig hebben - meer geheimen.'

Declan werpt me een blik toe, maar blijft stil. Hij weet dat de tijd niet aan onze kant staat en dat elk moment dat we hier doorbrengen ons in groter gevaar brengt.

'Enig idee waar we deze mensen kunnen vinden?' vraagt hij, terwijl hij zijn stem stabiel probeert te houden.

'Ik kan het niet met zekerheid zeggen,' antwoordt de man en krabt aan zijn ongeschoren baard. 'Maar ik heb gefluister gehoord over een ontmoetingsplaats bij de haven. Misschien de moeite waard om te gaan kijken.'

'Bedankt,' zeg ik en gooi hem een verfrommeld biljet toe voordat we weer in de schaduwen verdwijnen.

'Weer een dood spoor?' vraagt Declan, duidelijk gefrustreerd.

'Misschien niet,' antwoord ik, terwijl mijn gedachten op hol slaan van de mogelijkheden. 'Als deze ondergrondse groep echt tegen het Bureau werkt, weten ze misschien hoe ze Diana's team kunnen vinden.'

'Of ze kunnen ons rechtstreeks in de val lokken,' werpt hij tegen, zijn voorhoofd in zorgelijke rimpels.

Ik krimp ineen, wetende dat hij gelijk heeft. Iemand vertrouwen op dit punt is als Russische roulette spelen - één foute zet en het spel is over.

Maar welke keuze hebben we?

'Laten we naar de haven gaan,' zeg ik en druk de knoop van angst in mijn maag weg. 'We verkennen de plek, kijken wat we kunnen vinden.'

'Oké,' beaamt Declan, zijn stem gespannen. 'Maar we gaan op alles voorbereid naar binnen.'

Terwijl we onze weg naar de waterkant banen, knaagt de gespannen verwachting aan me. We balanceren op het scherpst van de snede tussen het ontdekken van de waarheid en ten prooi vallen aan de krachten die we proberen te ontmaskeren. Maar er is nu geen weg meer terug. We zijn te ver gekomen om op te geven.

'Wat er ook gebeurt,' zeg ik tegen mezelf, het gewicht van mijn wapen in mijn hand voelend, 'we zullen het samen onder ogen zien.'

De haven doemt onheilspellend voor ons op, een ingewikkelde wirwar van stalen zeecontainers en verlaten pakhuizen. De ziltige geur van de zee vermengt zich met het vochtige, rottende aroma van verval, dat mijn zintuigen aanvalt. Ik glip door de schaduwen, met Declan vlak achter me. Elk gekraak van oud hout of gespetter van water tegen de scheepsrompen jaagt onze adrenaline omhoog en scherpt onze zintuigen.

'Artemis,' mompelt Declan, zijn stem nauwelijks hoorbaar terwijl hij naar een oud pakhuis wijst, de deur net ver genoeg op een kier om een streepje licht te laten ontsnappen. 'Dat zou het kunnen zijn.'

'Zou kunnen,' beaam ik, mijn vingers krullen instinctief om het geruststellende gewicht van mijn wapen. 'Of het is niets meer dan een stel ratten die een vuilnisbak plunderen.'

'Er is maar één manier om daarachter te komen.' Hij grijnst en probeert wat humor in de verder grimmige situatie te injecteren. Maar ik zie de spanning in zijn ogen, de strakke lijn van zijn kaak. We zijn allebei gespannen en met goede reden.

'Oké,' zeg ik en zet me schrap. 'Laten we het bekijken. Maar onthoud, we weten niet wie deze mensen zijn, of waartoe ze in staat zijn. Wees op alles voorbereid.'

'Ben ik altijd,' antwoordt hij, terwijl de hint van een glimlach om de hoek van zijn mond trekt.

We naderen het pakhuis met de grootste voorzichtigheid, onze voetstappen gedempt door de vochtige aarde. Mijn hartslag bonst in mijn borst, elke hartslag galmt in me, een meedogenloze drummer die me voortstuwt.

'Houd je ogen goed open,' fluister ik en speur de duisternis af naar enig teken van beweging. 'Eén verkeerde beweging en we zijn er geweest.'

Terwijl we het pakhuis binnenglippen, bereikt een gedempt gemurmel van stemmen onze oren. Een zwak schijnsel komt van een groep mensen die ineengedoken zitten rond een geïmproviseerde tafel, hun gezichten verduisterd door schaduwen. Mijn greep op mijn wapen wordt strakker, terwijl het zweet mijn handpalm glibberig maakt.

'Wie zijn deze mensen?' vraag ik me af en mijn gedachten racen. 'Vrienden? Vijanden? Iets ertussenin?'

'Hé,' blaft een norse stem, waardoor we verstijven. 'Wie de hel zijn jullie?'

'Rustig maar,' zegt Declan soepel en heft zijn handen in een sussend gebaar. 'We zijn gewoon op zoek naar wat informatie.'

'Informatie?' De man snuift, zijn ogen vernauwen zich argwanend. 'Wat voor informatie?'

'Over Diana Foxberry en haar anti-Bureau team,' meng ik me in het gesprek, mijn stem vastberaden ondanks het bonzen van mijn hart. 'We moeten ze vinden.'

Een gemompel golft door de groep, gevolgd door een gespannen stilte. Ik voel hun blikken op ons, die onze waarde wikken en wegen.

'Oké,' zegt de man uiteindelijk en knikt naar de tafel. 'Ga zitten. We praten wel.'

Terwijl we gaan zitten, kan ik het gevoel niet van me afschudden dat we ons in onbekend vaarwater hebben begeven een reis die ons ofwel kan redden ofwel naar de ondergang kan leiden. Eén ding staat vast: terugtrekken is geen optie.

HOOFDSTUK TWINTIG

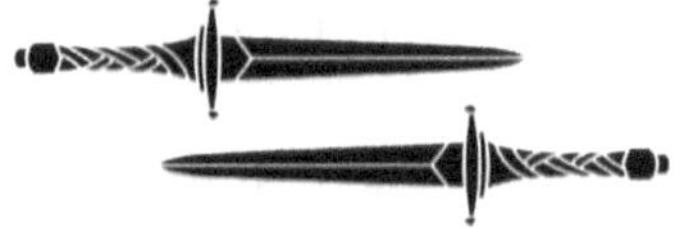

'Dat is even boffen, Declan,' sis ik, mijn stem druipend van sarcasme terwijl we naar de tafel lopen. Een bont gezelschap van buitenbeentjes staat dicht op elkaar, mompelend in gedempte stemmen die weerkaatsen tegen de vochtige, betonnen muren. Zij zijn het ondergrondse netwerk waarover we gefluister hebben gehoord – degenen die onze minachting voor de dubieuze praktijken van het Bureau delen.

'Artemis, maak kennis met de Obsidiaan Cirkel,' grijnst Declan, terwijl hij de groep met een mengeling van nieuwsgierigheid en voorzichtigheid bekijkt. 'Het gerucht gaat dat ze zich volledig richten op het ontmaskeren en saboteren van de geheime programma's waar we achteraan zitten.'

'Geweldig, weer een stelletje wannabe helden,' mompel ik binnensmonds en rol met mijn ogen. Mijn hart slaat op hol bij de gedachte aan wat Dr. Graves en zijn handlangers zullen doen als ze hier lucht van krijgen. Maar het is niet alsof we veel keus hebben; als we het Bureau ten val willen brengen, hebben we alle hulp nodig die we kunnen krijgen

– zelfs als die van een ongeregeld zooitje rebellen met een twijfelachtige kledingsmaak komt.

Terwijl we dichterbij komen, bekijkt de groep ons argwanend en neemt ons op alsof leeuwen hun prooi taxeren. Eén vrouw neemt me de maat, haar doordringende groene ogen boren zich in de mijne.

'Jullie horen hier niet te zijn,' gromt ze, met vijandigheid op haar gezicht getekend.

Ik dwing mezelf om haar blik vast te houden, terwijl wanhoop en vastberadenheid in me opborrelen. We hebben deze mensen nodig, hoe onguur ze ook lijken. 'We zijn hier om te helpen,' zeg ik gelijkmatig. 'Het Bureau is te lang te ver gegaan. Het wordt tijd dat iemand een einde maakt aan de waanzin van Dr. Graves.'

De vrouw schampert en slaat uitdagend haar armen over elkaar. 'En hoe weten wij dat jullie niet gewoon een stel spionnen van het Bureau zijn die komen snuffelen?'

Voordat ik kan antwoorden, stapt Declan naar voren, zijn ogen vlammend. 'O, we zijn zeker snuffelaars. Het soort dat de sluier van de corrupte operaties van het Bureau zal wegrukken en ze zal ontmaskeren voor wat ze werkelijk zijn.'

Ik voel een onaangename rilling door zijn brutaliteit, maar ik weet dat hij gelijk heeft. Als we het Bureau ten val willen brengen, hebben we de Obsidiaan Cirkel aan onze kant nodig.

De staarwedstrijd gaat door, de spanning knettert als elektriciteit in de lucht. Na een lang moment wordt de uitdrukking van de vrouw een fractie zachter. 'Goed dan,' zegt ze met tegenzin. 'Als u informatie wilt, zult u die krijgen. Maar als ik ook maar vermoed dat u een spelletje met ons speelt...' Dreigend haalt ze haar vinger langs haar nek.

Een rilling loopt over mijn rug, maar ik knik. 'U hebt mijn woord. We willen alleen het Bureau zien vallen.'

Terwijl we aan tafel gaan zitten, voel ik een bedwelmende mengeling van hoop en angst. Dit ongeregelde zooitje zou ons ticket kunnen zijn om eindelijk de geheimen van het Bureau te onthullen... of het begin van onze ondergang. Hoe dan ook, de teerling is geworpen. Er is geen weg meer terug.

***

De groezelige kelder voelt nog kleiner dan hij al is, nu we allemaal rond een krakkemikkige kaarttafel gepropt zitten onder het felle schijnsel van tl-buizen. De lucht is zwaar van spanning, alsof we allemaal op een kruitvat zitten te wachten tot het kleinste vonkje het doet ontploffen.

De leider – een potige man met een huid als verweerd graniet en ogen zo donker en hard als obsidiaan – spreekt als eerste. 'Namen zijn hier een risico. Noem me Slate.' Zijn stem is laag en schor, als stenen die over elkaar schuren.

Hij gebaart naar de strenge vrouw aan zijn rechterhand die ons eerder de les had gelezen. Haar ogen zijn ijsblauw, koud en berekenend. 'Dit is Sapphire. Geen echte namen.'

Ik onderdruk de neiging om met mijn ogen te rollen. Schuilnamen? Wat pretentieus. Maar ik bijt op mijn tong en knik. We hebben alle informatie nodig die deze ondergrondse rebellen ons kunnen geven over het Bureau, hoe melodramatisch ze er ook over willen doen.

Slate vervolgt, 'Uw contactpersoon binnen het Bureau staat bij ons bekend als Onyx.'

Ik voel mijn ogen groot worden van verbazing voordat ik mezelf kan tegenhouden. Onyx is agente Diana Fox, al hoeven de anderen dat niet te weten. Dus ze speelt al die tijd dubbelspel? Interessant. Het maakt haar occasionele flitsen van bitterheid jegens de corrupte innerlijke werking van het Bureau nu een stuk begrijpelijker.

'Onyx verzamelt informatie voor een op handen zijnde operatie,' zegt Sapphire kordaat, haar armen over elkaar terwijl ze Declan en mij met onverholen wantrouwen opneemt. 'Ze is op dit moment een team aan het samenstellen.'

'Laat me raden, een operatie tegen het Bureau zelf?' vraagt Declan, met een sceptisch opgetrokken wenkbrauw. 'Hebben we al gehad. Ik vind nog steeds granaatscherven in mijn haar van de explosies.'

Er trekt een dunne, raadselachtige glimlach om Slates mond. 'Zoiets. Maar als u erbij wilt horen, moet u zich eerst bewijzen. We tolereren geen verraders of primadonna's die de held proberen uit te hangen.'

Declan schampert. 'Primadonna? Probeer op zijn minst een beetje origineel te zijn.'

Voordat de spanning verder kan oplopen, kom ik tussenbeide. 'Genoeg. Wat is de operatie?' Mijn geduld met dit theater raakt op. Het enige wat me interesseert is het stoppen van Dr. Graves en zijn Frankenstein-experimenten diep verborgen in het Bureau, wat er ook voor nodig is.

Slate heft een hand op. 'Eerst hebt u schuilnamen nodig, net als de rest van ons. Dan kunnen we de details bespreken.'

Ik onderdruk de neiging om gefrustreerd met mijn tanden te knarsen. Goed. Als een verkleedpartijtje hen een belangrijk gevoel geeft en ons de informatie oplevert die we nodig hebben, het zij zo. 'Ik ben Artemis Blackwell. U mag me... Jade noemen.' Het komt redelijk in de buurt van de kleur van mijn ogen.

Declan haalt zijn schouders op. 'Jet is prima voor mij.'

'Uitstekend dan.' Slate lijkt eindelijk tevreden. 'Welkom, Jade en Jet. Nu, Onyx heeft informatie verkregen over een illegaal fokprogramma dat het Bureau uitvoert...'

Terwijl hij ons verder brieft, begint de adrenaline door mijn aderen te pompen. We zijn een stap dichter bij het blootleggen van de verrotting in het hart van het Bureau. Met de hulp van de Obsidiaan Cirkel kunnen we misschien eindelijk de zonden van Dr. Graves aan het licht brengen.

We bereiden ons voor om geïnformeerd te worden, maar ontdekken dan dat de Cirkel niet van plan is om te blijven praten. Diana is nu al haar aanval aan het voorbereiden, ze wil het Bureau uit balans houden, voordat ze de kans krijgen om de beveiliging aan te scherpen na onze recente aanvallen op hun geheime faciliteiten.

'Oké, Jade en Jet,' zegt Sapphire, terwijl ze ons wantrouwig aankijkt. 'U vindt Onyx en haar team in een kelder onder een wolkenkrabber aan de zuidkant van de stad.' Ze geeft ons het adres.

'Ik ken die toren,' mompel ik tegen Declan. 'Die stort bij het minste zuchtje wind in die verdomde rivier.'

'Bedankt,' zegt hij kortaf tegen Sapphire. 'Laten we geen tijd meer verspillen.'

We komen uit het schuiloord van de Obsidiaan Cirkel tevoorschijn in de kille nachtlucht, de maan hangt helder en vol boven de skyline van silhouetten. Onze adem komt in ijzige wolkjes naar buiten terwijl we ons door de lege straten haasten, het tikken van onze voetstappen op het plaveisel weerkaatst tegen de donkere gebouwen.

Het adres dat Sapphire ons gaf, leidt naar een eens schitterende wolkenkrabber die nu afbrokkelt door verval en verwaarlozing, en als een scheve grafsteen over de rand van de rivier hangt. Ik onderdruk een rilling als we naar binnen glippen, de tocht fluit door verbrijzelde ramen en blaast stofduivels over de met vuil bedekte vloer.

'Wat een vrolijke plek om een geheime operatie op te zetten,' mompelt Declan, zijn stem gespannen door zenuwen die hij nauwelijks verbergt onder zijn sarcastische bravoure.

'Meen je dat?' antwoord ik droog. 'Ik ben nog nooit zo opgewonden geweest om een eng, half gesloopt gebouw binnen te sluipen.'

Hij grijnst, maar zijn ogen verraden zijn zenuwen. We weten allebei dat dit geen spelletje meer is. Dit is een kwestie van leven of dood.

Terwijl we afdalen in de duisternis, onze voetstappen gedempt door lagen stof en puin, voel ik een vreemd soort kameraadschap met Declan. Ondanks onze verschillen zijn we verenigd in onze missie – de waarheid onthullen en degenen beschermen die in het kruisvuur terechtkomen.

De kelder is zwak verlicht, schaduwen dansen over de muren terwijl we stil voortsluipen. Verderop zie ik een flits van beweging, en mijn hart bonkt in mijn borst.

'Artemis,' mompelt Declan en hij pakt mijn arm. 'Kijk.'

Ik kijk om de hoek en zie haar – Diana, alias Onyx – zittend aan een geïmproviseerde tafel, haar rossige haar glanst in het lantaarnlicht terwijl ze aandachtig naar haar volgelingen kijkt die voor haar verzameld zijn. Hun gedempte gesprek heeft een ondertoon van urgentie die mijn zenuwen op scherp zet.

'Blijf laag,' fluister ik naar Declan, terwijl mijn polsslag versnelt. 'We moeten erachter komen wat ze van plan zijn.'

'Mee eens,' zegt hij, zijn stem gespannen. 'Maar we moeten ook overal op voorbereid zijn.'

'Geloof me,' antwoord ik, mijn hand reikt instinctief naar het wapen aan mijn zijde. 'Ik ben altijd voorbereid.'

Terwijl we vanuit de schaduwen toekijken, begint Diana te spreken, haar stem laag en dringend. Het is duidelijk dat welke operatie ze ook leidt, het geen wandeling in het park zal worden. Maar ja, wanneer is het dat ooit?

De lucht is zwaar van spanning, een voelbare kracht die me als een bankschroef omklemt. Ik ben me maar al te bewust van het gevaar waarin we verkeren, en de inzet kan niet hoger zijn. Declans rustige ademhaling naast me is het enige dat me in de realiteit verankert. Het is nu of nooit.

'Oké, allemaal,' zegt Diana, haar stem eist de aandacht op zonder haar zelfs te verheffen. 'Dit is het. We bereiden ons al maanden voor op dit moment, en er is geen weg meer terug.'

De spanning in de kamer drukt op me als een fysiek gewicht, waardoor het moeilijk is om adem te halen. Ik sta bevroren naast Declan, mijn polsslag dreunt terwijl Diana begint te spreken.

Er gaat een rimpeling door de menigte, maar Diana brengt die met een blik tot zwijgen. 'Ik weet dat de risico's formidabel zijn,' vervolgt ze. 'Maar de beloning is groter – eindelijk de wandaden van het Bureau aan het licht brengen.'

Haar volgelingen zijn stil, hun uitdrukkingen variëren van vastberadenheid tot nauwelijks verholen angst. Maar één emotie straalt van elk gezicht af: vastbeslotenheid. Ze weten wat hier op het spel staat, en ze zijn klaar om het tot het einde toe vol te houden.

'Eenmaal binnen, nemen we de controle over hun systemen over,' dringt Diana aan, haar ogen glinsteren als geslepen messen. 'Dan maken we elke illegale operatie, elk onethisch experiment, elke corrupte ambtenaar op hun loonlijst openbaar. De wereld zal de monsters zien die ze werkelijk zijn.'

Een zware stilte daalt neer in de kamer. Ik voel de kolkende woede en de dorst naar gerechtigheid die van deze agenten en burgers uitstralen, hun geduld is eindelijk op. Ze zijn klaar om terug te slaan tegen de verrotting in de kern van het Bureau.

'Blijf scherp, en onthoud: vertrouw niemand buiten deze kring.' Diana's ogen flikkeren met iets donkers, woests. 'We krijgen geen tweede kans.'

Terwijl Diana's volgelingen de groezelige kelder uit druppelen, vang ik Declans blik op aan de andere kant van de kamer. Een stilzwijgend begrip wordt uitgewisseld in dat korte moment van oogcontact – hoe dit ook afloopt, de dingen staan op het punt drastisch te veranderen. Het vertrouwde comfort van onze dagelijkse routines zal spoedig onherstelbaar worden verbrijzeld.

Mijn maag draait zich in angstige knopen als ik onze netelige situatie overweeg. Het blootleggen van de ongebreidelde corruptie van het Bureau is cruciaal, maar de gedachte om onschuldige agenten in gevaar te brengen, doet mijn bloed in mijn aderen bevriezen.

Ik gebaar haastig naar Declan om me te volgen achter een willekeurige barrière van corroderende leidingen en roestige metalen balken. Hij hurkt naast me neer, zijn hazelnootkleurige ogen branden met vurige vastberadenheid.

'Dit is het, Artemis,' sist hij binnensmonds. 'Onze kans om eindelijk de zonden van het Bureau aan het licht te brengen. Word nu niet week.'

Ik schud hevig mijn hoofd, frustratie en besluiteloosheid kolken in mij. 'Ik weet dat de waarheid naar buiten moet komen, maar niet op deze manier. Niet als het betekent dat we mensen verraden die ons de rug hebben gedekt.' Mijn stem trilt lichtjes als ik zijn onwrikbare blik ontmoet.

Declans voorhoofd fronst, onzekerheid flikkert over zijn gezicht. 'Het is onze plicht om corruptie te onthullen, wat er ook gebeurt,' houdt hij vol, maar met minder vuur dan voorheen.

'Ten koste van onze menselijkheid?' Ik graaf mijn vingernagels gefrustreerd in mijn handpalmen. 'Ik offer mijn geweten hier niet voor op, Declan. Er zijn ook goede mensen bij het Bureau.'

Hij zucht zwaar en haalt een geagiteerde hand door zijn verwarde haar. Ik zie het conflict achter zijn ogen woeden. 'Ik weet dat het niet zwart-wit is,' geeft hij na een lange pauze met tegenzin toe. 'Maar onze opties raken op. Soms zijn er geen goede keuzes meer – alleen moeilijke.'

Ik schud weer hevig mijn hoofd en knipper woedende tranen weg. 'Dat is makkelijk voor jou om te zeggen. Jij bent niet degene die de gevaarlijke gevolgen onder ogen moet zien.'

Declans uitdrukking wordt iets zachter bij mijn duidelijke leed. Hij legt een troostende hand op mijn schouder. 'Hé, we zijn hierin partners, in voor- en tegenspoed. Ik dek je rug ook.' Zijn stem is zacht maar ferm. 'Als er een andere manier is, vinden we die wel. Maar we moeten snel handelen, voordat Diana haar aanval lanceert.'

Ik haal diep en wankel adem en dwing de kolkende emoties in me naar beneden. Hij heeft gelijk – we hebben geen tijd meer voor discussie. Ik ontmoet zijn geduldige blik opnieuw en knik vastberaden. 'Laten we dit stoppen, op onze manier. De waarheid zonder onnodig geweld.'

Declan knikt terug, opgelucht dat ik weer aan boord ben. 'Ik praat eerst met Diana, om te peilen hoe ze erin staat,' zegt hij strategisch. 'We kunnen het ons niet veroorloven haar nu tegen ons in het harnas te jagen.'

Ik erger me aan de gedachte dat hij dit alleen aanpakt, maar ik weet dat zijn overtuigingskracht ons de beste kans geeft om een ramp af te wenden. Diana is niet bepaald mijn grootste fan. 'Wees gewoon voorzichtig,' waarschuw ik ernstig. 'Eén misstap kan alles waar we voor gewerkt hebben, verpesten.'

Met een gedeelde blik van stalen vastberadenheid komen we uit de schaduwen tevoorschijn. De toekomst hangt aan een zijden draadje, maar ik weet dat Declan en ik samen de beste kans hebben om de weegschaal naar gerechtigheid te laten doorslaan in plaats van naar een ramp.

De deur kraakt open en onthult een groezelige kamer die alleen wordt verlicht door de af en toe flikkerende lamp boven ons. Diana – of moet ik zeggen, Onyx – staat vooraan, dreigend verlicht van achteren terwijl ze haar volgelingen toespreekt.

Het is een excentriek stel, met gescheurde spijkerbroeken en leren jacks bedekt met studs en spikes. Tatoeages slingeren langs nekken en piercings glinsteren in het zwakke licht. Maar ondanks hun ongeregelde uiterlijk, branden hun ogen allemaal met een gedeelde intensiteit die een rilling over mijn rug stuurt.

'De verloren agenten zijn teruggekeerd,' zegt Diana sarcastisch als we binnenkomen, haar ijzige blik glijdt over ons. 'Waaraan hebben we dit genoegen te danken?'

'Kap met dat toneelstukje,' snauwt Declan, woede sudderend onder zijn beheerste uiterlijk. 'We weten alles over uw plannen, en we zijn het zat om uw pionnen te zijn.'

Ik spring erin en laat mijn eigen frustratie overkoken. 'We willen het Bureau ten val brengen, maar niet ten koste van onschuldige levens. U hebt ons al te vaak gebruikt.'

Diana trekt één welgevormde wenkbrauw op. 'En waarom zou ik u overlopers nu vertrouwen?' vraagt ze afwijzend. 'Was u niet tot voor kort loyale lakeien?'

Ik word woedend van de beschuldiging, mijn handen ballen zich. 'Omdat u ons dat verschuldigd bent voor alle keren dat we voor uw zaak hebben gebloed,' breng ik er verhit tegenin. 'We hebben ons deel betaald, met bloed, nog zo recent als vandaag! Laat ons nu helpen op onze voorwaarden.'

Declan geeft me een waarschuwende blik, maar ik negeer het. We zijn het stadium van beleefdheid voorbij.

Na een gespannen moment, buigt Diana haar hoofd. 'Heel goed. U kunt ons helpen – maar volg orders, of u ligt eruit.' Haar bleke ogen glinsteren gevaarlijk. 'Ik laat deze operatie niet bedreigen door losgeslagen agenten.'

'Begrepen,' antwoordt Declan gelijkmatig. 'Maar onthoud, het doel is de waarheid, niet zinloze vernietiging.' Zijn blik wijkt niet van de hare.

'Natuurlijk.' Een koude glimlach trekt om Diana's lippen. 'De waarheid overwint uiteindelijk... nietwaar?'

Ik onderdruk een rilling bij haar raadselachtige woorden. Want als we deze alliantie verkeerd hebben ingeschat, sterft de waarheid misschien vannacht met ons mee.

HOOFDSTUK EENENTWINTIG

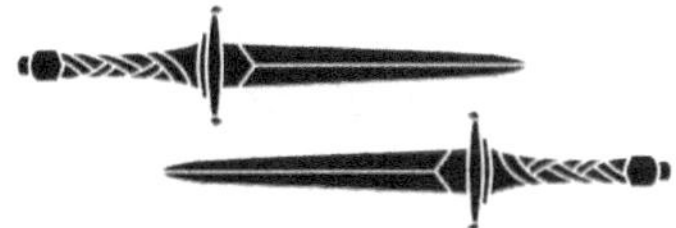

DE PRIKKELENDE, METAALACHTIGE ZWEETGEUR hangt zwaar en benauwend in de stoffige lucht van het verlaten pakhuis. Ik slinger me een weg tussen de bonte verzameling vechters die hier bijeen zijn gekomen – huurlingen, afvallige agenten, burgers met een wraakmissie – allen verenigd in hun verlangen om het Bureau ontmanteld te zien worden. Hoge nood brengt onverwachte bondgenoten samen, veronderstel ik.

'Artemis, naar voren komen, jij bent aan de beurt!' Diana's scherpe stem snijdt door het lawaai en laat mijn nekharen overeind staan. Met de nodige tegenzin loop ik naar de plek waar ze aan de rand van de matten staat, haar priemende groene ogen fonkelen van nauwelijks verholen vermaak. Geweldig. Helaas heeft het geen zin meer om deze sparringwedstrijd te ontlopen.

Ik stap de matten op, de vloer kraakt onder mijn voeten, en ik rol met mijn schouders in een poging om los te komen. Diana loopt als een jager in een wijde cirkel om me heen, haar bewegingen doordrenkt van een roofzuchtige, slangachtige gratie, aangescherpt door jarenlange dienst als een van de dodelijkste agenten van het Bureau. Ze is goed, te goed. Ik zal er met mijn kop bij moeten blijven om te voorkomen dat ik binnen een minuut tegen de vlakte ga.

'Onthoud, dit is maar oefening, geen gevecht op leven en dood,' spint Diana, terwijl een mondhoek van haar in een veelbetekenende grijns omhoogkrult.

'Voor nu,' mompel ik binnensmonds, niet in staat om mijn sarcasme te onderdrukken. Het is moeilijk om geen wrok te koesteren tegen iemand die het grootste deel van haar leven vrijwillig als handhaver voor onze vijand heeft gewerkt, hoe nuttig ze ook mag blijken te zijn. Maar als Diana echt serieus is over het blootleggen van de verrotting in het hart van het Bureau, dan is dit ongemakkelijke bondgenootschap een noodzaak. Hoe onsmakelijk het ook mag zijn om op haar vaardigheden en connecties te vertrouwen.

'Klaar voor?' Diana trekt uitdagend een slanke wenkbrauw op en neemt soepel een vechthouding aan.

'Altijd klaar voor,' antwoord ik toonloos, waarbij ik de standaardreactie met zo veel mogelijk sarcasme doorspek. Op een onzichtbaar teken vliegen we op elkaar af en wisselen een snelle barrage van stoten en blokkades uit, terwijl de haveloze groep toeschouwers ons gevecht met interesse bestudeert. Ik klem mijn tanden op elkaar tegen de kloppende pijn wanneer Diana's vuist mijn ribben schampt. Daar zal later ongetwijfeld een spectaculaire blauwe plek zitten.

Tussen de rondes door trekt Declan me opzij, zijn hazelnootkleurige ogen ernstig en bezorgd. Hij spreekt op gedempte toon, bedoeld om te voorkomen dat Diana's toegewijde volgers meeluisteren.

'We hebben een concreet plan nodig om het aantal slachtoffers te minimaliseren zodra we deze aanval lanceren,' mompelt hij, zijn voorhoofd gefronst van bezorgdheid. 'Onschuldige omstanders kunnen hier gemakkelijk in het kruisvuur belanden.'

Ik maak van de gelegenheid gebruik om het zweet van mijn voorhoofd te vegen, nog steeds proberend op adem te komen. 'O, dus je medelevende kant is nu wonderbaarlijk genoeg weer opgedoken?' antwoord ik bitter. 'Het leek er niet op dat nevenschade je de laatste tijd veel kon schelen tijdens de training.'

Declan fronst, hij kijkt gekwetst, en haalt een hand door zijn eeuwig warrige haar. 'Deze hele operatie is tot nu toe rommelig verlopen, dat geef ik toe,' zegt hij na een zware zucht. 'Maar we kunnen niet zomaar met getrokken wapens naar binnen stormen en verwachten dat er geen gevolgen zijn.'

Hoezeer ik het ook haat om het te erkennen, hij heeft een punt. Ik zucht scherp. 'Prima. Wat stel je precies voor?'

'Laat mij de menigte in bedwang houden, ik focus me op het snel uit de gevarenzone halen van alle niet-strijders, zodat de rest van het team het gebouw zelf kan beveiligen,' zegt Declan na een moment nadenken.

Ik bijt op de binnenkant van mijn wang, en ik wil liever niet hardop toegeven dat het een behoorlijk solide strategie lijkt. 'Klinkt goed,' zeg ik neutraal. 'Minder kans op onnodig bloedvergieten op die manier.'

Declan knikt, tevreden dat ik niet verder ga tegensputteren. 'Ga nu maar weer verder met sparren. We moeten scherp zijn voor de missie morgenavond.' Hij grijnst en geeft me een licht duwtje tegen mijn schouder in een poging een deel van de grimmige spanning om ons heen te verdrijven.

Ik kan het niet helpen dat er een wrange halve glimlach op mijn gezicht verschijnt, zelfs als ik hem terugduw. Hoezeer we soms ook botsen, ik weet dat Declan voor me klaarstaat als het er echt op aankomt. En op dit moment is zijn voorzichtige pragmatisme misschien het enige wat me ervan weerhoudt om volledig door te draaien.

Ik haal diep, verkwikkend adem en draai me weer om naar de matten waar Diana wacht, klaar om aan te vallen. Declan heeft op één punt gelijk: ik moet morgenavond, wanneer we eindelijk onze zet tegen het bolwerk van het Bureau doen, op de absolute top van mijn fysieke en mentale vermogens zijn. Wat betekent, hoe onsmakelijk het ook is, dat ik mijn vertrouwen in Diana als bondgenoot moet stellen in plaats van haar als vijand te zien. Want falen is morgen gewoon geen optie meer.

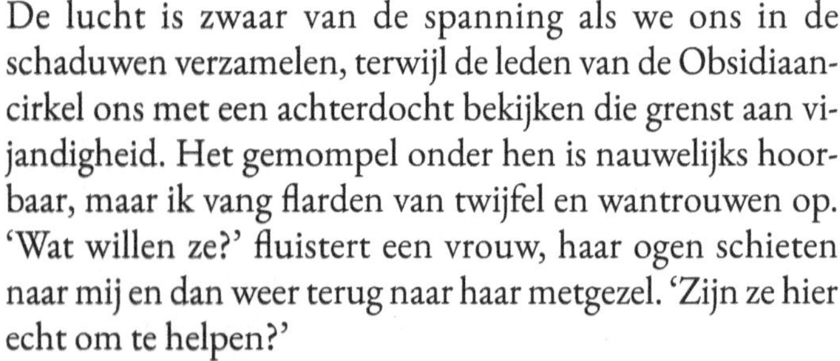

De lucht is zwaar van de spanning als we ons in de schaduwen verzamelen, terwijl de leden van de Obsidiaan-cirkel ons met een achterdocht bekijken die grenst aan vijandigheid. Het gemompel onder hen is nauwelijks hoorbaar, maar ik vang flarden van twijfel en wantrouwen op. 'Wat willen ze?' fluistert een vrouw, haar ogen schieten naar mij en dan weer terug naar haar metgezel. 'Zijn ze hier echt om te helpen?'

'Stil,' sist Diana, die de andersdenkenden met een ijskoude blik tot zwijgen brengt. Ze draait zich om naar Declan en mij, haar groene ogen vol vastberadenheid. 'We vertrekken nu. Houd je aan het plan.'

'Juist,' mompelt Declan, zijn kaken op elkaar geklemd van frustratie. Ik zie dat hij staat te popelen om dit achter de rug te hebben, om het hart uit het Bureau te rukken en de verrotte kern ervan bloot te leggen.

Terwijl we door de verduisterde straten sluipen, voel ik een groeiend onbehagen. Met elke stap dichter bij het hoofdkwartier van het Bureau, drukt het gewicht van het wantrouwen van de Obsidiaancirkel als een verpletterende last op me, waardoor het steeds moeilijker wordt om te ademen. Ik kijk naar Declan, die ook de druk lijkt te voelen, zijn ogen vernauwd in concentratie. Hij moet de zwaarte van mijn blik voelen, want hij kijkt terug naar me en tovert een glimlach tevoorschijn die zo strak is dat het meer een grimas is.

'Blijf gefocust,' zegt hij, zijn stem laag en gespannen. 'We zijn er bijna.'

Als we eindelijk het imposante gebouw bereiken, valt het me op hoe griezelig stil het is. De maan werpt lange, onheilspellende schaduwen over de stenen gevel, waardoor het meer op een graftombe lijkt dan op een werkplek. Maar ik weet dat binnen talloze agenten en wetenschappers onvermoeibaar werken aan het creëren van meer gruweldaden.

'Oké, dan gaan we ervoor,' zegt Diana, haar stem vastberaden ondanks de zware sfeer. 'Declan, jij en Artemis zorgen ervoor dat de menigte in bedwang wordt gehouden. De rest van jullie, houd je aan de bevelen.'

'Laten we hopen dat uw plan werkt,' moppert een van de leden van de Obsidiaancirkel, zijn ogen vernauwd van achterdocht. 'Anders zullen we allemaal de prijs betalen.'

'Vertrouw me maar,' antwoordt Diana, haar stem koud en hard als staal. 'Wij willen dit net zo graag als jullie.'

En daarmee komen we in actie en glijden als geesten door de schaduwen. Terwijl we het hoofdkwartier van het Bureau infiltreren, staan mijn zintuigen op scherp, acuut bewust van elke hartslag, elke ademhaling, elke flikkering van beweging. Dit is het. Het moment van de waarheid. En er is nu geen weg meer terug.

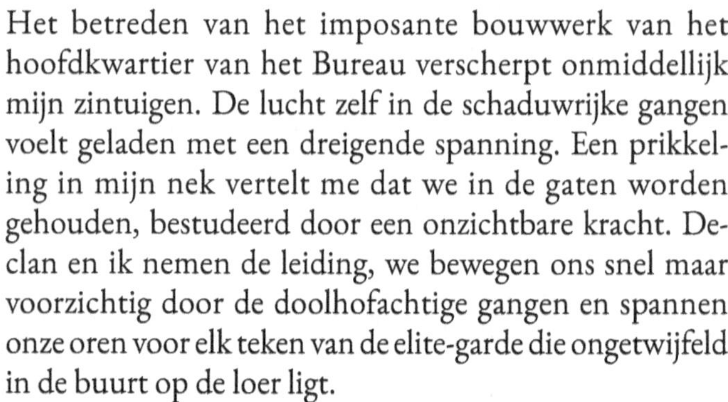

Het betreden van het imposante bouwwerk van het hoofdkwartier van het Bureau verscherpt onmiddellijk mijn zintuigen. De lucht zelf in de schaduwrijke gangen voelt geladen met een dreigende spanning. Een prikkeling in mijn nek vertelt me dat we in de gaten worden gehouden, bestudeerd door een onzichtbare kracht. Declan en ik nemen de leiding, we bewegen ons snel maar voorzichtig door de doolhofachtige gangen en spannen onze oren voor elk teken van de elite-garde die ongetwijfeld in de buurt op de loer ligt.

'Blijf waakzaam,' fluistert Declan, nauwelijks hoorbaar. 'Deze bewakers zijn getraind om bedreigingen met extreme hardhandigheid uit te schakelen. Ze zullen niet aarzelen om te doden.'

Ik slik een sarcastische opmerking in, wetende dat zijn waarschuwing voortkomt uit grote bezorgdheid. Eén misstap hier zou kunnen eindigen met een of beide van ons dood... of erger, gevangengenomen. Geen optie.

We blijven door de schemerige gangen sluipen, gefocust en alert. Bij het bereiken van een hoek zie ik een kolossale figuur op wacht staan, een elite-bewaker gekleed in een imposant zwart pantser, ontworpen om indringers te intimideren. Een kronkelende ongerustheid nestelt zich in mijn buik als een slang, terwijl twijfels opkomen. Maken we echt een kans tegen de macht van het Bureau?

Maar het instinct, aangescherpt door jaren van overleven met mijn vuisten, duwt de angst opzij. Met een woest gesis werp ik mezelf op de gepantserde bewaker voordat hij kan reageren en plant een straffende stoot in zijn buik. Hij kreunt van verrassing en pijn, even buiten adem, maar herstelt zich snel en haalt als vergelding met een enorme vuist naar me uit. Ik ontwijk de klap ternauwernood en hoor hem langs mijn oor suizen. Dit wordt heel lelijk.

'Laten we dansen,' snauwt Declan, die zich in de strijd mengt en een kaakbrekende slag uitdeelt aan de elite. De bewaker wankelt achteruit, spuugt bloed en vloeken.

'Twee tegen één?' bromt hij minachtend, en veegt zijn mond af. 'De befaamde Obsidiaancirkel heeft geen eer.'

'We doen alles wat nodig is voor de overwinning,' kaats ik terug en deel een venijnige ronde trap uit. Het hoofd van de bewaker kraakt tegen de betonnen muur en hij zakt bewusteloos in elkaar. Eén bedreiging geneutraliseerd, maar er zullen er meer komen.

'Pas op!' schreeuwt Declan waarschuwend als een andere elite-bewaker uit de schaduwen achter me opdoemt, met een glimmend gekarteld mes. Ik draai me net op tijd om als hij door de ruimte haalt waar ik een hartslag geleden nog stond. Veel te dichtbij voor mijn gevoel.

'Bedankt voor de hulp,' hijg ik, mijn polsslag jaagt wild terwijl ik me omdraai om deze nieuwe dreiging het hoofd te bieden. Ik kan mijn focus nu niet laten verslappen, niet nu we zo dicht bij het doorbreken van de verrotte kern van het Bureau zijn.

Declan is hevig aan het worstelen met zijn eigen vijand, en wisselt klappen uit die bijna te snel zijn om te volgen. 'Blijf scherp, Artemis!' perst hij er dringend uit. 'We kunnen dit!'

Ik wil die bravoure wanhopig graag geloven, maar de kansen zijn zwaar tegen ons. Toch is falen geen optie, er hangt te veel af van ons slagen vanavond. Dus met een bijna woeste brul stort ik me terug in de wrede strijd, vastbesloten om te vechten alsof mijn leven ervan afhangt. Want dat doet het absoluut.

*

Terwijl we ons een weg blijven vechten door de eindeloze gangen en kamers van het hoofdkwartier van het Bureau, voel ik een voorzichtige vlam van hoop in mijn borst oplichten. Gehavend en doodmoe als we misschien zijn, Declan en ik staan op de een of andere manier nog steeds overeind. En samen maken we misschien wel een kans om levend uit deze nachtmerrie te komen.

De geur van ozon en bloed vult mijn neusgaten terwijl we dieper het gebouw ingaan. Ik kan het niet helpen te denken hoeveel ik de geur van overwinning haat. Diana's team verspreidt zich en beveiligt elke gang als een roedel wolven die hun prooi besluipt. Ze zijn goed, te goed, als je het mij vraagt. Hun snelheid lijkt niet helemaal natuurlijk, noch het feit dat minstens één van hen in het donker lijkt te kunnen zien. Het bevalt me niet.

Niets van dit alles bevalt me.

'Blijven doorlopen,' blaft Diana over haar schouder, haar priemende blik scant onophoudelijk de schaduwen om ons heen, op zoek naar elk teken van nieuwe bedreigingen. Het is moeilijk om geen sudderende wrok jegens haar te voelen, gezien de sleutelrol die ze speelde in het mogelijk maken van deze ramp, ongeacht haar eigen tragische verleden. Ze is net zozeer een slachtoffer als de rest van ons, dankzij de onethische zonden van haar vader. Maar op dit moment is dat een schrale troost.

'Zijn we er al bijna?' waag ik hardop te vragen, de kwinkslag ontsnapt me onbedoeld in mijn uitputting.

Diana's hoofd schiet mijn kant op, haar uitdrukking is hard als steen. 'De controlekamer is hier voor ons. Dan kun jij je magie laten werken.' Ze wijst naar een onheilspellende, versterkte deur aan het einde van de gang.

'Eindelijk,' puft Declan naast me onder zijn adem, en veegt vies zweet uit zijn ogen. 'Laten we dit achter de rug hebben voordat er meer bewakers opdagen.'

We naderen de laatste barrière, en Diana haalt haar toegangspas erdoor. De zware deur kreunt langzaam open en onthult een kamer vol monitoren, toetsenborden, servers. Een paradijs voor een hacker. Ondanks alles voel ik mijn hartslag versnellen van verwachting.

'Oké,' mompel ik, ga bij de hoofdconsole zitten en strek mijn vingers. 'Tijd om alle lijken in de kast van het Bureau te onthullen.'

Ik haal diep adem en begin snel te typen en start een diepe duik in de geheime informatie die op deze servers is opgeslagen. Als we hier op de een of andere manier levend uitkomen, kan ik eindelijk de volledige omvang van de onethische menselijke experimenten, corruptie en zonden tegen de mensheid zelf van het Bureau blootleggen. Maar alleen als we deze nacht eerst overleven.

Niet eerder dan dat die ongemakkelijke gedachte door mijn hoofd schiet, breekt de hel los. Sirenes beginnen te loeien, stroboscopen flitsen verblindend en stalen noodeuren slaan met een echoënde finaliteit om ons heen dicht. We zitten in de val. Diana draait zich om, haar gezicht ontdaan van alle kleur terwijl ze onhoorbare woorden schreeuwt die ik niet kan verstaan boven het oorverdovende lawaai.

Declan ontmoet mijn eigen geschrokken blik van de andere kant van de kleine kamer, berusting verduistert zijn ogen. 'Het spijt me,' articuleer ik geluidloos naar hem, spijt stroomt door me heen als een benauwend slaapgas de afgesloten ruimte snel vult. De duisternis valt daarna snel in, samen met een diep gevoel van falen. We waren zo tergend dicht bij het onthullen van de waarheid...

Maar het is nog niet voorbij, herinner ik mezelf fel terwijl de vergetelheid me komt omhelzen. Zo kan het niet eindigen na alles wat we al hebben doorstaan. Dat laat ik niet toe. Niet voordat het Bureau heeft geboet voor jaren van onvergeeflijke zonden. Met die laatste wanhopige gedachte verteert de duisternis me eindelijk volledig.

HOOFDSTUK TWEEËNTWINTIG

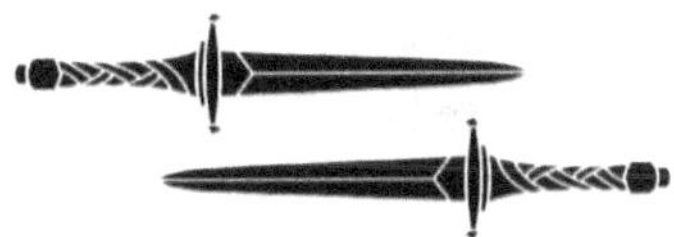

DE GEUR VAN VOCHTIGE schimmel is het eerste wat me treft. Mijn hoofd bonkt terwijl ik mijn ogen open dwing en naar het stenen plafond boven me staar. Waar ben ik in hemelsnaam?

Ik ga rechtop zitten, krimp ineen als er een pijnscheut door mijn schedel trekt en neem mijn omgeving in me op. De kamer is klein, zwak verlicht en stinkt naar pis en wanhoop. Een cel. Geweldig. Ik ben vast op vakantie.

'Welkom in mijn nederige stulpje,' mompel ik sarcastisch, terwijl ik over de achterkant van mijn hoofd wrijf. Het is gevoelig, maar het voelt niet als iets ernstigs. Gewoon een lelijke buil. Ze moeten me gedrogeerd hebben, anders had ik wel meer weerstand geboden.

Ik sleep mezelf overeind en schuifel naar het raam met tralies, in de hoop een aanwijzing te vinden over waar ik ben. Maar alles wat ik zie is duisternis. Typisch.

'Je had op z'n minst voor de kamer met uitzicht kunnen gaan,' brom ik terwijl ik de zwarte afgrond in tuur.

Wanneer ik me van het raam afwend, zie ik beweging tegenover mijn cel. Declan. Hij is buiten westen, uitgestrekt op de grond als een weggeworpen lappenpop. Zijn gezicht is gekneusd en er zit een korstje opgedroogd bloed op zijn slaap. Woede laait in me op en verdringt de desoriëntatie.

'Declan!' sis ik, terwijl ik me voor steun aan de tralies vastgrijp. 'Hé, word wakker!'

Geen reactie. Shit.

'Kom op, Declan,' fluister ik dringend, en probeer mijn stem zacht te houden. Als er bewakers in de buurt zijn, is het niet ideaal om hen te laten weten dat ik bij bewustzijn ben.

'Alsjeblieft,' smeek ik, een zeldzaam moment van zwakte glipt voorbij mijn verdediging. Ik moet hem wakker krijgen. We hebben elkaar nodig om uit deze puinhoop te komen.

Maar hij blijft stil, verloren in bewusteloosheid, en laat mij achter om weg te zinken in zorgen en frustratie.

'Declan!' probeer ik een paar minuten later opnieuw, mijn stem nauwelijks meer dan een fluistering. 'Word wakker, verdomme.'

Niets. Niet eens een spiertrekking. Mijn hart bonst in mijn borst en dreigt eruit te barsten als een of andere buitenaardse parasiet. De frustratie en zorgen vreten aan me, waardoor het moeilijk is om me te concentreren. Ik moet hem wakker krijgen voordat...

Zware voetstappen echoën door de gang en worden met de seconde luider. Paniek laait op in mijn borst als ik besef wat er komen gaat.

'Shit,' mompel ik in mezelf en deins weg van de tralies, net als een schaduw om de hoek groter wordt. Een bewaker, ongetwijfeld. Ik druk mezelf tegen de koude muur, in een poging op te gaan in de duisternis als een soort kameleon. Ja, tuurlijk. Alsof dat ooit heeft gewerkt.

'Declan,' sis ik een laatste keer, tegen beter weten in hopend dat hij bijkomt. Maar hij blijft roerloos, waardoor ik ons naderende onheil alleen het hoofd moet bieden.

De voetstappen worden zwaarder, komen dichterbij. Ik veeg mijn zweterige handpalmen af aan mijn broek en haal diep adem om mezelf te kalmeren. Tijd voor een Oscarwaardig optreden.

'Hallo?' roep ik, terwijl ik verwarring veins. 'Is daar iemand? Ik ben echt bang!'

Mijn woorden lijken door de gang te echoën en me te bespotten. Maar de voetstappen pauzeren even en vervolgen dan hun mars naar mij toe. Ik heb in ieder geval hun aandacht getrokken.

'Alsjeblieft,' jammer ik, en doe mijn beste imitatie van een hulpeloos slachtoffer. Mijn huid trekt ervan samen, maar ik weet dat het nodig is. Ik moet dit slim spelen als ik hier levend uit wil komen.

Terwijl de voetstappen eindelijk buiten mijn cel stoppen, zet ik me schrap. Het is showtime.

De bewaker komt eindelijk in beeld, en bij het zien van hem gaan mijn tanden op elkaar. Het is een enorme bruut met een verwrongen grijns die zich over zijn vlezige gezicht verspreidt terwijl hij door de tralies naar me loert.

'Verdwaald, klein meisje?' grinnikt hij duister, zijn ogen dwalen over me heen alsof hij nog nooit een vrouw heeft gezien. Of misschien alsof hij er al heel lang geen meer heeft gezien. Hoe dan ook, het is walgelijk.

'Alsjeblieft,' jammer ik, en probeer niet te kokhalzen terwijl ik dichter naar de tralies leun. 'Kun je me helpen? Ik weet niet waar ik ben of hoe ik hier ben gekomen.'

'Echt?' zegt hij slepend, alsof hij er even over nadenkt. 'Nou, dat is verdomd jammer. Misschien kan ik je van... dienst zijn.'

'Zou je dat doen?' zeg ik zacht, terwijl ik met mijn wimpers klapper en hoop dat het er niet zo belachelijk uitziet als het voelt. 'Ik zou je zo dankbaar zijn.'

'Dankbaar, hè?' De grijns van de bewaker wordt breder en ik onderdruk de drang om hem recht in zijn zelfvoldane gezicht te slaan. In plaats daarvan dwing ik mezelf om terug te glimlachen, alsof ik daadwerkelijk geniet van dit weerzinwekkende spel dat we spelen. Het is genoeg om mijn maag van te laten omdraaien, maar ik houd me sterk. Voor nu.

'Heel,' fluister ik, en leun nog dichter naar de tralies tot mijn adem erop condenseert. 'Ik heb alleen iemand nodig die me de weg naar buiten wijst. En misschien... me beschermt?'

'Klinkt als een goede deal,' zegt de bewaker, zijn vingers trillen van verwachting terwijl ze bij de sleutels aan zijn middel zweven. 'Voor ons allebei.'

'Absoluut,' beaam ik en knik ernstig. Zijn hand zweeft bij het slot en elke spier in mijn lichaam spant zich aan, klaar om toe te slaan. Nog heel even...

'Dank je wel,' mompel ik, mijn stem nauwelijks hoorbaar. 'Je hebt geen idee hoeveel dit voor me betekent.'

'Geloof me, schatje,' zegt hij, zijn ogen op de mijne gericht. 'Ik heb een behoorlijk goed idee.'

En dan, zomaar, is het gezicht van de bewaker slechts centimeters van het mijne, zijn afschuwelijke grijns vult mijn hele gezichtsveld. Ik kan zijn adem op mijn huid voelen – heet en zwaar en stinkend naar muffe sigaretten. Het kost me alles om niet vol afgrijzen terug te deinzen.

'Laten we je hier weghalen, zullen we?' zegt hij, en reikt eindelijk naar de sleutels. En hoewel elk instinct me toeschreeuwt om aan te vallen, dwing ik mezelf om me in te houden. Te wachten op het perfecte moment.

'Alsjeblieft,' zeg ik weer, mijn stem trillend van geveinsde angst. 'Ik wil niet meer alleen zijn.'

'Ik ook niet,' antwoordt hij grijnzend, en ik weet dat het eindelijk tijd is om in actie te komen. Maar nog niet helemaal. Nee, ik moet hem eerst laten denken dat hij heeft gewonnen. Dat hij me precies heeft waar hij me wil hebben.

'Dank je wel,' fluister ik een laatste keer, terwijl ik toekijk hoe de sleutel in het slot glijdt. En terwijl hij begint te draaien, breng ik mijn adem tot rust en bereid me voor op wat komen gaat.

De sleutel draait met een metalen klik en de celdeur kraakt open. Dit is het moment.

'Kom hier, schatje,' zegt de bewaker, en strekt zijn hand naar me uit. Ik plamuur een dankbare glimlach op mijn gezicht en leun tegen zijn aanraking aan – net genoeg om hem te laten denken dat hij me heeft.

'Dank je wel,' zeg ik, mijn stem bevend. 'Je bent zo vriendelijk...'

'Bewaar dat maar voor later,' grijnst hij en trekt me dichterbij. Hij ziet het pas aankomen als het te laat is.

Ik span mijn spieren aan en gebruik elk greintje kracht dat ik heb om mijn knie in zijn kruis te rammen. De lucht ontsnapt met een bevredigende zucht uit zijn longen en zijn ogen worden groot van schok. Dat is beter.

'Sorry, geen interesse,' snauw ik en duw hem terug tegen de tralies. Hij zakt in elkaar op de grond, hijgend als een doorboorde blaasbalg. Ik wed dat hij dat niet verwachtte van een hulpeloze gevangene. Ik bal mijn beide vuisten en sla ze zo hard als ik kan op zijn achterhoofd. Hij is buiten westen voordat zijn gezicht de vloer raakt.

'Waar waren we gebleven?' mompel ik, en grist de sleutels van zijn riem voordat hij kan reageren. Mijn vingers dansen over de koude metalen ringen, op zoek naar degene die me zal bevrijden. Het duurt niet lang – ik ben altijd goed geweest in het openen van sloten, zelfs als ze niet aan handboeien vastzitten.

'Ah, daar ben je,' zeg ik, vind de juiste sleutel en ont-grendel mijn cel. De zware deur zwaait open en onthult de zwak verlichte gang erachter. Vrijheid heeft er nog nooit zo zoet uitgezien.

'Bedankt voor de hulp, maat,' mompel ik tegen de be-waker terwijl ik over zijn uitgestrekte lichaam stap. 'Je was een grote hulp.'

'Declan,' sis ik, terwijl ik de gang oversteek naar zijn cel. Hij hangt in een hoek, bewusteloos en ziet eruit als de hel. Hem zo te zien, stuurt een golf van woede door me heen die mijn vastberadenheid voedt. 'Wakker worden, schone slaapster.'

Ik rommel met de sleutels en vind op puur geluk de juiste. Het slot klikt open en ik zwaai de deur wijd open, en stap naar binnen. Declan's ogen fladderen open terwijl hij kreunt, duidelijk gedesoriënteerd. 'Artemis? Wat... wat is er gebeurd?'

'Lang verhaal kort, slaapgas, we moeten hier weg,' zeg ik bot, grijp zijn arm en hijs hem op zijn voeten. Zijn benen wiebelen en ik kan het niet laten om met mijn ogen te rollen. 'Kom op, Declan, herpak je.'

'Jij hebt makkelijk praten,' mompelt hij, en leunt zwaar tegen me aan. 'Het voelt alsof iemand een piano op mijn hoofd heeft laten vallen.'

'Sst!' snauw ik, terwijl ik nerveus de gang afkijk. We hebben geen tijd voor zijn geklets. 'We moeten gaan. Nu.'

'Oké,' mompelt hij, en richt zich zo goed als hij kan op. 'Laten we gaan.'

Ik slinger Declans arm over mijn schouder en doe mijn uiterste best om de hitte die van hem afstraalt te negeren. Het is een afleiding die ik me nu niet kan veroorloven; we moeten ontsnappen uit dit hellegat.

'Goed,' fluister ik, 'blijf stil en volg mijn leiding.'

'Begrepen,' gromt hij, zijn stem nauwelijks luider dan een fluistering.

We sluipen door de zwak verlichte gangen, onze ademhaling oppervlakkig en gedempt, en letten extra goed op dat we geen geluid maken. De geuren van bloed en zweet vullen mijn neusgaten terwijl we langs gesloten celdeuren sluipen. Ik kan me alleen maar voorstellen welke verschrikkingen zich daarachter bevinden, maar ik heb nu geen tijd om me zorgen te maken over iemand anders. We moeten ons concentreren om hier levend uit te komen.

'Artemis,' fluistert Declan dringend, zijn greep om me heen wordt strakker. 'Beveiligingsdeur verderop.'

'Shit,' mompel ik binnensmonds, mijn hart bonst in mijn borst. 'Laten we hopen dat deze sleutels net zo nuttig zijn als ze eruitzien.'

Als we de imposante metalen deur naderen, zie ik er een kleine kaartlezer naast. Een golf van opluchting overspoelt me als ik me de ID-kaart van de bewaker herinner, die ik ook van zijn riem had gepakt. Ik vis hem uit mijn zak en haal hem door de lezer.

'Alsjeblieft, werk,' bid ik in stilte, terwijl ik kijk hoe het groene licht op de lezer flikkert voordat de beveiligings-deur met een bevredigende klik ontgrendelt. 'Godzijdank voor de kleine dingen.'

'Goed gedaan,' mompelt Declan, en probeert een kreun te onderdrukken terwijl we verder de gang doorlopen. Ik voel dat hij ineenkrimpt van de pijn, maar er is geen tijd om te stoppen en zijn verwondingen te verzorgen. Dat doen we later wel, als we hier uitkomen.

'Blijf scherp, Declan,' waarschuw ik hem, en merk op dat zijn hazelnootkleurige ogen glazig worden. 'Concen-treer je op overeind blijven en ademen.'

'Jij hebt makkelijk praten,' slaagt hij erin een zwak lachje te produceren, het geluid sterft snel weg in zijn keel.

'Hé,' snauw ik, en pauzeer net lang genoeg om hem boos aan te kijken. 'Je wilde met me mee, weet je nog? Je wist waar je aan begon.'

'Prima,' moppert hij, maar ik merk dat hij probeert zich te concentreren en op zijn voeten te blijven. Goed, we hoeven niet ver meer.

Terwijl we verdergaan door de kronkelende gangen, zijn mijn zintuigen op scherp. Elk gekraak van een deur of verre voetstap maakt me gespannen, klaar voor een gevecht. Maar hoe voorbereid ik ook ben op een totale vechtpartij, ik bid dat het niet zover komt. We lopen allebei op ons tandvlees, en het laatste wat we nodig hebben is nog een confrontatie. De uitgang komt met elke stap dichterbij en ik zweer dat ik de vrijheid die buiten op ons wacht bijna kan proeven.

'Bijna daar,' fluister ik, mijn greep op Declan wordt strakker. 'Nog een klein stukje.'

'Klaar voor?' vraag ik Declan als we op de drempel van de vrijheid staan. De zware metalen deur die ons scheidt van de buitenwereld voelt als een barrière tussen ons leven en een zekere dood.

'Zo klaar als ik ooit zal zijn,' antwoordt hij, zijn stem gespannen maar vastberaden.

Met een laatste diepe zucht haal ik de ID-kaart van de bewaker door het beveiligingspaneel, biddend dat het werkt. Tot mijn grote opluchting zwaait de deur open en onthult de donkere, verlaten steeg erachter. Mijn hart bonst in mijn borst terwijl we naar buiten glippen, voorlopig onopgemerkt.

'Goed gedaan, Blackwell,' weet Declan nog te zeggen voordat hij hevig hoest. 'En nu?'

'Vervoer,' mompel ik, terwijl ik het gebied afspeur naar tekenen van leven. Een paar meter verderop zie ik een dienstwagen die door het personeel van de faciliteit wordt gebruikt. Het lijkt ons ticket hier weg te zijn. 'Daar. Vooruit.'

Met een gestolen blik op de faciliteit achter ons, duw ik Declan naar het voertuig. 'Nu alleen nog de sleutels vinden,' zeg ik als we er zijn. Hij leunt tegen de zijkant, nauwelijks in staat om overeind te blijven.

'Of hem doorverbinden,' stelt hij voor met een grijns, terwijl hij een klein stuk gereedschap uit zijn jaszak trekt. 'Vroeger het een en ander over auto's geleerd.'

'Uitslover,' weerleg ik, en houd de wacht terwijl hij aan het contact knutselt. 'Doe er niet te lang over; we hebben niet veel tijd.'

'Zou er niet aan denken,' gromt hij, zijn gezicht vertrokken van concentratie.

Een plotselinge vonk van onder de stuurkolom vertelt me dat hij geslaagd is. De motor brult tot leven en stuurt een rilling over mijn rug. 'Instappen,' beveel ik, en schuif hem naar de passagiersstoel voordat ik zelf achter het stuur glijd.

'Geef plankgas, Blackwell,' zegt hij, en zakt tegen het raam. 'Stop niet voordat we kilometers ver van dit hellegat zijn.'

'Geloof me, ik ben niet van plan te stoppen,' antwoord ik, terwijl mijn voet het gaspedaal inramt. De banden gieren over het wegdek terwijl we wegscheuren van de faciliteit die ons veel te lang gevangen heeft gehouden.

De adrenaline die door mijn aderen giert, houdt me gefocust op de taak die voor me ligt: ontsnappen. Maar in mijn achterhoofd blijft een knagende gedachte hangen – we hebben deze slag dan wel gewonnen, maar de oorlog is nog lang niet voorbij.

HOOFDSTUK DRIEËNTWINTIG

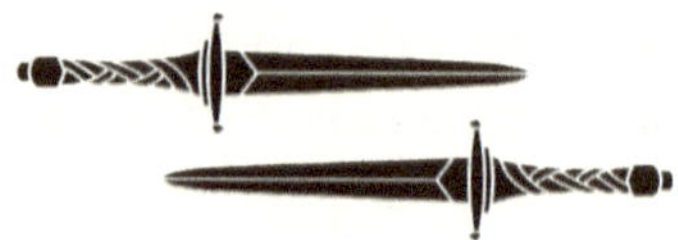

DE IJZIGE WIND GIERT door de open ramen, prikt in mijn ogen en verdooft mijn vingers die stijf om het stuur zijn geklemd. Ik moet mezelf er bewust aan herinneren in te ademen en uit te ademen, terwijl de donkere weg voor me vervaagt door mijn waterige ogen. Ik knipper snel, en kan de hete tranen maar net bedwingen.

'Artemis... je moet vaart minderen,' raspt Declan zwakjes naast me, zijn stem wordt bijna overstemd door de gierende windvlagen. Hij hangt slap tegen het portier van de passagier, zijn oogleden fladderen terwijl hij moeite doet om bij bewustzijn te blijven.

'Nog niet, we zijn nog te dichtbij,' schreeuw ik boven de storm uit, mijn knokkels lijkwit door mijn ijzeren greep op het stuur. We hebben meer afstand nodig, zo veel als menselijk mogelijk is, tussen ons en de smeulende ruïne die we achterlieten.

'Oké,' mompelt Declan, en het is duidelijk dat dat ene woord hem enorme moeite kost. Zijn gezicht is spookachtig bleek, met schaduwen als blauwe plekken rond zijn ingevallen ogen.

Ik werp een snelle blik op zijn vale gelaat, terwijl de zorgen onophoudelijk aan mijn maag knagen. Ik weet dat hij veel pijn heeft, maar nu stoppen zou fataal kunnen zijn als we gevolgd worden.

'Blijf bij me, Declan,' spoor ik hem aan, terwijl ik agressief terugschakel om de zwoegende motor nog meer op zijn kop te geven. 'Je mag het nu nog niet opgeven, begrepen?'

'Nooit... van plan geweest,' fluistert hij schor, met de geringste zweem van zijn ondeugende glimlach die om zijn gebarsten lippen speelt. 'Ik... laat mijn ogen alleen even rusten.'

'Ja hoor, een perfect moment voor een dutje,' kaats ik zwakjes terug, in een poging tot luchtigheid, ook al wijk ik roekeloos uit voor langzamere voertuigen. Alles om hem bij de les te houden. 'Zorg er maar voor dat je dat gevoel voor humor bij je houdt.'

'Ga nooit... de deur uit... zonder,' raspt Declan voordat de pijn hem weer in stilte hult.

Mijn borstkas trekt samen van angst, maar ik onderdruk die ongewenste emotie opnieuw meedogenloos. Ik kan me nu geen angst of kwetsbaarheid veroorloven, niet nu ons hier levend uit redden aan een zijden draadje hangt. In plaats daarvan concentreer ik me uitsluitend op de ritmische puls van de motor en gebruik ik de hypnotiserende trilling ervan om alle andere gedachten uit mijn hoofd te bannen.

'Zodra het veilig is, lap ik je weer helemaal op,' beloof ik hardop, waarbij ik mijn toon verstevig om mijn eigen twijfels te verbergen. 'Maar voor nu, blijf gewoon bij me, Declan. Hou vol.'

'Doe ik altijd...' ademt hij, voordat zijn oogleden eindelijk dichtglijden en zijn hoofd zwakjes opzij zakt.

'Verdomme, waag het niet op te geven!' sis ik, en ik versterk mijn ijzeren greep om het stuur. 'We gaan dit overleven, Declan, hoor je me?'

Maar dit keer beantwoordt alleen de gierende wind mijn wanhopige smeekbede. Binnensmonds vloekend trap ik het gaspedaal in, met maar één doel voor ogen: onze achtervolgers voorblijven. Ik moet ons gewoon lang genoeg in leven houden om te zien wat er hierna komt.

De groezelige sloppenwijken begroeten ons als een dubieuze moeder: gebroken, wanhopig, en stinkend naar verval. Ik vertraag ons gestolen voertuig tot stapvoets rijden, en de vermoeide ophanging kreunt onder het plotselinge gebrek aan vaart. Door een of ander wonder hebben we het zo ver gered zonder actieve achtervolging, maar dat betekent nog niet dat we veilig zijn. Dit vervoermiddel heeft waarschijnlijk een zender; we moeten hem onmiddellijk dumpen. Ik verspil kostbare minuten met het hotwiren van een vervanger, terwijl schuldgevoel in mijn maag draait als Declan naast me door zijn opeengeklemde tanden kreunt. Het pijnlijke proces eist duidelijk zijn tol, maar we hebben geen keus. Zijn ogen ontmoeten de mijne met berusting en vertrouwen terwijl hij moeite doet om mee te werken.

'Nog een klein stukje,' mompel ik geruststellend, terwijl mijn ogen de smalle, vervallen straten afspeuren naar tekenen van gevaar. Ik klem mijn handen zo strak om het stuur dat mijn knokkels wit worden, en de angst rolt zich als een slang op in mijn buik. We zijn zo dicht bij een potentieel heenkomen, als we het maar ongezien kunnen halen.

Declan verschuift met een scherpe ademteug, en nieuw bloed bloeit op het geïmproviseerde verband om zijn te bleke huid. 'En... waar is dat?' mompelt hij zwakjes, met gespannen stem.

'Ergens waar we kunnen onderduiken en hergroeperen,' antwoord ik, en de poging tot humor klinkt zelfs in mijn eigen oren misplaatst. Deze beerput is verre van een ideaal toevluchtsoord, maar het is onze beste optie. 'Niemand zal eraan denken ons hier te zoeken.'

Declan proest een pijnlijke, bittere lach. 'Wat een geluk ... een schilderachtige rondleiding door 's stads beste riool.'

Ondanks mezelf voel ik me een beetje aangevallen door zijn laatdunkende woorden, en voel ik me vreemd genoeg defensief over deze vervallen straten. 'Hé, onderschat dit niet. De sloppenwijken hebben door de jaren heen heel wat verloren zielen verborgen gehouden.' Waaronder ikzelf, ooit, voordat ik een nieuw pad vond.

Declans ogen worden iets zachter in een onuitgesproken verontschuldiging. We hebben dan wel af en toe ruzie, maar hij staat nog steeds voor me klaar als het erop aankomt. Een schrale troost, maar ik grijp nu elke strohalm aan die ik kan vinden.

Puur op instinct navigeer ik door het kronkelende doolhof van de sloppenwijken. Elke vertrouwde kuil en doodlopende straat brengt ons dichter bij het schuiladres waarvan ik bid dat het niet is gecompromitteerd. Eindelijk, weggestopt achter verrot hout en roestend metaal, zie ik de verborgen ingang.

'We zijn er,' adem ik opgelucht, zet de motor af en stap snel uit. Declan heeft moeite om te volgen, zijn gezicht vertrokken van de pijn. Ik steun mezelf onder zijn schouder en leid hem naar het mogelijke heenkomen.

'Probeer niet op je gezicht te vallen, oké?' grap ik zwakjes. De magere poging tot humor slaat dood onder het verpletterende gewicht van mijn diepe uitputting en de constante zorg om hem. Hij vervaagt voor mijn ogen, maar ik kan hem mijn knagende angst niet laten zien.

Declans antwoordende glimlach is meer een pijnlijke grimas. 'Ik... zal mijn best doen,' perst hij er schor uit voordat we samen door de onopvallende deur strompelen.

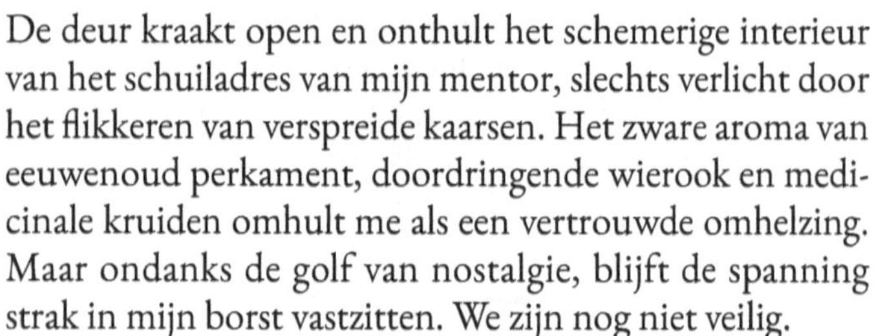

De deur kraakt open en onthult het schemerige interieur van het schuiladres van mijn mentor, slechts verlicht door het flikkeren van verspreide kaarsen. Het zware aroma van eeuwenoud perkament, doordringende wierook en medicinale kruiden omhult me als een vertrouwde omhelzing. Maar ondanks de golf van nostalgie, blijft de spanning strak in mijn borst vastzitten. We zijn nog niet veilig.

'Kijk eens wie er eindelijk komt opdagen,' klinkt er een droge stem vanuit de schaduwen. Dr. Athina Rhodes stapt naar voren en bekijkt me met haar kenmerkende cynische halve grijns. 'Ik begon al te denken dat je de weg vergeten was, jochie.'

'Ook leuk jou te zien, ouwe taart,' kaats ik automatisch terug, terwijl ik een halfbewuste Declan help over de drempel te strompelen. Hij zakt zwaar tegen me aan, zijn moeizame ademhaling luid in de stoffige stilte.

Athina's scherpe blik glijdt naar Declan, en één zilveren wenkbrauw trekt ze onderzoekend op. 'En wie mag dit zijn?'

'Declan Reed,' antwoord ik kortaf, en ik zie hoe haar stalen ogen iets vernauwen bij het herkennen van de naam. Natuurlijk kent ze hem van reputatie. 'Hij werd samen met mij gevangengenomen. We hebben je hulp nodig.'

'Natuurlijk heb je die. Waarom zou je anders on-aangekondigd komen opdagen?' Ze snerpt en wenkt ons met een ongeduldig gebaar van haar knoestige hand verder naar binnen. 'Kom op dan, breng hem hierheen zodat ik hem eens goed kan bekijken.'

Ik slik een scherpe opmerking in, te uitgeput voor scherpe woordwisselingen. Declans dode gewicht tegen mijn schouder herinnert me eraan dat dit niet het moment is voor gevatte replieken. 'Hij is er behoorlijk ernstig aan toe. Hij probeerde me te beschermen...' Mijn stem sterft weg, vol emotie waar ik nu geen tijd voor heb om die uit te pakken.

Athina's uitdrukking wordt even zachter, voordat haar gebruikelijke norse houding terugkeert. 'Goed, goed, laten we dan maar eens naar de patiënt kijken.'

Samen slagen we erin Declan op de gammele houten onderzoekstafel achter in de rommelige kamer te krijgen. Hij glijdt in en uit bewustzijn, zijn hoofd zakt zwakjes opzij. Ik blijf dichtbij hem, en kijk toe hoe Athina hem onderzoekt met snelle, geoefende bewegingen, verfijnd door tientallen jaren leven in de onderwereld. Ze mag dan een koppige oude tang zijn, maar haar vaardigheden zijn onmiskenbaar.

'Ik neem aan dat je me niet wilt vertellen hoe jullie precies in deze puinhoop terecht zijn gekomen?' vraagt ze op een gesprekstoontje, terwijl ze voorzichtig Declans gerafelde, met bloed doordrenkte shirt wegsnijdt om de volle omvang van zijn verwondingen te onthullen. Haar gezichtsuitdrukking blijft onbewogen, maar ik zie haar keel samentrekken als ze de schade opneemt.

Ik vat snel samen hoe ik het eerste ontsnapte hybride wezen vond, hoe we beseften dat we op iets groters waren gestuit en hoe we gevangen werden genomen. Mijn woorden komen er kort en bondig uit, en een withete woede borrelt net onder mijn kalme oppervlak. 'Ze spelen voor god, Athina. Ze experimenteren op paranormale wezens en mensen, en proberen een of ander gestoord supersoldatenleger te creëren.'

Ze knikt, niet verrast door de beschuldiging. Er is niet veel meer dat haar schokt. 'Je hebt er altijd al een handje van gehad je neus te steken in zaken die je niet aangaan, jochie.' Maar er zit geen echte berisping in haar woorden. Alleen vermoeide berusting.

'Dus je helpt ons dan?' vraag ik ongeduldig. We zijn zo dicht bij het beëindigen van deze nachtmerrie. Ik laat Declans opoffering niet voor niets zijn.

'Rustig maar, heethoofd. Ik zal doen wat ik kan om hem op te lappen, maar de rest is aan jou.' Haar ogen ontmoeten de mijne, voor één keer volkomen serieus. 'Als het Bureau je in het vizier heeft, moet je verdwijnen. Duik onder en laat dit overwaaien.'

Ik adem scherp uit. Ik haat het uitstel, maar zie de wijsheid in haar advies. 'Goed. We bedenken wel iets, denk ik.'

Athina grinnikt alleen maar humorloos en richt zich weer op het verzorgen van Declans verwondingen. 'Jij? Voor één keer uit de problemen blijven? Dat zou ik met alle plezier voor veel geld willen zien.'

Hoezeer ik het ook haat om het hardop toe te geven, Athina heeft gelijk. Problemen lijken me overal te volgen. Maar dit keer niet; ik weiger het de overhand te laten krijgen. We zullen rusten, onze krachten herwinnen en dan terugslaan naar het Bureau met alles wat we hebben. Ze wilden Artemis Blackwell als vijand? Ze zullen er snel genoeg achter komen wat een grote fout dat was.

'Oké, jullie twee, dat is genoeg opwinding voor één nacht,' verklaart Athina beslist, eindelijk klaar met het verzorgen van Declans talloze verwondingen. 'Pak wat rust nu het kan. Er is maar één bed, maar ik weet zeker dat jullie er wel uitkomen.'

'Fantastisch,' grom ik binnensmonds, te uitgeput om de moeite te nemen mijn frustratie te verbergen. Het allerlaatste wat ik nu wil, is een krappe ruimte delen met uitgerekend Declan Reed, ook al heeft hij zojuist zijn leven en ledematen voor mij op het spel gezet. Maar we zijn allebei volkomen leeg, fysiek en mentaal. Ruziemaken over slaapplaatsen voelt als een verspilling van kostbare energie die we nodig zullen hebben voor de beproevingen die voor ons liggen. Bovendien zijn het nauwelijks de slechtste omstandigheden die we tijdens mislukte missies hebben moeten doorstaan.

Declan gromt slechts een vage erkenning en strompelt al als een zombie naar het enige bobbelige, versleten matras dat in de hoek is weggestopt. Hij stort er willoos op neer, zonder zelfs de moeite te nemen zijn met modder besmeurde laarzen uit te schoppen. Galanterie is echt dood, zo te zien.

Ik zucht en werp Athina een blik toe die half dankbaarheid, half ergernis is, voordat ik mijn eigen loden voeten naar de weinige ruimte sleep die naast Declans uitgestrekte lichaam overblijft. Klagen over de krappe, minder dan ideale omstandigheden heeft geen zin; we hebben allebei dringend rust nodig, ook al moet die gedeeld worden.

Op het moment dat ik op het krakende matras ga liggen, barst mijn hele lichaam in protest uit; elke spiervezel doet hevig pijn. Maar het is niets vergeleken met de diepe uitputting die tot in mijn botten sijpelt en me dreigt mee te sleuren. Ik kijk opzij en zie dat Declan al half slaapt, zijn ademhaling langzaam en gestaag ondanks de pijn die hij ongetwijfeld moet voelen. Typisch.

'Hé,' fluister ik, terwijl ik hem ongeduldig een duwtje geef. 'Schuif eens op, wil je?'

'Wha...?' mompelt hij wazig, en hij verschuift net genoeg zodat ik me op het uiterste randje van het matras kan wringen. Onze armen drukken tegen elkaar in de beperkte ruimte en sturen een onverwachte tinteling door mijn ruggengraat, die ik snel afschrijf als vermoeidheid die mijn zintuigen vertroebelt.

'Welterusten,' mompel ik nors, terwijl ik de dunne, krassende, gedeelde deken over ons beiden heen trek. Hoe sneller ik het bewustzijn kan verliezen, hoe beter.

'Truste,' echoot Declan vaag, zijn stem onduidelijk van uitputting.

Ondanks mezelf merk ik al snel dat mijn hoofd naar de warmte van zijn borst trekt terwijl ik woel en draai, op zoek naar een enigszins comfortabele houding op dit bobbelige excuus voor een bed. Het is niet alsof er veel persoonlijke ruimte is om de fatsoensnormen te handhaven. En zijn gestage hartslag is toegegeven rustgevend... puur praktisch gezien, natuurlijk. Niets meer.

'Artemis...' Declans gefluisterde stem schrikt me op uit mijn halfslaap. 'Het spijt me... voor alles...'

'Bespaar het je, Reed,' snauw ik, en woede overstemt tijdelijk mijn diepe vermoeidheid. 'We lossen deze puinhoop morgen wel op.'

'Juist...' murmelt hij en valt gelukkig weer stil.

Hoe graag ik ook aan mijn woede wil vasthouden en op mijn hoede wil blijven, de lokroep van de slaap is nu te sterk. Het ritmische geluid van Declans ademhaling en de warmte die hij uitstraalt zijn vreemd geruststellend. Tegen beter weten in laat ik mijn zware oogleden dichtglijden. En voor het eerst in te lange tijd, ondanks het gevaar waarin we verkeren, haat ik het kwetsbare gevoel van iemand naast me te hebben als ik slaap niet volledig.

HOOFDSTUK VIERENTWINTIG

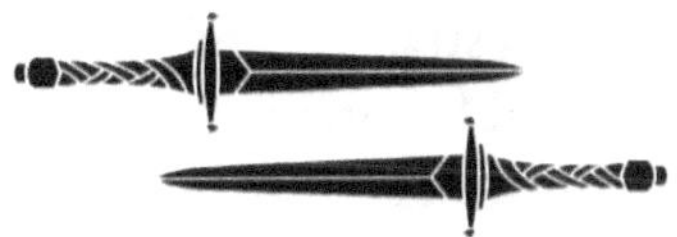

DE OCHTENDZON PIEPT DOOR de versleten gordijnen en rukt me uit mijn onrustige slaap. Ik knipper tegen het felle licht, gedesoriënteerd. De rijke geur van versgezette koffie vult mijn neusgaten terwijl ik mezelf overeind duw, waarbij het klonterige matras uit protest kreunt. Turend door het schemerige licht zie ik Athina's slanke silhouet tegen het raam, haar aureool van wit haar dat het zonlicht vangt.

'Denk je niet dat je te veel vertrouwen hebt gesteld in de Obsidiaan Cirkel, Artemis?' vraagt ze zonder omhaal, haar schrandere bruine ogen die zich bezorgd vernauwen. Ik onderdruk de neiging om geërgerd met mijn ogen te rollen; haar bemoeizuchtige aanwezigheid kan soms verstikkend zijn.

'We hebben alle bondgenoten nodig die we kunnen krijgen als we Diana willen vinden en het Bureau voorgoed willen sluiten', breng ik ertegenin, terwijl ik met tegenzin uit de relatieve warmte van het bed glijd. De ochtendlucht bezorgt me kippenvel. 'Zelfs als dat betekent dat we de krachten moeten bundelen met een groep afvalligen.'

Athina snuift, niet overtuigd. 'Afvalligen die, zou ik willen toevoegen, altijd aan de verkeerde kant van de wet hebben geopereerd.'

'O, en ik neem aan dat jij een beter idee hebt waar we haar moeten gaan zoeken?' snauw ik terug, terwijl ik mijn schouders voel verstrakken. De laatste restjes slaap kleven nog aan mijn geest, waardoor ik een kort lontje heb.

Zwaar zuchtend draait Athina zich volledig naar me toe, haar uitdrukking straalt op subtiele wijze een gelijke mate van frustratie en bezorgdheid uit. Haar ogen doorzoeken mijn gezicht alsof ze antwoorden probeert te ontdekken die onder mijn getergde frons schuilen. Na een lang moment schudt ze gelaten haar hoofd. 'We zullen haar vinden, Artemis. Maar je moet voorzichtig zijn met wie je vertrouwt. Geduld en voorzichtigheid zijn nu essentieel.'

Ik bal mijn vuisten, mijn nagels drukken pijnlijk in mijn handpalmen. 'Geduldig? Diana heeft misschien niet veel tijd meer als haar vader besluit dat haar nut voorbij is.' Mijn stem druipt van de bitterheid bij de gedachte. Ik begrijp haar motieven voor het verraad: haar eigen vader gebruikte haar DNA tegen haar wil en kruiste het met paranormale wezens om monsterlijke hybride slaven te creëren. Onvergeeflijk.

Athina komt dichterbij en legt een verweerde hand troostend op mijn schouder. 'Blindelings het gevaar in rennen zal Diana of wie dan ook niet helpen. Dat weet je.'

Ik haal geïrriteerd mijn schouders op onder haar hand. 'Wat dan wel? Ik kan hier toch niet zomaar stilzitten!' Mijn stem breekt een beetje, wanhoop die door mijn façade heen sijpelt. Het litteken op mijn wang tintelt en herinnert me aan eerdere beproevingen. Maar niets daarvan is te vergelijken met de vastberadenheid die nu in me brandt om Diana te vinden en te redden. Ik zal haar niet in de steek laten, wat er ook gebeurt.

Athina's uitdrukking wordt zachter, ze ziet dwars door de beroering van emoties heen die ik zo goed mogelijk probeer te onderdrukken. 'Geduld, Artemis. We vinden een manier, dat beloof ik je. Zonder onnodige risico's.'

Ik weet dat ze gelijk heeft, maar dat maakt dit gedwongen stilzitten niet makkelijker te verteren. Ik heb alles op het spel gezet om Declan veilig vrij te krijgen, hoe kan ik dan minder doen voor Diana? Voor nu wachten we en maken we plannen. Maar binnenkort, op de een of andere manier, zal ik haar vinden. Ik laat niemand achter.

Nooit.

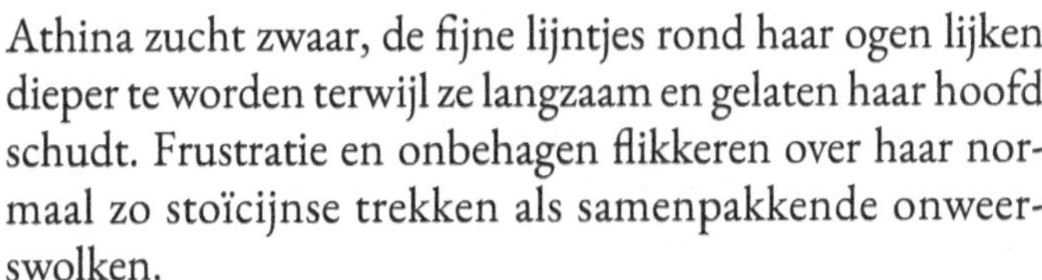

Athina zucht zwaar, de fijne lijntjes rond haar ogen lijken dieper te worden terwijl ze langzaam en gelaten haar hoofd schudt. Frustratie en onbehagen flikkeren over haar normaal zo stoïcijnse trekken als samenpakkende onweerswolken.

'Ik ben bang dat ik geen gemakkelijke antwoorden voor je heb, Artemis', zegt ze eindelijk, haar stem zacht van spijt.

'Briljant. Dus we zijn weer helemaal terug bij af zonder enig spoor. Perfect.' Ik doe geen enkele poging om het bijtende sarcasme te verbergen dat van elk woord druipt, te gespannen voor enig excuus.

Athina's blik wordt scherper, en ze haalt langzaam en bedachtzaam adem voordat ze antwoordt. 'Er is misschien één persoon die ons zou kunnen helpen, mogelijk.'

Ik trek een vragende wenkbrauw op, nieuwsgierigheid die mijn sudderende ongeduld tijdelijk overstemt. 'O? En wie mag dat dan wel zijn?'

'Een afvallige wetenschapper, voorheen van het Bureau. Ik hoor al jaren geruchten dat hij zijn onderzoek buiten de radar voortzet, zich in het geheim verdiepend in het paranormale en bovennatuurlijke.'

Ik snuif minachtend, ik kan het niet helpen. 'Geruchten en schimmen? Dat is jouw grootse plan, een gekke wetenschapper vertrouwen op basis van ongegronde roddels?'

'Nood breekt wet, kind.' Athina's toon wordt krachtiger en duldt geen tegenspraak. 'We hebben elke mogelijke bondgenoot nodig in deze strijd, hoe onconventioneel ook. Deze man bezit mogelijk waardevolle inzichten.'

Ik blijf door de krappe kamer ijsberen als een opgesloten tijger, mijn nerveuze energie zoekt naar een uitlaatklep. 'Of hij is net zo gevaarlijk en onethisch als zijn voormalige collega's van het Bureau', kaats ik terug. De risico's lijken onverantwoord op basis van zo weinig concrete informatie.

Athina knikt lichtjes ter bevestiging. 'Misschien wel. Maar zoals de zaken er nu voorstaan, is hij ons enige potentiële spoor.' Haar doordringende blik blijft onwrikbaar op de mijne gericht. 'Het is een kleine kans, maar een die het waard is om te nemen, geloof ik.'

Ik adem zwaar uit en geef het punt tijdelijk toe. 'Goed. Maar als dit weer een dood spoor blijkt te zijn, houd ik jou verantwoordelijk.' Zelfs terwijl ik het zeg, weet ik dat mijn loze dreigement geen enkel gewicht bij haar in de schaal legt.

'Dat is eerlijk', stemt ze meteen in. 'Laten we deze wetenschapper nu snel vinden en de antwoorden krijgen die we nodig hebben om Diana te redden voordat haar tijd om is.' Haar ogen flitsen met hernieuwde overtuiging.

'Juist', beaam ik, terwijl ik mijn vuisten strak bal in afwachting. Onbehagen en argwaan blijven bitter op mijn tong hangen, maar ik zal gewillig elke riskante alliantie aangaan die nodig is om Diana te redden. Na alles wat ze heeft doorstaan, zal ik haar nu niet teleurstellen. Wat het ook kost.

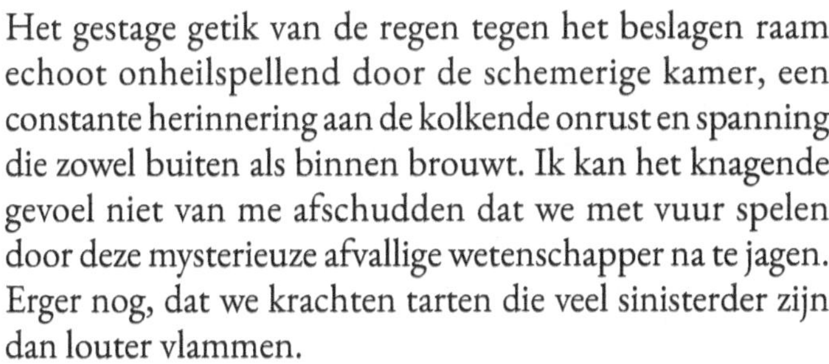

Het gestage getik van de regen tegen het beslagen raam echoot onheilspellend door de schemerige kamer, een constante herinnering aan de kolkende onrust en spanning die zowel buiten als binnen brouwt. Ik kan het knagende gevoel niet van me afschudden dat we met vuur spelen door deze mysterieuze afvallige wetenschapper na te jagen. Erger nog, dat we krachten tarten die veel sinisterder zijn dan louter vlammen.

'Oké', zegt Athina zachtjes en doorbreekt de gespannen stilte die over ons is neergedaald. 'Als deze man echt essentiële informatie heeft om Diana te redden, hebben we een solide plan nodig om toegang te krijgen tot zijn lab.'

Ik schamper, niet in staat om mijn sarcastische tong in toom te houden. 'Zeker, geen probleem. Inbreken in het geheime hol van een potentieel onstabiele en gevaarlijke gek klinkt gewoon als een typische maandag.'

'Artemis.' Athina werpt me een veelbetekenende blik toe, haar stem wordt scherper in waarschuwing, ook al blijven er sporen van bezorgdheid hangen. 'We hebben nu geen tijd voor lichtzinnigheid. Er staan levens op het spel.'

Gekastijd haal ik mijn schouders op en kruis mijn armen defensief. 'Goed, sorry. Wat is dan dit briljante actieplan?'

Athina aarzelt en lijkt haar volgende woorden zorgvuldig te kiezen. 'Ik geloof dat jouw... unieke charmes het meest effectief kunnen zijn om veilige toegang te verkrijgen.'

Een lang moment staar ik haar alleen maar aan, zeker dat ik het verkeerd gehoord moet hebben. 'Wat zeg je me nou? Je wilt serieus dat ik een of andere afvallige gekke wetenschapper verleid? Dát is je meesterplan?'

'In wanhopige tijden zijn creatieve oplossingen nodig, kind', herinnert Athina me er streng aan, hoewel er geen gebrek aan empathie in haar ogen is. 'Het zou veel minder gevaarlijk kunnen zijn dan een poging om met geweld binnen te komen.'

Ik haal geagiteerd een hand door mijn haar, mijn hartslag versnelt. 'O ja, flirten met een waarschijnlijk gestoorde en onvoorspelbare psychopaat klinkt echt zóveel veiliger.'

'Als hij gelooft dat je oprecht geïnteresseerd bent, laat hij misschien zijn verdediging genoeg zakken om je binnen te krijgen zonder directe confrontatie.' Athina's stem blijft tergend redelijk terwijl ze mijn boze blik gestaag beantwoordt. 'Eenmaal in zijn lab kun je ontdekken wat we nodig hebben om verder te gaan.'

Ik knars met mijn tanden en worstel innerlijk tegen haar logica, terwijl mijn instincten schreeuwen in protest. Berekende vrouwelijke allure gebruiken is één ding, maar intiem worden met iemand die echt verdorven is? Gal brandt achterin mijn keel bij de gedachte.

Maar het leven van Diana hangt aan een zijden draadje. We hebben geen opties meer en de tijd dringt.

'Goed', pers ik er eindelijk uit, het bittere woord kleeft als as aan mijn tong. 'Ik zal doen wat nodig is.'

Een diepe opluchting spoelt over Athina's getekende gelaat. 'Dank je, Artemis. Ik weet dat je dit aankunt.'

Ik forceer een grijns die ik niet voel. 'Natuurlijk kan ik dat. Ik hoop alleen dat je gokje uiteindelijk loont.'

Terwijl ik me omdraai om de kamer te verlaten, drukt een voorgevoel met een verstikkend gewicht op me. Maar ik recht mijn rug en hef mijn kin, en stap met stalen vastberadenheid de storm in. Geen prijs is te hoog om Diana nu te redden, zelfs als dat betekent dat ik met de duivel zelf moet dansen.

Ik marcheer de woonkamer in, een donderwolk van woede en vastberadenheid die zich in me samenpakt. Declan hangt op de versleten bank en bladert door een oud boek. Hij kijkt op als ik dichterbij kom, zijn hazelnootkleurige ogen vernauwen zich.

'Nou?' vraagt hij. 'Wat is het nieuws van Athina?'

'Blijkbaar is er ergens een afvallige voormalige wetenschapper van het Bureau met een geheim lab', spuug ik kortaf, mijn stem druipend van het venijn. 'Bevat mogelijk informatie over Diana of de Obsidiaan Cirkel.'

Declan legt het boek opzij, zijn interesse is gewekt. 'Dat klinkt veelbelovend. Wat is ons plan dan? Een geheime missie om te infiltreren?'

Ik wend mijn blik af, mijn kaken op elkaar geklemd. 'Zoiets. Athina gelooft dat de beste manier om binnen te komen is als ik... het vertrouwen van de wetenschapper intiem win.' Ik stik bijna in het eufemisme.

'Wat zeg je me nou?' Declans stem schiet een octaaf omhoog van ongeloof. 'Haar meesterplan is om jou de hoer te laten spelen voor een of andere onstabiele gek?'

'Hé, doe niet zo geschokt', snauw ik terug, met mijn nekharen overeind. 'Ik kan prima mijn eigen boontjes doppen.'

Declan haalt een hand door zijn eeuwig warrige haar, de frustratie is duidelijk. 'Dit is geen tweederangs boef, Artemis. Wie weet waartoe een afvallige voormalige wetenschapper van het Bureau in staat is? Het is te gevaarlijk.'

Ik kruis mijn armen uitdagend. 'Ik improviseer wel als het moet. We hebben die informatie nodig, en dit is onze beste kans om Diana te redden.' Mijn handen ballen zich onwillekeurig bij de gedachte aan haar. 'Ik neem het risico.'

Declans kaak maalt, de tweestrijd staat op zijn gezicht geschreven. Zijn beschermende instincten vechten met zijn pragmatisme. Na een diepe zucht geeft hij met tegenzin toe. 'Goed, maar je gaat niet zonder back-up. Ik blijf in de buurt voor als het misgaat.'

Ik snuif minachtend en rol met mijn ogen. 'Perfect, niets verbetert een verleiding zozeer als een overbezorgde chaperon die in de schaduw loert.'

'Beter dan deze psychopaat alleen onder ogen komen.' Er zit nu echte hitte in Declans stem, zijn woede laait op.

'Wat jij wilt', snauw ik afwijzend, en ik draai me op mijn hielen om weg te lopen. 'Ik heb verdomme geen oppas nodig.'

Ik voel zijn smeulende blik in mijn rug boren terwijl ik wegloop, maar ik weiger het te erkennen. Ik heb een taak te volbrengen, en niemand, zelfs Declan niet, zal me hinderen. Als met mijn wimpers wapperen voor een of andere verdorven gek helpt om Diana te redden, dan zij het zo. Een kleine prijs om te betalen in het grote geheel.

Terwijl ik me voorbereid op de ontmoeting met de afvallige wetenschapper, kolken zenuwen en onzekerheid in me, hoe hard ik ook probeer ze te onderdrukken. Verleiden gaat me gemakkelijk genoeg af, maar als deze man echt onstabiel blijkt te zijn... kunnen de dingen heel erg misgaan.

Declans beschermingsdrang, hoe irritant ook, komt voort uit zorg. Misschien is het toch niet zo'n slecht idee om hem in de buurt te hebben... Maar ik verban die gedachte snel. Ik hoef niet betutteld te worden. Ik kan dit aan, net als alles wat het leven me tot nu toe voor de voeten heeft geworpen.

Met opgeheven hoofd loop ik naar buiten om de weerzinwekkende maar noodzakelijke missie te volbrengen. Geen twijfels, geen angst. Falen is geen optie, niet nu Diana's lot aan een zijden draadje hangt.

'Ik kan niet geloven dat ik daadwerkelijk heb ingestemd met dit absurde plan', mompel ik binnensmonds terwijl Athina enthousiast door haar eclectische garderobe rommelt. Gelukkig hebben we ongeveer dezelfde maat en kunnen we kleding delen, hoewel haar smaak drastisch meer neigt naar flamboyant dan mijn voorkeur voor een donkere, gewaagde stijl.

'O, wees stil, je zult volkomen onweerstaanbaar zijn als ik klaar met je ben!' Ze houdt een schandalig kort zwart minirokje omhoog en een doorschijnende, glinsterende croptop bedekt met zilveren glitter. 'Trek dit nu aan terwijl ik de rest van de spullen pak.'

Ik rol met mijn ogen maar neem de aangeboden kledingstukken aan. Ik glijd de krappe badkamer in en trek met tegenzin de kleren aan, samen met de dijhoge laarzen van imitatieleer waarvan ze had geëist dat ik ze eerder zou kopen. Ik vermande mezelf en bekijk het volledige effect in de spiegel: het ensemble laat mijn rondingen op alle juiste, provocerende manieren uitkomen. Ik weet het zeker als ik naar buiten kom en Declans kaak zie aanspannen terwijl hij opzichtig vermijdt mijn blik te kruisen.

Athina klapt opgewonden in haar handen, blijkbaar onbewust van Declans ongemak. 'O ja, die wetenschapper zal niet weten wat hem overkomt!'

Voordat ik kan reageren, zet ze me neer en begint mijn haar te doen. Ze speldt mijn kenmerkende zilverwitte lokken op en zet er een lange, vurig-rode pruik bovenop.

Ik zucht, ik voel me al belachelijk. 'Is dit allemaal echt nodig?'

'Absoluut! Je moet volkomen onherkenbaar zijn om dit te laten werken.' Athina blijft bezig en lijmt nu zorgvuldig valse wimpers op mijn oogleden. 'En nu de afwerkende details...'

Ze doet hemelsblauwe kleurlenzen in, die mijn gebruikelijke levendig groene ogen volledig transformeren. Ze doet een stap achteruit, overziet haar handwerk en grijnst goedkeurend. 'Perfectie. Hij zal geen idee hebben wie je echt bent.'

Ik bestudeer mezelf kritisch in de spiegel en moet toegeven dat ze gelijk heeft. Tussen de pruik, de contactlenzen en de gewaagde, uitgaansklare outfit zie ik er totaal niet uit als mijn normale, in leer geklede, stoere zelf. Het is verbazingwekkend wat een paar cosmetische aanpassingen kunnen doen.

Athina spuit me royaal in met een mierzoete bloemenparfum en trekt haar neus op. 'Hier, doe dit ook aan voor de wandeling erheen.' Ze geeft me een strakke zwarte trenchcoat. 'Trek hem dan uit zodra je zijn volledige aandacht hebt.' Een ondeugende knipoog onderstreept de suggestie.

Ik trek de jas aan en neem dan een overdreven provocerende pose aan. 'Nou? Ga ik door voor een verleidster die goed genoeg is om jouw gekke wetenschapper te versieren?'

Athina lacht alleen maar hard. 'O, die arme dwaas zal niet weten wat hem overkomt! Je bent nu een ware femme fatale.'

Ik sta mezelf een strakke grijns toe. Tijd om de voorstelling van mijn leven te geven en de informatie te krijgen die we zo hard nodig hebben. Deze nietsvermoedende wetenschapper heeft geen idee wie hij op het punt staat vrijwillig uit te nodigen in zijn geheime heiligdom. Maar hij zal er snel achter komen wat er precies gebeurt als je het aan de stok krijgt met Artemis Blackwell.

HOOFDSTUK VIJFENTWINTIG

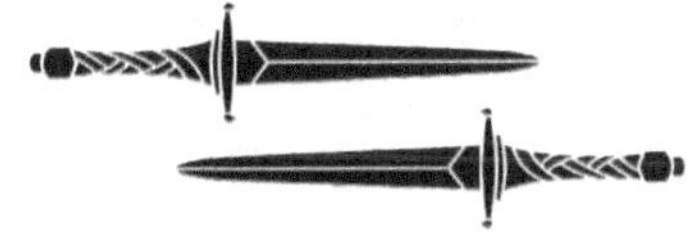

DE ZWARE MAAN HANGT onheilspellend aan de inktzwarte hemel terwijl ik stil uit onze geïmproviseerde schuilplaats glip, voorzichtig om Declan niet wakker te maken. Hij ligt languit op de smerige vloer, zachtjes snurkend, en zich er zalig onbewust van dat ik op het punt sta zijn koppige wensen opnieuw te negeren. Ik moet een ongepaste lach onderdrukken bij de gedachte – alsof Declan me onmogelijk elk moment van de dag en de nacht in de gaten zou kunnen houden. Zijn overbezorgde pogingen zijn bijna aandoenlijk futiel.

Ik baan me een weg door de kronkelende, schimmige straten naar de louche bar in de binnenstad waar ik met ons doelwit, de malafide wetenschapper dr. Malcolm Kastler, heb afgesproken. Volgens de informatie van Athina bezoekt hij dit bijzonder groezelige etablissement op bepaalde avonden van de week. De perfecte plek voor een toevallige ontmoeting.

Zodra ik de schemerige, rokerige bar binnenkom, zie ik dr. Kastler ondanks de schaarse verlichting meteen. Hij is begin dertig, met wild, onverzorgd zwart haar dat zijn ongewone, lichtpaarse ogen gedeeltelijk verbergt, die griezelig lijken op te lichten in de omringende duisternis. Hij zit voorovergebogen over de vieze bar, verwoed krabbelend op een verfrommeld servetje, volledig verdiept in zijn eigen cerebrale wereld.

Ik haal diep adem om mezelf moed in te spreken en schuifel naar hem toe, glijdend op de barkruk naast hem. 'Koop je een drankje voor een dame?', vraag ik op mijn meest zwoele, flirterige toon.

Hij kijkt op, geschrokken, en verstijft als hij me ziet. Ik geef hem een bedeesde glimlach en laat mijn blik waarderend over hem glijden voordat ik mijn gelakte vingers lichtjes langs zijn arm laat gaan.

'Ik, eh... um...', stamelt hij, en hij staart me aan als een vis op het droge. Dr. Kastler mag dan een vermeend genie zijn, maar het is overduidelijk dat hij weinig ervaring heeft in de omgang met vrouwen. Toch kan ik zijn overduidelijk verwarde onervarenheid hier zeker in mijn voordeel gebruiken.

Ik buig dichter naar hem toe en laat mijn stem zakken tot een hees gespin. 'Het was zo'n lange, stressvolle dag, en ik zou wel wat... gezelschap kunnen gebruiken.'

Zijn adamsappel deint op en neer als hij zwaar slikt, zijn pupillen verwijden zich wild onder die ongewone paarse blik. Maar verlangen vervangt al snel de schok in zijn uitdrukking. Hij wenkt haastig de barman.

'Alles voor een prachtige vrouw', slaagt dr. Kastler erin te zeggen met een nerveuze halve glimlach. Ik moet de neiging onderdrukken om met mijn ogen te rollen bij die clichézin. Deze arme, verslagen dwaas heeft werkelijk geen idee wie hij in zijn verwrongen web uitnodigt. Dit wordt nog gemakkelijker dan ik had verwacht.

Ik wapper met mijn valse wimpers en werp hem een verlegen glimlach toe. 'Ik ben Annabelle. En jij bent...?'

'Malcolm', antwoordt hij haastig. 'Noem me maar Mal.' Zijn pupillen worden nog groter als ik subtiel mijn benen van positie verander, waardoor mijn korte rokje omhoogschuift en meer van mijn dijbeen ontbloot. Hij is volkomen gebiologeerd. Haak, lijn en zinklood.

Ik laat dr. Kastler een drankje voor me kopen terwijl ik ons gesprek subtiel in de richting van zijn wetenschappelijke werk stuur, waarbij ik strategische vleierij en slepende aanrakingen op zijn arm gebruik om zijn remmingen te verlagen. Hij lijkt graag indruk op me te willen maken en begint al snel vaag op te scheppen over zijn ultrageheime experimenten, hoewel hij vaag blijft over de precieze aard en het doel ervan.

'Mijn nieuwste formule gaat alles revolutioneren', zegt hij samenzweerderig, terwijl hij naar voren leunt met een opgewonden glinstering in zijn ongewone paarse ogen. 'De mogelijke toepassingen zijn eindeloos!'

Ik maak mijn ogen groot en hap lichtjes naar adem in geveinsde verbazing. 'Dat klinkt ongelooflijk! En het Bureau weigerde uw genie te steunen?'

Hij schudt zijn hoofd, een flits van bitterheid vertroebelt kort zijn gelaatstrekken. 'Ik was het die het uiteindelijk niet eens was met hun methoden. Ik kon de richting die ze opgingen niet verdragen. Maar het maakt niet uit – sindsdien heb ik mijn eigen privé-lab gebouwd, recht onder hun nietsvermoedende neus!'

'Wat stoutmoedig van je', spin ik, terwijl ik mijn scherpe nagels langs zijn nek laat glijden en een bevredigende rilling uitlok. 'Ik hou wel van een rebel die niet bang is om de regels te breken.'

'Nou, ik, eh...', stamelt dr. Kastler opnieuw, nu hevig blozend onder mijn attenties.

Ik voel een opening en zet de genadeklap in. 'Misschien kun je me eens een privérondleiding geven door dat geheime lab van je?', stel ik onschuldig voor. 'Ik zou het geweldig vinden om al het spannende werk dat je doet te zien.'

Zijn ogen lichten op bij het vooruitzicht. 'Echt? Ben je daadwerkelijk geïnteresseerd in mijn onderzoek?'

'Absoluut.' Ik zet mijn meest overtuigende hertenogenblik op. 'Een briljante man zoals jij is zo zeldzaam. Ik zou de hele nacht kunnen luisteren naar je verhalen over je werk...'

Gesterkt door vloeibare moed en mijn schaamteloze vleierij, slokt dr. Kastler de rest van zijn drankje snel op en staat op, terwijl hij een hand uitsteekt om me van de barkruk te helpen. 'Nou, waar wachten we dan nog op? Laat me je de vip-tour geven, mijn liefste.'

Ik neem zijn aangeboden hand aan met een verlegen glimlach en verberg mijn triomf. Haak, lijn en zinklood. Deze onwetende wetenschapper heeft geen idee dat hij me gretig rechtstreeks naar het hart van de vijandelijke operatie leidt. Eén stap dichter bij het blootleggen van de verrotte interne werking van het Bureau.

Terwijl we hand in hand de bar verlaten, onderdruk ik een opwelling van onbehagen over hoe moeiteloos ik hem heb bedrogen. Ik herinner mezelf eraan dat het doel de middelen heiligt – er staan levens op het spel. Wat er ook nodig is om de verwrongen experimenten van het Bureau te ontrafelen, ik zal niet aarzelen.

Niet nu het lot van Diana op het spel staat.

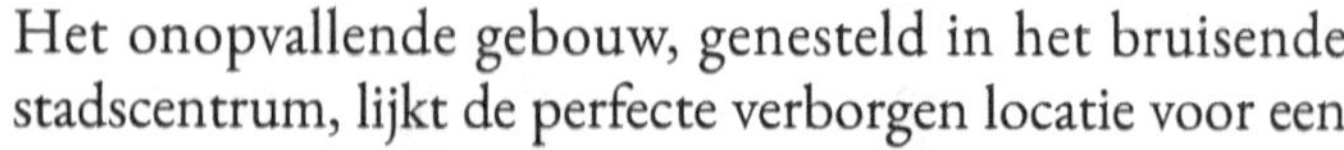

Het onopvallende gebouw, genesteld in het bruisende stadscentrum, lijkt de perfecte verborgen locatie voor een

geheim lab – volledig anoniem, maar voor iedereen zichtbaar.

Terwijl we de ongemarkeerde deur naderen, laat ik
mijn hand opzettelijk tegen die van Malcolm strijken, wat
een bevredigende rilling bij hem teweegbrengt. 'Weet je,'
mompel ik, samenzweerderig dichtbij leunend. 'Ik heb
wetenschap altijd al zo fascinerend gevonden. Wat voor
soort experimenten voer je uit in dit geheime hol van je?'

'Ik ben bang dat dat geheim is, mijn liefste', antwoordt hij. Ik hoor het verlangen zijn stem al dikker mak-
en. 'Maar misschien... heel misschien... kan ik je later een
privé-demonstratie geven.'

'Beloofd?', plaag ik luchtig, wapperend met mijn valse
wimpers.

'Erewoord', belooft Malcolm, terwijl hij met ietwat on-
vaste handen de deur ontgrendelt en me naar binnen leidt.

Het lab is van binnen veel groter en uitgebreider dan ik
had verwacht – een heel uitgestrekt complex dat zich ver-
takt vanuit de onopvallende ingang. Maar de faciliteit lijkt
griezelig donker en verlaten op dit late uur, bijna verlaten.
Of de rest van het personeel is al naar huis, of deze gek is
de enige bewoner die vrij spel heeft in dit enorme complex.
Geen van beide gedachten is bijzonder geruststellend.

Malcolm leidt me aan de hand door een schemerige,
kronkelende gang, waarbij hij zijn handen al vrij laat ronddwalen in wat hij waarschijnlijk als verleiding beschouwt.
Ik moet de bijna overweldigende drang onderdrukken om
met mijn ogen te rollen van walging. Hij lijkt te denken dat
we per ongeluk op de set van een goedkope pornofilm zijn
beland. Het zij zo – ik kan mijn afkeer verbijten en het spel
meespelen als het me de toegang verschaft die ik nodig heb.

Wanneer we eindelijk bereiken wat duidelijk zijn persoonlijke laboratoriumruimte is, is de grote kamer donker,
koud en gevuld met vreemde machines en apparatuur die
onheilspellende, vervormde schaduwen op de muren wer-

pen. Het is precies de sfeer die ik zou verwachten bij de clandestiene experimenten van een malafide voormalige Bureau-wetenschapper. De hele ruimte bezorgt me een onwillekeurige rilling over mijn rug die niets te maken heeft met passie of opwinding. Het voelt eerder als de openingsscène van een horrorfilm, en een die waarschijnlijk slecht afloopt voor de nietsvermoedende heldin.

'Wat ontzettend interessant', slaag ik erin te spinnen met geveinsde bewondering, alsof ik onder de indruk ben van de verontrustende omgeving. In werkelijkheid racen mijn gedachten op lichtsnelheid, op zoek naar enige aanwijzing of spoor dat me naar Diana's locatie kan leiden. En als ik die vind, zal ik Declan er zeker van op de hoogte stellen wie deze zaak heeft opgelost. Wie de ware heldin van dit verhaal is.

Maar voor nu dwing ik mezelf om Malcolms wellustige blik te beantwoorden en verleidelijk te glimlachen. 'Waarom laat je me niet een paar van je favoriete projecten zien, dokter?'

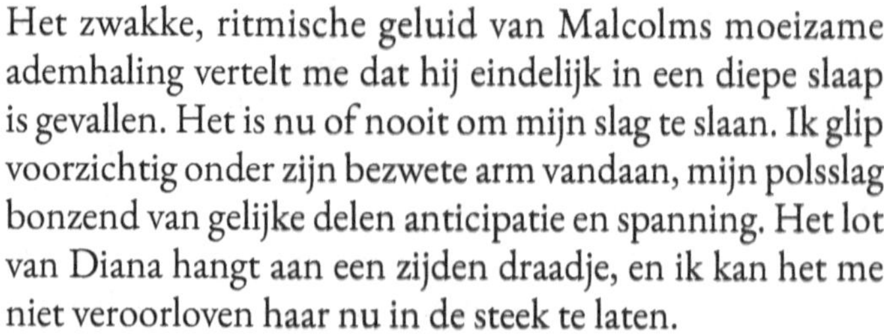

Het zwakke, ritmische geluid van Malcolms moeizame ademhaling vertelt me dat hij eindelijk in een diepe slaap is gevallen. Het is nu of nooit om mijn slag te slaan. Ik glip voorzichtig onder zijn bezwete arm vandaan, mijn polsslag bonzend van gelijke delen anticipatie en spanning. Het lot van Diana hangt aan een zijden draadje, en ik kan het me niet veroorloven haar nu in de steek te laten.

Ik trek haastig mijn kleren weer aan en doorkruis zwijgend de schimmige kamer, een vrouw met een missie. De enige verlichting komt van de griezelige gloed van een computerwerkstation aan de andere kant van de muur, waarvan de monitoren een buitenaards blauwachtig licht in de duisternis werpen. Mijn hart bonst onophoudelijk in mijn borst terwijl ik ga zitten en snel door bestanden begin te sorteren, op zoek naar enig spoor van Diana's verblijfplaats.

'Waar ben je, Diana?', mompel ik met opeengeklemde tanden, mijn vingers vliegen met gefocuste vastberadenheid over het toetsenbord. Bestand na bestand flitst over het scherm – formules, onderzoeksgegevens, experimentlogboeken – maar niets springt eruit. Eindelijk, verborgen in een wirwar van versleutelde mappen, zie ik het – een bestand met de simpele titel "Project Diana". Dit moet de sleutel zijn die ik zocht.

'Hebbes', adem ik uit, mijn polsslag versnelt terwijl ik het mysterieuze bestand snel naar mijn usb-stick kopieer. Ik kijk voortdurend over mijn schouder om er zeker van te zijn dat Malcolm bewusteloos blijft op zijn verkreukelde veldbed, slechts een paar meter verderop. Mijn hart bonkt alsof het uit mijn borstkas wil barsten van opwinding en angst.

Net als ik er zeker van ben dat ik ongemerkt ben weggekomen, splijten loeiende sirenes plotseling de lucht. Ik schrik op en vloek binnensmonds. Een stil alarm moet zijn afgegaan door mijn ongeautoriseerde toegang tot de bestanden. Tot zover ongemerkt wegglippen.

'Shit!' sis ik, terwijl ik de USB-stick losruk en veilig in de zak van mijn jas stop. Deze overval is zojuist een stuk ingewikkelder geworden.

'Annabelle?' klinkt Malcolms slaperige stem boven het onophoudelijke gekrijs uit. 'Wat gebeurt er?'

Ik neem niet eens de moeite om te antwoorden en schiet al naar de deur van het lab terwijl hij uit bed strompelt. Mijn jas golft achter me aan als een duistere wrekende engel terwijl ik door de schemerige gangen ren.

'Sorry, Casanova!' schreeuw ik sarcastisch over mijn schouder. 'Het lijkt erop dat ons afspraakje je te heet onder de voeten is geworden.'

Zijn antwoordende kreten echoën achter me, maar ik ben allang verdwenen, terwijl ik roekeloos door de doolhofachtige gangen sprint. De claxons zetten hun dringende sirenenzang voort en sporen me aan om ondanks mijn brandende spieren sneller te rennen.

'Declan kan maar beter een vluchtauto klaar hebben staan,' denk ik, terwijl mijn brein snel noodplannen en ontsnappingsstrategieën uitrekent. We hebben een hoop te bespreken zodra ik uit dit wespennest ben ontsnapt.

Wanneer. Niet als. Falen blijft een onaanvaardbare optie nu Diana's leven op het spel staat. En ik ga hier verdomme niet met lege handen weg.

De schelle claxons blijven onophoudelijk loeien terwijl ik op volle snelheid door de schimmige gang ren, mijn zwarte trenchcoat golft achter me aan als een uitzinnig spook. Stroompjes nerveus zweet druppelen langs mijn slapen en mijn razende hartslag brult oorverdovend in mijn oren, waardoor bijna elke bewuste gedachte wordt overstemd.

'Verdomme, Artemis,' berisp ik mezelf ademloos tussen snelle happen naar adem. 'Je hebt de sluipaanpak echt verknald.' Mijn eigen roekeloze overmoed heeft me recht in deze hoek gedreven.

'Halt, indringer!' schreeuwt een norse stem plotseling van achteren. Ik werp een snelle blik achterom en zie twee kolossale bewakers uit een deuropening stormen, met getrokken wapens, klaar om te vuren.

'Geweldig, echt fantastisch,' sis ik binnensmonds, terwijl ik scherp uitwijk en over een laboratoriumtafel spring, wanhopig om een obstakel tussen ons te plaatsen. Mijn gespannen spieren schreeuwen het uit van protest, maar ik klem mijn tanden op elkaar en verbijt de pijn. Ik laat me echt niet door deze gorilla's uitschakelen, niet nu ik er eindelijk zo dichtbij ben om Diana te vinden.

'Geef het op, meissie!' brult een van de bewakers me na. 'Je komt hier niet weg!'

Ik verspil geen kostbare zuurstof aan een weerwoord, maar steek in plaats daarvan al mijn energie in het voorblijven, mijn voeten glijden wild door de bochten terwijl ik door het doolhof van gangen ren. Mijn naar zuurstof snakkende longen staan op het punt het te begeven, maar ik kan me geen moment rust veroorloven als ik levend – of überhaupt – uit dit hellegat wil ontsnappen.

'Concentreer je, Artemis,' spoor ik mezelf aan en haal diep en rustig adem terwijl ik een lege kamer induik om ze even te ontwijken. 'Denk aan je training.'

Ik spits mijn oren en luister aandachtig om de locaties van de bewakers te bepalen terwijl hun voetstappen voorbij mijn schuilplaats denderen. Ik kan nu echt niet zomaar via de hoofdingang naar buiten wandelen. Ik heb onmiddellijk een ontsnappingsplan nodig als ik uit deze dodelijke val wil komen.

'Wat zou Declan doen als hij hier was?' vraag ik me af met een steek van schuldgevoel. Hij had me gewaarschuwd hoe gevaarlijk deze stunt was, maar toch ben ik er domweg voor gegaan. Stomme, roekeloze actie van mijn kant.

'Genoeg!' Ik schud de spijt van me af en dwing mijn gedachten terug naar de huidige crisis. 'Eerst een ontsnappingsroute vinden, daarna pas met Declan afrekenen.'

Alsof het zo moet zijn, zie ik een luchtventilatie-rooster bij het plafond en moet ik een vonkje hoop onderdrukken. Niet bepaald een glamoureuze ontsnappingsstrategie, maar nood breekt wet. Ik ben slank genoeg om erdoor te passen als ik me erin prop. Mijn achtervolgers duidelijk niet. Tijd om te improviseren.

Met een laatste blik op de deur spring ik omhoog en ruk het rooster wanhopig los, waardoor ik net genoeg ruimte heb om naar binnen te kruipen. 'Laat ze me nu maar eens proberen te pakken,' mompel ik uitdagend, terwijl ik me in het krappe ventilatiekanaal wurm.

Gespannen minuten kruipen voorbij terwijl ik op elle- bogen en knieën door het claustrofobische, stoffige dool- hof van luchtkanalen kruip, en stilletjes bid dat dit pad er- gens veilig naartoe leidt. De onophoudelijk loeiende clax- ons blijven op mijn trommelvliezen beuken, maar ik klem mijn tanden op elkaar en dwing mezelf ze te negeren. Ik ben nu veel te ver gekomen om op te geven of me te laten afschrikken.

'Kom op, doorgaan,' spoor ik mezelf schor aan, mijn spieren branden terwijl ik mezelf moeizaam om een andere krappe bocht sleep. 'Je bent beter dan dit, Artemis. Sterker dan dit.'

'Vind de indringer!' brult een woedende stem ergens beneden, de woorden zijn nauwelijks hoorbaar boven de alarmen uit. De bewakers zitten me nog steeds hardnekkig op de hielen. Maar ik weiger absoluut om ze te laten win- nen. Niet vandaag. Vandaag kom ik uit dit hellegat met de informatie die ik nodig heb, wat het ook kost.

Eindelijk zie ik mijn ontsnapping: een ventilatierooster dat uitkomt op wat een schemerig, verlaten steegje lijkt te zijn. Ik haal diep adem, trap het rooster los en laat me vallen, waarbij ik licht gehurkt land om de klap op te van- gen. Mijn hart hamert fel tegen mijn ribben, mijn pols bonkt in mijn oren.

Een kakofonie van gedempt geblaf en sinister gegrom splijt plotseling de lucht, waardoor mijn zenuwen nog meer op scherp komen te staan. Mijn maag keert om van ongerustheid als ik besef dat mijn monsterlijke achtervolgers me via mijn geur op het spoor moeten zijn. Waarschijnlijk weerwolven in het beveiligingsteam, afgaande op wat ik eerder zag. Niet goed.

'Briljant plan, Artemis,' mompel ik binnensmonds, terwijl ik snel de schimmige steeg afspeur naar een mogelijke ontsnappingsroute. 'En nu?'

'Daar is ze! Pak haar!' schreeuwt een grove stem achter me. Ik neem niet de moeite om om te kijken en schiet onmiddellijk in een volle sprint door de ingewikkelde steegjes. Mijn benen malen en mijn longen hijgen pijnlijk, maar ik weiger te vertragen. Het zware gestamp en de moeizame ademhaling van mijn achtervolgers weerspiegelen die van mij. Ze komen snel dichterbij.

'Geef het op, meid!' snauwt een van hen van veel te dichtbij. 'Je stelt het onvermijdelijke alleen maar uit!'

Ik verspil geen kostbare zuurstof aan een weerwoord. Elke vezel in mijn lichaam is enkel gericht op ontsnappen, op het vinden van Diana. Niets anders is nu van belang.

Terwijl ik roekeloos een hoek om scheur, zie ik een hek van gaasdraad – de enige barrière tussen mij en mogelijke vrijheid. Tijdelijk, in elk geval.

'Jullie krijgen me nooit levend!' schreeuw ik uitdagend. Ik roep mijn laatste krachten bijeen, neem een aanloop en spring, mijn vingers grijpen wanhopig naar houvast. De metalen schakels graven pijnlijk in mijn handen, maar ik hijs mezelf langzaam op, puur op adrenaline. Bijna daar...

'Houd haar tegen!' Het woedende gebrul van mijn achtervolgers spoort me aan om hoger te klimmen, ondanks mijn protesterende spieren. Met een laatste vastberaden krachtsinspanning klauter ik over de top en glijd aan de andere kant naar beneden. Geen tijd om het te vieren, want zware voetstappen naderen het hek snel.

'Kom op, Artemis, beweeg!' sis ik tegen mezelf, terwijl ik naar voren struikel. Net als ik denk dat ik de veiligheid kan bereiken, splijt een oorverdovend, onmenselijk gebrul de lucht. Nog maar een paar seconden voordat ze me aan stukken rijten.

'Nee. Zo kan het niet eindigen,' denk ik wanhopig en knipper de verraderlijke tranen weg. Maar dan, boven de chaos uit, hoor ik het gezegende geluid van een ronkende motor. Een bekende stem roept: 'Artemis! Stap in, nu!'

Een voertuig komt plotseling met gierende banden naast me tot stilstand. Een diepe opluchting overspoelt me in een duizelingwekkende golf, maar ik druk het weer weg – daar is nog geen tijd voor. Onze problemen zijn nog lang niet voorbij.

'Daar had je wel even voor nodig, Declan,' snauw ik terwijl ik het portier opentrek en mezelf naar binnen gooi, mijn hart nog steeds wild razend. Declans voet ramt het gaspedaal in, en we vermijden maar net een frontale botsing als we roekeloos een hoek om zwenken. De koude nachtlucht zwiept venijnig door mijn haar en prikt in mijn ogen, maar ik kan een vluchtig vonkje opwinding in mijn borst niet onderdrukken. Misschien redden we het toch nog.

'Dat was een beetje op het nippertje, vind je ook niet?' zeg ik ademloos, terwijl ik de deurklink met witte knokkels vastklem als we wild weer een bocht nemen.

'Ik wilde niet dat je je zou vervelen,' kaatst Declan kortaf terug, hoewel zijn gespannen stem zijn angst verraadt.

'Geloof me, verveling is op dit moment mijn minste zorg.' Mijn gedachten malen chaotisch, terwijl ik de waanzin van de afgelopen uren probeer te verwerken. Waar ben ik in godsnaam nu weer in verzeild geraakt?

'Geen grap,' beaamt Declan somber en werpt een snelle blik opzij in mijn richting. 'Je hebt verdomd veel geluk dat ik je vond toen ik je vond.'

Ik word een beetje kribbig van de impliciete kritiek. 'Of misschien heb jij geluk dat ik niet eerst een andere uitweg heb gevonden.'

Declan negeert mijn uitdagende toon. 'Heb je tenminste wel de informatie die we nodig hadden?' Zijn stem krijgt een bezorgde ondertoon.

'Natuurlijk.' Ik zwaai met de kostbare USB-stick die ik in mijn vuist geklemd houd. 'Maar geen idee wat voor alarmen ik heb laten afgaan toen ik hem pakte. Dit kan snel uit de hand lopen.'

Hij vloekt binnensmonds. 'Laten we maar bidden dat ze het niet naar het Bureau kunnen herleiden.' Zijn knokkels worden wit van zijn doodsgreep op het stuur.

'Daarover gesproken...' Ik kijk Declan argwanend aan als het besef doordringt. 'Hoe heb je me eigenlijk zo snel opgespoord?'

Hij grijnst humorloos. 'Dacht je echt dat Athina jouw plannetje niet zou doorzien? Ze wist precies waar je naartoe was gegaan en stuurde me achter je aan zodra je vertrok.'

Ik klem mijn kaken op elkaar en onderdruk een opwelling van irritatie. Waarom had Athina niet meer vertrouwen in mijn kunnen? Ik had alles onder controle... grotendeels.

Tot Declans tijdige aankomst tenminste. Waar ik hem denk ik wel dankbaar voor moet zijn.

'Ja... bedankt voor de hulp daarnet,' mompel ik, terwijl ik met tegenzin mijn trots inslik.

'Altijd, partner.' Declans stem wordt iets zachter. Hoe deze puinhoop ook afloopt, we zitten er nu samen in. Verenigd tegen wat er ook komen gaat.

Terwijl de stadslichten als een neon waas voorbijflitsen, biedt die gedachte een kleine troost. Welke uitdagingen er ook in het verschiet liggen, ik hoef ze tenminste niet alleen aan te gaan. Niet met Declan die me dekt.

Misschien geef ik hem niet genoeg waardering. Hij was er toen het er vanavond echt om spande. En het feit dat hij genoeg om me geeft om zo overbezorgd te zijn... betekent meer dan ik ooit hardop zal toegeven.

Hoofdstuk Zesentwintig

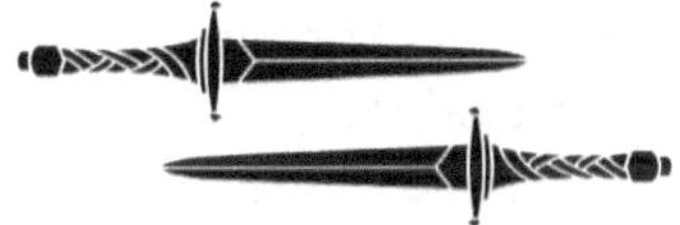

De aanhoudende geur van stoffige oude boeken en roest doordringt de lucht als ik weer het onderduikadres van Athina binnenstap, terwijl mijn hart nog steeds als een dolle tegen mijn ribben bonst. De adrenaline giert nog steeds door mijn aderen, zelfs na onze huiveringwekkende, nipte ontsnapping, en zet mijn zintuigen op scherp.

Aan de andere kant van de kamer vang ik Declans blik op en ik kan meteen zien dat hij hetzelfde voelt: de gespannen spanning die door elke spier siddert, de aanhoudende angst die wegebt en overgaat in opluchting, maar een gevoel van onbehagen achterlaat. Dit keer kwamen we veel te dicht bij een totale ramp.

'Verdorie, dat was echt kantje boord,' mompelt hij, terwijl hij de glans van angstig zweet van zijn voorhoofd veegt.

'Zeg dat wel,' antwoord ik grimmig, terwijl de kloppende pijn van mijn verwondingen me alweer terugtrekt naar de keiharde realiteit. Eigenlijk hadden we er allebei aan moeten zijn. Op de een of andere manier zijn we er weer ongedeerd vanaf gekomen, maar ons geluk begint snel op te raken.

Ik trek mijn versleten rode leren jasje uit om de schade op te nemen, volledig verwachtend dat mijn huid gevlekt is met donkere blauwe plekken en boze rode snijwonden. Maar in plaats daarvan stuit ik op iets totaal onverwachts dat mijn bloed in mijn aderen doet bevriezen.

'Wat is dit nou weer?' fluister ik binnensmonds, terwijl de paniek door me heen schiet. Alle wonden die ik me levendig herinner te hebben opgelopen, zijn al gedeeltelijk gesloten, met korstjes bedekt en genezen in een onmogelijk versneld tempo. Het is alsof ik plotseling een of ander bizar genezingsvermogen bezit, rechtstreeks uit een stripboek. Onmogelijk. Ik heb nog nooit zoiets als deze snelle regeneratie meegemaakt. Dus wat is er veranderd?

Een onbehaaglijk gevoel draait mijn maag om terwijl ik worstel om een rationele verklaring te vinden, maar nergens op kom. Ik moet dit uitzoeken, maar ik kan Declan niets laten merken. Nog niet. Mijn bizarre toestand zal hem alleen maar ongeruster maken.

'Artemis?' Als je het over de duivel hebt... klinkt Declans gedempte stem door de deur, met een bezorgde ondertoon. 'Alles in orde daarbinnen?'

'Ja, prima!' roep ik snel terug, terwijl ik me haast mijn kalmte te hervinden. 'Geef me gewoon... even een minuutje.' Ik krimp ineen bij de duidelijke aarzeling in mijn stem. Tot zover mijn poging om kalm te blijven.

Ik haal diep adem en probeer de zenuwen de baas te blijven die me dreigen te verstikken. Eén probleem tegelijk. We hebben op dit moment veel dringender gevaren om ons mee bezig te houden. Dit zoek ik later wel uit, als ik alleen ben.

Wanneer Declan mijn naam opnieuw roept, met een vleugje ongeduld in zijn stem, trek ik haastig mijn jasje weer aan om de onverklaarbare, genezende wonden te verbergen en stap de schemerige kamer weer in.

'Oké, oké, rustig maar. Ik ben er,' kondig ik aan met geforceerde nonchalance. 'Dus, waar wilde je het over hebben?'

Declan bestudeert me even met toegeknepen hazelnootkleurige ogen. 'We moeten onze volgende stap bespreken. Bepalen waar we vanaf hier naartoe gaan...'

Terwijl hij doorpraat, worstel ik om me te concentreren, mijn huid kriebelt nog steeds van onbehagen. Eén ding weet ik zeker: alles staat op het punt te veranderen op manieren die ik nog niet kan bevatten. En ik betwijfel of het ten goede is.

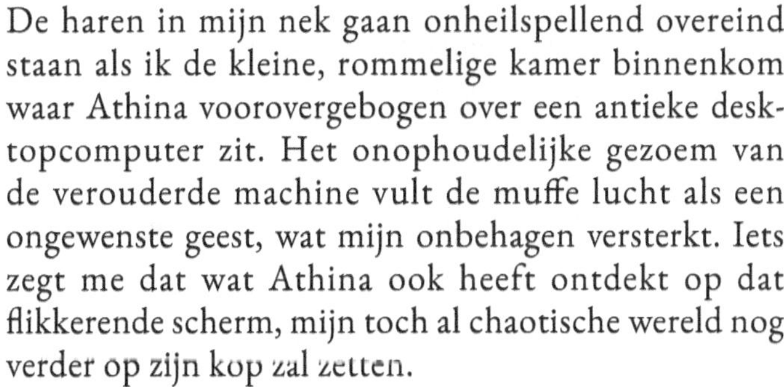

De haren in mijn nek gaan onheilspellend overeind staan als ik de kleine, rommelige kamer binnenkom waar Athina voorovergebogen over een antieke desktopcomputer zit. Het onophoudelijke gezoem van de verouderde machine vult de muffe lucht als een ongewenste geest, wat mijn onbehagen versterkt. Iets zegt me dat wat Athina ook heeft ontdekt op dat flikkerende scherm, mijn toch al chaotische wereld nog verder op zijn kop zal zetten.

'Iets nuttigs gevonden?' vraag ik voorzichtig, mijn best doend om nonchalant te klinken.

Athina kijkt niet eens op van het oplichtende scherm, haar ogen vernauwd in intense concentratie. 'Ik heb de versleutelde data uit het lab van dr. Kaiser geanalyseerd,' mompelt ze afwezig. 'En het heeft uiteindelijk niets met Diana te maken.'

'Serieus?' mengt Declan zich er van naast mij in, zichtbaar oplevend bij de vermelding van onze ongrijpbare vijand. Zijn plotselinge, scherpe interesse is praktisch voelbaar en straalt in gretige golven van hem af. Ik onderdruk de neiging om geërgerd met mijn ogen te rollen.

'Waar gaat het dan over?' vraag ik kortaf, mijn armen over elkaar slaand terwijl ik gespannen naar de achterkant van Athina's hoofd staar. Als ik vandaag nog één bizarre onthulling moet verwerken, zou ik weleens kunnen knappen.

'Hybride-experimenten,' antwoordt Athina bot, haar stem ijzig en afstandelijk geworden. Dan draait ze haar stoel om naar ons toe te kijken, en de ziekelijke gloed van het computerscherm werpt griezelige, flikkerende schaduwen over haar nog steeds mooie gelaatstrekken, waardoor de nieuwe rimpels in haar ooghoeken en de diepe concentratielijnen die haar voorhoofd fronsen, worden geaccentueerd. 'Iets veel gevaarlijkers dan we dachten.'

Ik slaak een diepe zucht en voel hoe mijn maag zich in angstige knopen begint te draaien. Natuurlijk wordt deze dag met de minuut beter. 'Fantastisch. Dus wat zijn die hybriden dan precies? We hebben de hele tijd al met ze te maken, maar die pratende van vandaag was nieuw.'

Athina schudt grimmig haar hoofd en masseert haar slapen alsof de versleutelde data haar alleen al fysieke pijn bezorgt. 'Dat is nog onmogelijk met zekerheid te zeggen. Maar het lijkt erop dat ze menselijk DNA mengen met iets... onnatuurlijkers.'

'Geweldig, echt geweldig,' zeg ik uitdrukkingsloos, waarbij het sarcasme venijnig van elk woord druipt. 'We nemen het op tegen een stel gekke wetenschappers die voor God spelen en nu daadwerkelijk monsterlijke hybriden creëren. Wat volgt, een geheim ondergronds hol verborgen in een verlaten pretpark?'

'Artemis, alsjeblieft,' berispt Declan me scherp en werpt me een afkeurende blik toe. 'Dit is serieus.'

Ik hef mijn handen in een verzoenend gebaar. 'Geloof me, ik begrijp de ernst van de situatie. Maar wat moeten we er precies aan doen?'

Athina leunt zwaar achterover in haar stoel en bekijkt Declan en mij peinzend, alsof ze zorgvuldig onze vastberadenheid weegt. 'We moeten de volledige waarheid achterhalen. Deze gevaarlijke experimenten blootleggen voor wat ze werkelijk zijn.'

'Tuurlijk, klinkt simpel genoeg,' mompel ik binnensmonds.

'Niets wat de moeite waard is, is ooit simpel,' antwoordt Athina zacht, met een vleugje van een veelbetekenende glimlach die aan haar mondhoeken trekt.

'Nou, laten we hopen dat we het lang genoeg overleven om deze puinhoop tot op de bodem uit te zoeken,' mompel ik somber, terwijl ik het verpletterende gewicht van deze enorme onderneming zwaar op mijn schouders voel drukken. En diep vanbinnen kan ik de sluipende angst niet van me afschudden dat mijn eigen duistere geheimen niet lang verborgen zullen blijven te midden van het verwarde web van leugens dat ons aan alle kanten omringt.

Alleen de tijd zal leren of ik op beide fronten kan zegevieren. Maar falen is absoluut geen optie.

De lucht in het krappe onderduikadres is beladen met spanning, alsof er een hevige storm broeit net onder de oppervlakte, klaar om elk moment uit te barsten. Declan ijsbeert rusteloos heen en weer over de versleten vloerplanken, zijn zware laarzen dreunen een staccato ritme dat op mijn toch al gerafelde zenuwen werkt.

Ondertussen zit Athina voorovergebogen over de gedecodeerde data, ons beiden negerend, haar focus absoluut en onwrikbaar. Ik leun gespannen tegen de afbladderende muur, hen als een waakzame havik in de gaten houdend, elk zintuig tot het uiterste gespannen.

'Iets opmerkelijks gevonden?' vraag ik uiteindelijk kortaf, mezelf niet langer kunnen inhouden, mijn ongeduld sijpelt door in mijn toon wanneer ik zie dat Athina zich plotseling iets rechter opricht.

Ze knikt eenmaal, haar voorhoofd diep gefronst in concentratie. 'Het lijkt erop dat een van de hoofddoelen is om hybriden te creëren die mensen op alle vlakken feilloos kunnen nabootsen.'

Declans rusteloze ijsberen hapert bij dit nieuws en hij draait zich volledig naar ons toe, zijn hazelnootkleurige ogen wijd van bezorgdheid. 'Hybriden die voor mens kunnen doorgaan? Wat betekent dat precies?'

'Op basis van wat ik hier zie, is het doel synthetische wezens te ontwikkelen die volkomen ononderscheidbaar zijn van normale mensen,' legt Athina ernstig uit. 'In staat om iedereen te vervangen zonder dat het wordt opgemerkt.'

Ik frons en probeer de implicaties te bevatten. 'Dus, wat, een soort genetisch gemanipuleerde vormveranderaars?' stel ik voor. 'Na wat ik vanavond heb gezien, zou ik het geloven. Die ene hybride leek wel een rasechte weerwolf.'

Athina knikt bedachtzaam. 'Meer een vermenging van geselecteerde bovennatuurlijke eigenschappen in een menselijke basis. De resultaten tot nu toe zijn... op zijn zachtst gezegd verontrustend.'

'Verontrustend is zacht uitgedrukt,' mompel ik, mijn maag voelt zich omdraaien van onbehagen. De gedachte dat zulke gevaarlijke wezens naadloos de samenleving infiltreren, rollen en identiteiten overnemen zonder dat mensen hun ware aard doorhebben, is diep verontrustend.

De pure schaal van chaos en schade die ze kunnen aanrichten als ze worden losgelaten, is onthutsend. Ik voel het verpletterende gewicht van de verantwoordelijkheid al zwaar op mijn schouders drukken. We moeten een manier vinden om deze experimenten te stoppen, wat het ook kost.

'Is er een manier om te achterhalen waar dit allemaal gebeurt?' vraagt Declan gespannen, woede en frustratie borrelen net onder de oppervlakte. 'Waar bevinden die faciliteiten zich?'

Athina zucht, haar snelle getyp stokt even. 'Ik probeer dat nu te achterhalen, maar ze hebben er alles aan gedaan om hun sporen uit te wissen. Dit wordt niet makkelijk.'

'Natuurlijk niet,' snauw ik bitter, terwijl ik me van de muur afzet om onrustig te ijsberen, mijn armen beschermend over mijn borst gekruist. 'Wat is het nut van een duivels geheim complot als je het niet goed verbergt?'

'Artemis, rustig aan,' waarschuwt Declan, die de roekeloze vonk die in mijn ogen oplicht maar al te goed herkent. 'Doe niets onbezonnen.'

Ik rol geërgerd met mijn ogen. 'Rustig maar, ik sta niet op het punt om onvoorbereid hun kasteel te bestormen. Maar we kunnen ook niet gewoon blijven wachten tot zij de eerste stap zetten. We hebben een strijdplan nodig.'

Athina houdt een hand op. 'Voordat we iets anders doen, moeten we vaststellen wie hier echt achter zit. Dat betekent dat we dieper in de verborgen geheimen van het Bureau moeten graven.'

Ik zucht zwaar en masseer de plotselinge spanning in mijn nek. 'Perfect. Precies wat ik altijd al wilde doen: in een gevaarlijk wespennest poken met een heel kort stokje.'

Declan geeft me een flauwe grijns. 'Beter dan die wespen ons te laten verrassen. Op zijn minst zien we ze nu aankomen.'

'Dat is waar,' geef ik met een schoorvoetende halve grijns toe. 'Betekent niet dat ik het leuk hoef te vinden.'

Terwijl we ons node opstellen om de decoderingsresultaten door te spitten op zoek naar ook maar een greintje aanwijzing, kan ik de sluipende angst niet van me afschudden dat we hier gevaarlijk op het scherp van de snede balanceren: één misstap, één verkeerde beweging, kan alles om ons heen doen instorten.

En ik heb geen echt idee of we de onvermijdelijke nasleep heelhuids zullen overleven. Falen is geen optie, maar de kansen zijn gevaarlijk tegen ons gekeerd.

Voor nu kunnen we alleen maar blijven graven. De waarheid ligt hier ergens begraven onder de leugens en geheimen. We moeten het alleen vinden en blootleggen voordat de wespen hun angel op de wereld richten.

HOOFDSTUK ZEVENENTWINTIG

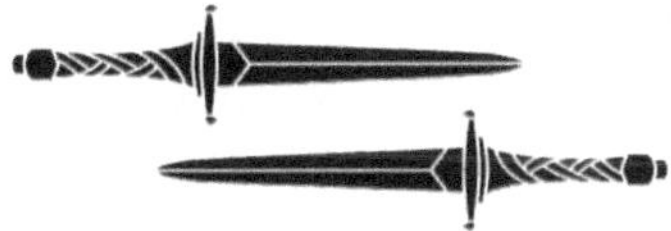

HET LAGE, ONOPHOUDELIJKE GEZOEM van de oeroude computer vult de muffe lucht, onderbroken door het snelle gekletter van toetsen terwijl Athina onvermoeibaar werkt om meer informatie te vinden. Ondertussen zit Declan gebiologeerd te kijken naar het flikkerende beeldscherm. Het ziekelijke licht werpt vervormde schaduwen op zijn knappe maar vermoeide gelaatstrekken. Hij staart zo intens naar het scherm dat het lijkt alsof hij er met alleen zijn priemende, hazelnootbruine blik een gat in probeert te branden.

Ik kan zijn fixatie zeker niet kwalijk nemen. De schokkende onthulling dat iemand erin is geslaagd synthetische menselijke hybriden te creëren die in staat zijn mensen naadloos te vervangen is meer dan verontrustend. Het is ronduit afschuwelijk. De volledige implicaties vallen als een baksteen in mijn maag.

'Verdomde gestoorde klootzakken', mompelt Declan plotseling binnensmonds, terwijl hij zijn handen tot vuisten balt die wit uitslaan. 'Hoe kunnen ze rechtvaardigen dat ze zo voor God spelen? Gruwels creëren...'

'Omdat het kan', antwoord ik mat, de bittere smaak van de waarheid als zuur op mijn tong. 'Omdat niemand er tot nu toe in geslaagd is ze te stoppen.'

Declan rukt zijn blik los van het beeldscherm om de mijne te ontmoeten. In zijn ogen flitst een explosieve mix van woede en rauwe angst die de kolkende emoties in mij weerspiegelt.

'Artemis, dit gaat verder dan alleen het creëren van monsters', zegt hij dringend. 'We hebben het over gefabriceerde infiltranten die overal kunnen zijn, iedereen kunnen vervangen, en we zouden het nooit weten. Hoe kunnen we in hemelsnaam zoiets bestrijden?'

Ik haal mijn vingers ruw door mijn haar, niet in staat een rilling te onderdrukken bij de nachtmerrieachtige scenario's die door mijn hoofd spoken. 'Op dezelfde manier als altijd: stap voor stap, door ons op het heden te richten', stel ik voor met meer zelfvertrouwen dan ik voel. 'Het is niet alsof we onbekend zijn met gevaar, Declan.'

Hij schudt somber zijn hoofd. 'Nee, dit keer is het anders. De paranoia die zoiets kan ontketenen...' Zijn stem sterft weg terwijl zijn blik ongemakkelijk terug naar het scherm dwaalt.

Ik sla mijn armen over elkaar en omhels mezelf stevig. 'Je hebt gelijk, dit is onbekend terrein. Maar we hebben eerder voor schijnbaar onmogelijke opgaven gestaan en een uitweg gevonden. We kunnen ons nu niet door angst laten breken.'

Declan knikt zwijgend, zijn tanden knagend aan zijn onderlip terwijl hij worstelt om de omvang van de puinhoop waar we in beland zijn te verwerken. Ik moet de bijna overweldigende drang weerstaan om hem een holle geruststelling te bieden, om hem te laten geloven dat alles op de een of andere manier goed zal komen. Maar de woorden blijven in mijn keel steken, nutteloze gemeenplaatsen die ik niet over mijn lippen krijg. Dit is zoveel groter dan weer een gevecht, weer een verborgen vijand. Dit doet de fundamenten van onze waargenomen realiteit op zijn grondvesten schudden.

'Artemis...' zegt Declan plotseling, zijn stem schor van emotie. 'Wat als ze al mensen hebben vervangen die ons dierbaar zijn, zonder dat we het beseffen? Wat als sommigen hier al zijn en zich open en bloot verbergen?'

Ik kijk hem standvastig aan, mijn eigen twijfels en angst onderdrukkend, en probeer een zelfvertrouwen uit te stralen dat ik niet voel. 'Als dat zo is, zullen we de bedriegers ontmaskeren en zorgen dat ze spijt krijgen dat ze ooit onze namen hebben gehoord. Dat zweer ik je.'

Declans gezicht wordt alleen maar somberder bij mijn gewaagde woorden. 'Makkelijk gezegd. Maar hoe kunnen we vriend van vijand onderscheiden als de vijand onze gezichten draagt?'

Dan val ik stil, zonder een snelle geruststelling of een makkelijk antwoord. De bittere waarheid is dat ik het niet weet. Maar wat ik wel weet, is dat we niet kunnen toestaan dat angst en wantrouwen ons van binnenuit verscheuren. Want als we ons tegen elkaar keren, hebben de hybriden al gewonnen zonder ook maar een enkele klap uit te hoeven delen.

'Vertrouw op je instinct', zeg ik eindelijk, en dwing mijn stem om stabiel te blijven. 'Dat heeft je tot nu toe nog nooit in de steek gelaten.'

Declan zucht zwaar, maar weet er een aarzelende glimlach uit te persen. 'Jouw instinct ook niet. Ik veronderstel dat we onze ogen gewoon wijd open moeten houden en op onze hoede moeten zijn.'

Ik sta mezelf een kleine glimlach toe in antwoord. 'Het zou niet de eerste keer zijn dat we onmogelijke kansen trotseren. En het zal ook niet de laatste zijn.'

De bekende vonk van opstandige vastberadenheid laait weer op in mijn binnenste. Welke nieuwe gruwelen ons ook te wachten staan, we zullen de geheimen onthullen en ze recht in de ogen kijken, samen.

Wat er ook gebeurt, we gaan niet zonder slag of stoot ten onder.

Athina's stem snijdt als een vlijmscherp mes door de gespannen lucht, haar woorden even scherp en bevelend als de staalharde glans in haar ogen. 'We moeten dit afschuwelijke project aan het licht brengen en aan de wereld blootstellen.'

'Juist, want dat wordt vast een eitje', mompel ik sarcastisch binnensmonds, mijn vingers trommelen een opgejaagd staccatoritme op het gehavende tafelblad. Mijn overbelaste spieren doen nog steeds pijn en branden van onze meest recente, afschuwelijke ontsnapping, hoewel ze in een onmogelijk versneld tempo lijken te genezen. Maar dat is een zorgwekkende nieuwe ontwikkeling om een andere keer uit te pluizen, niet nu.

'Artemis, alsjeblieft', vermaant Declan me zachtjes, maar ik wuif het weg. Eerlijk gezegd kan het me niet schelen of ik moeilijk doe. Deze hele nachtmerrieachtige situatie heeft me volledig in de knoop gebracht. De onthulling dat het Bureau erin is geslaagd dodelijke infiltranten en nabootsers te creëren die mensen foutloos kunnen vervangen... het is iets rechtstreeks uit een gestoorde scifi-thriller.

'Makkelijk of niet, we hebben geen andere keus', houdt Athina vol, haar priemende blik stevig op mij gericht. Hoewel haar aanwezigheid meestal troostend en moederlijk is, is ze op dit moment puur zakelijk, haar kaak gespannen van vastberadenheid. 'Als we deze experimenten ongehinderd laten doorgaan, is er geen peil op te trekken wat voor schade deze gruwels uiteindelijk kunnen aanrichten.'

Ik haal mijn vingers ruw door mijn haar, in een poging de ziedende woede en frustratie die in mij kolken te bedwingen. 'Geloof me, ik begrijp de urgentie hier. Maar we hebben een heel groot probleem: het Bureau controleert elke grote media-uiting en elke politicus in het land. Hoe moeten we de waarheid precies onthullen als ze die gewoon in de doofpot stoppen?'

Athina's gezichtsuitdrukking wordt nog somberder. 'Voorzichtig en methodisch. We moeten onweerlegbaar bewijs verzamelen voordat we een publieke zet doen, anders riskeren we dat ze ons volledig in diskrediet brengen.'

Ik slaak een diepe zucht en hervat mijn rusteloze getik. 'Geweldig, nog een ultrageheime stealth-missie. Ik ben er nog steeds niet van overtuigd dat dat genoeg zal zijn om hun wurggreep op het verhaal te doorbreken.'

'Hoe dan ook, we kunnen niet zomaar toekijken terwijl onschuldige levens worden vernietigd in deze experimenten', stelt Athina vastberaden, en een ijzige noot sluipt haar stem binnen. 'We hebben een morele plicht om snel te handelen.'

Ik hef mijn handen op in vermoeide overgave. 'Oké, ik suggereer niet dat we niets doen. Maar ik hoop dat je weet dat als dit allemaal onvermijdelijk in het honderd loopt, ik jou absoluut de schuld geef.'

Een mondhoek van Athina trekt vreugdeloos omhoog. 'Dat zou niet de eerste keer zijn, daar ben ik zeker van.'

Terwijl we ons met tegenzin voorbereiden om ons opnieuw in de kolkende beerput van leugens en geheimen van het Bureau te storten, kan ik de sluipende angst niet van me afschudden dat we verstrikt zijn in een gemanipuleerd spel waarin we uiteindelijk weinig kans hebben om te winnen. De kansen en obstakels zijn duidelijk torenhoog tegen ons opgestapeld. Maar met onschuldige levens die precair op het spel staan, is falen absoluut geen optie.

Om enige kans te maken op een overwinning, zullen we scherper moeten blijven, sneller moeten handelen en bij elke stap slimmer moeten zijn dan onze veelzijdige vijanden. En we zullen moeten bidden dat ons instinct ons niet op een dwaalspoor brengt.

Kortom, ons staat een hels gevecht te wachten. Maar wat er ook gebeurt, we zullen het samen aangaan, en ik mag verdoemd zijn als we niet ten onder gaan zonder ze een gevecht van jewelste te leveren.

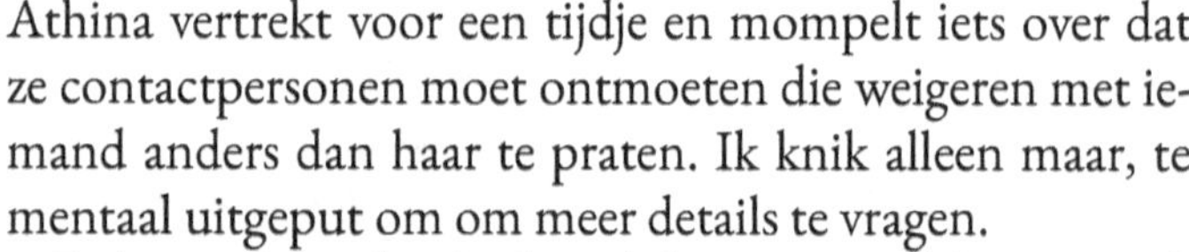

Athina vertrekt voor een tijdje en mompelt iets over dat ze contactpersonen moet ontmoeten die weigeren met iemand anders dan haar te praten. Ik knik alleen maar, te mentaal uitgeput om om meer details te vragen.

In haar afwezigheid scharrel ik wat overgebleven stoofpot uit de koelkast bij elkaar en warm het op voor Declan en mij om te delen, me pas realiserend hoe uitgehongerd ik ben als ik de eerste hap neem. Het is de eerste fatsoenlijke maaltijd die ik in dagen heb kunnen eten; het onophoudelijke leven-of-dood-chaos laat geen ruimte voor luxe zoals regelmatig eten. Energierepen die je onderweg naar binnen schrokt kunnen je maar tot op zekere hoogte op de been houden.

We eten elke laatste kruimel op in vermoeide stilte voordat we met tegenzin terugkeren naar de saaie taak die ons wacht: het doorzoeken van de eindeloze stapels papieren documenten en archieven die Athina op de een of andere manier heeft bemachtigd, hoogstwaarschijnlijk op minder dan legale wijze. Ze is veel te paranoïde om dit op een systeem te zetten dat gehackt kan worden, dus we zitten vast aan stoffig, ouderwets papier.

De uren kruipen in slakkentempo voorbij, de stilte wordt slechts sporadisch doorbroken door het zachte geritsel van omgeslagen pagina's of de occasionele binnensmondse vloek wanneer een veelbelovende aanwijzing op niets uitloopt. De zwakke gloeilamp boven ons hoofd werpt een ziekelijk wit licht door de krappe kamer, waardoor kronkelende schaduwen op de afbladderende muren vallen die voor mijn vermoeide ogen lijken te verschuiven en te vervormen. Het effect is vreemd verontrustend.

'Artemis', raspt Declan eindelijk, zijn stem nauwelijks luider dan een fluistering. Het is laat en diepgewortelde uitputting staat duidelijk op zijn knappe gezicht geschreven. 'Wens je ooit dat we nooit in deze nachtmerrie waren beland?'

Ik aarzel niet. 'Elke verdomde dag', geef ik zachtjes toe, mijn stem kraakt lichtjes door de inspanning om een vloed van emoties tegen te houden. 'Maar we kunnen het verleden nu niet veranderen. Het enige wat we kunnen doen is proberen de dingen recht te zetten voor de toekomst.'

Declan knikt vermoeid en hervat het ritmische getik van zijn vingers op het tafelblad. 'Soms voelt het alsof we gewoon hulpeloze pionnen zijn, gevangen in iemands sadistische spel. Hoe hard we ook vechten, de kaarten lijken altijd tegen ons geschud.'

Ik kijk naar hem, mijn hart doet pijn bij de angst en twijfel die in zijn hazelnootbruine ogen schuilen; een uitdrukking die ongetwijfeld in mijn eigen ogen wordt weerspiegeld. Op dit moment lijkt de duisternis om ons heen in onze ziel te sijpelen en verstikt het elke flikkering van hoop of zekerheid die dapper probeert te ontbranden.

Maar het zijn niet alleen de onheilspellende schaduwen en de isolatie die ons parten spelen. Het is het rauwe besef dat we tegenover iets werkelijk duisters en verraderlijks staan, een naamloze dreiging die we nauwelijks begrijpen.

'Ja', mompel ik bitter. 'Wie kunnen we op dit punt eigenlijk nog echt vertrouwen?'

Hij schudt hulpeloos zijn hoofd. 'Ik weet het niet. Iedereen lijkt verborgen agenda's en bijbedoelingen te hebben. We zitten gevangen in het verdomde kruisvuur.'

'Of we zijn gewoon sowieso de lul', voeg ik er nors aan toe, en neem niet langer de moeite mijn cynisme in te houden.

'Artemis.' Declan steekt dan zijn hand uit om de mijne te pakken, zijn warme handpalm een stabiel anker in de zee van chaos en twijfel die me dreigt kopje-onder te trekken. 'Wat er ook gebeurt, jouw moed en loyaliteit geven me de kracht om door te vechten.'

Ik snuif minachtend om de plotselinge golf van emotie te verbergen. 'Ga nu niet zo sentimenteel doen. We hebben nog een helse, zware strijd voor de boeg.'

Een mondhoek van hem trekt wrang omhoog. 'Daar twijfel ik niet aan. Maar ik dek je, wat er ook gebeurt.'

'Bedankt', mompel ik ongemakkelijk, terwijl ik mijn blik van de intensiteit van de zijne afwend. De geruststelling zou wat troost moeten bieden, maar het herinnert me er alleen maar aan welke immense last er op onze schouders rust. Mijn gedachten racen door de implicaties van hybriden, infiltranten, regeringscomplotten; problemen die veel te groot lijken voor ons ongeregelde zooitje om aan te kunnen.

'Hé', zegt Declan zachtjes, en hij reikt naar me uit om voorzichtig mijn kin op te tillen totdat onze blikken elkaar weer ontmoeten. 'Ik meen het, Artemis. Wat er ook gebeurt, we zitten samen in deze helse nachtmerrie, zij aan zij tot het bittere einde.'

Ik puf een geïrriteerde ademstoot uit en trek me terug van zijn aanraking. 'Ja, ja, prima. Doe alleen niet zo sentimenteel en overdreven gevoelig tegen me. We proberen hier een sinister regeringscomplot neer te halen, niet naar het schoolbal te gaan.'

Een mondhoek van Declan trekt wrang omhoog, hoewel de glimlach zijn bezorgde ogen nooit bereikt. 'Zou er niet aan denken', mompelt hij.

Een zware, verstikkende stilte valt dan tussen ons in, en ik kan de spanning en de onuitgesproken woorden die beklemmend om ons heen wervelen bijna proeven. Mijn schouders trekken instinctief op, alsof ik het plotselinge gewicht dat op me drukt wil afweren.

'Declan...' pers ik er eindelijk uit, en ik haat de manier waarop mijn stem lichtjes trilt ondanks mijn beste pogingen. 'Ik ben bang. Ik bedoel, echt doodsbang voor waar we hier tegenover staan.'

'Ik weet het. Ik ook', geeft hij zachtjes toe, en de rauwe eerlijkheid in zijn stem overvalt me. Ik heb deze man talloze dodelijke bedreigingen en onmogelijke kansen zien trotseren zonder ook maar een spier te vertrekken. Maar nu, geconfronteerd met een tegenstander waar we geen eenvoudige manier hebben om tegen te vechten, lijkt zelfs Declan Reed eindelijk geschokt.

Ik sla mijn armen strak om me heen, voel me plotseling klein en vreselijk kwetsbaar. 'Denk je echt dat we hier ook maar enigszins tegen opgewassen zijn? Want het voelt alsof dit ons voor een keer echt boven de pet gaat.'

Declan blaast een lange adem uit en wrijft met een hand ruw over zijn gezicht. 'Misschien is dat ook zo', geeft hij eindelijk toe. 'Maar we hebben ook niet de luxe om weg te lopen. We moeten ze stoppen, wat er ook voor nodig is.'

Ik knik alleen maar stom, mijn stem niet vertrouwend. De volle ernst van onze situatie daalt op me neer als een donkere, verstikkende deken. Een paar momenten lang kan ik nauwelijks lucht in mijn longen krijgen onder het duizelingwekkende gewicht ervan.

Declan voelt mijn spiraal van angst en legt zijn hand zachtjes op mijn schouder. 'Hé, kijk me aan', spoort hij me zachtjes aan. 'We komen hier samen uit, stap voor stap. Dat doen we altijd.'

Ik laat een trillende adem ontsnappen. 'God helpe ons beiden.' Ik neem niet de moeite om te vermelden dat we op dit punt waarschijnlijk ver buiten het bereik van goddelijke redding zijn.

'Of wat er nog van Hem over is', voegt Declan duister toe. De bittere noot in zijn woorden ontgaat me niet.

Ik sluit even mijn ogen, op zoek naar een restje zelfbeheersing of focus te midden van de chaos die me dreigt mee te sleuren. 'Laten we gewoon proberen om in het heden te blijven', stel ik eindelijk voor. 'Niet overweldigd raken door het grote geheel.'

'Afgesproken.' Declan knikt plechtig. Terwijl de stilte weer tussen ons in valt, kan ik het sluipende gevoel niet van me afschudden dat er iets meer broeit onder de oppervlaktespanning; een gevaarlijke, vluchtige vonk die dreigt te ontbranden en ons beiden te verteren als we onze waakzaamheid laten verslappen.

Ik dwing mezelf om weg te kijken, mijn huid prikt van onbehagen. Dit is zeker niet het moment om te onderzoeken wat voor ongewenste hitte er in me oplaait.

'We moeten proberen een paar uur te rusten', zeg ik scherp, bewust terugschakelend naar de missiemodus, de rol waar ik me aan vastklamp als een anker in een woelige zee. 'Morgen hebben we een helder hoofd nodig om onze volgende stap te plannen.'

Declan lijkt even te willen protesteren, maar knikt dan slechts instemmend met zijn hoofd. 'Jij neemt het bed. Ik kampeer hier beneden en werk verder.'

Te moe om over de logistiek te discussiëren, mompel ik een simpele 'Bedankt' en verontschuldig me snel. Maar zelfs als ik me op het bobbelige matras boven nestel, blijft de slaap ongrijpbaar. Mijn gedachten malen eindeloos door en fixeren zich op alle manieren waarop we hopeloos onvoorbereid en onderuitgerust lijken voor het monumentale gevecht dat voor ons ligt.

Maar voorbereid of niet, we hebben geen andere keus dan dit tot een einde te brengen. Falen is nooit een optie geweest. We zullen er maar op moeten bidden dat onze gecombineerde wil en verstand genoeg zullen blijken om ons ongeschonden door het komende vuur te loodsen.

HOOFDSTUK ACHTENTWINTIG

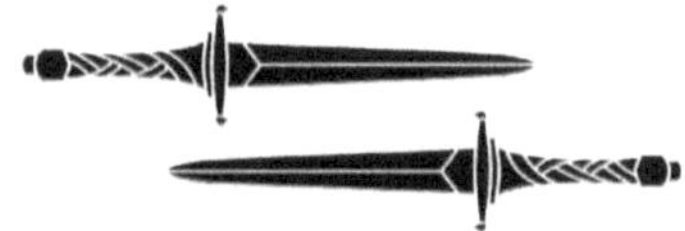

Athina is nog steeds niet terug als het ochtendlicht over de horizon begint te kruipen. Haar aanhoudende afwezigheid maakt Declan en mij nog zenuwachtiger. Zonder de informatie die ze is gaan verzamelen, kunnen we geen kant op en onze volgende stap niet zetten.

Ik haat het om hulpeloos op anderen te moeten wachten. Geduld is nooit mijn sterkste kant geweest.

Ik leun gespannen tegen de koude bakstenen buitenmuur van het verlaten gebouw dat we als tijdelijke schuilplaats gebruiken, terwijl ik gedachteloos een stuk afgebroken specie onder mijn laars tot stof vermaal. Aan de overkant van het gebarsten plaveisel ijsbeert Declan rusteloos heen en weer en straalt hij een nerveuze energie uit. De opkomende zon werpt lange, vervormde schaduwen over zijn ijsberende gedaante.

Zelfs van een afstand zie ik hoe zijn schouders strak staan van de spanning en voel ik de gedachten die achter zijn gefronste voorhoofd woelen en kolken. Er is duidelijk iets dat zwaar op hem drukt.

'Hé,' roep ik om de ongemakkelijke stilte die over ons hangt te doorbreken. 'Als je zo doorgaat, slijt je een gat in het asfalt.'

Declan stopt abrupt bij het horen van mijn stem en kijkt op om mijn blik te vangen. Zelfs in het zwakke licht zie ik een storm van onleesbare emoties in zijn hazelnootbruine ogen wervelen.

'Ik, eh...' Hij schraapt ongemakkelijk zijn keel. 'Ik wilde met je ergens over praten. Er is iets dat je moet weten.'

Mijn nieuwsgierigheid is onmiddellijk gewekt. Het gebeurt niet vaak dat de gewoonlijk zo gereserveerde Declan vrijwillig over zijn verleden of gedachten begint. 'Oké? Ik luister.'

Hij haalt diep en kalmerend adem voordat hij verder praat. 'De waarheid is dat ik het in mijn jeugd niet bepaald makkelijk heb gehad. Ik was gewoon weer zo'n wees die op straat voor zichzelf moest zorgen.'

Ik open mijn mond om hem zachtjes te onderbreken – hij hoeft echt geen pijnlijke herinneringen op te rakelen voor mij – maar hij houdt een hand op.

'Laat me dit alsjeblieft vertellen,' zegt hij zachtjes. 'Je verdient het om te begrijpen waar ik vandaan kom.'

Ik knik zwijgend en kijk toe hoe hij zich vermant met nog een trillende ademhaling.

'Ik moest bedelen, stelen, alles doen wat nodig was om elke dag te overleven. Het was een constante strijd, en er waren momenten dat ik eerlijk dacht dat ik het niet zou redden.'

Terwijl Declan doorgaat met het vertellen van flarden van zijn sombere jeugd, wordt mijn blik onwillekeurig getrokken naar de wirwar van vage littekens op zijn armen – een gedempt bewijs van oude, zowel letterlijke als figuurlijke, gevechten. Ik kan me nauwelijks voorstellen welke verschrikkingen hij moet hebben doorstaan, maar het is duidelijk dat die ervaringen hem fundamenteel hebben gevormd tot de man die nu voor me staat.

'Declan...' onderbreek ik hem uiteindelijk zachtjes als hij pauzeert. 'Het spijt me zo dat je dat allemaal alleen hebt moeten doorstaan.'

Hij beantwoordt mijn oprechte blik en even staan we daar in stilte, onze ogen in elkaar verankerd. 'Het heeft me gemaakt tot wie ik ben,' zegt hij ten slotte op peinzende toon. 'En daarom weiger ik nu toe te kijken hoe het Bureau anderen onderdrukt.'

Ik knik langzaam, vol begrip. In Declans standvastige medeleven ligt de sleutel tot het ontrafelen van de man achter het mysterie. En daarmee komt een sprankje hoop dat we samen misschien licht kunnen brengen in de duisternis die ons allemaal dreigt te verzwelgen.

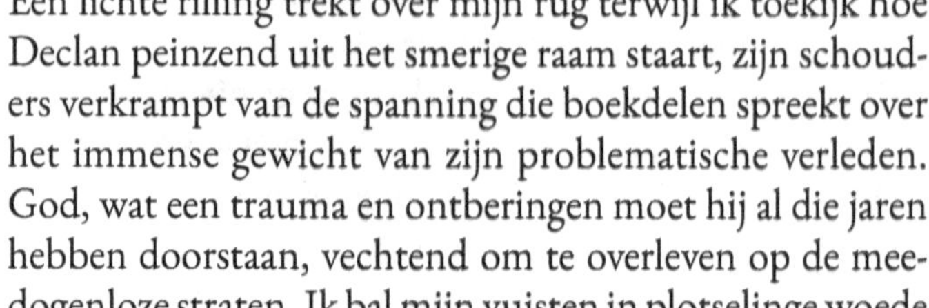

Een lichte rilling trekt over mijn rug terwijl ik toekijk hoe Declan peinzend uit het smerige raam staart, zijn schouders verkrampt van de spanning die boekdelen spreekt over het immense gewicht van zijn problematische verleden. God, wat een trauma en ontberingen moet hij al die jaren hebben doorstaan, vechtend om te overleven op de meedogenloze straten. Ik bal mijn vuisten in plotselinge woede op het Bureau, omdat ze zo harteloos een kind zich zo verdomd machteloos en alleen lieten voelen.

'Hé,' roep ik zachtjes, in de hoop hem even uit zijn sombere gedachten te halen. 'Uiteindelijk heb je het verzet gevonden, toch? Hoe is dat gebeurd?'

Declan draait zich langzaam naar me toe, zijn ogen verhard door vastberadenheid. 'Ja, uiteindelijk kwam ik ze tegen tijdens een inval. En toen ik me aansloot, voelde ik me voor het eerst deel van iets echt belangrijks – alsof ik een echte kans had om een wezenlijk verschil te maken in deze verknipte wereld.'

Ik knik aandachtig mee. 'Dat moet een hele omschakeling zijn geweest, van totale isolatie naar het voelen van die kameraadschap.'

'Dat kun je wel zeggen,' beaamt Declan met een humorloze grijns. Zijn blik glijdt onwillekeurig naar de wirwar van vage littekens die nog steeds op zijn armen te zien zijn, het stomme bewijs van oude, zowel letterlijke als figuurlijke, gevechten.

Ik dwing mezelf om weg te kijken van die littekens en richt mijn aandacht op zijn neergeslagen ogen. 'Nou, voor wat het waard is, je bent veel meer dan zomaar een straatrat of een statistiek. Je bent een van de dapperste mensen die ik ooit heb ontmoet, Declan Reed.'

Hij knippert met zijn ogen, even verrast door mijn stellige toon, voordat zijn uitdrukking verandert in een meer oprechte glimlach. 'Dat waardeer ik, Artemis. Echt, het betekent veel voor me om dat van jou te horen.'

Ik haal nonchalant mijn schouders op, in een poging om de plotseling zwaar geworden sfeer wat lichter te maken. 'Ik zeg gewoon wat ik zie. Maar los van de sentimenten, je hebt absoluut gelijk dat we er niet komen met alleen maar warme gevoelens.'

Declans glimlach verdwijnt en maakt plaats voor een blik van hernieuwde vastberadenheid. 'Nee, er is actie nodig om dit gruwelijke hybrideproject neer te halen, het web van leugens van het Bureau te ontmaskeren en te voorkomen dat anderen het vreselijke lot van Diana ondergaan.'

'Daar zijn we het helemaal over eens,' bevestig ik met een nadrukkelijk knikje, terwijl ik mijn eigen smeulende woede mijn zenuwen voel ontsteken met knetterende energie, hongerig naar ontlading. 'We maken hun hele verknipte operatie met de grond gelijk als dat nodig is om ze te stoppen.'

Declans voorhoofd fronst lichtjes van bezorgdheid. 'Laten we hopen dat het uiteindelijk niet zover hoeft te komen. Maar als het toch gebeurt...' Zijn ogen worden zo hard als steen. 'Dan vechten we tenminste voor een zaak die er eindelijk echt toe doet.'

Zijn met een schorre stem uitgesproken woorden hangen zwaar in de lucht tussen ons, en dragen een rauwe kwetsbaarheid met zich mee die ik zelden eerder in Declan heb gezien. Ik kan er niets aan doen dat mijn hart verkrampt bij het zien van zijn duidelijke pijn, een echo van mijn eigen kwellende duisternis.

Ik forceer een overdreven nonchalante grijns, in de hoop iets van de lichtheid tussen ons terug te winnen. 'Hé, word nou niet sentimenteel, hoor. Je bent niet de enige hier met een tragisch verleden, weet je.'

Nieuwsgierigheid flikkert door zijn plechtige uitdrukking. 'O, echt? Vertel, wat is jouw treurige verhaal dan?'

Ik slaak een diepe zucht en haal ruw een hand door mijn verwarde haar. 'Goed, maar je gaat niet sentimenteel doen, begrepen?'

Een mondhoek van Declan trekt zich spottend op. 'Zou er niet aan denken.'

'Oké, nou... de waarheid is dat mijn hele familie is vermoord toen ik nog maar een kind was.' Ik pauzeer om ruw mijn keel te schrapen, in de hoop dat mijn stem niet breekt. 'Ik was helemaal alleen achtergebleven, gedwongen om voor mezelf te zorgen op straat, net als jij. Pas toen ik bijna volwassen was, vond Athina me eindelijk. Ik was toen gewoon weer zo'n verknipte straatpunk die met de verkeerde mensen omging.'

Declan schudt langzaam zijn hoofd. 'Verdomme. Het spijt me, Artemis,' zegt hij zachtjes. 'Wat gebeurde er daarna?'

Ik volg gedachteloos de vervaagde tatoeages die op mijn huid zijn geëtst en die de littekens van de naalden uit die donkere periode permanent verbergen. 'Ik raakte een tijdje zwaar verslaafd aan Bliss. Athina vond me op een dag bewusteloos in een goot. Maar in plaats van gewoon over mijn pathetische junk heen te stappen, gaf ze me een keus: afkicken en met haar trainen, of jong sterven in diezelfde goot.'

Ik kijk Declan recht in zijn oprechte ogen. 'Ik denk dat er nog een restje overlevingsinstinct in werking trad. Ik liet haar me helpen af te kicken, werkte als haar leerling tot ze met pensioen ging en de zaak aan mij overdroeg.'

'We zijn allebei behoorlijk verknipt en gebroken, hè?' merkt Declan op met een trieste, veelbetekenende glimlach.

'Zoiets, ja,' mompel ik met een brok in mijn keel. 'Maar nu kunnen we al die schade tenminste gebruiken om te vechten voor iets dat er echt toe doet.'

Declan knikt, en een vurig doel ontbrandt achter zijn ogen. 'Absoluut. We gaan het Bureau en hun zieke experimenten stukje voor verwrongen stukje ontmantelen.'

'En gerechtigheid krijgen voor Diana,' voeg ik er fel aan toe. 'Voor haar en alle anderen die ze pijn hebben gedaan.'

'Absoluut,' stemt Declan zonder aarzelen in.

Ik haal diep adem en herpak me. 'Oké, genoeg met dit rondje zelfmedelijden. Laten we weer gaan plannen hoe we die klootzakken gaan laten boeten.'

Een mondhoek van Declan trekt zich op. 'Helemaal mee eens. We staan achter je, partner.'

Nu onze problematische verledens tussen ons zijn blootgelegd, ontstaat er een krachtig gevoel van verbondenheid – het Bureau zal niet weten wat hen overkomt als we als één onstuitbare kracht toeslaan.

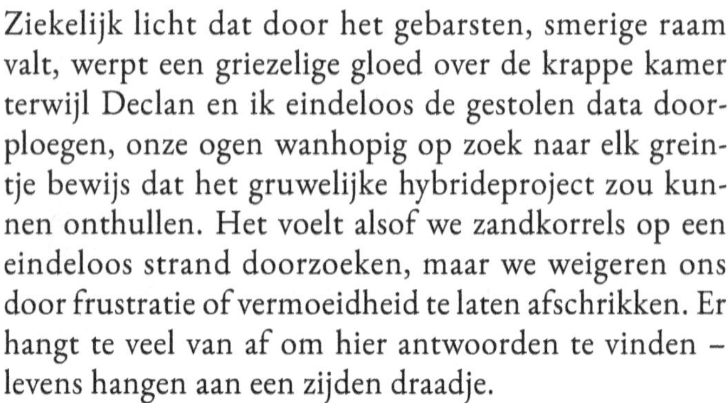

Ziekelijk licht dat door het gebarsten, smerige raam valt, werpt een griezelige gloed over de krappe kamer terwijl Declan en ik eindeloos de gestolen data doorploegen, onze ogen wanhopig op zoek naar elk greintje bewijs dat het gruwelijke hybrideproject zou kunnen onthullen. Het voelt alsof we zandkorrels op een eindeloos strand doorzoeken, maar we weigeren ons door frustratie of vermoeidheid te laten afschrikken. Er hangt te veel van af om hier antwoorden te vinden – levens hangen aan een zijden draadje.

'Wacht, kijk hier eens naar,' zeg ik dringend, terwijl ik met een vinger naar een gedetailleerde kaart op het scherm wijs die een web van coördinaten toont. 'Zie je hoe al deze geheime faciliteiten met elkaar verbonden zijn via ondergrondse tunnels?'

Declans kaak spant zich aan, walging trekt harde lijnen over zijn knappe gezicht. 'Dat moet de plek zijn waar ze de ergste van hun gestoorde experimenten uitvoeren, verborgen voor elk toezicht.'

Ik knik somber, mijn pols bonst terwijl de implicaties tot me doordringen. 'Precies. Als we die verborgen schuilplaatsen definitief kunnen ontmaskeren, onweerlegbaar bewijs van hun gruweldaden aan het licht kunnen brengen...' Ik kijk Declan aan met vurige overtuiging. 'Dan kunnen we dit hele verdomde systeem voorgoed ten val brengen.'

Declan wrijft ruw met een hand over zijn gezicht, en even flikkert er twijfel over zijn gezicht. 'Artemis, wees eens reëel, kunnen we zoiets echt succesvol voor elkaar krijgen?'

'Kom op, heb een beetje vertrouwen,' kaats ik terug met een overdreven knipoog, in de hoop wat bravoure in de sombere sfeer te brengen. 'Het is niet alsof we hier met het bovennatuurlijke te maken hebben. Gewoon je doodgewone corrupte kliek van de overheid die voor God speelt, in combinatie met in het lab ontworpen vormveranderaars die mensen feilloos kunnen nabootsen. Fluitje van een cent, toch?'

Declan laat een zucht ontsnappen, hoewel ik een miniem trekje van vermaak op zijn lippen zie. 'O ja, klinkt als een wandeling in het park als je het zo stelt.'

In werkelijkheid begrijpen we beiden maar al te goed de immense gevaren die gepaard gaan met het rechtstreeks confronteren van het Bureau en hun clandestiene experimenten. Maar als falen betekent dat we toestaan dat er meer onschuldige levens worden verwoest, welke keuze hebben we dan echt, anders dan te vechten, ongeacht de kansen?

'Oké dan,' zegt Declan eindelijk, zijn schouders rechtend met hernieuwde vastberadenheid. 'Laten we deze locaties van de faciliteiten een voor een onder de loep nemen. Beveiligingsprotocollen analyseren, structurele zwaktes... alles wat ons kan helpen toegang te krijgen.'

'Nu praat je,' bevestig ik fel. 'We ontmaskeren die klootzakken voor wat ze zijn, en gerechtigheid zal snel volgen.'

Declan knikt. 'Stevige strategie. Laten we aan de slag gaan.'

Terwijl de uren meedogenloos voortkruipen, drukt het gewicht van onze getroebleerde geschiedenissen als een fysieke last op ons. Maar de pijn en het verlies die we beiden hebben geleden door toedoen van het Bureau, dienen nu alleen maar om onze gedeelde vastberadenheid te versterken. We hebben al te bitter gevochten en te veel opgeofferd om nu ook maar te overwegen terug te krabbelen.

'Hé,' zegt Declan enige tijd later, en hij doorbreekt mijn hypergeconcentreerde focus. 'Wat er ook gebeurt zodra we deze grens oversteken, ik dek je. Dat weet je toch?'

'Dat heb je inderdaad al een of twee keer eerder genoemd,' antwoord ik met een schampere halve glimlach. 'Maar maak je geen zorgen, ik voel hetzelfde... partners.'

De blik die Declan me dan geeft, resoneert met een felle intensiteit die me de adem beneemt. 'Goed. Want we zullen elkaar nodig hebben als we de sluier van de leugens van het Bureau willen afrukken en eindelijk gerechtigheid willen krijgen voor Diana en alle anderen die ze kapot hebben gemaakt.'

Ik beantwoord zijn fanatieke blik zonder met mijn ogen te knipperen. 'Verdomd als we dat niet doen.'

Op dat moment stapt Athina doelbewust de krappe, schemerige kamer binnen, haar doordringende blik onmiddellijk en intens op mij gericht.

'Artemis, Declan,' begroet ze kordaat, haar stem zo heerszuchtig en zakelijk als altijd. 'Ik heb contact gehad met een aantal van mijn meest vertrouwde bronnen, en ik geloof dat ik iets van cruciaal belang heb ontdekt.'

Ik leun gretig naar voren, en ongeduld sluipt in mijn stem. 'Nou, houd ons niet langer in spanning. Wat is het?'

Met elke seconde die we dralen, hangen er levens aan een zijden draadje. De tijd voor spelletjes of schuchter gedoe is allang voorbij.

Zonder een woord te zeggen, loopt Athina om me heen om achter me te gaan staan. Ze leunt over mijn schouder om een bestand te openen op het computerscherm dat ik eerder als irrelevant had afgedaan. Ze wijst beslist naar een naam die herhaaldelijk opduikt: The Elysium, een ultra-exclusieve club.

'Deze plek is een verborgen hol dat wordt bezocht door de hoogste functionarissen van het Bureau,' legt Athina uit, een sluwe schittering in haar ogen. 'Het is een soort privéspeeltuin waar ze zich vrij voelen om hun waakzaamheid te laten varen en zich over te geven aan overdaad, in de veronderstelling dat niemand het zou durven observeren of beoordelen.'

Ik voel een sluwe grijns over mijn gezicht trekken terwijl de mogelijkheden onmiddellijk vorm krijgen in mijn gedachten. 'Perfect. We komen dat clubhuis van hen binnen, en ik durf te wedden dat we allerlei nuttige vuiligheid zullen opgraven.'

Athina schudt haar hoofd, een wrange glimlach verschijnt op haar lippen. 'Was het maar zo eenvoudig. Deze club is strikt alleen op uitnodiging. En zelfs als het ons zou lukken om toegang te krijgen, zouden ze ons als haviken in de gaten houden, onmiddellijk op hun hoede.'

Mijn glimlach vervaagt, maar mijn vastberadenheid wordt alleen maar groter. 'Oké, dus we hebben duidelijk een slimmere manier nodig om te infiltreren.'

Declan mengt zich er dan in, met gefronste wenkbrauwen in gedachten verzonken. 'Wat stel je precies voor?'

Athina's ogen glinsteren veelbetekenend. 'Ga undercover als bedienend personeel. Het zou je toegang geven en de perfecte kans om privégesprekken af te luisteren, misschien zelfs onopgemerkt beperkte gebieden te bereiken.'

Ik knik bedachtzaam, geïntrigeerd door de gewaagde strategie ondanks de risico's. 'Ze zien het personeel waarschijnlijk als onbelangrijk meubilair. Goed, ik doe mee.'

Declan kijkt me aan, vastberadenheid op zijn gezicht geëtst. 'Ik ook. We zullen doen wat nodig is om hun geheimen te ontrafelen.'

Athina bekijkt ons beiden een lang moment kritisch voordat ze knikt. 'Vergeet niet dat uiterste voorzichtigheid essentieel is. Jullie levens zullen in groot gevaar zijn.'

Mijn handen ballen zich onbewust tot vuisten, woede borrelt in mijn binnenste over waar we tegenover staan. Maar ook de verwachting van de dreigende confrontatie. 'Begrepen. Laten we aan de slag gaan met het plannen van deze infiltratieoperatie.'

Naast me kruist Declan zijn armen, zijn grijsgroene ogen glinsteren van nauwelijks bedwongen woede. 'Tijd om deze klootzakken te raken waar ze het nooit verwachten.'

'Zeker weten,' knik ik, mijn hart zwelt van vastberadenheid. Ze zullen niet weten wat hun overkomt, en wanneer de rook is opgetrokken, zal de waarheid eindelijk onthuld worden.

Zodra Athina vertrekt, daalt Declans behoedzaamheid als een lijkwade over hem neer. 'Weet je absoluut zeker dat dit plan om rechtstreeks hun exclusieve club te infiltreren de verstandigste aanpak is?'

Hij bestudeert me aandachtig met die doordringende grijsgroene ogen, zijn voorhoofd gefronst van twijfel.

'O ja, ik weet zeker dat dit een fantastisch idee is,' kaats ik snibbig terug, mijn stem druipt van het sarcasme. 'Ik bedoel echt, wat kan hier nu helemaal misgaan?'

Maar onder de luchtige opmerking razen mijn gedachten met stalen vastberadenheid. Deze geheime operatie is de perfecte kans om onze vijanden van dichtbij te bespioneren en onschatbare informatie te verzamelen die deze zaak wijd open kan breken. De risico's kunnen me gestolen worden; falen is geen optie.

Declan zucht zwaar en haalt rusteloos zijn vingers door zijn eeuwig warrige haar. 'Oké, ik weet dat ik je hier niet van kan afbrengen. Maar we moeten hier wel een verdomd solide strategie voor uitdenken.'

Ik pak al een notitieblok en pen en krabbel de kern van een plan neer. 'Geen tegenwerpingen. Laten we nu nadenken. Eerst het belangrijkste: we hebben authentieke uniformen van het bedienend personeel nodig om overtuigend op te gaan in de massa met de echte werknemers.'

Declan knikt bedachtzaam. 'Juist, we zullen outfits moeten opsporen die precies bij hun stijl passen. Er is geen ruimte voor afwijkingen.'

'Precies. En valse ID's voor het geval iemand nieuwsgierig wordt en vragen begint te stellen,' ga ik verder, terwijl mijn pen snel over de pagina vliegt. 'O, en we moeten ook kijken of we discrete oortjes kunnen bemachtigen, zodat we met elkaar in contact kunnen blijven.'

'Allemaal goede voorzorgsmaatregelen,' stemt Declan in, en een deel van de spanning verdwijnt uit zijn houding nu het plan vorm krijgt. 'En hoe zit het met het ongezien binnenkomen?'

Een ondeugende grijns trekt aan mijn lippen. 'Simpel. We "lenen" een paar outfits van de echte werknemers als ze voor hun dienst arriveren. Kinderspel.'

Declans mond trekt samen van afkeer. 'Misschien makkelijk voor jou. Maar laten we proberen hier geen onschuldige mensen te kwetsen. Dat zijn gewoon gewone mensen die proberen de kost te verdienen, weet je nog?'

Ik beantwoord zijn ernstige blik zonder met mijn ogen te knipperen. 'Wat nodig is, Declan. Er staat te veel op het spel om ons nu nog in te houden.'

Hij trekt een grimas, maar knikt instemmend. 'Heel goed. Laten we dit gewoon doen.'

In een mum van tijd regelen Athina's schimmige contacten alles wat nodig is: authentieke uniformen, gekloonde ID's en meer. Ik stop mijn kenmerkende zilveren haar onder een pruik, waarmee ik de vermomming voltooi.

Terwijl ik in de invallende schemering bij de discrete achterdeur van de club sta, draai ik me om naar Declan, de vastberadenheid maakt mijn rug recht. 'Klaar om die klootzakken te laten boeten?'

Declans kaak verhardt van vastberadenheid, hoewel er nog steeds onrust in zijn grijsgroene ogen glinstert. 'Zo klaar als ik maar kan zijn. Maar blijf scherp daarbinnen, we krijgen geen tweede kansen.'

Ik gun mezelf een gewaagde grijns. 'Kom op, hou op zo'n piekeraar te zijn. Wat kan er nu helemaal misgaan?'

'Je weet dat ik het haat als je dat zegt.'

'Ja, ja,' lach ik. 'Kom op, laten we dit doen.'

Zij aan zij stappen we door de deur, het hol van de adder in. De strijd is begonnen.

Hoofdstuk Negenentwintig

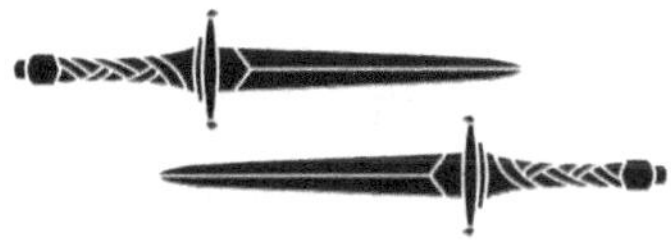

De dreunende bas van de clubmuziek trilt door mijn botten terwijl Declan en ik naar binnen glippen, gekleed in onze gestolen uniformen. Het voelt verkeerd om andermans kleren te dragen, maar dat onrecht valt in het niet bij wat het Bureau heeft gedaan. Ik schud het ongemak van me af en concentreer me op de taak die voor ons ligt: gerechtigheid vinden voor slachtoffers zoals Diana.

'Onthoud,' mompelt Declan, zijn warme adem kriebelt in mijn oor, 'let op verdachte activiteiten. En vergeet niet op je hoede te blijven.'

Zijn bezorgdheid veroorzaakt een lichte trilling in mijn borst die ik meedogenloos de kop indruk. Dit is niet het moment voor gevoelens. Ik moet geconcentreerd blijven, en me aan Declan hechten zal daarbij niet helpen.

'Natuurlijk,' antwoord ik, mijn stem druipend van het sarcasme. 'Ik ben niet iemand die ooit haar waakzaamheid laat verslappen.'

Hij rolt met zijn ogen, maar gaat er niet tegenin. In plaats daarvan glijdt hij in de rol van de onopvallende ober, balanceert een dienblad met drankjes en weeft zich een weg door de menigte. Ik volg zijn voorbeeld, mijn zintuigen op scherp terwijl ik de zee van kronkelende lichamen afspeur.

Terwijl ik door de menigte beweeg, kan ik het niet helpen flarden van gesprekken op te vangen – alledaags gebabbel over werk, roddels en het laatste bovennatuurlijke schandaal. Niets belangrijks of relevants. Mijn frustratie groeit naarmate de nacht vordert, en nog steeds vinden we geen concrete aanwijzingen.

'Iets?' vraagt Declan wanneer we elkaar in een schimmig hoekje treffen. Zijn hazelnootkleurige ogen speuren mijn gezicht af op zoek naar hoop.

'Niets,' geef ik toe en bal mijn vuisten. 'Alsof het spoken zijn.'

'Of ze zijn gewoon heel goed in zich verbergen,' oppert hij, met een sombere uitdrukking. 'We moeten dieper graven.'

'Dieper? Wat wil je, dat ik willekeurige clubgangers ga ondervragen?'

'Misschien,' zegt hij serieus, en ik moet een kreun onderdrukken. 'We kunnen het ons niet veroorloven om ook maar iets aan het toeval over te laten.'

'Goed,' snauw ik, terwijl mijn geduld opraakt. 'Maar als ik vanavond in een gevecht beland, is het jouw schuld.'

Hij grijnst erom, en even ziet hij er bijna zorgeloos uit – een schril contrast met de geharde krijger die ik ken. Het is een kant van hem die ik vaker zou willen zien, maar dit is niet het moment voor zulke gedachten.

'Afgesproken,' zegt hij en steekt zijn hand uit. Met tegenzin schud ik die en probeer de warmte te negeren die van zijn aanraking mijn huid intrekt.

'Oké,' adem ik uit, terwijl ik me schrap zet voor de volgende fase van ons plan. 'Laten we de waarheid onthullen die ze allemaal verbergen.'

'Eens,' antwoordt Declan, zijn blik vurig en onwrikbaar. 'Voor Diana en iedereen die ze pijn hebben gedaan.'

Terwijl we ons weer in de strijd mengen, dwing ik mezelf om mijn gevoelens voor Declan diep weg te stoppen en ze op te sluiten waar ze me niet kunnen afleiden. Deze missie draait om gerechtigheid, en ik laat niets dat in de weg staan. Zelfs mijn eigen hart niet.

'Geloof me, Artemis. Niemand zal ons herkennen,' zegt Declan, zijn stem doordrenkt met dat irritant kalme zelfvertrouwen dat ik evenzeer ben gaan verachten als op ben gaan vertrouwen.

'Jij hebt makkelijk praten,' mompel ik, terwijl we onze obersuniformen recht trekken. Ik kan het niet helpen dat ik me kwetsbaar voel zonder mijn rode leren jack en zwarte leren broek. Het litteken op mijn linkerwang is tenminste bedekt met een dun laagje make-up. Het brengt het verleden niet tot zwijgen, maar misschien dempt het het voor nu.

'Denk aan het plan,' fluistert Declan, zijn hazelnootkleurige ogen ontmoeten de mijne. Zijn warrige bruine haar lijkt meer onder controle dan normaal, en ik moet toegeven dat hij er knap uitziet in dit pakje. Maar dat zal ik hem niet vertellen.

'Laten we dit doen,' stem ik met tegenzin in. Ik recht mijn rug en pak een dienblad vol met champagneflûtes.

De exclusieve club waar de soirée van de Bureau-chefs wordt gehouden is protserig en opzichtig, net als de mensen die we op het punt staan te bedienen. Kroonluchters werpen een gouden licht over gepolijste marmeren vloeren, en de lucht is zwaar van de geur van geld en arrogantie. Het is alles wat ik haat, samengepakt op één locatie.

We banen ons een weg door de menigte van socialites, die ons geen blik waardig keuren. Ze zien het uniform – zwarte gilets en smetteloos witte overhemden – en doen ons af als onbelangrijk. We zijn onzichtbaar. Perfect.

'Champagne, meneer?' vraag ik met een geforceerde glimlach, en houd het dienblad voor aan een ouder wordende politicus wiens ogen hebberig op mijn bleke huid blijven hangen. Hij pakt een glas zonder me zelfs maar op te merken, te druk met het beloeren van mijn tatoeages die onder mijn mouwen uit piepen. Griezel.

'Concentreer je,' herinnert Declan me eraan, zijn stem zacht en geduldig. Ik geef hem een kort knikje en blijf rondlopen, terwijl ik zie hoe hij hetzelfde doet aan de andere kant van de kamer. Even sta ik mezelf toe te genieten van het feit dat hij hier bij me is, en deze strijd aan mijn zijde vecht.

'Artemis,' knettert Declans stem in mijn oortje. 'Ik zie ze. De Bureau-chefs verzamelen zich in de hoek bij de open haard.'

'Begrepen,' antwoord ik en speur de kamer af tot ik de groep elite Bureau-leden vind die bij elkaar staan. Alleen al hun aanwezigheid laat mijn bloed koken. Deze mensen denken dat ze ons kunnen beheersen, onze bovennatuurlijke gaven kunnen onderdrukken en ons aan hun grillen geketend kunnen houden.

Maar niet voor lang meer. We gaan hen ten val brengen, één corrupte ambtenaar tegelijk. En vanavond zijn we erin geslaagd het hart van hun operatie te infiltreren. Als we maar onder de radar kunnen blijven, de informatie kunnen verzamelen die we nodig hebben en weg kunnen komen, zijn we weer een stap dichter bij de overwinning.

'Blijf kalm, Artemis,' mompelt Declan in mijn oor, alsof hij mijn innerlijke onrust voelt. 'We doen het tot nu toe goed.'

'Juist,' beaam ik, haal diep adem en zet weer een nepglimlach op mijn gezicht. Het enige wat we hoeven te doen is onze rol spelen, onopgemerkt blijven en toeslaan wanneer de tijd rijp is.

'Laten we deze klootzakken wat te drinken serveren,' zeg ik tegen mezelf, en richt mijn blik op het groepje Bureau-chefs. Tijd om te laten zien waar we van gemaakt zijn.

*

Mijn hart racet als ik een dienblad met champagneflûtes in de handen van een politicus duw, lief glimlachend terwijl ik innerlijk ineenkrimp. Zijn ogen gaan op en neer over mijn lichaam, alsof hij me opmeet voor een of ander pervers spel. Ik onderdruk de drang om hem in zijn gezicht te slaan. In plaats daarvan knik ik beleefd en ga door naar het volgende doelwit.

'Generaal,' zeg ik soepel, en reik een glas aan een streng kijkende militaire leider. 'Een toost op uw recente overwinning?'

'Ah, dank je, meisje,' gromt hij, en pakt het aangeboden drankje aan zonder me een tweede blik te gunnen. Goed. Hoe minder aandacht ik trek, hoe beter.

'Declan,' fluister ik, terwijl ik het kleine elektronische zendertje dat Athina me had gegeven tussen mijn vingers laat glijden. 'Ik ga proberen het te plaatsen.'

'Begrepen,' mompelt hij terug, zijn stem gespannen van concentratie. 'Doe het nonchalant.'

Terwijl ik me door de menigte weef, zie ik een groep topfiguren uit het bedrijfsleven zich bij een tafel verzamelen. Perfect. Ik schuifel naar hen toe en doe alsof ik aandachtig luister naar hun gesprek over aandelenkoersen en fusies. Stomvervelend, maar het is de perfecte dekmantel.

'Pardon,' zeg ik, onhandigheid veinend terwijl ik 'per ongeluk' tegen een van de mannen aan bots. Mijn vingers schuiven behendig het zendertje onder de rand van het tafelkleed en zetten het vast. 'Mijn excuses, meneer.'

'Kijk uit waar je loopt,' snauwt hij, en kijkt me boos aan.

'Vanzelfsprekend, meneer,' antwoord ik, en dwing mezelf te glimlachen. Blijf gewoon je rol spelen, Artemis. Je bent er bijna.

'Zendertje is geplaatst,' laat ik Declan weten, terwijl ik me van de tafel terugtrek en de kamer afspeur naar mijn volgende kans.

'Goed werk,' zegt hij. 'Laten we nu nog wat sappige doelwitten zoeken.'

'Sappig' is een interessante woordkeuze, maar ik weet wat hij bedoelt. We moeten alle informatie verzamelen die we kunnen voordat onze dekmantel in duigen valt.

'Begrepen,' antwoord ik en klem mijn kaken op elkaar terwijl ik me weer in het strijdgewoel stort. De geur van dure cologne en hebzucht hangt zwaar in de lucht, waardoor ik wil kokhalzen. Maar daar is nu geen tijd voor.

'Artemis, ik heb een topdoelwit – Dr. Victor Graves zelf,' zegt Declan, zijn stem doordrenkt met opwinding. 'Laten we kijken of we dichtbij genoeg kunnen komen om af te luisteren.'

'Ik ben vlak achter je,' zeg ik, mijn hart bonst in mijn borstkas terwijl we dichter bij ons uiteindelijke doel komen, wetende dat elk moment ons een stap dichter bij overwinning of rampspoed brengt.

'Artemis, pas op,' waarschuwt Declan terwijl ik me door de zee van pakken en jurken weef. 'We hebben een potentieel probleem.'

'Fantastisch,' mompel ik. 'Wat voor probleem?'

'Tien uur. Lange, breedgeschouderde vent met een gemillimeterd kapsel,' sist hij. 'Ik denk dat hij ons doorheeft.'

'Gemillimeterd' is een understatement. Het hoofd van de man is praktisch kaalgeschoren. Mijn hart slaat een slag over als ik hem herinner van een eerdere schermutseling.

Hij was een van de top handhavers van het Bureau en we waren die keer maar net ontsnapt.

'Verdomme,' denk ik bij mezelf. Van alle avonden moet deze vent juist nu opduiken...

'Blijf kalm,' zegt Declan, in een poging me gerust te stellen. 'We hebben nog steeds een klus te klaren.' Maar ik hoor de spanning in zijn stem.

'Juist,' zeg ik, en probeer cool te blijven. 'Laten we gewoon in beweging blijven. Misschien herkent hij ons niet.'

'Goed plan,' stemt hij in, maar ik zie de twijfel in zijn ogen.

'Ober!' blaft de lompe lijfwacht, wijzend naar mij. Het kost me elke greintje zelfbeheersing om niet terug te deinzen of weg te rennen. In plaats daarvan tover ik een nepglimlach op mijn gezicht en loop op hem af, met het dienblad in mijn hand.

'Kan ik u helpen, meneer?' vraag ik, mijn stem trilt lichtjes.

'Waar heb ik u eerder gezien?' Zijn ogen worden wantrouwig tot spleetjes geknepen en ik voel de kleur uit mijn gezicht wegtrekken.

'Eh, ik weet het niet zeker, meneer,' stamel ik, en probeer verward te klinken. 'Ik werk hier, dus misschien heeft u me hier al eens gezien?'

'Misschien,' zegt hij langzaam, zijn blik onafgebroken op mij gericht. 'Of misschien was het ergens anders.'

'Artemis, maak je uit de voeten,' dringt Declan aan, zijn stem nauwelijks een fluistering in mijn oor.

'Sorry, meneer,' zeg ik, en deins achteruit van de lijfwacht. 'Ik moet andere gasten bedienen.'

'Wacht!' beveelt hij en grijpt mijn arm. Ik voel de hitte van zijn greep door mijn nep-obersuniform en angst bloeit op in mijn borst.

'Pardon, meneer,' mengt Declan zich er soepel in en stapt tussen ons in. 'Maar we moeten echt gaan.'

'Laat haar los,' zegt hij, en staart de lompe man aan.

'Prima,' mompelt de lijfwacht en laat mijn arm los. Maar ik weet dat we nog niet uit de gevarenzone zijn. Hij heeft ons door, en het is slechts een kwestie van tijd voordat alles in duigen valt.

'Artemis.' Declans stem echoot in mijn oor, een herinnering dat hij achter me staat. 'Blijf kalm.'

'Jij hebt makkelijk praten,' mompel ik, en probeer mijn paniek in bedwang te houden.

'Kom, we gaan.' Hij pakt mijn hand en leidt ons weg van de lompe lijfwacht wiens achterdochtige blik onze elke beweging volgt. We weven ons door de menigte van politici en militaire leiders, wanhopig op zoek naar een uitgang.

'Daar,' fluistert Declan en knikt naar een zijdeur. Het lijkt te mooi om waar te zijn – een onbewaakte ontsnappingsroute zo dichtbij. Maar als we dichterbij komen, duiken er uit het niets nog een paar bewakers op, die ons de weg afsnijden.

'Verdomme,' sis ik, mijn hart bonst als een razende in mijn borst.

'Houd je hoofd koel,' adviseert Declan. 'We vinden wel een andere weg.'

'Zeker, want dat heeft tot nu toe zo goed gewerkt,' snauw ik, mijn frustratie borrelt op.

'Artemis, vertrouw me,' zegt hij, zijn hazelnootkleurige ogen smeken me om nog even aan de hoop vast te houden.

'Goed.' Ik haal diep adem en zet me schrap voor wat er komen gaat.

'Pardon,' onderbreekt een van de bewakers, die Declan op zijn schouder tikt. 'Jullie twee moeten met ons meekomen.'

'Is er een probleem?' vraagt Declan, en veinst onschuld.

'Uw vriendin hier komt me vreselijk bekend voor,' antwoordt de bewaker, zijn ogen boren zich in mij alsof ze dwars door mijn vermomming heen kunnen kijken. 'De baas wil jullie allebei even spreken.'

'Natuurlijk.' Declan knijpt geruststellend in mijn hand voordat hij zich tot de bewakers wendt. 'Gaat u voor.'

We worden door schemerig verlichte gangen geëscorteerd, de sfeer wordt met elke stap zwaarder. Mijn maag draait, een misselijkmakende mix van angst en verwachting verkrampt zich in knopen.

'Artemis, als er iets gebeurt...' begint Declan te zeggen, maar ik kap hem af.

'Niet doen.' Mijn stem trilt en verraadt mijn angst. 'Gewoon... niet doen.'

'Oké,' mompelt hij, zijn greep om mijn hand wordt steviger.

Als we een dubbele deur bereiken, duwen de bewakers ons naar binnen. De kamer is gevuld met meer gewapende bewaking, hun gezichten koud en onvergeeflijk. De lompe lijfwacht van eerder staat vooraan, een zelfvoldane grijns op zijn gezicht geplakt.

'Wist wel dat ik je herkende,' sneert hij. 'Dacht je ons voor de gek te kunnen houden, hè?'

'Ik ben erin getrapt, denk ik,' antwoord ik, en probeer mijn ongemak te verbergen met sarcasme.

'Genoeg!' Een bulderende stem snijdt door de spanning en brengt iedereen in de kamer tot zwijgen. Ik kijk op en zie een lange man met een militaire houding op ons afstappen, zijn uitdrukking verstoken van enige warmte.

'Pak ze,' beveelt hij, en knikt naar de bewakers die ons omringen.

Voordat we kunnen reageren, worden we gegrepen en de kamer uitgesleept, ons verzet is zinloos tegen hun ijzeren greep. Ze sleuren ons naar buiten, waar een gepantserd gevangenentransport wacht.

'Instappen,' blaft een van de bewakers, en duwt ons richting het voertuig. We klimmen in, de deur slaat achter ons dicht en snijdt alle hoop op ontsnapping af.

'Declan, wat gaan we doen?' fluister ik, mijn stem nauwelijks hoorbaar boven het gebrom van de motor. Maar als ik in zijn ogen kijk, op zoek naar geruststelling, realiseer ik me dat hij net zo onzeker is als ik.

Het transport hobbelt en schudt ons zonder genade, alsof we aardappelzakken achterin een boerenkar zijn. Ik probeer me te oriënteren, maar het voertuig heeft geen ramen, alleen koud, onvergeeflijk metaal. De lucht is zwaar van de geur van zweet en roest, een constante herinnering aan onze huidige benarde situatie.

'Waar denk je dat ze ons naartoe brengen?' vraagt Declan, zijn stem nauwelijks hoorbaar boven de rammelende motor.

'Jij weet net zo veel als ik,' antwoord ik, en probeer de zorgen uit mijn stem te houden. 'Ze hebben ons opgesloten in deze blikken doos op wielen, dus het zal wel geen aangename plek zijn.'

'Artemis, het spijt me–'

'Bespaar het je,' snauw ik, en kap hem af voordat hij kan uitpraten. 'We hebben onze keuzes gemaakt, en nu moeten we de consequenties dragen.' Mijn hart doet pijn voor hem, maar ik kan mijn waakzaamheid niet laten verslappen, niet wanneer er grotere dingen op het spel staan dan alleen onze gevoelens.

'Goed,' zegt hij kortaf. 'Maar we vinden hier een uitweg. Dat moet wel.'

'Dat doen we altijd,' zeg ik, de kleinste hint van een glimlach dreigt door mijn vastberadenheid heen te breken.

Na wat een eeuwigheid lijkt, komt het transport knarsend tot stilstand en worden de deuren opengerukt. De plotselinge lichtinval prikt in mijn ogen en ik knipper verwoed terwijl ze wennen aan de felle schittering. We zijn omringd door gewapende bewakers, hun wapens op ons gericht terwijl ze bevelen blaffen om het voertuig te verlaten.

'Welkom in je nieuwe thuis,' sneert een van hen, en duwt ons vooruit.

'Charmant,' mompel ik, wat me een ruwe duw in mijn rug oplevert.

Onze ontvoerders leiden ons door een uitgestrekt, desolaat landschap, de wind geselt mijn zilveren haar, prikkend op mijn wangen. De black site-gevangenis van het Bureau doemt voor ons op, een brutalistisch monoliet omgeven door prikkeldraad en wachttorens. Het schreeuwt van alle kanten gevaar.

'Gezellig,' zegt Declan strak, zijn ogen scannen het imposante bouwwerk.

'Krijgt vast geen vijfsterrenrecensies,' beaam ik, en probeer wat humor in onze situatie te vinden.

De bewakers leiden ons door de ingang en we dalen af in de koude, steriele diepten van de faciliteit. Met elke stap wordt de lucht kouder en een gevoel van onheil nestelt zich als een loden gewicht in mijn borst. Ik kan het gevoel niet van me afschudden dat we, eenmaal binnen, misschien nooit meer het daglicht zullen zien.

'Doorlopen!' blaft een bewaker ons toe, en duwt ons hardhandig door de gang.

'Heeft niemand jou manieren geleerd?' werpt Declan tegen, wat hem een snelle klap tegen zijn achterhoofd oplevert. Ik krimp ineen van sympathie maar blijf stil, wetende dat dit niet het moment is voor verzet.

Uiteindelijk stoppen ze bij twee aangrenzende cellen, de deuren onheilspellend open en wachtend. 'Naar binnen met jullie,' zegt een van hen, wijzend naar de donkere, groezelige ruimtes.

'Zoals het klokje thuis tikt...' zeg ik terwijl ik mijn cel binnenstap, de deur slaat achter me dicht. Ik kijk door de tralies en zie Declan aan de andere kant, zijn gezicht een mix van vastberadenheid en bezorgdheid.

'Artemis...' begint hij, maar ik kap hem af met een schudden van mijn hoofd.

'Spaar je krachten, Declan,' zeg ik zacht, en klem mijn vingers om de koude metalen tralies. 'Die zullen we nodig hebben als we hieruit willen komen.'

Hij knikt, begrip staat in zijn hazelnootkleurige ogen geschreven. We zijn misschien opgesloten, maar we zijn niet verslagen – nog niet. En zolang we elkaar hebben, is er nog hoop.

Hoofdstuk Dertig

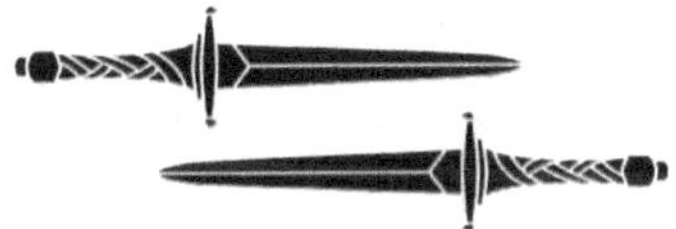

De koude metalen tralies drukken in mijn rug en verkoelen me tot op het bot. Ik glijd omlaag en voel mijn lichaam met een doffe klap op de vloer terechtkomen. De adrenaline die door mijn aderen heeft gepompt, ebt langzaam weg en laat niets dan wanhoop achter.

'Artemis,' roept Declan zachtjes vanuit zijn cel, 'doe jezelf dit niet aan. We wisten dat er risico's waren.'

'Risico's?' Ik snuif, de bitterheid druipt van elk woord. 'Ons plan was rockeloos en dom, Declan. We horen slimmer te zijn dan dit.' Ik begraaf mijn gezicht in mijn handen en slik de tranen in die dreigen te komen.

'Hé,' zegt hij scherp en trekt zich op om aan de andere kant van de muur die ons scheidt te gaan staan. 'We hebben in ergere situaties gezeten, weet je nog?'

'O ja?' kaats ik terug, mijn stem breekt. 'Want waar ik nu zit, lijkt het er meer op dat we voor weet ik veel hoe lang in een illegale gevangenis zijn beland, allemaal omdat een of andere dommekracht me herkende.'

'Artemis, kijk me aan,' beveelt hij, zijn toon vastberaden maar zacht. Ik til met tegenzin mijn ogen op om zijn hazelnootkleurige blik te ontmoeten en vind daar een sprankje hoop. 'We komen hier wel uit, oké? Dat doen we altijd.'

'Behalve wanneer het niet lukt,' mompel ik binnensmonds en wend me van hem af. Het gewicht van ons falen verplettert me en maakt ademhalen moeilijk.

'Luister.' Zijn stem is nauwelijks een fluistering, waardoor ik dichterbij moet leunen om hem te horen. 'We hebben het opgenomen tegen bovennatuurlijke wezens, afvallige overheidsagenten en corrupte politici – en tot nu toe zijn we er altijd als winnaar uitgekomen. Dit zal niet anders zijn.'

'Maar wat als dat wel zo is?' Mijn woorden zijn weinig meer dan een gesmoorde snik. 'Wat als dit het einde voor ons is?'

'Dan gaan we vechtend ten onder,' verklaart hij, de vastberadenheid in zijn stem bezorgt me een rilling over mijn rug. 'Maar ik geef ons nog niet op, en dat zou jij ook niet moeten doen.'

'Zelfs de besten falen soms,' zeg ik zacht, de woorden smaken als vergif op mijn tong.

'Klopt.' Declan knikt plechtig. 'Maar wij zijn niet alleen goed, Artemis – wij zijn buitengewoon. En buitengewone mensen vinden een manier om boven hun mislukkingen uit te stijgen.'

Ik laat zijn woorden tot me doordringen en voel het vonkje hoop in mij weer oplaaien. We zijn te ver gekomen om nu op te geven, en met Declan aan mijn zijde – ook al is het maar door een celmuur heen – weet ik dat we een uitweg zullen vinden.

'Buitengewoon, hè?' Ik slaag erin een kleine glimlach te produceren en kijk hem weer aan. 'Dan zullen we dat maar moeten bewijzen, nietwaar?'

'Reken maar,' grijnst hij, en voor een kort moment lijkt de duisternis van onze gevangenis iets minder verstikkend.

'Wat is het plan dan? Heb je nog trucs achter de hand?'

'Ik werk eraan,' antwoordt hij, vastberaden klinkend. 'Maar één ding weet ik zeker: we gaan niet zonder slag of stoot ten onder. Dat zijn we aan onszelf verplicht, en aan iedereen die tegen het Bureau vecht.'

Zijn woorden vinden weerklank in mij en ondanks de sombere situatie waarin we ons bevinden, voel ik mijn moed toch toenemen. Als er één ding is dat ik heb geleerd van mijn samenwerking met Declan, is het dat als hij zijn zinnen ergens op zet, niets hem in de weg kan staan.

'Oké,' zeg ik, een vonk van verzet ontbrandt in me. 'Laten we dit doen. Laten we deze plek met de grond gelijk maken, steen voor steen als het moet. Ze hebben zich met de verkeerde bovennatuurlijke jagers ingelaten.'

'Absoluut,' stemt hij toe, zijn stem vol overtuiging. 'Ze zullen er spijt van krijgen dat ze ons ooit hebben gedwarsboomd.'

Ik glimlach grimmig en waardeer zijn vermogen om zelfs nu mijn moed erin te houden. Dat is iets waarop ik ben gaan vertrouwen: het feit dat Declan altijd achter me zal staan, hoe somber de situatie ook lijkt.

'Hé, Artemis?' fluistert hij, zijn stem plotseling ernstig. 'Je weet dat ik je nooit zou achterlaten, toch? We zitten hier samen in, tot het einde.'

'Twee handen op één buik,' werp ik hem toe in een poging de sfeer wat lichter te maken. Maar eerlijk gezegd betekenen zijn woorden meer voor me dan ik kan uitdrukken.

'Precies,' antwoordt hij met een zekere toon in zijn stem. 'Samen komen we hieruit, en dan branden we het Bureau tot de grond toe af.'

'Klinkt als een plan,' zeg ik, met een hernieuwd gevoel van doelgerichtheid. De duisternis om ons heen mag dan drukkend zijn, maar Declans onwrikbare vastberadenheid is genoeg om de schaduwen te verjagen.

'Oké dan,' zegt hij vastberaden. 'Laten we aan de slag gaan. We moeten uit een gevangenis ontsnappen en een paar konten schoppen.'

'Dat is muziek in mijn oren,' antwoord ik, mijn grijns woest, zelfs in de duisternis. 'Laten we ze een show geven die ze nooit zullen vergeten.'

'Afgesproken,' fluistert hij, en hoewel ik hem niet kan zien, weet ik dat hij ook grijnst. Op dat moment weet ik zonder enige twijfel dat Declan Reed me nooit in dit godvergeten oord zal laten wegrotten.

En met die kennis die mijn vastberadenheid versterkt, ben ik klaar om elke helse uitdaging die voor ons ligt aan te gaan. We zullen ontsnappen, en als we dat doen, zal het Bureau duur betalen voor hun overtredingen.

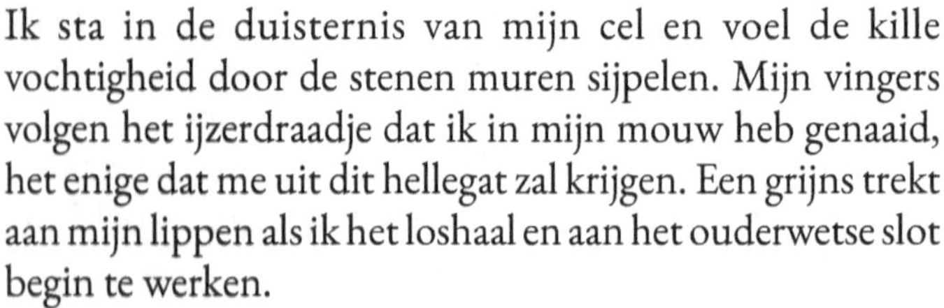

Ik sta in de duisternis van mijn cel en voel de kille vochtigheid door de stenen muren sijpelen. Mijn vingers volgen het ijzerdraadje dat ik in mijn mouw heb genaaid, het enige dat me uit dit hellegat zal krijgen. Een grijns trekt aan mijn lippen als ik het loshaal en aan het ouderwetse slot begin te werken.

'God, wie gebruikt deze dingen nog?' mompel ik, terwijl irritatie in mijn stem kruipt. Het slot klikt open en ik onderdruk een tevreden lach. Eén gehad, nog één te gaan.

'Artemis?' Declans lage gefluister komt uit de cel naast me. 'Ben jij dat?'

'Wie zou het anders zijn?' kaats ik terug en rol met mijn ogen, ook al kan hij me niet zien. Hij zou nu toch moeten weten dat ik altijd voorbereid ben op dit soort situaties. Ik loop naar zijn cel en hurk neer om het slot open te peuteren. Terwijl ik dat doe, valt het me op hoe gespannen en alert hij eruitziet, ondanks dat hij opgesloten zit. Het is geen verrassing, eigenlijk. We hebben samen genoeg meegemaakt om te weten dat gevaar nooit ver weg is.

'Enig idee waar we zijn?' vraagt hij, terwijl hij probeert zijn stem stabiel te houden. Ik pauzeer even en denk na over de vraag.

'Ergens waar we niet zouden moeten zijn,' antwoord ik cryptisch. 'Houd nu je mond en laat me concentreren.' Ik concentreer me op het slot, de metalen klikjes vullen de stilte tussen ons. Binnen enkele seconden springt het open en Declan ademt scherp uit.

'Goed werk,' zegt hij en duwt de deur met een hoorbaar gekraak open. Ik kijk even naar hem, neem zijn gescheurde jeans, stoppelbaard en de verschillende littekens op zijn armen van onze eerdere gevechten in me op. Hij heeft zeker betere dagen gekend, maar dat geldt voor mij ook.

'Bedankt, maar bewaar de complimenten voor later,' snauw ik, terwijl ik mijn aandacht alweer op de taak richt die voor ons ligt. 'We moeten hier weg voordat iemand merkt dat we er niet meer zijn.'

Hij knikt, de urgentie begrijpend. We weten allebei dat de tijd dringt en dat het niet lang zal duren voordat ze weer achter ons aan komen. Maar voor nu hebben we in ieder geval een vechtkans. Ik hoop alleen dat het genoeg is.

'Ga voor,' zegt Declan, zijn hazelnootkleurige ogen gevuld met vastberadenheid. Ik knik en haal diep adem terwijl we ons voorbereiden op wat ons te wachten staat buiten deze celmuren.

'Blijf dichtbij,' fluister ik, mijn adem stokt in mijn keel terwijl we stil door de schemerig verlichte gang bewegen. De haren in mijn nek gaan overeind staan van onbehagen, en mijn tatoeages lijken te pulseren op het ritme van mijn op hol geslagen hart.

'Waar gaan we naartoe?' sist Declan, die dicht aan mijn zijde blijft. Zijn ogen schieten nerveus heen en weer, op zoek naar tekenen van gevaar.

'Naar buiten,' snauw ik, zonder de moeite te nemen hem aan te kijken. Mijn groene ogen blijven gefocust op het pad voor ons, speurend naar elke beweging in de schaduwen. 'En wees nu stil.'

Voordat een van ons kan reageren, weerklinkt het geluid van naderende voetstappen door de gang, waardoor we achter een verroeste metalen kar moeten duiken. Met ingehouden adem kijken we toe hoe twee bewakers voorbij schrijden, hun laarzen dreunen op de koude betonnen vloer. Ze zijn tot de tanden bewapend, wat geen twijfel laat bestaan over wat ze zouden doen als ze ons vonden.

'Artemis,' mompelt Declan, zijn stem nauwelijks hoorbaar. Ik voel de spanning van hem afstralen, een hitte die bijna tastbaar is. 'Het spijt me... ik bedoelde niet...'

'Houd je mond,' onderbreek ik hem, mijn stem laag en gespannen. 'Concentreer je erop om hier levend uit te komen, daarna mag je zoveel excuses maken als je wilt.'

Zodra de bewakers om een hoek verdwijnen, komen we uit onze schuilplaats tevoorschijn, onze harten bonken als een stel drilboren. Ik leid Declan door een doolhof van schijnbaar eindeloze gangen, de een nog vervallener dan de ander. De geur van vochtige aarde en verval vult de lucht, waardoor het moeilijk is om te ademen. Maar we hebben geen tijd om daarover na te denken. We moeten hier weg voordat ze weer voor ons komen.

'Links of rechts?' vraagt Declan als we bij een splitsing in het pad komen. Zijn hazelnootkleurige ogen zoeken de mijne voor leiding, maar er schuilt ook een zweem van twijfel in hun diepten. Het is duidelijk dat hij mijn instincten niet vertrouwt, maar ik kan het hem niet kwalijk nemen. We zijn allebei te vaak verraden.

'Rechts,' beslis ik, mijn instinct volgend. Het heeft me nog niet in de steek gelaten – nou ja, niet helemaal in ieder geval – en ik heb geen andere keus dan er nu op te vertrouwen. 'Houd je ogen open voor tekenen van een uitgang.'

'Begrepen,' antwoordt hij en volgt me op de voet. Terwijl we verdergaan, kan ik het niet helpen me af te vragen wat ons buiten deze afbrokkelende muren te wachten staat. Zullen we de vrijheid vinden waar we naar hunkeren, of zal het gewoon een nieuwe val zijn die wacht om ons te verstrikken? Alleen de tijd zal het leren, en met elke seconde die verstrijkt, weet ik dat onze tijd opraakt.

'Pas op,' sis ik, grijp Declans arm en trek hem net op tijd terug om een camera te ontwijken die onze kant op zwenkt. De lens lijkt even te blijven hangen op de plek waar we net stonden voordat hij verdergaat, alsof hij weet dat we er zijn maar ons niet precies kan lokaliseren.

'Shit, dat scheelde weinig,' mompelt Declan binnensmonds, zijn ogen wijd van schrik. 'Hoeveel van die dingen denk je dat er nog zijn?'

'Te veel,' antwoord ik, terwijl ik de gang voor ons afspeur naar meer verrassingen. Het is duidelijk dat dr. Graves grote moeite heeft gedaan om zijn geheimen verborgen te houden, en ik vraag me af welke andere verschrikkingen we zullen ontdekken voordat deze nachtmerrie voorbij is. Maar ik duw die gedachten opzij en concentreer me op de taak die voor ons ligt. Het is nu of nooit.

'Laten we gaan.' We schieten van schaduw naar schaduw, ontwijken de waakzame blik van de camera's en het onheilspellende gezoem van beveiligingsdeuren. Elke stap voelt als een gok, elke ademhaling een berekend risico dat ons kan redden of ons kan verdoemen tot een eeuwigheid van kwelling. Maar er is nu geen weg meer terug.

'Wacht,' fluistert Declan en houdt me tegen. 'Hoor je dat?'

Ik spits mijn oren en probeer op te vangen wat hij hoort. En dan, heel zwak, hoor ik het geluid van stemmen die door de gangen echoën. Mijn hart slaat een slag over als ik besef dat we dicht bij iets belangrijks moeten zijn. Een controlekamer, misschien?

'Kom op.' Ik gebaar Declan me te volgen, en samen begeven we ons naar de bron van het geluid. Als we een hoek omgaan, stuiten we op een deur die op een kier staat en een kamer onthult vol met monitoren, knipperende lichtjes en de gedempte stemmen van twee bewakers.

'Kijk nou,' mompelt Declan en gluurt naar binnen. 'Het lijkt wel het zenuwcentrum van deze hele plek.'

'Precies,' grijns ik, terwijl ik een golf van adrenaline door mijn aderen voel stromen. 'En daarom gaan we het overnemen – en wel nu.'

'Je bent echt gestoord,' mompelt hij, en mijn grijns wordt alleen maar breder.

'Klaar voor?' vraag ik Declan, mijn stem nauwelijks een fluistering.

'Altijd,' grijnst hij. Maar onder de bravoure zie ik de onzekerheid in zijn ogen flikkeren.

'Kijk en leer.' De woorden zijn luchtig, maar het is wat ik moet zeggen om mijn eigen angst in bedwang te houden terwijl ik de kamer binnenglip, mijn bewegingen griezelig stil. De bewakers kijken niet eens op van hun schermen, zich totaal onbewust van het lot dat hen te wachten staat.

'Hé!' Ik knip met mijn vingers voor hun gezichten, waardoor ze uit hun roes schrikken. 'Jullie zien er verveeld uit. Vinden jullie het erg als we meedoen?'

'W-wat...?' begint de ene bewaker, maar voordat hij nog een woord kan uitbrengen, raakt mijn vuist zijn kaak, waardoor hij tegen de muur smak. Declan rekent snel af met de andere, pakt zijn arm en draait hem om totdat hij schreeuwt van de pijn. Een snelle trap tegen zijn knieholtes brengt hem als een zak bakstenen ten val.

'Mooie acties,' complimenteer ik, mijn toon druipt van het sarcasme. 'Laten we nu aan de slag gaan.'

Ik richt mijn aandacht op het beveiligingssysteem, het complexe netwerk van camera's en alarmen is zelfs voor iemand als ik ontmoedigend. Mijn vingers vliegen over het toetsenbord, mijn gedachten racen door mogelijke combinaties en toegangscodes. De tijd glipt weg, en met elke seconde die verstrijkt, worden onze kansen om te ontsnappen steeds kleiner.

'Kom op, Artemis,' mompel ik binnensmonds, mijn hart bonst in mijn borst. 'Je hebt dit al duizend keer eerder gedaan.'

'Lukt het niet?' vraagt Declan, zijn stem doordrenkt met bezorgdheid. Ik voel zijn blik op me gericht, die elke beweging van me beoordeelt, en het is zowel geruststellend als tergend.

'Natuurlijk wel,' snauw ik, goed wetende dat mijn frustratie niet echt op hem gericht is. 'Geef me even een seconde.'

En dan, als een bliksemflits, krijg ik een ingeving. Ik voer een reeks commando's in die de camerabeelden in een lus zetten, waardoor onze bewegingen effectief worden gemaskeerd terwijl we ontsnappen. De opluchting die me overspoelt is bijna overweldigend, maar er is geen tijd om te vieren.

'Ik heb het,' kondig ik aan, zelfvoldane tevredenheid kleurt mijn woorden. 'We zijn nu onzichtbaar.'

'Geweldig,' zegt Declan, grijnzend ondanks onze penibele situatie. 'Laten we nu maken dat we hier wegkomen.'

'Helemaal mee eens,' antwoord ik, mijn hart dendert in mijn oren terwijl we terug de schaduwen in glippen, ons pad naar vrijheid nu iets duidelijker.

'Artemis,' fluistert Declan, zijn hand klemt zich stevig om de mijne. 'Ik zeg dit niet vaak genoeg, maar je bent ongelooflijk.'

'Bewaar de complimenten voor later,' zeg ik tegen hem, maar ik kan de kleine glimlach die aan mijn lippen trekt niet onderdrukken. We rennen misschien voor ons leven, maar we doen het tenminste samen. En met een beetje geluk, overleven we dit om nog een dag te vechten.

HOOFDSTUK EENENDERTIG

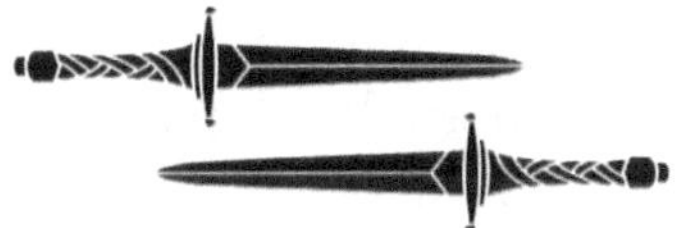

DE IJSKOUDE NACHTLUCHT RAAKT me als een moker-slag zodra we naar buiten glippen, snijdend en meedogenloos. Nadat ik eindeloze uren gevangen had gezeten in de bedompte duisternis van die plek, was ik bijna vergeten hoe frisse lucht aanvoelde.

Declan en ik pauzeren even, terwijl witte wolkjes van inspanning uit onze hijgende adem opstijgen. Mijn ledematen trillen door de naschokken van de adrenaline en mijn zenuwen zijn nog strakgespannen van onze gevaarlijke escapade.

'We zijn eruit,' mompel ik binnensmonds, bijna bang om de woorden hardop uit te spreken.

Maar Declan blijft uiterst waakzaam en scant wantrouwig onze schemerige omgeving op elk teken van naderend gevaar. 'Laten we nog niet te vroeg juichen. We zijn nog lang niet veilig.'

Ik rol met mijn ogen naar de hemel. 'Altijd de pragmaticus, hè?'

Mijn poging tot nonchalance klinkt zelfs in mijn eigen oren mislukt. Onder de bravoure beukt mijn hart tegen mijn ribben en ik weet dat het niet alleen door de opwinding komt. Deze nacht is nog lang niet voorbij.

Declans toon heeft een ongebruikelijk scherp randje als hij weer spreekt. 'Blijf gefocust en alert, Artemis. We zijn hier buiten te kwetsbaar.'

Ik slik de gevatte opmerking die op mijn lippen brandt in en knik alleen maar. Dit is zeker niet het moment voor mijn gebruikelijke roekeloze houding of valse bravoure.

We sluipen voorzichtig voorwaarts, ons dicht tegen de diepste schaduwen aandrukkend, pijnlijk bewust van hoe kwetsbaar we nog steeds zijn. De verre belofte van ontsnapping ligt recht voor ons – als we die kunnen bereiken.

'Daar,' fluister ik als het hoge hek van gaas in zicht komt. 'Nog één laatste obstakel tussen ons en de vrijheid.'

Declan proest het humorloos uit. 'O, fijn, een daadwerkelijke fysieke hindernis om overheen te klauteren. Precies waar ik op hoopte vanavond.'

Ondanks de luchtigheid in zijn stem zie ik de onderdrukte angst die achter zijn ogen schuilt. We begrijpen beiden precies hoe makkelijk deze ontsnapping nog vreselijk mis kan gaan.

Ik haal diep, krachtgevend adem. 'Oké. Op drie klimmen we snel. Een... twee... drie, hup!'

We beklimmen dat hek met verrassende snelheid en behendigheid, voortgedreven door wanhoop en pure adrenaline. Maar op het moment dat we de top bereiken, splijt een schril alarm de lucht en vernietigt elke broze hoop die we hadden op een schone, onopgemerkte ontsnapping.

'Verdomme!' vloek ik terwijl we ons haastig aan de andere kant laten vallen.

'Artemis, ren!' brult Declan in mijn oor, zijn stem nauwelijks hoorbaar boven het loeiende alarm. En dat doen we – we rennen alsof de duivel ons op de hielen zit. Geen tijd meer om stiekem te doen. We stormen de nacht in, net als er achter ons geschreeuw klinkt vanuit het complex.

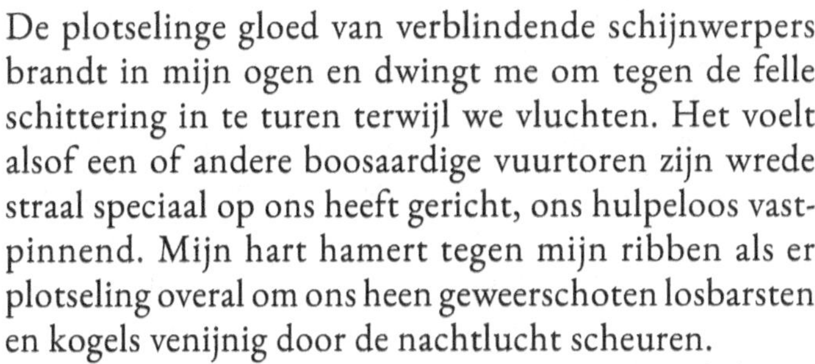

De plotselinge gloed van verblindende schijnwerpers brandt in mijn ogen en dwingt me om tegen de felle schittering in te turen terwijl we vluchten. Het voelt alsof een of andere boosaardige vuurtoren zijn wrede straal speciaal op ons heeft gericht, ons hulpeloos vast-pinnend. Mijn hart hamert tegen mijn ribben als er plotseling overal om ons heen geweerschoten losbarsten en kogels venijnig door de nachtlucht scheuren.

'Shit, ze schieten op ons!' spuug ik, terwijl ik een stroomstoot door mijn spieren voel gaan door de adrenaline die door mijn systeem giert.

'Maakt niet uit, gewoon rennen!' schreeuwt Declan schor over het geweervuur heen. 'We moeten die bomen halen om dekking te zoeken!'

Ik klem mijn tanden op elkaar en pers elk laat-ste greintje energie in mijn pijnlijke benen, in een poging nog net iets meer snelheid uit mijn verslappende lichaam te krijgen. De donkere boomgrens wenkt voor ons, een kostbaar toevluchtsoord belovend tegen de aanval. In gedachten zie ik de dodelijke kogels voorbij suizen, op slechts centimeters van hun doel in zacht vlees en bot. Het mentale beeld jaagt me alleen maar sneller voorwaarts.

'Bijna,' hijg ik tussen zware ademhalingen door, ter-wijl het zweet op mijn lijkbleke voorhoofd parelt. 'No g... maar een... klein stukje...'

Declans stem raspt dringend in mijn oor, bijna over-stemd door de kakofonie van geweld die om ons heen woedt. 'Stop nu niet, we zijn er zo dichtbij! Ze mogen ons niet levend te pakken krijgen!'

Terwijl we eindelijk de schimmige boomgrens naderen, lijkt het toch al oorverdovende geweervuur tienvoudig te versterken tot een nachtmerrieachtige symfonie van heet lood en kwaadaardigheid die ons dreigt te verzwelgen. Maar op de een of andere manier verhardt het tastbare gevaar alleen maar mijn vastberadenheid om te ontsnappen – absoluut geen denken aan dat ik ze ons levend terug laat slepen naar dat hellegat als ik er iets aan kan doen.

'Let op de greppel!' waarschuw ik Declan ademloos, terwijl ik een donkere kuil ontdek die verborgen ligt in het struikgewas aan de rand van het bos. Het laatste wat we nu kunnen gebruiken is een verstuikte enkel of erger.

'Begrepen, bedankt!' roept hij kortaf terug, terwijl hij gracieus over het obstakel springt en zonder vaart te minderen in het verhullende kreupelhout duikt. Soms zweer ik dat die man gazellenbloed in zijn aderen heeft.

'Stop met schieten, klootzakken!' schreeuw ik over mijn schouder in een nutteloze opwelling van verzet, hoewel ik weet dat onze achtervolgers mijn woorden niet zullen horen. Toch voelt het louterend om een fractie van de onmachtige woede die door mijn aderen brandt te uiten.

Met een laatste explosieve sprint storten we ons hals over kop door de donkere boomgrens en duiken we voor dekking in het verhullende struikgewas. Ik snak naar adem van pure opluchting als de schaduwen ons in hun beschermende omhelzing sluiten, en de geluiden van de chaos achter ons dempen.

'We hebben het gehaald,' hijgt Declan naast me, zijn adem heet in mijn nek. 'We zijn binnen.'

Ik schud vermoeid mijn hoofd, terwijl ik mijn verwoede ademhaling en bonzende hart probeer te kalmeren. 'Maar hebben we het echt gehaald? Want ik ben er nog niet van overtuigd dat deze achtervolging voorbij is.'

De tijdelijke adempauze van het bos kalmeert mijn gerafelde zenuwen, maar de huivering blijft hangen. Dit voelt minder als een veilige haven en meer als het bedrieglijke oog van een naderende storm. Ik kantel mijn hoofd, mezelf inspannend om geluiden van achtervolging te onderscheiden boven mijn eigen donderende hartslag.

Declans sissende gefluister snijdt door de donkere stilte. 'Ze zitten vlak achter ons. Ik kan ze horen.'

Ik onderdruk een bijtende lach. 'Natuurlijk zitten ze dat. Dacht je dat ze het gewoon zouden opgeven en ons rustig de zonsondergang tegemoet zouden laten wandelen?'

'Nee, maar...'

'Bespaar het je,' onderbreek ik hem scherp. 'We kunnen nog niet stoppen met bewegen. Hup, kom mee.'

Declan grijpt mijn pols voordat ik hem overeind kan trekken. 'Artemis, wacht, we kunnen niet eeuwig blijven rennen. We hebben een plan nodig.'

Ik laat een duivelse grijns over mijn gezicht glijden. 'Wie had het over rennen?' Mijn ogen glinsteren gevaarlijk in het duister. 'We hebben nog een paar gemene trucjes achter de hand.'

Declan opent zijn mond om te protesteren, maar lijkt zich te bedenken. 'Goed, kunnen we tenminste eerst op adem komen?'

'Later,' wijs ik hem kortaf af, terwijl ik zijn arm grijp en ons dieper het beklemmende bos in duw. Het oneffen terrein maakt het verplaatsen verraderlijk, maar voorzichtigheid is een luxe die we niet hebben.

Een flikkering van licht en beweging voor ons trekt mijn aandacht. 'Gezelschap,' sis ik dringend naar Declan. Schimmige figuren komen uit de bomen tevoorschijn, en doorzoeken het gebied met zaklampen die kronkelende schaduwen over de bosbodem werpen.

Ik druk me plat tegen de knoestige stam van een oeroude boom, mijn hartslag bonzend van hernieuwde urgentie. 'Blijf uit het zicht. Als ze ons zien, zijn we er geweest.'

Naast me smelt Declan zonder een woord weg in het struikgewas, nu zelf nauwelijks meer dan een schaduw. Maar onze adempauze is officieel voorbij. De echte achtervolging begint weer serieus.

'Hé!' roept een van de bewakers plotseling, zijn zaklampstraal gevaarlijk dicht bij onze schuilplaats zwiepend. 'Ik dacht dat ik daar iets zag bewegen.'

Een andere bewaker naast hem snerpt geïrriteerd. 'Waarschijnlijk gewoon een eekhoorn of zoiets. Ik ga vanavond niet het halve bos doorploegen op zoek naar schimmen.'

Ik onderdruk een bitter lachje. 'Ja, onderschat die sluwe boombewoners nooit.'

De eerste bewaker laat zich niet afschrikken. 'Blijf hoe dan ook alert! Ze kunnen nog niet ver zijn.' Zijn schorre stem bezorgt me kippenvel.

'Zeker, baas,' antwoordt de tweede bewaker sarcastisch. Ik kan me voorstellen hoe hij dramatisch met zijn ogen rolt.

Terwijl ze het gebied blijven afspeuren, vang ik een flits van heimelijke beweging op in mijn ooghoek – een andere bewaker die heimelijk met geheven wapen tussen de bomen door sluipt, zijn vizier onfeilbaar op mij gericht. Mijn adem stokt in mijn keel, mijn spieren verstijven van plotselinge paniek.

'Artemis, bukken!' schreeuwt Declan dringend. Voordat ik kan reageren, werpt hij zich voor me, net als de bewaker vuurt. De knal van het schot is oorverdovend in de beslotenheid van het bos en weerkaatst als een donderslag tussen de bomen.

'Declan!' roep ik uit, mijn hart verkrampt van angst terwijl er scenario's door mijn hoofd flitsen. Nee, niet zo, niet hier!

Hij trekt een grimas, maar blijft op zijn voeten en duwt ons allebei vooruit. 'Ik ben oké, blijf bewegen!'

Ik ga niet in discussie, maar klamp me wanhopig vast aan zijn hand terwijl we ons hals over kop in het struikgewas storten. Mijn enige gedachte is om ons hier verdomme weg te krijgen, zo ver als menselijk mogelijk is. We moeten het halen.

Declan hijgt zwaar naast me, worstelend om mijn verwoede tempo bij te houden. 'Artemis... rustiger... ik kan niet...'

'Nog een klein stukje,' spoor ik hem ademloos aan, mijn longen brandend, mijn benen trillend van inspanning. Ik weet dat we allebei ver over onze grenzen gaan, maar stoppen is nu geen optie. Het sluipende voetstappen van onze jagers echoën meedogenloos achter ons.

Ik voel Declan struikelen, zijn klamme hand klampt zich zwak aan de mijne vast. 'Artemis... ik kan niet... ik ben op...'

'Nee, verdomme, nog niet!' pers ik er verbeten uit met op elkaar geklemde tanden. Het zweet plakt mijn haar aan mijn voorhoofd, prikt in mijn ogen en vertroebelt mijn zicht. Toch dwing ik koppig mijn schreeuwende spieren voorwaarts, puur op wilskracht. Ik verdom het om ze ons nu te laten pakken.

Declan voelt mijn vastberadenheid en verzamelt zijn afnemende kracht. 'Wacht,' hijgt hij. 'Gewoon... even ru sten...'

Mijn verzet breekt eindelijk en ik stop, terwijl we samen op de koude, vochtige aarde neerstorten. Onze borstkassen gaan schokkend op en neer, onze harten donderen als één. Deze korte adempauze kan ons lot bezegelen, maar geen van beiden kan fysiek nog een stap verzetten.

Declans adem schroeit mijn nek, zijn lichaam een muur van hitte tegen mijn zij. 'Denk je dat we ze kwijt zijn?' raspt hij eindelijk.

Ik knijp mijn ogen dicht en klamp me nog een gestolen seconde vast aan deze fragiele bubbel van vrede. 'Misschien voor nu,' fluister ik.

Zijn hand omsluit zachtjes mijn kin en leidt mijn ogen naar de zijne. 'Laten we dan het beste van dit moment maken.'

Mijn adem stokt bij de stille intensiteit in zijn blik, maar ik dwing mezelf om me abrupt los te trekken en op te staan. 'We moeten verdergaan nu we de kans hebben.'

Declan wankelt achter me aan, zijn gelaatstrekken getekend door pijn en vermoeidheid. 'Artemis, wacht... het spijt me van alles...'

Ik verhard mijn hart tegen de pijn in zijn stem. 'Bespaar het je. We praten wel als we veilig zijn.' Als we dat ooit weer zullen zijn.

'Goed,' geeft hij vermoeid toe. 'Maar je moet weten... ik zou je zonder aarzelen opnieuw beschermen.'

Frustratie welt in me op. 'Jij roekeloze idioot. Kom op.' Ik grijp zijn hand ruw vast en klamp me vast aan de vaste warmte ervan terwijl we ons opnieuw in het onbekende storten.

Naast me weet Declan een spookachtige grijns te produceren. 'Misschien. Maar we staan er samen voor.'

Ik vertrouw mijn stem niet om te antwoorden, dus knijp ik gewoon harder in zijn hand en leg in plaats daarvan mijn tumultueuze emoties in elke dringende stap. Waar dit pad ook heen leidt, we bewandelen het zij aan zij, wat er ook moge komen.

HOOFDSTUK TWEEËNDERTIG

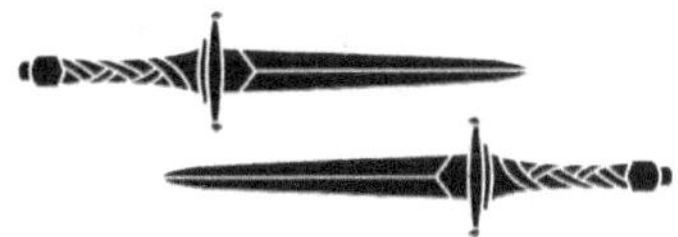

IK STROMPEL BLINDELINGS DE diepten van de schimmige bossen in, met Declans arm zwaar over mijn schouders, terwijl ik zijn wankele lichaam half meesleep. Een
griezelige stilte omhult ons, die alleen wordt doorbroken
door ons onregelmatige gehijg en het daverende bonzen
van mijn hart.

Na wat een eeuwigheid lijkt, laat ik Declan eindelijk los
en storten we allebei onhandig neer op de koude, vochtige
bosgrond, volledig uitgeput.

'Verdomme,' kreunt Declan tussen samengeklemde
tanden, terwijl hij voorzichtig een van de twee bloederige
kogelgaten in zijn romp betast. Eerlijk gezegd is het een
wonder dat hij überhaupt nog ademt.

'Laat mij de schade opnemen,' eis ik kordaat, en begin
al zijn verwondingen te onderzoeken voordat hij kan protesteren.

De eerste kogel schampte slechts langs zijn ribben en
liet een lelijke, sijpelende wond in zijn zij achter. Maar de

tweede kogel was dwars door het vlees van zijn schouder gegaan en had een gapende, bloedende ravage achtergelaten.

Declan probeert zorgeloos te grijnzen, hoewel het er meer uitkomt als een pijnlijke grimas. 'Ach kom op, het is maar een vleeswond.'

Ik werp hem een priemende blik toe. 'Serieus? Je citeert Monty Python terwijl je hier praktisch dood ligt te bloeden?'

Hij proest een geforceerde halve lach uit. 'Tja, het is lachen of hysterisch janken. Maar even serieus, hoe kan het dat ik nog niet ter plekke dood ben neergevallen?'

'Uitstekende vraag,' mompel ik somber, mijn vingers trillen lichtjes terwijl ik zijn kapotte shirt openscheur om de wonden verder te inspecteren.

Volgens alle logica had hij al lang geleden door de shock moeten instorten, gezien de alarmerende hoeveelheid bloed die hij duidelijk had verloren. Toch wist hij op de een of andere manier mijn moordende tempo bij te houden. Niets ervan klopt of is ook maar logisch.

Ik kijk in Declans van pijn glazige, maar nieuwsgierige ogen. 'Ik heb absoluut geen rationele verklaring voor hoe je op dit moment nog ademt. Geloof me, ik wou dat ik die had.'

Declan probeert sarcastisch met zijn ogen te rollen, wat mislukt door zijn slecht onderdrukte grimas. 'Nou, dat is nuttig, genie. Nog meer inzichten die je wilt delen?'

Ik zucht gefrustreerd, een hekel hebbend aan de verwarring en het wantrouwen dat in mijn onderbuik kolkt, maar wetende dat we geen tijd hebben om het nu allemaal uit te zoeken. 'Kijk, het enige wat ik zeker weet, is dat we snel weer verder moeten. Die klootzakken kunnen hier elk moment zijn.'

Met een pijnlijk gekreun steunt Declan op zijn goede arm en probeert op te staan. 'Oké, dan strompel ik wel voorzichtig verder als een in zijn ingewanden geschoten hert, geen probleem.'

Ik bied hem opnieuw mijn schouder aan en hijs hem met een meewarige grimas overeind. 'Beter dan een lijk worden. Kom, we gaan.'

Terwijl we verder strompelen door de donkere bossen, kan ik de twijfels en vragen die onophoudelijk door mijn hoofd spoken niet het zwijgen opleggen. Alles aan zijn onmogelijke veerkracht knaagt aan me, waardoor mijn instincten nog meer op scherp komen te staan.

Maar voor nu is overleven het enige doel. Antwoorden zullen gewoon moeten wachten.

De maan blijft verborgen achter dikke wolken terwijl we dieper de sombere bossen in blijven strompelen. Ik kan het niet laten om regelmatig naar de alarmerende verspreiding van donker bloed te kijken die nu Declans gescheurde shirt doordrenkt. Mijn maag draait zich angstig om, en verwarring en twijfel verergeren mijn diepgewortelde vermoeidheid.

'Oké, time-out,' hijgt Declan eindelijk, zwaar leunend tegen een boom om op adem te komen. 'We moeten deze wonden goed bekijken.'

Ik zucht instemmend en pel voorzichtig de doorweekte stof van zijn verwondingen. Terwijl ik zorgvuldig de bloederige schotwond onderzoek, merk ik iets zeer onverwachts op. De rafelige snee op zijn arm van onze eerdere schermutseling... is gewoon weg. Zonder een spoor achter te laten verdwenen. En de kogelwond in zijn zij van die eerste faciliteit die we onderzochten... is al bijna dichtgegroeid.

Ik kijk hem met stomheid geslagen aan. 'Declan... je wonden helen op de een of andere manier razendsnel vanzelf. Dit zou niet mogelijk moeten zijn.'

Hij fronst en draait zich onhandig om zichzelf te inspecteren. 'Wat zeg je nou? Dat kan niet kloppen.'

'Kijk zelf maar,' zeg ik somber, wijzend naar de snel genezende wonden. 'Mensen herstellen niet zomaar spontaan op deze manier, zeker niet in een kwestie van een paar uur. En toch is het zo.'

Declan wrijft met een trillende hand over zijn gezicht. 'Jezus, Artemis... wat gebeurt er in hemelsnaam met me?' Pure angst sijpelt door in zijn stem.

Ik schud hulpeloos mijn hoofd. 'Eerlijk? Ik heb geen flauw idee.' Mijn steeds groter wordende verdenking knaagt aan me, maar dit is nauwelijks de tijd of plaats om dat allemaal uit te zoeken. We moeten in beweging blijven zolang het nog kan.

Ik haal diep adem en richt me vastberaden op. 'Kom op, we moeten door. We zoeken dit later wel uit als we niet actief worden opgejaagd.'

Declan knikt, zijn kaak spant zich aan met hernieuwde vastberadenheid. 'Oké. Laten we dit doen.'

We trekken verder, de drukkende duisternis slokt ons weer volledig op. Mijn lichaam doet hevig pijn van de woeste strijd van eerder, en mijn geest bonkt met een meedogenloos spervuur van onbeantwoorde vragen. Maar voor nu moeten we ons uitsluitend op overleven richten. Antwoorden zullen moeten wachten.

'Daar, kijk.' Declan wijst plotseling vooruit, en ik zie een zwak licht dat de duisternis in de verte doorboort. Naarmate we dichterbij komen, doemt de vorm van een afgelegen benzinestation op uit de bomen. Een golf van voorzichtige hoop bloeit op in mijn borst.

'Misschien kunnen we een werkend voertuig vinden,' zeg ik behoedzaam, mijn hartslag versnelt. 'Maar laten we hopen dat deze plek niet eerst een valstrik is.'

Terwijl we voorzichtig naderen, zie ik een oude pick-up bij de pompen staan. Nauwelijks een luxe vluchtauto, maar in nood leert men bidden. Glasscherven bezaaien de grond eromheen, het bestuurdersportier hangt open. Duidelijk haastig achtergelaten.

Ik draai me met hernieuwde vastberadenheid naar Declan. 'Help me dit ding snel kort te sluiten.' Mijn ogen scannen de schimmige bosrand terwijl ik praat. Geen duidelijke dreigingen, maar het kruipende gevoel dat we in de gaten worden gehouden, blijft.

Declan schuifelt onzeker met zijn voeten. 'Artemis, weet je zeker dat dit een verstandig idee is...?'

'Tenzij je een beter plan klaar hebt liggen, schoonheid, is deze truck onze enige uitweg,' snauw ik ongeduldig. 'Help me nu, of ga verdomme uit de weg.'

'Oké, prima,' mompelt hij, en duikt naast me de cabine van de truck in. Ik dwing mijn trillende handen om de startkabels te strippen en aan te sluiten, biddend om een wonder.

De motor pruttelt, en brult dan eindelijk tot leven. Ik laat een ietwat krankzinnige lach horen, opluchting overspoelt me. 'Hij doet het! Oké, laten we maken dat we wegkomen.'

Onze ogen ontmoeten elkaar voor een geladen moment, waarin we elkaars angst en opwinding spiegelen. Wat er ook gebeurt, we staan er samen voor.

De truck hobbelt onregelmatig over de verlaten weg, en brengt ons verder van de onmiddellijke dood, maar dichter bij een onheilspellend onzekere toekomst. En hoezeer ik het ook probeer te negeren, mijn knagende verdenking over Declans onmogelijke genezing blijft, waardoor mijn zenuwen nog meer op scherp komen te staan.

Eén ding is verdomd zeker: dit is nog lang niet voorbij.

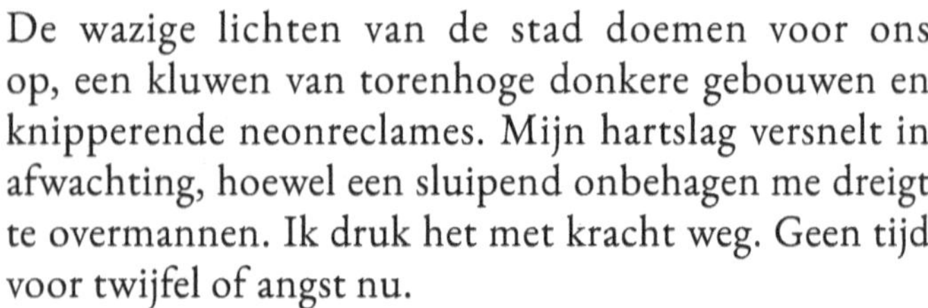

De wazige lichten van de stad doemen voor ons op, een kluwen van torenhoge donkere gebouwen en knipperende neonreclames. Mijn hartslag versnelt in afwachting, hoewel een sluipend onbehagen me dreigt te overmannen. Ik druk het met kracht weg. Geen tijd voor twijfel of angst nu.

'Waar gaan we precies naartoe?' vraagt Declan kortaf vanuit de passagiersstoel, de spanning is in elke lijn van zijn lichaam geëtst.

'Rechtstreeks terug naar Athina's huis,' antwoord ik kordaat, mijn vingers verstrakken zich om het stuur. 'Als iemand ons kan helpen deze chaos op te lossen, is zij het wel.'

Declans mond trekt samen in een sceptische lijn. 'En wat maakt je er zo van overtuigd dat zij meer inzicht zal hebben dan ze al in het safehouse heeft gegeven?'

Ik moet me inhouden om niet naar hem te snauwen, en herinner mezelf eraan dat zijn scepsis voortkomt uit diepgewortelde uitputting en angst, niet uit boosaardigheid. 'Omdat in al die jaren dat ik haar ken, Athina me nog nooit in de steek heeft gelaten als ik haar echt nodig had. Ze zal antwoorden hebben, daar ben ik zeker van.'

Declan voelt mijn sudderende defensiviteit en knikt berouwvol met zijn hoofd. 'Natuurlijk, jij kent haar veel beter dan ik ooit zou kunnen. Blijf gewoon alert op mogelijke dreigingen als we eenmaal in de stad zijn.' Zijn waakzame blik hervat het scannen van de straten terwijl ik me onregelmatig door het verkeer weef.

We laten de gestolen truck op een veilige afstand van Athina's herenhuis achter en gaan de rest van de weg te voet. Ik houd voortdurend een waakzaam oog op tekenen van achtervolging, maar de nacht blijft stil en rustig om ons heen. Naast me heeft Declan een gestolen jas om zijn met bloed bevlekte shirt gewikkeld, in de hoop geen onnodige aandacht te trekken.

Bij het naderen van het bekende gebouw, ben ik onmiddellijk op mijn hoede. Er voelt iets niet goed, wat mijn instincten op scherp zet. Ik laat ons binnen en roep aarzelend de donkere en lege ruimte in. 'Athina? Ik ben het, Artemis. Ben je hier?'

Alleen een holle stilte antwoordt. Onbehagen knoopt mijn maag samen terwijl ik tastend het licht probeer aan te doen, wat een volledig leeggehaalde ruimte verlicht.

'Waar is alles in hemelsnaam?' vraagt Declan met verbijsterde ongeloof, en verwoordt mijn eigen ontzette gedachten. Alle meubels, wapens, voorraden... spoorloos verdwenen, alsof Athina hier nooit gewoond heeft.

Ik dwing mezelf om met een vaste stem te spreken. 'Je vraag is even goed als de mijne op dit moment.' Hoewel de mogelijkheden die door mijn hoofd flitsen weinig doen om mijn opkomende paniek te bedaren.

Declan lijkt mijn toenemende onrust te voelen. 'Hé, misschien is ze gewoon onverwacht van locatie veranderd?' stelt hij zachtjes voor. 'Ze kan een aanwijzing voor je hebben achtergelaten.'

Ik klamp me vast aan die broze hoop. 'Dat moet haast wel, want Athina zou me nooit zomaar zonder uitleg laten verdwijnen.'

Ik loop verder naar binnen, mijn vingers langs de muren latend glijden, op zoek naar een klein teken of bericht. Er moet iets zijn...

Achter me schraapt Declan ongemakkelijk zijn keel. 'Hoe graag ik ook antwoorden wil vinden, we zitten hier als een rat in de val. We zouden echt snel weer verder moeten.'

'Geef... geef me nog een minuut,' houd ik vol tussen samengeklemde tanden, weigerend te geloven dat ze me volledig in het ongewisse zou laten.

Eindelijk voelen mijn onderzoekende vingers subtiele onregelmatigheden op de muur waar ooit haar boekenplank stond: een verborgen schakelaar. Ik druk erop en een verborgen compartiment springt open en onthult een bundel voorraden en een opgevouwen briefje.

Ik scan snel de cryptische instructies voordat ik triomfantelijk aankondig: 'Een locatie! Ze heeft coördinaten van een ander safehouse achtergelaten!'

Declan zakt zichtbaar in elkaar van opluchting. 'Godzijdank. Laten we daar snel naartoe gaan.'

Ik kijk hem in zijn vermoeide maar vastberaden ogen terwijl ik het briefje zorgvuldig opvouw. 'We zullen haar vinden, maak je geen zorgen. Ik geef niet op tot we dat doen.'

Samen glippen we weer de nacht in, dit nieuwe pad is onduidelijk maar straalt met een hernieuwd gevoel van doelgerichtheid. Athina rekent op me. Ik kan haar nu niet in de steek laten.

⚫

We verzamelen haastig de magere voorraden en uitrusting die Athina heeft achtergelaten, en verwisselen onze versleten, met bloed bevlekte kleding. Ik slaak een kleine zucht van verlichting als het vertrouwde gewicht van mijn kenmerkende rode leren jack weer over mijn schouders valt. Het voelt als het aantrekken van een gevechtsharnas, een tweede huid. En het feit dat ik mijn eigen wapens weer in handen heb, helpt onmiddellijk om mijn gerafelde zenuwen te kalmeren.

Wanneer ik Declans genezende wonden probeer te inspecteren, wuift hij me resoluut weg, wat me zonder woorden vertelt dat ze met een onmogelijk versneld tempo moeten blijven sluiten. De verschillende snijwonden en kneuzingen die mijn eigen lichaam van de afgelopen helse dagen ontsieren, lijken ook op mysterieuze wijze spoorloos verdwenen. Ik maak een mentale notitie om dat steeds zorgwekkender wordende feit opnieuw te bekijken zodra we een moment van rust hebben.

'Moeten we rechtstreeks naar deze nieuwe safehouse-locatie gaan?' vraagt Declan pragmatisch als we klaar zijn met ons uitrusten.

Ik aarzel voordat ik resoluut mijn hoofd schud. 'Nee, ik denk dat we eerst moeten stoppen en ons goed moeten hergroeperen. We zouden eigenlijk naar mijn huidige plek moeten gaan.'

Declans wenkbrauwen schieten omhoog van verbazing. 'Je appartement? Is dat slim nu het Bureau ons waarschijnlijk volgt? Dat is de eerste plek die ze zullen onderzoeken.'

Ik sta mezelf een kleine, zelfvoldane glimlach toe. 'Dat zou het zijn, als iemand überhaupt wist waar ik tegenwoordig woon.' Bij zijn twijfelachtige blik ga ik verder. 'Ik ben nog geen week geleden verhuisd. Het huurcontract staat op naam van een alias, ik heb contant vooruitbetaald. Er is niets wat me daar direct aan linkt.'

'Dus waarom wil je daar zo graag terug naartoe?' Hij spiegelt mijn houding met gekruiste armen, uitdagend, en ik word eraan herinnerd waarom hij me meestal zo de strot uitkomt.

'Omdat mijn versleutelde laptop daar is, en dat is de enige manier waarop ik met mijn cliënt kan communiceren. En ik zou heel graag met hem willen praten,' geef ik toe. Het verlies van mijn telefoon toen we de eerste keer werden opgepakt, heeft me afgesneden, en ik hou niet van dat gevoel. De telefoon zou zichzelf de eerste keer dat iemand anders er ook maar scheef naar keek, onbruikbaar hebben gemaakt, maar daardoor is mijn laptop de enige echte manier om weer in contact te komen met de mysterieuze 'meneer Smith'.

Ik heb meneer Smith het een en ander te vertellen.

Declan fronst dieper, maar na een moment van overweging haalt hij zijn schouders op. 'Oké, prima. We hebben inderdaad meer informatie nodig, en onze andere bronnen lijken gecompromitteerd. Laten we snel je laptop pakken voordat we dit nieuwe safehouse bekijken.'

Ik knipper met mijn ogen van verbazing, ik had meer tegenstand verwacht. Maar een gegeven paard kijk ik niet in de bek. Ik heb antwoorden nodig, en mijn ongrijpbare cliënt weet duidelijk veel meer over waar we in verzeild zijn geraakt dan hij aanvankelijk liet doorschemeren.

Het wordt hoog tijd dat meneer Smith en ik een openhartig gesprek hebben.

HOOFDSTUK DRIEËNDERTIG

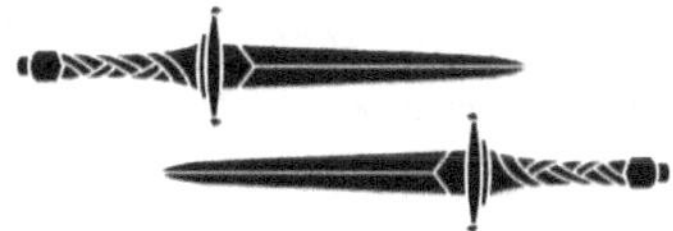

WE BEGEVEN ONS TERUG naar het gestolen barrel van een auto en ik manoeuvreer behendig door de smalle straatjes naar het bouwvallige deel van de stad dat ik tegenwoordig mijn thuis noem. Ik stop naast een afbrokkelend bakstenen gebouw, strak ingeklemd tussen twee verlaten pakhuizen, zo onopvallend als maar kan. Van buitenaf nauwelijks een indrukwekkend onderduikadres, maar ik heb dan ook nooit veel om een opzichtige uitstraling gegeven. Elke plek waar ik meer dan twee nachten achter elkaar slaap, wordt in mijn gedachten een onderduikadres.

Declan bekijkt het vervallen bouwsel twijfelachtig terwijl we uitstappen. 'Is dit het?' Hij trekt een sceptische wenkbrauw op.

Ik kijk hem met een plagende grijns aan, hopend dat die mijn onderliggende spanning verbergt. 'Hé, oordeel niet over mijn talent voor inrichten voordat je überhaupt binnen bent geweest.'

Eerlijk gezegd brengt hier terugkeren een onmiskenbaar risico met zich mee, ondanks mijn rotsvaste vertrouwen dat zelfs het Bureau mijn huidige onderkomen buiten de radar niet zomaar kan opsporen. Een risico dat ik bereid ben te nemen, maar nooit lichtvaardig.

Declans mondhoeken trekken op met een vleugje van vermaak als hij zijn inspectie van de rustige straat afrondt. 'Ik had geen kritiek op het uiterlijk. Ik wil er alleen eerst zeker van zijn dat deze plek echt veilig is.'

Ik knik serieus en word weer nuchter. 'Laten we voor de zekerheid even een snelle ronde doen om er absoluut zeker van te zijn dat we niet gevolgd zijn.'

Zonder een woord te wisselen gaat Declan op weg om de voorkant te verkennen, terwijl ik door de smalle steeg langs het gebouw glip, met mijn zintuigen op scherp. Ik vertraag als ik de groezelige achteringang bereik, weggestopt achter een vuilcontainer die hier waarschijnlijk al sinds het begin der tijden staat, afgaande op de misselijkmakende stank.

Nadat ik heb gecontroleerd of de deur en het versterkte slot nog intact zijn, druk ik mijn oor tegen het gehavende hout en luister gespannen of ik ook maar een teken van een indringer binnen hoor. Alleen stilte begroet me.

Even later verschijnt Declan, die het hele blok is rondgelopen. 'Alles veilig aan mijn kant,' bevestigt hij kortaf. 'Laten we naar binnen gaan.'

We gaan voorzichtig naar binnen met getrokken wapens, op alles voorbereid. Maar het interieur lijkt onaangeroerd, net zo schaars gemeubileerd en chaotisch als ik het had achtergelaten. De aanhoudende geuren van oud eten en goedkope cosmetica geven een vreemd gevoel van geruststelling.

'Het lijkt erop dat hier niemand is geweest. De beveiliging is intact.'

Declan scant de ruimte nogmaals voordat hij knikt. 'Daar ben ik het mee eens. We zouden hier vannacht in elk geval veilig moeten kunnen schuilen.'

Ik onderdruk een geeuw en voel plotseling het volle gewicht van een diepgewortelde uitputting. 'Ik heb eerst wanhopig een douche nodig. Maar daarna stel ik voor dat we allebei eens proberen écht wat rust te pakken.'

Declan geeft me een vermoeide halve glimlach. 'Geen bezwaar van mijn kant. We zullen een helder hoofd nodig hebben om morgen onze volgende stappen te bepalen.' Zijn ogen glinsteren dan met hernieuwde vastberadenheid. 'En om Athina te vinden. Ik heb je een belofte gedaan en die ben ik van plan te houden.'

'Absoluut,' antwoord ik, mijn stem hard. En terwijl ik het huis afsluit en mijn beveiligingssystemen inschakel, om ervoor te zorgen dat we zo veilig zijn als we maar kunnen zijn, kan ik niet anders dan een vonkje hoop in me voelen ontbranden. We hebben het zover geschopt, tegen alle verwachtingen in. We geven nu niet op.

'Jij mag als eerste douchen,' zeg ik tegen Declan. 'Ik heb alleen maar één bed. Sorry.' Ik heb niet eens een bank. Alleen een zitzak waar ik af en toe in plof om tv te kijken als ik mijn gedachten van mijn werk moet afleiden, en de goedkope klapstoel voor het bureau die ik uit het verlaten pakhuis hiernaast heb gered. Niets waar iemand op zou kunnen slapen.

Declan haalt zijn schouders op. 'We hebben het afgelopen nacht ook gedeeld. Het maakt mij niet uit, als jij het ook niet erg vindt.' Zijn grijns is vermoeid. 'Ik ben sowieso te moe om je te bespringen, als je je daar zorgen over maakte.'

'Maakte ik niet.' Hoewel er zeker iets tussen ons broeit, ben ik er vrij zeker van dat Declan niet het type is om zomaar iemand te bespringen. En zeker mij niet.

Hij weet dat ik hem in zijn buik zou steken als hij het probeerde.

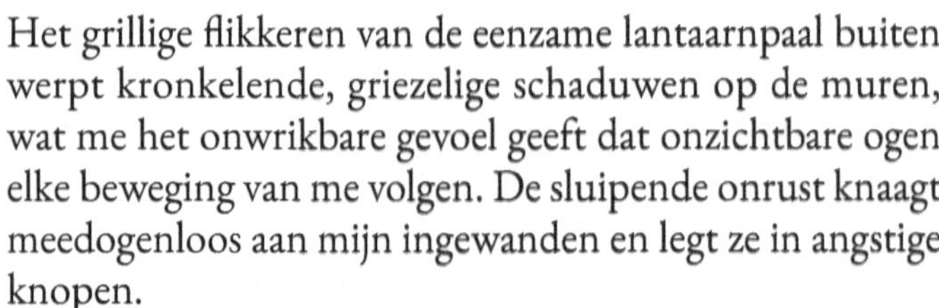

Het grillige flikkeren van de eenzame lantaarnpaal buiten werpt kronkelende, griezelige schaduwen op de muren, wat me het onwrikbare gevoel geeft dat onzichtbare ogen elke beweging van me volgen. De sluipende onrust knaagt meedogenloos aan mijn ingewanden en legt ze in angstige knopen.

Het meest beangstigende van alles is de gapende onzekerheid rond Athina's abrupte verdwijning – het ongewisse lot van mijn stoïcijnse mentor en enige echte vriendin in deze ellendige wereld. Waar is ze heen? Waarom heeft ze haar onderduikadres zo plotseling verlaten? Hoe zijn onze vijanden erin geslaagd haar op te sporen terwijl ze hen al decennia ontwijkt? En wie zijn 'zij' eigenlijk precies? Niets dan vragen zonder antwoorden.

'Artemis, je moet rusten,' mompelt Declan zachtjes naast me, duidelijk nog wakker ondanks mijn veronderstelling. 'We zoeken dit morgen uit, dat beloof ik.'

Ik zucht hard en rol me naar hem toe, een irrationele vlaag van woede laait op. 'En wat voor nut heeft wachten als ze Athina ook al te pakken hebben? Ik kan hier niet nutteloos zitten terwijl zij god-weet-wat moet doorstaan door ons!'

Mijn stem klinkt als een gespannen, woedend gefluister. Het niet-weten vreet aan mijn kalmte. Ik kan het niet verdragen verlamd te zijn door passiviteit terwijl Athina misschien wel op dit eigenste moment op me rekent.

Declans ogen weerspiegelen empathie, maar zijn toon blijft pragmatisch. 'Ik begrijp het, geloof me. Maar we zijn niemand tot nut, Athina niet en onszelf niet, als we halfdood zijn van uitputting. Rusten en hergroeperen, en dan gaan we 's ochtends meteen op zoek naar antwoorden.'

Ik wil uit principe tegenspreken, maar zijn logica is helaas waterdicht. Met pure wilskracht druk ik de wervelende storm in mij de kop in tot het slechts een laag sudderend vuurtje is. Eerst slapen. Dan antwoorden.

Ik ga voorzichtig weer liggen, me maar al te bewust van Declans oven-achtige warmte nu naast me. Terwijl een onrustige slaap me eindelijk langzaam meetrekt, herleiden mijn gedachten het ingewikkelde pad dat ons hier heeft gebracht, op zoek naar enige over het hoofd geziene aanwijzing.

Maar het blijft een verward web van geheimen en schimmige vijanden. En in het hart daarvan, Diana – de sleutel om deze chaos voor eens en altijd te ontrafelen.

Ik klamp me vast aan die overtuiging als aan een reddingslijn terwijl de duisternis me opslokt. Morgen vinden we Athina en krijgen we echte antwoorden van Diana. Geen leugens of trucs meer. Op de een of andere manier eindigt dit nu.

Met die stille belofte die mijn vastberadenheid sterkt, geef ik me eindelijk over aan de omhelzing van de vergetelheid, biddend dat rust de broodnodige helderheid zal brengen.

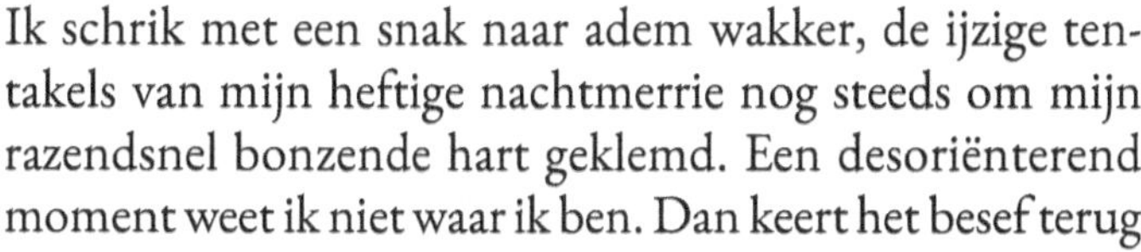

Ik schrik met een snak naar adem wakker, de ijzige tentakels van mijn heftige nachtmerrie nog steeds om mijn razendsnel bonzende hart geklemd. Een desoriënterend moment weet ik niet waar ik ben. Dan keert het besef terug

– we zijn in mijn onderduikadres, ver van de klauwen van het Bureau, met Declan die onrustig naast me slaapt.

Het verpletterende gewicht van Athina's raadselachtige verdwijning landt opnieuw zwaar op mijn borst. Voordat ik mijn opkomende emoties volledig onder controle kan krijgen, beweegt Declan.

'Hé,' mompelt hij, zijn stem schor van de slaap maar toch rustgevend. 'Gaat het? Het klonk alsof je een nare droom had.'

Ik wrijf met een hand over mijn gezicht en veeg de laag koud zweet weg. 'Ja, het gaat goed. Gewoon een nare droom, zoals je zei.' De leugen klinkt zelfs voor mijzelf zwak.

Zijn hazelnootkleurige ogen doorzoeken de mijne wetend, maar Declan dringt niet aan op meer details. In plaats daarvan slaat hij zachtjes een arm om me heen en trekt me dichter tegen zijn oven-achtige warmte aan, waardoor de aanhoudende kou die mijn huid prikkelt woordeloos wordt verdreven.

Ik laat me ontspannen in zijn losse omhelzing en geniet van dit zeldzame moment van troost te midden van de chaos. Declan aarzelt even voordat hij een vederlichte kus op mijn voorhoofd drukt. De tederheid ervan overvalt me.

'Het komt goed, Artemis,' fluistert hij, zijn adem strijkt langs mijn slaap. 'Wat er ook gebeurt, we lossen dit samen op.'

Ik kan een minachtende snuif niet onderdrukken. 'O ja, zeker, samen. Dat garandeert succes.' Maar zelfs door het sarcasme heen kan ik de gestage stroom van elektriciteit die nu tussen ons zoemt niet ontkennen. Onverwacht en toch onmiskenbaar.

'Artemis...' Declan ademt mijn naam eerbiedig, nauwelijks meer dan een uitademing. Het stuurt een onwillekeurige rilling over mijn ruggengraat.

Ik lik mijn plotseling droge lippen. 'Declan...'

We staren elkaar aan, de lucht wordt zwaar van onuitgesproken woorden en stijgende spanning. De buitenwereld vervaagt totdat er niets meer bestaat dan Declans schroeiende warmte en onze gemengde, onregelmatige ademhalingen.

'Misschien moeten we opstaan,' stel ik halfslachtig voor en dwing mezelf de hypnotiserende betovering van zijn blik te verbreken. 'We moeten op zoek naar Athina. Dat kunnen we niet doen terwijl we hier liggen...'

Maar mijn woorden sterven weg als Declan met vederlichte vingers langs mijn kaak strijkt. De klok tikt oorverdovend in de stilte. Onze tijd glipt snel weg, en toch blijven we hier, naar elkaar toegetrokken door krachten die het verstand te boven gaan.

'Artemis...' Declans gefluister streelt mijn naam als een smeekbede. Ik ben volledig verloren.

Uiteindelijk maakt het niet uit wie de laatste afstand tussen ons overbrugt. Niets is van belang behalve het vuur van verlangen dat ons beiden tot as verteert.

'Artemis, we zouden niet...' begint hij, maar hij maakt zijn zin niet af als ik mijn lippen op de zijne druk. Onze monden bewegen hongerig samen en alle bedenkingen die we hadden, verdwijnen op slag. Mijn hart slaat op hol, mijn bloed kookt van pure, onvervalste lust.

We rukken aan elkaars kleren, wanhopig om huid op huid te voelen. Zijn handen dwalen over mijn lichaam en ontsteken overal waar ze me aanraken een vuur. Onze ademhaling wordt onregelmatig, ons gekreun vult de kamer.

'Artemis, weet je het zeker?' vraagt hij tussen de kussen door, zijn stem hees.

'Meer dan wat dan ook,' hijg ik.

En dan worden we één. Een wirwar van ledematen en passie, onze lichamen bewegen synchroon alsof ze altijd voor elkaar bestemd waren. Voor een keer vergeten we het gevaar dat net buiten de deur op de loer ligt en verliezen we onszelf volledig in elkaar.

'Declan,' roep ik uit, me aan hem vastklampend terwijl golven van genot over me heen slaan.

'Artemis,' kreunt hij, zijn stem gespannen.

Terwijl we samen het hoogtepunt bereiken, weerkaatsen onze kreten van extase door de kamer. We storten neer op het bed, onze lichamen verstrengeld en glimmend van het zweet. En voor een kort moment staat de tijd stil.

Maar het gevaar is er nog steeds, en we kunnen het ons niet langer veroorloven onszelf te verliezen in deze passie. Terwijl ik in Declans ogen kijk, zie ik dezelfde vastberadenheid in de mijne weerspiegeld. We hebben misschien toegegeven aan onze verlangens, maar nu is het tijd om de harde realiteit die ons wacht onder ogen te zien.

Hoofdstuk Vierendertig

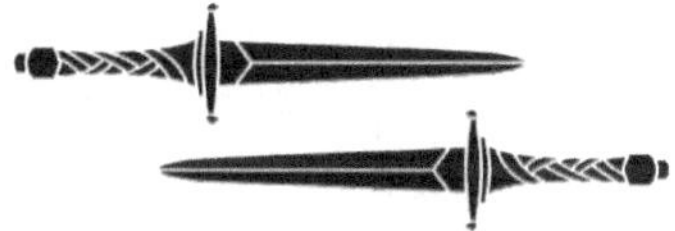

Langzaam open ik mijn ogen, me hyperbewust van het vederlichte gevoel van Declans vingertoppen die nog steeds zachtjes op mijn blote arm rusten. Onwillekeurig trekt er een rilling over mijn ruggengraat terwijl al mijn zintuigen plotseling lijken aan te scherpen: de textuur van de verkreukelde lakens onder me, het zachte gezoem van de airco, de bedwelmende, gemengde geur van zweet en Declans eau de cologne.

'Er voelt iets... niet goed,' mompel ik, terwijl ik tevergeefs probeer de vreemde overgevoeligheid die door elke zenuw trilt van me af te schudden.

Declan trekt een vragende wenkbrauw op. 'Niet goed, hoe? Gaat het?' Bezorgdheid flitst door die betoverende, bruingroene ogen.

Ik bijt peinzend op mijn onderlip. 'Ik weet niet goed hoe ik het moet omschrijven. Het is alsof al mijn zintuigen plotseling vreemd versterkt en afgestemd zijn.'

'Zou gewoon resterende adrenaline kunnen zijn,' oppert Declan redelijkerwijs, terwijl hij met een tedere hand een paar verdwaalde haarlokken van mijn gezicht strijkt.

'We hebben de laatste tijd tenslotte heel wat te verduren gehad.'

Ik knik aarzelend, nog steeds niet overtuigd dat dit deze ongekende zintuiglijke helderheid verklaart. Er is hier meer aan de hand, iets wat net buiten mijn bereik op de loer ligt.

Zich niet bewust van mijn innerlijke onrust, leunt Declan dichterbij en ademt diep in. 'Je ruikt trouwens geweldig op dit moment.' Zijn ogen glinsteren speels, hoewel er een onderstroom van ongemak blijft hangen over onze verhitte ontmoetingen.

Ik rol geforceerd met mijn ogen. 'Ja, nou, blijkbaar heb ik goede zeep.'

Hoe verleidelijk het ook is om onszelf weer in elkaar te verliezen en de chaos die ons te wachten staat te vergeten, die luxe hebben we niet. Het is de hoogste tijd om uit te zoeken wat onze volgende stappen zijn.

Alsof hij mijn gedachten leest, gaat Declan abrupt rechtop zitten met een zucht en haalt een geagiteerde hand door zijn eeuwig warrige haar. 'Dus... ik denk dat we nu een soort plan moeten bedenken.'

Ik knik kordaat en schuif mijn verwarrende nieuwe zintuigen mentaal opzij om ze later te onderzoeken, wanneer er geen levens direct op het spel staan. 'Eens. En de eerste stap is verdomme wat antwoorden krijgen van mijn mysterieuze, goed geïnformeerde cliënt.'

Ik pak mijn versleutelde laptop en log snel in op de berichtenapp, terwijl ik mezelf vermant. Mr. Smith heeft heel wat uit te leggen over de catastrofe die hij onbedoeld heeft ontketend door me bij deze schaduwwezenzaak te betrekken. En ik ben vastbesloten die antwoorden te krijgen, met alle mogelijke middelen.

Declan schraapt zijn keel, een ongebruikelijke nervositeit flitst over zijn gezicht. 'Artemis, er is iets belangrijks wat je moet weten over mijn mysterieuze cliënt.'

Ik schrap me, en alarmbellen gaan direct in mijn hoofd loeien. 'Kom er dan maar mee. Zeg het maar.'

Hij krimpt lichtjes ineen bij mijn vlijmscherpe toon. 'Het was Diana. Zij is degene die me heeft ingehuurd, niet een of andere anonieme derde partij.'

Een fractie van een seconde komen zijn woorden niet binnen. Dan stort een golf van woede zich over me heen, die al het andere wegschroeit.

'Diana heeft je gechanteerd om al die tijd voor haar te werken? En dat kleine detail ben je gemakshalve vergeten te melden tot op precies dit verdomde moment?' Mijn stem snijdt als een zweep door de lucht.

Declan houdt een sussende hand op. 'Alsjeblieft, laat me het gewoon uitleggen-'

Ik snijd hem de pas af met een handgebaar. 'Bespaar me je zielige smoesjes. Ik kan je op dit moment niet eens aankijken.'

Een diep gevoel van verraad maakt me vanbinnen helemaal hol. Na alles wat we zij aan zij hebben doorstaan, heeft hij dit nog steeds voor me verborgen gehouden. Hoe kan ik hem nu ooit nog vertrouwen?

Ik draai me vastberaden van Declan af. 'Laat me... laat me gewoon rustig mijn cliënt een bericht sturen. We zullen de omvang van je leugens later wel aanpakken.'

Mijn handen trillen lichtjes terwijl ik een kortaf bericht typ naar de ongrijpbare Mr. Smith, waarin ik alles uitleg wat we ontdekt hebben en antwoorden eis, zonder nog meer spelletjes of geheimzinnigheid. Hij is nu mijn enige overgebleven potentiële reddingslijn.

'Begin maar te praten,' snauw ik. 'Ik weet dat je eerder zei dat Diana je chanteerde omdat ze bewijs tegen je had. Wat wilde ze precies dat je deed?'

Declan krimpt weer ineen, maar gehoorzaamt snel. 'Ze wilde dat ik hetzelfde schaduwwezen opspoorde als jij, om onze bevindingen te vergelijken. Maar er zat nog een ander element in haar instructies...'

Hij pauzeert, en ik trek dreigend een wenkbrauw op zodat hij verdergaat.

'Ze wilde dat ik je zou elimineren als onze paden elkaar kruisten tijdens de jacht.' Hij flapt de woorden eruit, niet in staat mijn vurige blik te weerstaan.

Ik hap scherp naar adem, mijn handen ballen zich onwillekeurig tot boze vuisten. 'Maar je hebt die specifieke opdracht duidelijk niet uitgevoerd, aangezien ik nog steeds adem. Wat hield je tegen, Declan? Ben je een beetje soft geworden?'

Hij kijkt me weer aan, met een smekende uitdrukking in zijn ogen. 'Ik wist vanaf het begin dat ik je nooit pijn zou kunnen doen, Artemis. Ik... ik geef te veel om je daarvoor.'

Ik laat een harde, bijtende lach horen. 'Je moest me vermoorden, maar in plaats daarvan sliep je met me? Is dat het?'

'Zo was het niet!' Wanhoop klinkt nu door in Declans stem. 'Het was nooit mijn bedoeling je te bedriegen. Ik wilde je alleen maar veilig houden, zelfs als dat Diana tot mijn vijand maakte!'

Ik open mijn mond om zijn zielige smoesjes verder aan flarden te scheuren wanneer mijn laptop een geluid maakt voor een nieuw bericht. Ik keer Declan opnieuw mijn rug toe en negeer de pijn die zich achter mijn borstbeen opbouwt.

'Laten we eens kijken wat de ongrijpbare Mr. Smith hier allemaal over te zeggen heeft, zullen we?' mompel ik, meer tegen mezelf dan tegen Declan.

Zijn gekwelde stilte hangt tastbaar in de ruimte tussen ons, maar ik dwing mezelf het te negeren. Mijn hart verharden is de enige weg vooruit. We hebben een missie te voltooien, en ik laat me niet weer in de weg zitten door kleine emoties, hoe zeer het ook pijn doet.

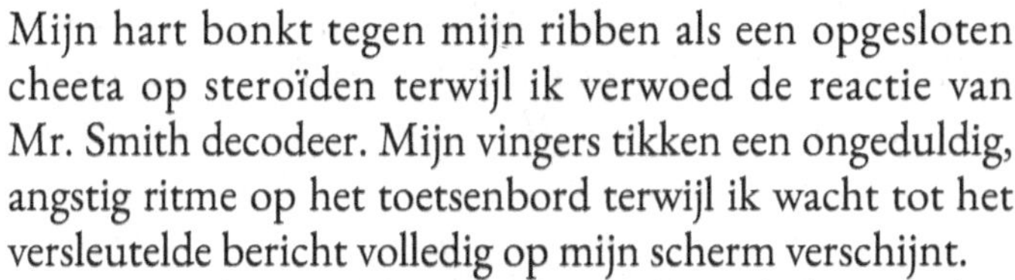

Mijn hart bonkt tegen mijn ribben als een opgesloten cheeta op steroïden terwijl ik verwoed de reactie van Mr. Smith decodeer. Mijn vingers tikken een ongeduldig, angstig ritme op het toetsenbord terwijl ik wacht tot het versleutelde bericht volledig op mijn scherm verschijnt.

Wanneer het eindelijk verschijnt, laten de korstondige woorden mijn bloed onmiddellijk koken:

Artemis, ik ben erg teleurgesteld. Uw missie was om het wezen levend binnen te brengen voor onderzoek, niet om het en talloze proefpersonen af te slachten. Dode exemplaren zijn voor mij van geen enkel nut.

Ik knars met mijn tanden, mijn vingertoppen tikken scherp op de toetsen terwijl ik een verhit antwoord terugvuur.

Nou, misschien had u vooraf wat cruciale verdomde details moeten geven in plaats van mij onwetend te laten!

Het feit dat hij die gemartelde zielen als louter 'exemplaren' en 'proefpersonen' beschouwt, wakkert mijn woede nog meer aan. We hebben het hier over levende, lijdende wezens, geen proefkonijnen!

Ik kook in stilte terwijl ik op de reactie van Mr. Smith wacht, wetende dat ik mijn woede moet bedwingen, maar daartoe niet in staat ben. Deze puinhoop is ontstaan door zijn geheimen en manipulatie.

Eindelijk verschijnt er een nieuw, lang bericht van hem. Ik moet het meerdere keren lezen terwijl de implicaties tot me doordringen:

Laat het me verduidelijken, aangezien u duidelijk de fijne kneepjes van ons werk niet begrijpt. Dit was een test van zowel uw vaardigheden als uw ethiek. Was u erin geslaagd het wezen levend aan te leveren, dan had ik u met volledige openheid in onze organisatie verwelkomd. In plaats daarvan heeft u bewezen het roekeloze, botte instrument te zijn waarvoor verschillende van mijn collega's u hadden gewaarschuwd. Meerdere faciliteiten gecompromitteerd, talloze waardevolle proefpersonen geëlimineerd, de autoriteiten die op u jagen. Alles getuigt van een diepgaand gebrek aan subtiliteit en vooruitziende blik. Beschouw onze overeenkomst daarom als beëindigd. U ontvangt geen betaling en het is u hierbij verboden om contact op te nemen met mij of enig ander lid van de Obsidiaancirkel.

Een lang moment zit ik in geschokte stilte, mijn handen ballen zich onwillekeurig tot vuisten. 'Zoon van een...'

Declan leunt over mijn schouder om snel de uitwisseling te lezen, de spanning straalt van hem af.

Ik sta op het punt om te ontploffen, maar haal diep adem om mijn toenemende woede te bedwingen. Woede zal nu niets helpen. Ik neem genoegen met een bondig antwoord:

Loop naar de hel.

Ziezo. Dat is mijn kalmte niet verliezen.

Niet echt.

'Artemis, weet je zeker dat je –' begint Declan, maar ik kap hem af, terwijl ik mijn vinger op de ENTER-toets ram om het bericht te versturen.

'Laat maar, Declan. Hij heeft hier duidelijk zijn keuze gemaakt.' Ik kijk hem vastberaden aan. 'Nu maken wij de onze.'

De woede suddert nog steeds onder mijn huid, maar ik druk het weg en focus me op de taak die voor ons ligt. We hebben een klus te klaren, en geen tijd voor afleiding. Athina is nog steeds vermist, en elke seconde die we verspillen is een seconde langer dat ze in gevaar kan zijn.

Declan bestudeert me bezorgd. 'Dus wat is ons plan?'

'Eerst Athina zo snel mogelijk vinden.' Mijn stem wankelt niet. 'Dan sporen we Diana op en krijgen we echte verklaringen. En we gebruiken hen beiden om deze hele verdomde samenzwering te ontrafelen en iedereen die verantwoordelijk is uit te schakelen.'

Declan knikt alleen maar, zijn bruingroene ogen weerspiegelen mijn eigen staalharde vastberadenheid. We staan hier samen in, wat er ook gebeurt.

Maar terwijl we dit moment van vastberadenheid delen, kan ik het niet helpen me af te vragen: hoeveel vertrouwen kan ik echt in Declan hebben? Kan ik het me in deze wereld van bedrog en verraad echt veroorloven mijn waakzaamheid te laten verslappen?

Voor nu duw ik die twijfels echter opzij. We zitten hier samen in, of we het nu leuk vinden of niet. En als we willen overleven, zullen we op elkaar moeten vertrouwen – tenminste totdat de rust is wedergekeerd en de waarheid bovenkomt.

Hij is tenslotte letterlijk de enige bondgenoot die ik nog heb.

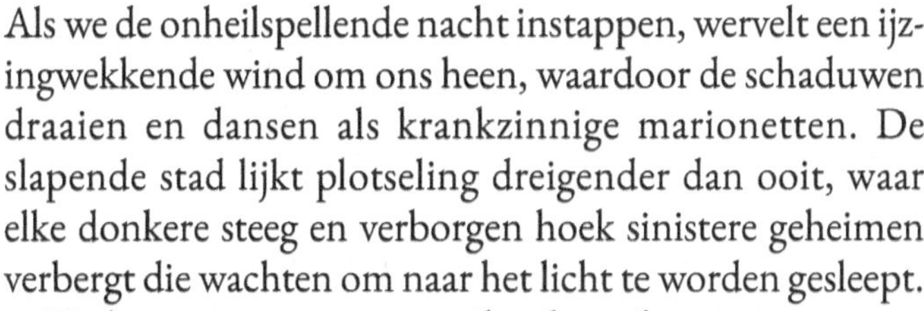

Als we de onheilspellende nacht instappen, wervelt een ijzingwekkende wind om ons heen, waardoor de schaduwen draaien en dansen als krankzinnige marionetten. De slapende stad lijkt plotseling dreigender dan ooit, waar elke donkere steeg en verborgen hoek sinistere geheimen verbergt die wachten om naar het licht te worden gesleept.

We lopen in gespannen stilte door de mistige straten naar de verborgen garage waar ik een paar motoren heb gestald. Ik voel het gewicht van onuitgesproken woorden zwaar tussen ons hangen.

Eindelijk doorbreek ik de verstikkende stilte, mijn stem doordrenkt met bitterheid. 'Vier faciliteiten gecompromitteerd in een paar dagen. Talloze paranormale proefpersonen geëlimineerd. Eerlijk gezegd zou ik niet zo geschokt moeten zijn dat Mr. Smith nu niets meer met me te maken wil hebben.'

Naast me beweegt Declan ongemakkelijk, zijn beschuldigende blik ontwijkend. 'Ik weet het, en het spijt me, ik gewoon -'

Ik snijd hem de pas af met een handgebaar. 'Bespaar me de nutteloze excuses. Je wist dondersgoed waar we in verzeild raakten, nietwaar? Toch gaf je me alleen zorgvuldig geselecteerde stukjes van het volledige plaatje. Dus vertel me, waarom dat bedrog?'

Declan beantwoordt nu mijn blik, wanhoop schijnt in zijn ogen. 'Artemis, je moet me geloven, ik tastte grotendeels ook in het duister! Diana hield cruciale details achter die alles hadden kunnen veranderen.'

Ik schamper bitter. 'O, en dat moet je op de een of andere manier vrijpleiten?'

Hij haalt geagiteerd een hand door zijn haar. 'Nee, natuurlijk niet. Ik had je vanaf het allereerste begin moeten vertrouwen. Maar we kunnen niet veranderen wat er is gebeurd, we kunnen nu alleen zo goed mogelijk vooruitkijken.'

Het ontgaat me niet dat hij nalaat Diana's naam specifiek te noemen. De steek van zijn verraad pulseert nog steeds door me heen, scherp en rauw. Wat zou hij nu nog meer kunnen verbergen?

Declan voelt mijn aanhoudende twijfel en reikt uit om een zachte hand op de mijne te leggen. 'Alsjeblieft, we moeten hierin verenigd zijn, anders overleven we het nooit. Ik weet dat vertrouwen niet makkelijk zal komen, maar we hebben elkaar nodig.'

Door de tedere aanraking deins ik terug. Ik trek mijn hand scherp weg. 'Je vraagt nogal wat, gezien de omstandigheden.'

Pijn flitst over Declans gezicht, maar hij dringt ernstig aan. 'Ik ben hier net zo verloren en bang als jij, Artemis. Maar we kunnen angst en argwaan ons niet van binnenuit uit elkaar laten scheuren. Niet als we enige hoop willen hebben om deze nachtmerrie te ontrafelen.'

Hoezeer ik het ook haat om toe te geven, Declan spreekt de waarheid – verdeeld, zijn we beiden gedoemd om alleen te vallen. Hoe broos ook, samen verdergaan is nu onze enige optie.

Ik slik mijn gekrenkte trots en bijtende woede in, althans voorlopig. 'Prima. We doen dit voor nu samen. Maar vanaf nu geen misleidende halve waarheden meer.' Mijn toon duldt geen tegenspraak.

Declan knikt ernstig. 'Je hebt mijn woord. Alleen volledige transparantie.'

'Goed.' Ik kom tot stilstand buiten de onopvallende opslaggarage en til de krakende deur op om de gestroomlijnde motoren te onthullen die binnen wachten. 'Laten we nu Athina gaan zoeken en deze waanzin voorgoed beëindigen.'

Terwijl we door de lege straten voor zonsopgang snijden, kan ik de twijfels die nog steeds waarschuwingen in me fluisteren niet het zwijgen opleggen. Vertrouwen, eenmaal gebroken, herstelt zelden zonder littekens. En ik vrees dat we nog maar het topje van de ijsberg hebben gezien als het gaat om verborgen geheimen aan alle kanten.

Maar voor nu staan we verenigd, wat er ook gebeurt. De enige uitweg is erdoorheen.

Hoofdstuk Vijfendertig

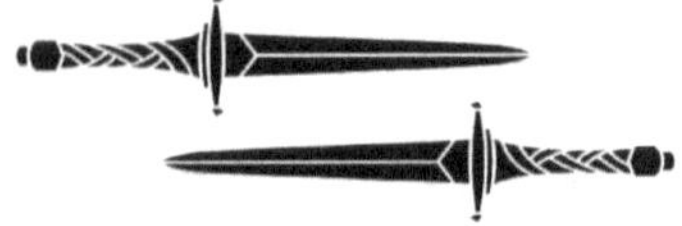

Het tafereel voor ons is zo stereotiep bouwvallig dat het aan het pathetische grenst. Declan en ik staren naar het verweerde hutje dat gevaarlijk overhelt op de winderige kliftop, terwijl de golven slechts enkele meters lager op de rotsachtige kust beuken. De frisse zeebries trekt aan mijn haar, alsof die me met klem terug wil trekken naar de schamele veiligheid van onze verborgen motoren. Geloof me, een deel van me verlangt ernaar om te luisteren.

'Weet je absoluut zeker dat dit de juiste locatie is?' vraagt Declan twijfelachtig, terwijl hij de gps raadpleegt en een sceptische wenkbrauw optrekt naar het vervallen gebouw. Zijn legerjas klappert luid in de wind, een weerspiegeling van de bezorgdheid en het ongeloof die op zijn gezicht strijden.

Ik kan een sarcastische sneer niet onderdrukken. 'Nee, ik had gewoon zin om voor de lol een rondleiding te doen langs schilderachtige, verlaten strandhuisjes. Ja, ik weet helaas zeker dat dit de plek is.' Ik gebaar sardonisch naar het bouwvallige optrekje. 'Leuk vakantieplekje dat Athina dit keer voor ons heeft uitgekozen, niet? Absoluut charmant.'

Declan schudt alleen zijn hoofd en zucht zwaar. 'Nou ja, we zijn er nu toch. Laten we het maar gaan bekijken.'

Terwijl we voorzichtig over de verweerde planken van de doorgezakte veranda lopen, merk ik op dat de voordeur nog maar nauwelijks aan zijn verroeste scharnieren hangt, alsof hij elk moment kan bezwijken en instorten. Het hout zit vol splinters en barsten, een getuigenis van decennia van verwaarlozing en meedogenloos harde elementen.

'Kijk uit waar je loopt,' waarschuw ik over mijn schouder. 'Ik zou niet willen dat je jezelf aan een roestige spijker spiest en tetanus of zo krijgt. Wat een tragedie zou dat zijn.'

Declan rolt alleen met zijn ogen terwijl we voorzichtig onze weg naar binnen banen. 'Altijd zo bezorgd om mijn welzijn, Artemis.'

Maar onder de schampere opmerkingen straalt de spanning van ons beiden af. We weten allebei dat dit hutje weinig bescherming biedt. Als iemand ons hier zou ontdekken, zouden we een vogel voor de kat zijn. Maar het is niet alsof we veel keus hebben.

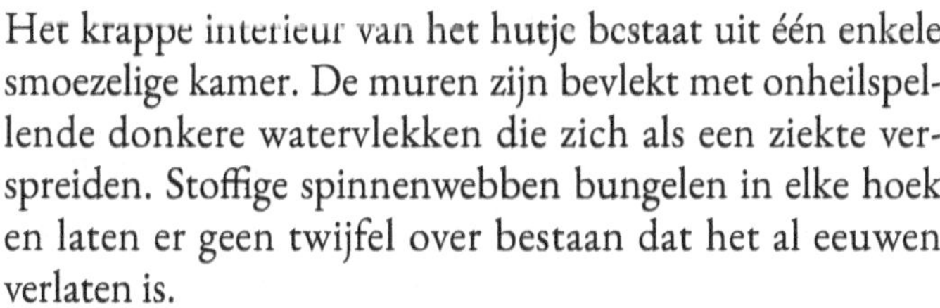

Het krappe interieur van het hutje bestaat uit één enkele smoezelige kamer. De muren zijn bevlekt met onheilspellende donkere watervlekken die zich als een ziekte verspreiden. Stoffige spinnenwebben bungelen in elke hoek en laten er geen twijfel over bestaan dat het al eeuwen verlaten is.

Ik forceer een wrange halve glimlach, in een poging de alomtegenwoordige somberheid te verlichten. 'Ah, mijn eigen paleisje. Gezellig.'

Declan werpt me alleen een vermoeide blik toe. We herkennen allebei de holle bravoure van mijn humor. Er zal meer nodig zijn dan gevatte opmerkingen om onze tanende moed tijdens deze beproeving op te vijzelen.

'Laten we deze plek snel doorzoeken op tekenen dat Athina hier was of iets nuttigs heeft achtergelaten,' stelt Declan mat voor.

We splitsen ons op om het puin te doorzoeken, maar een beklemmende onrust groeit in me naarmate we langer de krappe ruimte doorzoeken. De rottende muren lijken met elke voorbijgaande minuut dichterbij te kruipen en dreigen ons volledig te verzwelgen.

Het meest verontrustende is de gapende afwezigheid van Athina zelf, als een ontbrekend ledemaat. Zonder aanwijzing over haar verblijfplaats of lot vreet de bezorgdheid meedogenloos aan me. Ze is al zo lang mijn trouwe mentor, een eenzaam vast punt dat me door de duisternis leidt.

'Artemis, hier.'

Declans scherpe roep schudt me uit mijn spiraal van gedachten. Hij staat bij een vervallen bureau en houdt een stoffige oude mobiele telefoon omhoog, met slechts één nummer in de contactenlijst.

Ik loop naar hem toe. Een nieuwe spanning nestelt zich in mijn buik terwijl we een woordeloze blik uitwisselen, een snelle, onuitgesproken conversatie voerend. Dit verandert alles, maar roept meer vragen op dan het beantwoordt.

Declan verwoordt onze gedeelde onzekerheid. 'Zouden we het moeten wagen dit mysterieuze nummer te bellen?'

Ik bijt op mijn lip, verscheurd. Mogelijke antwoorden, maar die kant op ligt ongetwijfeld ook groter gevaar. Maar hebben we nu echt een keus?

'Er is maar één manier om daarachter te komen.' Ik vermant me en druk op de belknop voordat ik er verder over na kan denken, terwijl mijn pols in mijn oren bonst.

De stem die na twee keer overgaan antwoordt, is onbekend, wat mijn angst verder opdrijft. 'Hallo?'

Ik dwing mijn stem om staalhard te klinken. 'Wie is dit?'

'Hallo, Artemis,' antwoordt de stem. 'Ik verwachtte je telefoontje al.'

Mijn hart slaat tegen mijn ribben als de herkenning me treft. De spottende stem aan de andere kant van de lijn is onmiskenbaar en nagelt me aan de grond met een harde, ijzige angst.

'Agente Diana Fox,' pers ik eruit, haar naam als zuur op mijn tong. Naast me spant Declan zich aan, een veer die op het punt staat te springen.

Diana's lachje in reactie zet mijn tanden op elkaar. 'Het doet me deugd dat het je eindelijk is gelukt om mijn spoor van broodkruimels te volgen. Het heeft je lang genoeg gekost om het spel te begrijpen.'

'Spel?' snauwt Declan, trillend van nauwelijks ingehouden woede die de mijne weerspiegelt. 'Denk je dat dit een of ander gestoord spel is?'

'Maar natuurlijk.' Ik kan me Diana's zelfvoldane grijns maar al te goed voorstellen. 'En jullie hebben beiden tot nu toe perfect jullie rol als gehoorzame pionnen gespeeld.'

Pionnen. Het woord wakkert de vlammen van mijn woede nog hoger aan. 'Wat moet dat precies betekenen?' eis ik door geklemde tanden. 'Pionnen voor wat?'

Ik verbeeld me dat ik Diana's onverschillige schouderophalen door de telefoon kan horen. 'Kom op, je realiseert je toch onderhand wel dat jullie niets meer zijn dan vervangbare instrumenten om mijn uiteindelijke doelen te bereiken.'

'Doelen?' dringt Declan aan, zijn lichtbruine ogen vlammend. 'Zeg het nu maar gewoon!'

'Tsk tsk, geduld,' berispt Diana, duidelijk genietend van haar machtspositie over ons.

Het kost me elk greintje zelfbeheersing om de telefoon niet tegen de rottende muur te smijten. Ik wil niets liever dan door de telefoon reiken en die irritante zelfvoldaanheid voorgoed uit haar stem te wissen.

Maar antwoorden zijn nu belangrijker. En ik laat me verdomme niet door Diana afschepen zonder eerst elke laatste waarheid uit haar te persen.

'Genoeg spelletjes,' snauw ik, mijn knokkels wit om de telefoon. 'We hebben je spoor van broodkruimels hierheen gevolgd. Wat is er aan de hand?'

'Dat zou je wel willen weten, hè?' spint Diana. Oh, wat zou ik die zelfingenomen toon graag uit haar stem wissen. Maar zelfs terwijl de woede door mijn aderen giert, weet ik dat we antwoorden nodig hebben, en het zal me verdomme niet gebeuren dat ze wegkomt zonder ons die te geven.

'Je ego is duidelijk nog net zo gigantisch als altijd,' breng ik ertegenin, terwijl ik mijn vuisten zo strak bal dat mijn knokkels wit worden. 'Waarom vertel je ons niet wat er gebeurde nadat we werden opgepakt tijdens die veiligheidslockdown?'

'Ah, ja. Mijn lieve vader kwam me te hulp,' zegt ze nonchalant. 'Daar is hij altijd goed in geweest.'

'Je vader?' mengt Declan zich in het gesprek, zijn voorhoofd gefronst van achterdocht. 'Is hij niet van het Bureau? Wat is hier in godsnaam aan de hand?'

'*Was* van het Bureau, verleden tijd,' corrigeert Diana, met een sluwe glimlach in haar stem. 'Zie je, hij is jaren geleden op eigen houtje verder gegaan nadat hij een glimp opving van het immense potentieel dat inherent is aan het paranormale. Hij besloot het heft in eigen handen te nemen, zogezegd.'

Mijn hart racet van een mengeling van angst en woede, het bloed bonst in mijn oren. Dit wordt alleen maar beter en beter. Ik kan de verwrongen grijns op haar gezicht praktisch zien, ook al is ze mijlenver weg.

'Laat me raden,' zeg ik bitter, mijn woorden doordrenkt met gif. 'Je treedt in papa's voetsporen, nietwaar? Je keert alles waar het Bureau voor staat de rug toe.'

'Niet de rug toekeren, per se. Eerder ons eigen, nieuwe en verbeterde pad smeden,' antwoordt ze, haar toon druipend van arrogantie. 'We hebben plannen, Artemis. Grote plannen.'

Ik bal mijn vuisten, het geluid van Diana's lach echoot in mijn oren. 'En wat zijn die plannen precies?' snauw ik, mijn stem trillend van nauwelijks ingehouden woede.

'Goed dan, omdat je het zo vriendelijk vraagt.' Diana's toon wordt opgetogen, wat me een rilling over mijn rug bezorgt. 'We hebben het proces geperfectioneerd om gewone mensen in paranormale wezens te veranderen. Mijn vader werkt er al jaren aan. Het is echt fascinerend.'

Gruwelijke woede stroomt door me heen bij de hardvochtigheid van haar woorden. Naast me kijkt Declan even verontwaardigd. 'Jullie spelen voor god met onschuldige levens!' beschuldigt hij haar hard.

'Doe ik dat?' Diana's stem wordt ijskoud. 'Of geef ik ze gewoon de kracht waar ze altijd naar hebben verlangd? Een simpele injectie en paf, je bent een vampier, of een weerwolf, of wat je hartje ook maar begeert.'

Ik snuif bitter, mijn gedachten gevuld met de arme hybride zielen die we zijn tegengekomen. 'Juist, want de experimenten van je dierbare papa zijn tot nu toe zo soepel verlopen. Zie het onder ogen, je hebt monsters gecreëerd en nu wil je het bewijs uitwissen.'

'Neveschade,' wuift ze het weg, alsof ze het over een gebroken vaas heeft in plaats van verbrijzelde levens. 'Er waren onvermijdelijk wat... ongelukjes onderweg. Maar elke mislukking leverde waardevolle inzichten op om de formule te perfectioneren. Deze volgende generatie zal sterker, sneller en gehoorzamer zijn.'

'Gehoorzaam?' snauwt Declan, zijn vuisten gebald langs zijn zij. 'Je wilt een leger, nietwaar? Een paranormaal leger dat je kunt beheersen, gebruiken om de wereld over te nemen of welke gestoorde rotzooi je ook van plan bent.'

'Zoiets, ja,' spint ze. Voordat ik ontplof van verontwaardiging, verandert Diana's toon abrupt, wat me een rilling over mijn rug bezorgt. 'Maar genoeg over mij voor nu. Laten we het over jullie twee hebben. Ik weet zeker dat je inmiddels hebt gemerkt dat Athina er niet is.'

Een rilling loopt over mijn rug terwijl ik door het afbrokkelende hutje kijk, de zoute zeelucht prikt in mijn neusgaten. Er is geen spoor van onze mentor, alleen de telefoon die we in de la vonden: een val die voor ons was uitgezet om er recht in te lopen. 'Wat heb je met haar gedaan?' eis ik, mijn hart bonst in mijn borst.

'Artemis, Artemis,' sist Diana, teleurstelling veinend. 'Altijd zo snel om conclusies te trekken. Maak je geen zorgen, ze leeft... voorlopig. Of ze dat blijft, hangt van jou af.'

'Laat haar gaan, gestoorde teef!' brult Declan, zijn stem doet de muren van het hutje schudden. Maar Diana lacht alleen maar, het geluid als nagels op een schoolbord.

'Er hangt een prijskaartje aan haar vrijheid, mijn lieverds. Jullie twee. Jullie zijn nu nuttig voor ons.'

'Wat bedoel je met *nu*?' Achterdocht stremt in mijn maag.

'O, had ik dat niet gezegd?' Ze lacht weer, licht en zoet, en ik weet gewoon dat ze op het punt staat iets nog monsterlijkers te zeggen dan wat er al onthuld is. 'Is jullie de afgelopen dag of zo niets vreemds aan jezelf opgevallen?'

Declan wordt stijf als een plank naast me, de kleur trekt weg uit zijn gebruinde gezicht. Zijn ogen ontmoeten de mijne en ik zie mijn eigen angst daarin weerspiegeld.

'Jullie zijn al aan het worden wat jullie vrezen.' Diana's stem is een gestage druppel gif door de blikkerige speaker van de goedkope telefoon. 'Ik heb jullie beiden geïnjecteerd toen jullie bewusteloos waren door het slaapgas. Zijn jullie niet nieuwsgierig in wat voor soort paranormale wezens jullie gaan veranderen?'

Hoofdstuk Zesendertig

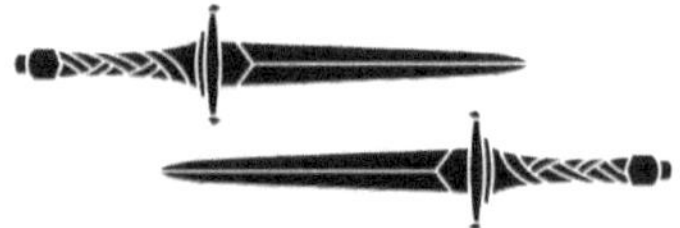

Een golf van misselijkheid overspoelt me, terwijl gal in mijn keel brandt. Ik wankel weg van de verdoemende telefoon naar de krakende deur en hap naar lucht in een vergeefse poging mijn kolkende ingewanden te kalmeren.

Achter me ben ik me er vaag van bewust dat Declan iets zegt, maar zijn stem klinkt gedempt en ver weg door het bloed dat in mijn oren suist.

Buiten sla ik dubbel en leeg eindelijk mijn maaginhoud over het rottende hout van de veranda. Rillingen trekken door mijn lichaam terwijl ik me aan de verweerde leuning vastklamp, hopend dat mijn wereld ophoudt zo hevig om zijn as te tollen.

Dit kan niet echt zijn. Het kan gewoon niet.

Toch weet ik diep vanbinnen met een afschuwelijke zekerheid dat Diana de waarheid spreekt. Dat Declan bleef doorrennen in het bos, nadat hij twee keer was geraakt. Dat we allebei veel te snel genazen, zonder zelfs maar littekens achter te laten. Het vreemde gevoel van onbehagen in mijn eigen vel, mijn te scherpe zintuigen. Mijn reflexen die net iets te snel waren, waardoor ik op weg hiernaartoe meer dan eens bijna met de motor crashte.

Het wijst allemaal op één gruwelijke conclusie die ik niet kan ontkennen, hoe wanhopig ik dat ook wil.

'... alle fouten vernietigen', zegt Diana's stem uit de telefoon achter me, en ik richt me op.

Ik sta nog.

Maar zij niet meer, als ik haar te pakken krijg.

Declan komt stilletjes naast me staan, zijn gezicht grimmig, de telefoon nog in zijn hand terwijl Diana verder praat.

'Bel me als jullie klaar zijn om mee te werken', zegt Diana poeslief, en de verbinding wordt verbroken.

Ik kijk in Declans verbijsterde ogen en zie mijn eigen woede en angst weerspiegeld. Er bestaan geen woorden voor deze schending.

De zeewind zwiept mijn zilveren haar wild over mijn gezicht, waardoor ik even de brekende golven langs de kust niet meer zie. Ik bal mijn vuisten zo strak dat het leer van mijn jack spant en dwing mijn chaotische emoties tot bedaren.

Naast me draagt Declan een masker van ongeloof en nauwelijks bedwongen woede. 'Zeg me alsjeblieft dat die gestoorde harpij niet echt zei wat ik denk dat ze zei', pers ik eruit.

Declans uitdrukking verhardt. 'Helaas wel. Haar dierbare pappie wil al het bewijs van zijn mislukte hybride-experimenten uitwissen, de "fouten" zoals Diana ze zo gevoelloos noemde. En het lijkt erop dat hij haar heeft opgedragen ons als onwetende beulen in te zetten om dat te bereiken.'

Ik hap scherp naar adem, mijn knokkels wit van het ballen van mijn vuisten. 'En wat dan, we moeten ons nu gewoon aansluiten bij hun vrolijke monsterbende? Geen schijn van kans.'

Ik dwing mijn stem kalm te klinken, ondanks de orkaan in mijn hoofd. 'We laten ze niet winnen. We vinden Athina en maken voorgoed een einde aan deze waanzin.'

Declan schudt dringend zijn hoofd. 'Artemis, luister, we kunnen het Bureau ons ook niet te pakken laten krijgen. Ze veranderen ons in labexperimenten als ze ontdekken wat we aan het worden zijn.'

Ik ontbloot mijn tanden, woede kolkend in mij. 'Echt niet. Ik word hun verdomde proefkonijn niet.'

'Dan moeten we verdwijnen, volledig van de radar', zegt Declan, terwijl hij met geagiteerde vingers door zijn haar gaat. 'En snel, voordat ze op ons beginnen te jagen.'

Ik geef een korte knik, hoewel mijn gedachten afdwalen naar Athina. Ik kan haar niet in de steek laten. 'Eerst moeten we Athina vinden. Ze moet nog vrij zijn.'

Declan staart me alleen maar aan. 'Diana zei al dat ze haar gevangen heeft.'

'Geen sprake van', werp ik onvermurwbaar tegen. 'Ze is veel te sluw om zich zo makkelijk door hen te laten overmeesteren.' Mijn ogen schieten met nieuw begrip door onze omgeving. 'Deze plek is het tegenovergestelde van Athina's stijl, te onbeschut. Ze zou nooit zo'n afgelegen plek kiezen.'

Het besef daagt op Declans gezicht. 'De coördinaten, het spoor hierheen, het was allemaal in scène gezet door Diana om ons in haar val te lokken.'

Op hetzelfde moment beginnen we te rennen, op weg naar de motoren. Diana kon niet precies weten wanneer we hier zouden aankomen, en misschien heeft ze niet genoeg mannen om de plek de hele tijd te laten bewaken. De stop bij mijn huis gisteravond was misschien wel de beste zet die we konden doen, waardoor haar tijdschema net genoeg in de war is geschopt om ons de tijd te geven om te ontsnappen.

Ik geef gas, mijn hartslag bonst in mijn oren. We moeten als spoken verdwijnen voordat haar mensen arriveren. Ik weiger pertinent een van haar verknipte experimenten te worden.

We racen over de open weg, de wind zwiept hard door ons haar. Mijn gedachten schieten alle kanten op, terwijl ik worstel om onze volgende stap te bepalen.

Declans gespannen stem kraakt door mijn helmcommunicatie. 'Waar de hel moeten we beginnen met deze rotzooi?'

Ik bijt op mijn lip en denk zorgvuldig na voordat ik antwoord. 'We gaan terug naar het begin, ontdekken waar alles voor het eerst misging.'

Declan zucht zwaar. 'Makkelijker gezegd dan gedaan. We kunnen nu niet weten wie we daadwerkelijk kunnen vertrouwen.'

Mijn handen klemmen zich strakker om het stuur. 'Eens. Vertrouw niemand, behalve elkaar.' Ik haal diep adem voordat ik schoorvoetend verderga. 'Maar we moeten het proberen.'

Declan lijkt te aarzelen voordat hij uitspreekt waar we allebei bang voor zijn. 'Denk je echt dat Diana loog over het feit dat ze Athina al gevangen heeft?'

Ik klem mijn kaken op elkaar tegen de onrust die me dreigt te overmannen. 'Het is mogelijk. Misschien hebben ze haar voor een keer overrompeld. Of...' Ik laat mijn zin wegsterven, omdat ik de duisterste mogelijkheid niet wil uitspreken: dat Athina zichzelf opzettelijk heeft opgeofferd om ons tijd te kopen.

Nee, stel ik mezelf krachtig gerust, dat is niet haar stijl. Athina zou niet zonder slag of stoot ten onder gaan, iets wat zichtbare sporen van schade zou hebben achtergelaten.

Zij is tenslotte degene die me heeft geleerd hoe ik explosieven moet gebruiken.

'Diana heeft haar niet', zeg ik zo zelfverzekerd als ik kan opbrengen. 'Ze zou Athina aan de telefoon hebben gegeven om ons te tarten als dat wel zo was.'

Declans stem wordt zachter. 'Misschien. Maar denk je wel dat Diana de waarheid sprak over... over wat ze ons heeft aangedaan?'

'Ja', zeg ik hardop, mezelf dwingend te accepteren wat ik diep vanbinnen weet dat waar is. 'Ja, ik denk dat Diana de waarheid sprak. Ik denk dat ze ons heeft geïnjecteerd met welk nachtmerrieserum haar vader ook heeft uitgevonden.'

In de zware stilte ga ik vurig verder: 'Maar we mogen ons daardoor niet laten verslaan. We zijn nog steeds onszelf. We hebben onze vaardigheden, onze training. En elkaar. Als er iets is, dan heeft Diana's idiotie ons alleen maar gevaarlijker gemaakt.'

Declans stem klinkt weer wat krachtiger. 'Je hebt volkomen gelijk. We vinden een manier om dit onder controle te krijgen en we zullen zorgen dat ze er spijt van krijgen.'

Het gebrul van de wind en de motor dreigt hem te overstemmen, maar ik voel zijn hernieuwde vastberadenheid, die de mijne evenaart. 'We worden niet de monsters die zij willen dat we worden', zweer ik vurig.

We zijn nu misschien hybriden, maar we zijn nog steeds menselijk. En mensen vechten voor waar ze in geloven, wat het ook kost.

HOOFDSTUK ZEVENENDERTIG

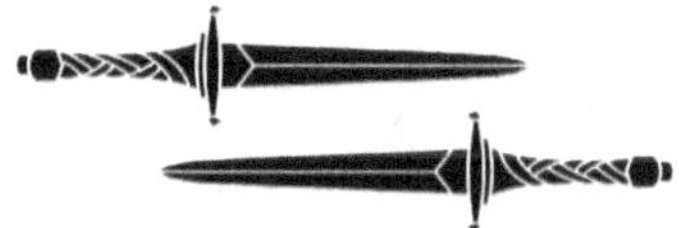

WE STOPPEN IN DE groezelige buitenwijken van de stad om haastig de motoren bij te tanken en wat smaakloos fastfood naar binnen te werken. Dicht op elkaar gedrongen onder het flikkerende neonlicht van een goedkoop noedelrestaurant eten we zonder echt iets te proeven. De calorieën zijn nu het enige wat telt.

Declan is als eerste klaar en begint in strakke, opgejaagde cirkels te ijsberen terwijl ik mijn laatste happen mechanisch naar binnen werk. Ik zal elk greintje energie nodig hebben.

Alsof het een teken is, begint er een ijskoude regen neer te kletteren net op het moment dat ik mijn lege bakje in een nabijgelegen, overvolle vuilnisbak gooi. De druppels glijden koud langs mijn nek en vallen van het puntje van mijn neus.

Natuurlijk.

Regen is precies de kers op deze klotetaart.

Terwijl we teruglopen naar de motoren, verspert Declan me de pas. Zijn uitdrukking verraadt dat hij met me over iets dringends moet praten. Een naar voorgevoel verkrampt mijn maag.

'Artemis.' Hij pakt mijn hand stevig vast, zijn stem zacht en intens. 'Het maakt niet uit hoe erg het wordt of wat we worden, ik zweer dat ik tot het bittere einde aan je zijde zal staan.'

Ik huiver en spreek mijn diepste angst uit. 'Zelfs als we in monsters veranderen?'

Zijn hand drukt geruststellend de mijne. 'Vooral dan. We weten nog niet wat er met ons gebeurt, maar we hebben elkaar. Dat is voor vandaag genoeg.'

Ik kijk hem twijfelend aan. 'Maar voor hoelang? Wat als het niet genoeg is en we onszelf volledig verliezen?'

Declan kijkt me onverstoorbaar aan. 'Dan zullen we zelfs dat samen onder ogen zien. Dag voor dag.'

Ik aarzel voordat ik de vraag stel die me het meest beangstigt. 'Beloof me dan één ding. Als ik de controle verlies, als ik een bedreiging word... beloof me dat je me tegenhoudt. Met alle mogelijke middelen.'

Er flitst pijn over Declans gezicht, maar hij knikt langzaam. 'Dat beloof ik. En jij moet mij dezelfde eed zweren.'

Mijn hart krimpt ineen, maar ik fluister: 'Je hebt mijn woord.' Er is tenminste enige kille troost in deze verzekering dat we elkaar niet hersenloze monsters laten worden.

Declan trekt me in een hevige omhelzing. 'Wat er ook gebeurt, we staan zij aan zij. Dat zweer ik je.'

Ik klamp me stevig aan hem vast, de storm voor een moment vergeten. Maar we kunnen hier niet veel langer blijven, blootgesteld en kwetsbaar.

Met tegenzin trek ik me terug en scan automatisch onze omgeving op mogelijke bedreigingen. Een ongemakkelijk gevoel bekeken te worden prikkelt mijn huid, mijn instincten schreeuwen gevaar.

Maar nu we nergens meer heen kunnen en niemand meer kunnen vertrouwen behalve Declan, kunnen we alleen maar verder de duisternis in. Welke verknipte wezens we ook aan het worden zijn, onze menselijke zielen zijn er nog.

En we zullen tot onze laatste ademtocht vechten om dat greintje menselijkheid vast te houden, voordat het voorgoed wordt uitgewist.

⚬

'Artemis, we komen hier op een of andere manier doorheen,' zweert Declan boven de striemende regen uit, terwijl hij een hand op mijn schouder legt.

Ik deins weg. 'O, denk je dat? Want vanuit mijn oogpunt zijn we volledig en totaal de lul.' Het venijn druipt van elk woord.

Declan grijpt mijn arm voordat ik me verder kan terugtrekken. 'Zeg dat niet. We hebben ergere situaties dan dit overleefd.'

'Ergere situaties?' Ik ruk mijn arm terug en ga vlak voor hem staan. 'Vertel me eens, Declan, wat zou er in hemelsnaam erger kunnen zijn dan dat onze genetische code tegen onze wil wordt vervormd tot weet ik veel wat?'

Hij krimpt ineen, maar blijft tergend kalm. 'Ik begrijp dat je bang bent-'

'Bang?' onderbreek ik hem hard. 'Eerder compleet woedend. Maar o, jij lijkt nog steeds zo zelfverzekerd dat alles wel goed komt. Vertel me, komt dat vertrouwen voort uit je plotselinge schat aan kennis over wat voor verknipte monsters we ook aan het worden zijn?'

'Artemis...' Er flikkert pijn in Declans ogen, maar mijn bittere woorden blijven maar komen.

'Of is het misschien gewoon ongegronde macho bravoure? Een poging om te bewijzen dat je arme, hulpeloze mij kunt "beschermen"?' Ik maak aanhalingstekens in de lucht om mijn minachting te onderstrepen.

Declans kaken spannen zich aan. 'Ik heb beloofd dat ik je zou beschermen, wat er ook gebeurt, en dat meende ik.'

Ik lach bijtend. 'Grote woorden voor iemand die dat onmogelijk kan garanderen. Dus vertel eens, wat is precies je grootse plan om dat te doen?'

'Door bij alles wat komen gaat aan je zijde te blijven,' zegt hij zonder aarzelen. 'We hebben alleen elkaar nodig om hier doorheen te komen.'

Ik schud bitter mijn hoofd. 'O zeker, dat maakt alles op magische wijze beter.'

Declan reikt weer naar me. 'Artemis, alsjeblieft, ik weet dat je bang bent-'

Ik deins terug voor zijn aanraking. 'Ik ben niet bang, ik ben woest! Om de schending, het verlies van controle. Ik voel me gevangen en verraden.'

'Zeg me dan hoe ik dit goed kan maken!' Wanhoop sluipt nu in Declans stem.

Mijn lach is zo scherp als verbrijzeld glas. 'Jij kunt dit niet "goedmaken." Geen mooie woorden kunnen ongedaan maken wat er met ons gebeurt. Dus doe ons allebei een plezier en houd verdomme je mond met die valse beloften.'

Ik keer hem vastberaden de rug toe. 'En nu opschieten. We staan hier te veel in de openlucht.'

Declan kijkt gekwetst, maar protesteert niet verder. Terwijl we in een gespannen stilte terug naar de motoren sjokken, echoën zijn goedbedoelde woorden nog hol in mijn oren. Maar op dit moment kunnen woorden alleen de steeds groter wordende kloof tussen ons niet overbruggen.

Misschien kan niets dat.

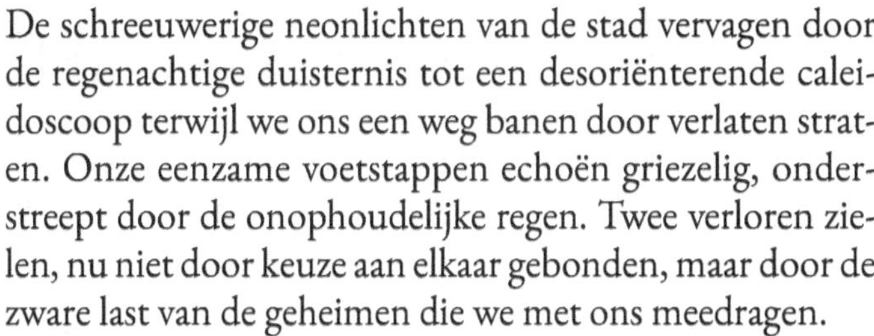

De schreeuwerige neonlichten van de stad vervagen door de regenachtige duisternis tot een desoriënterende caleidoscoop terwijl we ons een weg banen door verlaten straten. Onze eenzame voetstappen echoën griezelig, onderstreept door de onophoudelijke regen. Twee verloren zielen, nu niet door keuze aan elkaar gebonden, maar door de zware last van de geheimen die we met ons meedragen.

Onze bestemming is een van Declans onderduikadressen, een waarvan hij zweert dat zelfs Diana er niets van weet. Het is onze enige overgebleven optie om een tijdje te verdwijnen en te hergroeperen.

Verzonken in sombere gedachten, glijd ik bijna uit op de gladde stoep, tot Declans stevige greep op mijn arm me redt. Ik vloek binnensmonds, boos op mezelf vanwege het kortstondige gebrek aan oplettendheid.

'Kijk uit waar je loopt,' waarschuwt hij te laat. Zijn aanraking blijft een fractie te lang hangen en ontsteekt een kolkende mix van emoties in mij die ik weiger nader te onderzoeken.

Ik ruk mijn arm scherp terug. 'Ik heb verdomme geen babysitter nodig.'

Declan blijft tergend kalm. 'Heb ik nooit gezegd. Ik probeerde alleen maar te helpen.'

Ik lach schor en bitter. 'O ja, ik weet zeker dat jouw "hulp" het grote verschil zal maken in onze situatie.'

Zijn kaak spant zich aan, maar zijn stem blijft kalm. 'Misschien niet, maar ik zal niet stoppen met proberen.'

Mijn getergde geduld knapt. 'Nou, je volharding is zwaar irritant. Het is nu zelfs gevaarlijk voor ons om bij elkaar in de buurt te zijn.'

Declans ogen boren zich in de mijne. 'Maakt niet uit. Je zult dit niet alleen doorstaan, Artemis. Wat er ook gebeurt, we staan zij aan zij.'

Een rode waas vertroebelt mijn zicht. 'Hou op dat te zeggen! We hebben nu geen keuze!'

'Nee, misschien hebben we die niet,' erkent hij zacht. 'Maar ik geef je niet op, wat er ook gebeurt.'

Woede en frustratie slaan om in roekeloos verlangen. Ik grijp zijn jas vast en druk mijn lippen op de zijne in een verzengende kus.

Hij smaakt naar regen, wanhoop en verboden honger - een explosieve cocktail die mijn adem en verstand beneemt. We klampen ons aan elkaar vast alsof onze gebroken zielen alleen door passie kunnen samensmelten.

Terwijl onze monden wanhopig tegen elkaar bewegen, voel ik tot mijn afgrijzen de duistere entiteit in mij bewegen, klauwend naar mijn fragiele zelfbeheersing. Een of ander uitgehongerd beest dat vrijgelaten wil worden.

Ik hap naar adem en ruk me los, mijn pols bonst. 'Ik kan... ik wil de controle niet op deze manier verliezen.'

Declan reikt aarzelend naar me. 'Artemis...'

Ik deins scherp achteruit. 'We moeten verder. Nu. Het is hier in de openlucht niet veilig.'

De harde echo van onze laarzen op het natte plaveisel onderstreept mijn woorden. Mijn hart slaat een dringend ritme, een echo van mijn wanhopige behoefte om afstand tussen ons te creëren voordat ik me overgeef aan krachten die ik niet begrijp.

Declans hazelnootbruine ogen branden van ingehouden vastberadenheid en een andere, onbenoemde emotie die mijn borstkas doet samentrekken.

'Luister,' begint hij zacht maar stevig. 'Ik weet dat alles nu onmogelijk ingewikkeld voelt. Maar we moeten elkaar vertrouwen als we deze nachtmerrie willen overleven.'

Ik lach spottend. 'Vertrouwen? Dat moet jij nodig zeggen.' Bitterheid sluipt mijn stem binnen. 'Gezien er de laatste tijd op elk punt tegen ons is gelogen.'

Er flitst pijn over Declans gezicht, maar hij reikt naar voren en pakt mijn hand vast. 'Artemis, ik smeek het je, alsjeblieft...'

Ik trek me niet terug, maar ik kan me er ook niet toe zetten om het contact te beantwoorden. Ondanks al het bedrog is hij echt alles wat ik nu nog heb.

Ik slaak een berustende zucht. 'Goed. Maar we lopen niet meer blindelings in overduidelijke vallen. We moeten slimmer zijn als we verdergaan.'

Declan knijpt zachtjes in mijn hand voordat hij hem loslaat. 'Je hebt absoluut gelijk. Geen fouten meer.'

We gaan woordeloos verder door het donkere doolhof van gebouwen en steegjes. In de verte loeit een sirene treurig en onderstreept ons isolement.

Terwijl we dieper in de schaduwen verdwijnen, dreigt het volle gewicht van onze situatie me te verpletteren. Mijn oude leven voelt al onherroepelijk verloren - geen weg terug naar het Bureau dat ons heeft verraden, of de mentor die ons in de steek heeft gelaten.

Nu vluchten we voor de mensen die de mensheid juist zouden moeten beschermen, zonder te weten of we zelf nog veel langer menselijk zullen blijven. De gedachte mijn identiteit, mijn diepste zelf te verliezen, beangstigt me meer dan wat dan ook.

Ik werp een snelle blik op Declans stoïcijnse profiel en vraag me af: voelt hij diezelfde zielsdiepe angst aan hem knagen? Maar de gapende kloof tussen ons voelt te breed om te overbruggen.

Alleen door de omstandigheden verenigd, twee vreemdelingen die in het donker ronddwalen. De enige zekerheid die overblijft, is dat we nergens anders thuishoren dan hier.

HOOFDSTUK ACHTENDERTIG

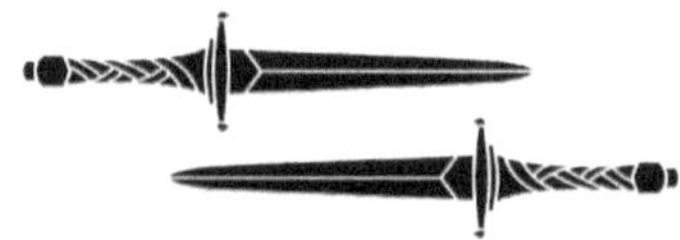

TERWIJL WE OP ONZE motoren over de verlaten snel-
weg scheuren, hangt de vale, ziekelijke maan onheilspellend in de inktzwarte nachthemel. Mijn gehandschoende handen omklemmen het stuur met witgeknepen knokkels, de motor van mijn motorfiets gilt in
protest als ik hem roekeloos tot hogere snelheden dwing.

Ergens achter onze vervagende achterlichten zetten
Diana en wie weet welke andere vijanden de meedogenloze jacht op ons voort. Elke zwaarbevochten kilo-
meter is kostbaar en koopt ons een beetje meer tijd om
te hergroeperen en onze volgende zet in dit dodelijke
kat-en-muisspel te bepalen.

Declans dringende stem kraakt plotseling door de
comms in mijn helm. 'Neem de volgende afslag,
Artemis.'

Ik aarzel, een knoop van argwaan vormt zich in mijn
maag. Onze plannen zijn de laatste tijd al verschillende
keren abrupt veranderd. Vertrouwen, vooral in Declan,

is tegenwoordig niet vanzelfsprekend. 'Weet je absoluut zeker dat dit de verstandigste zet is?'

'Zeker weten, vertrouw me hier nu maar op,' dringt hij aan. 'Het is een klein, afgelegen dorp dat niet op de kaart staat, perfect om een tijdje onder te duiken en van de radar te verdwijnen. Ik heb al eerder in het motel daar overnacht. De manager geeft alleen om contant geld, geen namen of vragen.'

Ik stuur scherp de smalle afrit op, de banden gieren in protest bij de abrupte bocht. De eenzame weg versmalt onmiddellijk en wordt aan beide kanten ingesloten door een dicht, onheilspellend bos dat het maanlicht volledig blokkeert. Ik scan de donkere bosrand behoedzaam op elk verborgen teken van beweging of achtervolgers in een hinderlaag, maar tot nu toe worden we alleen door stilte begroet.

Voor ons verschijnt het vervaagde neonbord van het Pine Grove Motel, dat onregelmatig flikkert. De hele vervallen plek ziet eruit alsof het bij het minste zuchtje wind zou instorten.

Ik neem niet de moeite om mijn scepsis te verbergen. 'Is dit kakkerlakkenmotel jouw geniale schuilplaats? Meen je dit serieus?'

Declans korte antwoord verraadt zijn eigen gespannen zenuwen. 'Heb jij dan een beter idee? Ik ben een en al oor, Artemis.'

Beteuterd door de herinnering dat nood breekt wet, mompel ik alleen: 'Het is prima,' en rijd met een krakend geluid van grind de door onkruid overwoekerde parkeerplaats op. Het bordje 'vrij' knippert spottend aan en uit, alsof het wil zeggen: 'We hebben kamers beschikbaar, maar dachten jullie echt dat je je hier veilig kon verstoppen?'

'Ik haal een kamersleutel voor ons. Wacht hier en houd de wacht,' commandeert Declan kortaf, terwijl hij al van zijn motor stapt. Op mijn hoede als een opgejaagd dier volg ik zijn gang naar de groezelige lobby, mijn spieren gespannen en klaar om bij het minste onraad op de vlucht te slaan.

Mijn gedachten malen onophoudelijk, achtervolgd door herinneringen aan Diana's koude, smaragdgroene ogen en alle diepe bitterheid die haar meedogenloze jacht op ons voedt. Ze zal niet stoppen tot we dood zijn, of gevangenen die gedwongen worden haar verwrongen agenda te dienen. Alleen al bij het idee bevriest het bloed in mijn aderen.

Declan verschijnt weer met een bekrast plastic pasje met het nummer 8 erop. 'Ik heb een kamer voor ons in de achterste hoek, weg van de weg en nieuwsgierige blikken. Ik zal de motoren daar ook naartoe verplaatsen.'

Ik knik alleen maar, te uitgeput voor woorden. De genummerde deur biedt weinig troost; het is de schamele beschutting erachter die nu telt.

We stallen de motoren uit het zicht voordat we de oude houten deur met nummer 8 naderen. Mijn moed zinkt nog verder in mijn schoenen als ik het donkere, deprimerende interieur zie. Maar dit krappe hol zal moeten volstaan als tijdelijk toevluchtsoord.

Alsof hij mijn gedachten leest, mompelt Declan: 'Het is maar voor één nacht. Bij het eerste licht zijn we weg.'

Ik laat me met een gelaten zucht op de bobbelige matras vallen terwijl Declan snel de deur achter ons op slot doet. In de verte doorboort een treurig treinfluitje de eenzame nacht. Hoeveel andere wanhopige zielen hebben zich kortstondig in deze aftandse plek verborgen gehouden, vraag ik me af.

'Ga wat rusten. Ik neem de eerste wacht,' dringt Declan zachtjes aan.

'Dank je,' fluister ik terug. Uitputting sleept me al snel mee naar rusteloze dromen, achtervolgd door Diana's meedogenloze smaragdgroene blik. Geef ons hier alsjeblieft een paar uur veiligheid.

Bij zonsopgang gaat de jacht weer verder. Maar vannacht hebben we elkaar. Dat zal genoeg moeten zijn.

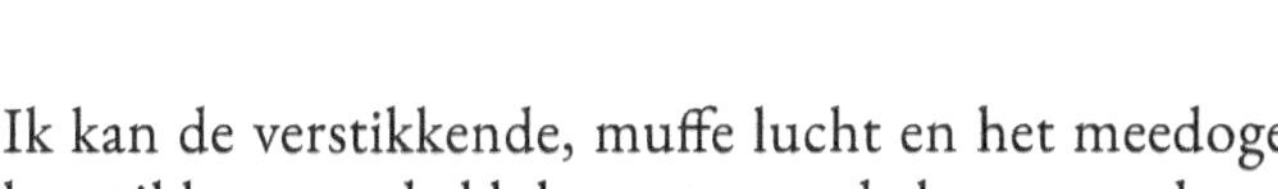

Ik kan de verstikkende, muffe lucht en het meedogenloze tikken van de klok geen seconde langer verdragen. De slaap blijft tergend ongrijpbaar. Gefrustreerd gooi ik de dunne sprei opzij en loop naar de deur, hunkerend naar frisse nachtlucht om mijn malende gedachten te klaren.

De gehavende deur slaat harder achter me dicht dan de bedoeling was, de scherpe klap gevolgd door een pijnlijke grimas van mijn kant. Maar de beet van de koude nachtbries op mijn huid is een welkome afleiding van de storm die in mij woedt.

Ik kantel mijn hoofd naar achteren, op zoek naar troost in de eindeloze zee van sterren boven me. Hun verre, eeuwige licht biedt een verzachtend perspectief op mijn eigen onbeduidendheid. Een vluchtig moment vraag ik me af of ze lachen om de dwaze mensen die het lot zelf durven te tarten.

'Hé.' Declans zachte stem verbreekt mijn tijdelijke vrede. Ik vervloek mezelf innerlijk dat ik hem ongemerkt heb laten naderen. 'Gaat het?'

'Perfect,' antwoord ik bijtend, terwijl ik mijn armen over elkaar sla in een duidelijk 'blijf uit mijn buurt'-signaal. Als hij denkt dat ik hier onder de sterren mijn hart ga uitstorten, heeft hij het goed mis.

Maar Declan zet koppig door. 'Artemis, praat met me. Je hoeft me niet buiten te sluiten.'

'Bedankt, maar ik heb het tot nu toe prima alleen gered, geloof het of niet.' Ik graaf mijn vingernagels in mijn armen en klamp me vast aan mijn woede als een schild. 'Alles ging pas echt goed mis nadat jij ten tonele verscheen.'

Declan deinst zichtbaar terug, maar ik ga meedogenloos door. 'Ik bedoel, kijk om je heen! We zitten gevangen in dit boerengat, opgejaagd door het Bureau en god weet welke andere verschrikkingen ze hebben losgelaten.'

Ik stik in mijn volgende woorden. 'En Diana...' Alleen al het uitspreken van haar naam snijdt als een mes door mijn hart. 'Wat voor toekomst kunnen we nu nog hebben? Waar is er nog hoop?'

Declan kijkt mijn beschuldigende blik onverstoorbaar aan. 'Hoop is wat we ervan kiezen te maken. En ik heb nog steeds vertrouwen in ons, in het vinden van een uitweg uit deze nachtmerrie, samen.'

Ik laat een bittere lach horen. 'Nou, ik ben blij dat een van ons nog vertrouwen heeft. Maar het zal ons niet redden.'

'Misschien niet alleen,' geeft hij zachtjes toe. 'Maar liefde misschien wel.'

Liefde? Ik probeer mijn hand weg te trekken, maar zijn grip wordt steviger en hij weigert los te laten. 'Waar heb je het over?'

Declans ogen boren zich indringend in de mijne. 'Ik heb het erover dat ik van je hou, Artemis. Ik denk dat ik dat diep vanbinnen al heel lang doe, zelfs toen ik het niet wilde toegeven.'

Verbijsterd val ik stil terwijl hij ernstig verdergaat. 'Ik weet dat je bang bent en pijn hebt. Maar samen zijn we sterk genoeg om dit te overleven. We kunnen de hoop weer vinden en een echte toekomst opbouwen, als je me toestaat naast je te staan.'

Een ogenblik lang lijken zijn woorden kristalhelder tussen ons in de koude nachtlucht te hangen. Een deel van me wil zich eraan vastklampen als aan een reddingsboei, maar angst houdt me tegen.

Declan voelt mijn innerlijke strijd en strijkt teder met zijn vingers over mijn wang. 'Je hoeft nu niet te antwoorden. Weet alleen dat ik er voor je ben, altijd.'

Ik druk mijn gezicht in zijn handpalm, nog steeds onwillig om al mijn muren te laten vallen. Maar een klein zaadje van hoop ontkiemt voorzichtig in mij bij de warmte van Declans onvoorwaardelijke steun. Misschien kunnen we samen deze storm toch doorstaan.

De toekomst blijft angstaanjagend onzeker, maar op dit moment hebben we elkaar. En Declans standvastige aanwezigheid aan mijn zijde helpt de demonen op afstand te houden, tenminste voor vannacht.

'Artemis...' Declans zachte stem verbreekt de zware stilte die tussen ons is gevallen.

'Houd even je mond,' snauw ik, ook al heeft hij nog niets meer gezegd. Hier staand, met zijn bekentenis kristalhelder in de lucht, heb ik tijd nodig om deze onverwachte onthulling te verwerken.

Dat deze geharde, gesloten krijger die talloze keren aan mijn zijde heeft gevochten en bijna is gestorven, daadwerkelijk diepere gevoelens voor me zou kunnen koesteren... het is bijna onbegrijpelijk.

Declan ziet er behoorlijk terechtgewezen uit. 'Sorry, het was niet mijn bedoeling je onder druk te zetten of zo.'

'Daar is het nu te laat voor,' antwoord ik spottend, terwijl ik een wenkbrauw naar hem optrek.

'Artemis, alsjeblieft, laat het me proberen uit te leg gen...' begint hij ernstig, maar ik houd een hand op en onderbreek hem.

'Declan, serieus, geef me even een moment.' Ik haal diep adem en probeer de wervelwind van gedachten en emoties in mij te bedwingen. Dit is absoluut de laatste complicatie die we nodig hebben. Liefde is rommelig, onvoorspelbaar. Een last die ik me niet kan veroorloven.

Toch is er iets in zijn vurige blik dat me doet aarzelen, dat een deel van mij aanspreekt dat ik al zo lang diep heb proberen te begraven. Een verwaarloosd deel dat nog steeds hunkert naar een echte connectie, hoewel ik altijd heb beweerd dat het me zwak maakte.

Ik slaak een gelaten zucht. 'Oké, kijk, wil je de waarheid? Ik heb geen flauw idee hoe ik me op dit moment voel. Maar ik weet wel dat ik niet langer kan doen alsof er niets tussen ons is.'

Declans ogen lichten op met broze hoop. 'Artemis, ik verwacht niets wat je niet bereid bent te geven...'

Ik houd een hand op en stop zijn geruststellingen. 'Ik doe hier geen beloftes. Ik weet niet wat de toekomst voor ons in petto heeft. Maar op dit moment, op dit moment...' Ik stap dichterbij, onze gezichten centimeters van elkaar verwijderd. 'Op dit moment heb ik je nodig, Declan.'

Hij zoekt indringend mijn ogen op. 'Weet je het absoluut zeker?'

Mijn antwoord is het overbruggen van de kleine afstand tussen ons, en ik trek hem naar me toe in een vurige kus. Ik voel hem verstijven van verrassing voordat hij hartstochtelijk reageert en zijn sterke armen om me heen slaat.

We klampen ons aan elkaar vast onder de oneindige sterren, verloren in de rauwe intensiteit van deze nieuwe connectie. Het is zowel opwindend als angstaanjagend. Alles wat ik nooit wist dat ik nodig had, en de laatste complicatie die we nodig hebben.

Maar hier bestaan geen consequenties. Er is alleen de warmte van Declans omhelzing, zijn lippen die de mijne branden, onze gebroken zielen die samenkomen en een geheel vormen.

Ik weet dat de koude realiteit ons 's ochtends weer te wachten staat. Maar vannacht telt alleen dit: de troost die we in elkaars armen vinden. Een sprankje licht om de duisternis voor ons te doorbreken.

Morgen is vroeg genoeg om de onzekere toekomst onder ogen te zien. Vannacht hebben we dit ene perfecte moment samen, en het is genoeg.

Wat er ook komt, we zullen sterk en verenigd blijven. Daarvan ben ik tenminste zeker.

EINDE

(van boek 1)
Natuurlijk gaat het verhaal verder... in Boek 2 van De Chimera-trilogie, *Onnatuurlijke Selectie.*
Reserveer nu om er zeker van te zijn dat je niet mist waarin Artemis en Declan zullen evolueren!

ANDERE BOEKEN VAN CARYSSA COLE

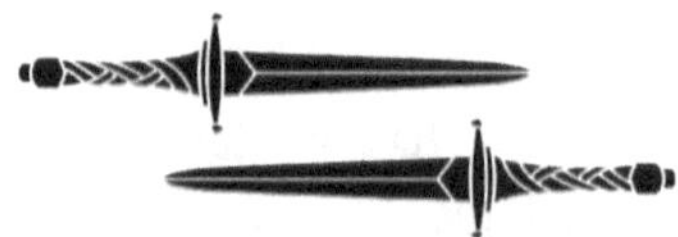

De Chimera-trilogie

Duistere Genesis
Onnatuurlijke Selectie
Ontspoorde Evolutie

De Gevallen Engel – tweeluik

Gevallen Engel
Opstandige Engel

De opkomst van Atlantis

Een troon van koraal en beenderen
Een hof van getijden en stormen

Een kroon van maalstromen en herinneringen

Op zichzelf staande romans

Zwarte vleugels in de sneeuw: Een ingesneeuwde paranormale kerstromance

De leerling van de alchemist: Een romantasy vol hofintriges, dodelijk gif en verboden magie

Teveel Magie voor Eén Man (exclusief voor nieuwsbriefabonnees)

Ontdek alle publicaties van Shenanigans Press op onze websitehttps://www.shenaniganspres s.com/nl!

Of volg ons op sociale media; we zijn te vinden op Facebook en Instagram.

En vergeet je niet in te schrijven voor onze nieuwsbrief om op de hoogte te blijven van nieuwe uitgaven, acties, winacties en meer!